Over *Een onberispelijke man*

'Gardam beschikt over een flonkerende pen, een enorme dosis mensenkennis en weet dankzij die combinatie een verhaal te vertellen dat woord voor woord boeit.' – Sonja de Jong, *Noord-Hollands Dagblad* *****

'*Een onberispelijke man* is een moeiteloos speelse roman waarin de schrijfster haar lezer in een razend tempo meeneemt door de hele vorige eeuw, achteloos heen en weer springt van Londen naar Borneo, van Wales naar Ceylon. Het is een meesterlijk, soeverein boek.' – Joost de Vries, *De Groene Amsterdammer*

'Gardam wordt wel vergeleken met Jane Austen en Muriel Spark, en daar kan Penelope Fitzgerald aan worden toegevoegd, vanwege Gardams laconieke, montere stijl en vanwege het feit dat ze haar scènes zorgvuldig uitkiest. Jane Gardam nodigt uit tot binge reading.' – Rob van Essen, NRC *Handelsblad* ****

'Schrijnende roman, meesterlijk opgebouwd.' – Hans Bouman, *de Volkskrant* ****

'Ik schaam me dat ik nog nooit van Jane Gardam had gehoord.'
– Matthijs van Nieuwkerk

'Meesterlijk! Mijn lievelingsboek dat ik aan iedereen wil verkopen.' – Veronie Snijder, Boekhandel Kramer

'Wat een bijzonder boek, over een bijzonder fenomeen.'
– Manda Heddema, Boekhandel De Koperen Tuin

'Een roman die alles in zich heeft voor een good read! Een geweldige schrijfstijl. Een periode uit de Engelse geschiedenis die voor velen onbekend is. En een hoofdpersoon, Edward Feathers, die een dierbare vriend wordt.' – Ria van Halem, Boekhandel Verkaaik

'Zo ontzettend goed! Wat ons betreft wordt dit de nieuwe ster aan het boekenfirmament.' – Ad Quist, Boekhandel Quist

'Wij kijken met zijn vieren uit naar de delen twee en drie!'
– Arno Koek, Boekhandel Blokker en DWDD boekenpanel

Jane Gardam bij Uitgeverij Cossee

Een trouwe vrouw
Laatste vrienden
De geheime brieven
Zwaan

Meer informatie over Jane Gardam
en de boeken van Uitgeverij Cossee vindt u
op onze website www.cossee.com

Wilt u op de hoogte blijven van alle uitgaven en
activiteiten van Uitgeverij Cossee, meld u dan aan
voor de nieuwsbrief op www.cossee.com
en volg ons op Facebook en Twitter.

Eerste druk 2017
Zesde druk 2018

Oorspronkelijke titel *Old Filth*

Omslagbeeld Peter Hassiepen/Hanser Verlag
Omslagontwerp Irwan Droog/Uitgeverij Cossee
Typografie binnenwerk Perfect Service, Schoonhoven
Druk Ten Brink, Meppel

ISBN 978 90 5936 706 7 | NUR 302
E-ISBN 978 90 5936 715 9

Jane Gardam

Een onberispelijke man

Roman

Vertaald door Joost Poort

Cossee
Amsterdam

Aan Raj-weeskinderen en hun ouders

Advocaten, zo veronderstel ik, zijn ook kinderen geweest.

Charles Lamb. Inscriptie op een standbeeld van een kind,
in de tuin van de Inner Temple in Londen.

DEEL EEN

Plaats van handeling: Inner Temple, Londen

De lunchzaal van de Inner Temple. Door de hoge ramen valt het licht op een geboende tafel, zilver en glas. Een aantal rechters en advocaten is bijna klaar met eten. Een stoel is net verlaten, en de advocaten kijken ernaar.

Queen's Remembrancer: Ik neem aan dat we allemaal weten wie dat was?

Juniorrechter: Ik heb geen idee.

Seniorrechter: Het leek een bekend gezicht.

Common Sergeant: Het was Old Filth.

JR: Wát? Maar die moet al jaren dood zijn. Tijdgenoot van F.E. Smith.

CS: Nee. Het was Old Filth. Voortreffelijke advocaat, rechter en – nogal geestig. Heeft dat FILTH blijkbaar zelf bedacht – *Failed In London Try Hong Kong*. Hij heeft het in Hongkong geprobeerd. Bescheiden, aardige kerel.

SR: Harde werker. Nou ja – de milieuwet. Feathers voor schone lucht.

CS: Filth tegen vervuiling.

SR: Een oude grap. Hij moet tegen de honderd lopen.

CS: Welnee. Zo lang is hij nog niet met pensioen. Ziet er wel erg oud uit.

QR: Doorzichtig. Je kon het licht door hem heen zien schijnen.

CS: Maar toch een knappe kerel. En nog steeds bij de pinken.

QR: Hij is hier om iets te veranderen aan zijn testament. Hij heeft Betty meegenomen. Die leeft ook nog steeds. Ze hebben een makkelijk leven gehad. Rechter in het Verre Oosten. En een flinke smak geld verdiend. Goed voor zichzelf gezorgd.

CS: Nooit een misstap begaan, die Old Filth. Erg populair.

QR: Behalve bij Veneering.

SR: Ja, dat was vreemd. Niets voor hem.

QR: Niets voor zo'n goeiige kerel. Denk je dat er geheimen zijn?

SR: Old Filth, geheimen?

QR: Het is een wonder dat hij geen saaie piet is.

CS: Inderdaad. Maar dat is hij niet. Kind van de Raj, kostschool, Oxford, jurist – maar geen saaie piet. De vrouwen waren gek op hem.

QR: Koffie? Of moet je gaan?

CS: Ja. Over tien minuten. Mijn klerk is de volgende zaak aan het voorbereiden. Hij geeft me straks op mijn kop. Gaat op zijn horloge tikken.

QR: Ja. Het is hier geen Hongkong. Koffie? Maar het deed me deugd om die oude dinosaurus te zien.

CS: Ja. Ja, inderdaad. Kunnen we aan onze kleinkinderen vertellen.

De Donheads

Hij was ontzettend schoon. Je zou het zelfs opzichtig schoon kunnen noemen. Zijn stokoude nagels waren hagelwit omrand. De weinige nog steeds goudkleurige haartjes onder zijn knokkels zagen er altijd frisgewassen uit, net als zijn krullerige, nog steeds bronzen haar. Zijn schoenen glommen als kastanjes. Zijn kleding was altijd vers gestreken. Hij bezat de elegantie van de jaren twintig, want zijn kleding, hoe die er vooraf ook uitzag, stond hem altijd goed. Altijd een victoriaanse zijden zakdoek in zijn borstzakje. Altijd gele katoenen of zijden sokken van Harrods, en een paar onverslijtbare uit zijn tijd in het Verre Oosten. Zijn huid zag er gaaf en, bij slecht licht, jong uit.

Zijn collega-juristen noemden hem Filth, maar dat was niet ironisch bedoeld. Het was omdat ze dachten dat de oude grap van hemzelf afkomstig was: Failed In London Try Hong Kong. Er werd gezegd dat hij net na de oorlog, heel jong, heel arm, in een plotselinge opwelling de Londense advocatuur was ontvlucht, en dat hij van meet af aan enorm succesvol was geweest in Hongkong. Omdat hij een bescheiden man was, zo zei men, had hij zichzelf een parvenu, een oplichter, een losbol genoemd.

In werkelijkheid was Filth geen grappenmaker, was hij helemaal niet bescheiden over zijn werk en deed hij zelden, alleen in uiterste nood, iets in een opwelling. Hij was echter geliefd, bewonderd, iemand naar wie men vriendelijk glimlachte en over wie vele jaren na zijn pensionering nog vaak werd gepraat.

Nu, bijna tachtig, woonde hij in zijn eentje in Dorset. Zijn vrouw Betty was dood, maar hij mompelde nog vaak tegen haar terwijl hij door het huis struinde. Verrassend genoeg, gezien zijn hoge leeftijd, was zijn krullerige haar nog steeds niet grijs. Met zijn alerte ogen en geest was hij een geweldige man. Zo had men hem altijd gezien. Een man wiens achtenswaardige leven rustig en gelukkig was verlopen. Er hing geen oudemannenlucht in zijn huis. Hij was rijk en nam voor lief dat zijn woning (en hijzelf) zoals altijd werden schoongehouden, gevoed en gewassen door bedienden. Hij wist hoe hij met bedienden moest omgaan en ze bleven jarenlang bij hem.

Betty had ook goed overweg gekund met bedienden. Zowel zij als Old Filth was geboren in wat Amerikanen 'De Oriënt' en de Britse Raj 'Het Verre Oosten' hadden genoemd. Hoewel ze zich bewust waren van hun positie, waren ze ongekunsteld en populair.

Na Betty's dood verdween Filths zelfspot. Zijn leven stortte in. Hij werd zwaarwichtiger. Hij begon, aanvankelijk langzaam, vensters op het verleden te openen, vensters die hij, als verstandig man met verstandige en erudiete vrienden (hij droeg de titel Queen's Counsel en was rechter geweest), stevig dicht had gehouden.

Zijn succes als advocaat in Hongkong was fenomenaal geweest dankzij zijn ongedwongenheid, kennis van zaken, toewijding en flair. Zijn carrière was in een stroomversnelling geraakt vanaf het moment dat de Peranakan-Chinezen zijn hulp hadden ingeroepen. Niet alleen omdat er flarden van de Aziatische talen uit zijn jeugd in Brits-Maleisië waren bovengekomen, maar ook vanwege zijn affiniteit met de Aziatische denkwijze. Als Old Filth Maleis of (minder vloeiend) Mandarijn sprak, hoorde je een onvermoede stem. Chinese, Maleise en Bengaalse advocaten werden – hoewel vaak opgeleid in Oxford en de Inns of Court – gezien als onoprecht, maar Filth, nu Old Filth en na zijn pensionering vaak Dear Old Filth, had hen bijzonder oprecht gevonden, en zeer naar zijn smaak.

Hij had zijn hele leven waardering gekoesterd voor de Chinese waarden: de voorkomendheid, de onverwachte uitval, de heilige gastvrijheid, het genot dat Chinezen schiepen in geld, de vormelijkheid, het belang dat ze hechtten aan eten, de discretie, de gewiekstheid. Hij was getrouwd met een Schotse, maar ze was geboren in Peking. Ze was robuust en degelijk, met de strenge schouders van Lanarkshire en korte, brede handen, maar ze sprak perfect Mandarijn en voelde een vertrouwdheid met de Chinese manieren en taal die ze nooit ervoer tijdens haar zeldzame bezoeken aan Schotland. Haar passie voor sieraden was Chinees en ze rommelde met haar sterke Schotse vingers door de bakken met jade op de markten van Kowloon, zodat de stenen klikten als kiezels op het strand. 'Als je dat doet,' zei Old Filth dan – toen ze jong waren en hij zich nog voortdurend van haar bewust was – 'zijn je ogen amandelvormig.' 'Arme Betty,' zei hij tegen haar geest, tegenover hem in een andere fauteuil in het huis in Dorset waar ze zich na zijn pensionering hadden teruggetrokken, en waar ze was gestorven.

En waarom in hemelsnaam Dorset? Dat wist geen mens. Wellicht een of andere familietraditie. Filth zei dat het was omdat hij een hekel had aan elke andere plek in Engeland, Betty omdat ze de kou voelde in Schotland. Ze stonden beiden afkeurend tegenover Wales.

Maar als er twee mensen gemaakt waren om gepensioneerde expats in Hongkong te worden, leden van de Cricket Club, de Jockey Club, trouwe ondersteuners van de English Lending Library, vaste bezoekers van St Andrew's Church en St John's Cathedral, waren het Filth en Betty. Mensen die zich altijd bedienden zouden kunnen veroorloven (Filth was erg rijk), die in een huis op The Peak zouden wonen, altijd gastvrij zouden zijn voor elke vriend van een vriend van een vriend die Hongkong bezocht. Als je aan Betty dacht, zag je haar aan haar ronde rozenhouten eettafel zitten, snel om zich heen kijkend of ze lege borden zag, dan rinkelend met haar belletje, waarop er sluw glimlachende meisjes in bediendenlivrei – identieke *qipao's* – verschenen. Old Filth en Betty waren door en door internationaal, geliefde ornamenten tijdens elke herdenkingsdienst voor oude vrienden, Engels of Chinees, in de kathedraal. De laatste jaren stapelden dat soort sterfgevallen zich op.

Was het misschien 'Het Pond' die hen naar Dorset had gedreven? De gedachte dat ze op een dag in Hongkong van een pensioen moesten rondkomen? Maar de streek in Dorset die ze hadden uitgekozen was verre van goedkoop. Van Betty was het bekend dat ze 'eigen geld had' en Filth had altijd vrolijk gezegd dat hij zijn aanstelling als rechter zo lang mogelijk had uitgesteld zodat hij niet van een salaris hoefde te leven.

En ze hadden geen kinderen. Geen verantwoordelijkheden. Niemand voor wie ze naar Engeland hoefden terug te keren.

Of was het – het meest voor de hand liggend – het einde van het Britse Rijk? Het naderen van 1997? Was het de onverdraaglijke gedachte dat de barbaren eraan kwamen? De nu onbekende, maar ongetwijfeld veranderde bewoners van het Chinese vasteland, wier grootouders Miss Betty als baby zachte, luchtige gelatinepudding hadden gevoerd en haar angstaanjagende sprookjes hadden verteld?

Filth noch Betty voelde zich aangetrokken tot het onbekende en zelfs toen, vijf jaar voor ze vertrokken, hoorde je al minder Engels in winkels en hotels in Hongkong, en als je het hoorde, werd het minder goed gesproken. Veel Engelse en Chinese kennissen waren vertrokken naar Londen of Seattle of Toronto en veel kinderen waren naar buitenlandse kostscholen gegaan. De mooiste grote huizen op The Peak lagen in duisternis achter stalen tralies, en de meisjes achter de toonbank van Betty's lievelingsjuwelier – die de hele dag kralen aan draden regen en er nog steeds uitzagen alsof ze nauwelijks zestien waren terwijl ze hen al twintig jaar kende –

keken nu langzamer op als ze op de bel bij de gepantserde deur drukte. Ze behielden hun strakke glimlach, maar om een of andere reden vonden ze minder goede stenen voor haar. Chinese vrouwen die ze kende, hadden dat probleem niet.

Dus ineens waren Filth en Betty vertrokken, voor altijd weg van de hemelhoge gordijnen van glinsterende lichtjes, onafgebroken stralend goud, zachtgroen en rozenrood, van de drukke wateren van de mooiste haven in de wereld en het eindeloze schouwspel van zoveel verschillende soorten boten: de jonken en olietankers en de privéjachten als zwanen, en de geruststellende donkergroene logheid van de kleine Star Ferries die de hele dag en het grootste gedeelte van de nacht van en naar Kowloon puften. *Dit dek biedt plaats aan 319 passagiers.* Filth had de zekerheid van de 19 altijd geweldig gevonden.

Dus waren ze vertrokken, ver van vrienden en over de zeventig, naar een huis diep in de Donheads, op de grens van Dorset en Wiltshire, een oud, laag stenen huis dat niet te zien was vanaf de poort. Een hobbelige, smalle oprijlaan liep omhoog naar de woning, nam een bocht en verdween dan uit het zicht. Het huis stond op een kleine heuvel en keek uit op bossen met Engelse bomen van alle soorten en kleuren, en in de verte, aan de horizon, was een flinterdun streepje roomwitte krijtrotsen te zien, bespikkeld met de schaduwen van overdrijvende wolken. Er is op de hele wereld geen plek die minder op Hongkong of het Verre Oosten lijkt.

Toch lag het niet zo afgelegen dat een dokter over een paar jaar wellicht zou opmerken dat ze de thuiszorg een dienst zouden bewijzen als ze iets dichter naar de bewoonde wereld verhuisden. Een kilometer verderop, aan dezelfde heuvelachtige weg die langs hun poort liep, lag een dorp, en een kilometer in de andere richting – ook op een heuvel, want hun oprijlaan liep af naar een dal – stonden een kerk en een winkel. Er stonden ook andere huizen tussen de bomen. Er stond zelfs een huis naast dat van Filth en Betty, met een poort die grensde aan die van hen. Het had eenzelfde bochtige, omhooglopende oprijlaan, hoewel deze zich vertakte en dan, net als die van hen, uit het zicht verdween. Ze woonden dus achteraf, maar niet afgesneden van de wereld.

En het werkte. Ze zorgden ervoor dat het werkte. Betty was de soort vrouw die zich had voorgenomen dat het eind van haar leven een succes zou zijn, en Filth, die Betty had, twijfelde niet aan een goede afloop. Uiteraard veranderden ze. Ze gooiden veel spullen weg. Ze kwamen niet vaak buiten de deur. Betty schreef heel veel brieven. Ze deden hun uiterste best om tevreden te zijn, veilig genesteld in hun succesvolle leven. Filth had altijd gezegd – over zijn rechtszaken – 'Ik heb geleerd te vergeten.' 'Hoe,' zei hij, 'zou ik anders kunnen functioneren?' Feiten, herinneringen, het leed dat het leven – of chaotische levensomstandigheden – met zich meebrengt, moeten worden vergeten. Filth had mannen de doodstraf opgelegd. Had onschuldige mannen veroordeeld zien worden. Hij vermoedde dat vijftig procent van zijn zaken als advocaat van de kroon mis waren gegaan. In Hongkong woonden de rechters in een enclave van paleizen, maar achter stalen poorten die dag en nacht werden bewaakt.

In de Donheads voelden ze zich veilig achter het slot van hun ouderwetse houten voordeur, die nooit per ongeluk op de klink kon blijven staan. Betty werkte in de tuin, Filth las thrillers en biografieën, werkte af en toe in zijn schuurtje. Zijn rechterspruik had hij in de ovale, zwart met gouden, tinnen doos op de schouw gezet, als een grijze kat in een mand. Maar na een tijdje – aangezien Betty zijn enige publiek was – borg hij het ding op in zijn klerenkast, naast zijn zwarte zijden kousen en begespte schoenen. Hij had de zwarte baret, die hij had gedragen tijdens het uitspreken van doodvonnissen, niet mee naar Engeland genomen.

Betty naaide. Vaak staarde ze urenlang naar de bomen. Ze reden eens per week in hun bescheiden auto naar de supermarkt in Shaftesbury. Een tuinman deed het zware graafwerk en een vrouw uit een naburig dorp kwam vier keer in de week langs om schoon te maken, te koken en de was te doen. Betty zei dat de erfenis van Hongkong was dat buitenlanders niet meer in staat waren hun eigen was te doen. Nadat Betty was overleden, bleven de tuinman en de vrouw voor Filth werken. Filths leven van gedisciplineerde charme bleef behouden.

Althans, zo leek het. Als hij terugblikte, wist Filth dat de jaren na Betty's dood ondanks zijn ogenschijnlijke kalmte een periode van psychische crisis was geweest en dat een psychische crisis bij iemand die gewend is te leven als acteur (wat een jurist is) onzichtbaar kan zijn voor zowel de patiënt als de rest van de wereld.

En dit – het voorval dat hij uiteindelijk zou beschouwen als de eerste aanzet tot verlichting – vond plaats tijdens Kerstmis, twee jaar later. Het begon met de huishoudster.

Ze liet zichzelf binnen met haar huissleutel, zoals gewoonlijk al pratend voor ze over de drempel was. 'Nou,' zei ze. 'Wat zegt u hiervan, Sir Edward? Je hoort hier alles pas als het al lang gebeurd is. De buren zijn blijkbaar verhuisd. Uw buren. Er rijden verhuiswagens af en aan en er worden allerlei nieuwe spullen het huis in gedragen. Ze zeggen dat het ook een advocaat uit Singapore is, net als u.'

'Hongkong,' verbeterde Filth haar, zoals altijd.

'Hongkong dan. Ze zullen vast een huishoudster nodig hebben, maar dan hebben ze pech. Ik heb het hier naar mijn zin, maakt u zich maar geen zorgen. Ik zal wel iemand voor ze regelen, als ze het vragen. Ik heb al genoeg te doen.'

Een paar dagen later hoorde Filth, met dank aan de winkel in het dorp, de naam van de nieuwe buurman. Het was, zoals de huishoudster al had gezegd, inderdaad de naam van een andere advocaat uit Hongkong, en het was de naam van de enige man aan wie Old Filth tijdens zijn werkzame leven, en overigens ook in zijn privéleven, een gloeiende hekel had gehad. Er was veel over gepraat en dat had de meestal zo gesloten Filth niet geïnteresseerd, maar deze man had vele jaren een reactie in hem losgemaakt als het gif dat Chinese draken uit hun mond spoten.

En hetzelfde had gegolden voor Terry Veneerings dunk van Old Filth.

Betty had er nooit over gepraat. Had zich afzijdig gehouden. Was zwijgzaam geworden, afstandelijk. Filths klerk, andere advocaten, ervoeren de vijandigheid als een chemisch, bijna tastbaar iets. In Hongkong keek de juridische wereld toe. Old Filth, die voortreffelijke, wijze Old Filth en de onstuimige Veneering 'redetwistten' niet in de rechtszaal, ze spuwden gif naar elkaar. Ze kruisten de degens niet, ze gingen elkaar met kromzwaarden te lijf. Old Filth vond dat Terry Veneering stond voor alles wat er mankeerde aan de Britse meesters van deze hemelse kolonie – omhooggevallen, arrogant, brallerig, luidruchtig, cynisch en ordinair. En veel te goed in spelletjes. Zonder types als Veneering – wie weet? Veneering behandelde de Chinezen alsof ze onzichtbaar waren, nam gretig deel aan de pompeuze riten van het Britse Rijk, paradeerde tijdens ceremonies in zijn zwart met gouden toga, likte de hielen van de gouverneur, dronk te veel. In de rechtszaal viel hij zijn tegenstanders persoonlijk aan. Ooit, toen ze allebei nog advocaat waren en werkten aan een eindeloze zaak over een woonwijk die boven op een Chinees kerkhof was gebouwd (de wijk kwam om mysterieuze redenen nooit tot bloei), liet Veneering zich dagenlang laatdunkend uit over primitieve geloven. Dat zei Old Filth althans, zowel binnen als buiten de rechtszaal. Old Filth deed nooit de moeite om erachter te komen wat Veneering over hem zei, maar ze koesterden een wederzijdse, diepe afkeer. Het onderwerp werd een kwelling voor Betty.

Want Veneering kwam overal mee weg, gromde Filth. Hij

stampte als een kolos door Hongkong met zijn dikke benen en verkondigde op feestjes luidkeels hoe geweldig hij was. Tijdens een staatsiebezoek van leden van de koninklijke familie schepte hij op over zijn zoon die in Eton op kostschool zat. Later was het eindeloos 'mijn zoon op Cambridge', toen 'mijn zoon in de gardetroepen'. 'Onuitstaanbaar,' riep Filth uit. Betty zei: 'O, stil maar.'

Het eerste wat Filth nu dacht, was: nou, godzijdank is Betty er niet meer. Zijn tweede gedachte was dat hij zou moeten verhuizen.

Het huis naast dat van Filth was echter net zo onzichtbaar als het zijne. De tuin was een mysterie achter de lange rij sparren die met de bocht mee oprees tussen hun evenwijdig lopende oprijlanen. Deze bomen werden steeds breder, hoger, en zelfs als de bladeren van de andere bomen vielen en het winter werd, hoorde of zag hij niets van de nieuwe buurman.

'Hij is een weduwnaar en hij woont alleen,' zei de huishoudster. 'Zijn vrouw was Chinees.'

Old Filth herinnerde zich toen dat Veneering met een Chinese vrouw getrouwd was. Vreemd dat hij dat was vergeten. Waarom riep dat zo'n mengeling van haat en zelfgenoegzaamheid – opluchting, bijna – in hem op? Hij herinnerde zich de echtgenote nu, haar neergeslagen ogen, de aparte lange oorbellen die ze droeg. Hij herinnerde zich haar op de renbaan in een felgele zijden jurk met Veneering naast zich – lange, grove, blonde kerel, een meter negentig, die probeerde zijn verstikte stem te laten klinken alsof hij op een Engelse kostschool had gezeten.

Toen sukkelde Old Filth in slaap met dat tafereel voor zich, zich verbazend over de helderheid van een beeld dat dertig jaar oud was, terwijl wat gisteren gebeurd was in de duisternis was verdwenen. Hij was nu bijna tachtig. Veneering was iets jonger. Nou, ze konden allebei in hun eigen kamp blijven. Ze zouden elkaar nooit hoeven tegen te komen.

En dat deden ze ook niet. Het jaar verstreek en toen nog een. Een vriend uit Hongkong – een jonge vent van zestig – kwam op bezoek en zei: 'Ik geloof dat die oude Terry Veneering hier ook ergens in de buurt woont. Kom je hem weleens tegen?'

'Hij woont hiernaast. Nee. Nooit.'

'Hiernaast? Beste kerel –'

'Ik zou er verstandig aan hebben gedaan om te verhuizen.'

'Maar je bedoelt dat jullie elkaar nooit –?'

'Nee.'

'En hij heeft ook geen... gebaar gemaakt?'

'Christopher, je hebt een slecht geheugen.'

'Nou ja, ik weet natuurlijk dat jullie... dat jullie wat dat betreft allebei irrationeel waren, maar...'

Old Filth liep met zijn vriend mee naar de poort. Die van Veneering, waar slecht bijgehouden taxusbomen overheen hingen, stond ernaast. Er was een kort stuk regenpijp, waar een ochtendkrant in gestopt kon worden, aan Veneerings poort bevestigd. Het was er net zo een als de buis die al jarenlang bij de poort van Old Filth lag. 'Hij heeft mijn regenpijp nagemaakt,' zei Old Filth. 'Hij had nooit originele ideeën.'

'Ik kom bijna in de verleiding om bij hem langs te gaan,' zei Christopher.

'Nou, dan hoef je niet meer bij mij op bezoek te komen,' zei Old Filth beleefd.

In zijn auto langs de kant van de weg dacht de vriend na over welke overtuigingen men tot op hoogbejaarde leeftijd koestert en hoe verstandig het was geweest dat hij in Hongkong was gebleven.

'Heb je geen zin om langs te komen, Eddie?' vroeg hij uit het raam van de auto. 'Bijvoorbeeld met Kerstmis? Het is veranderd, maar er is nog steeds geen plek op aarde die eraan kan tippen.'

Maar Filth zei dat hij nooit ergens heen ging met kerst. Een taxi naar het White Hart in Salisbury voor de lunch, dat was alles. Uitstekende zaak. Geen papieren hoedjes. Geen slingers.

'Ik herinner me Betty met slingers in haar haren en haar parels en gouden kettingen. In Hongkong.'

Maar Filth bedankte hem, sloeg de uitnodiging af en zwaaide hem uit.

Op kerstochtend dacht Filth weer aan Christopher, terwijl hij wachtte op de taxi die hem naar het White Hart zou brengen en uit het raam keek, waarvan de ruitjes bijna helemaal bedekt waren met sneeuw, sneeuw die al viel toen hij vijf uur geleden, om zeven uur, de gordijnen van zijn slaapkamer had opengedaan. Grote, snelle, vastberaden vlokken. Ze vielen en vielen maar. Ze dansten. Ze biologeerden hem. Na een tijdje wist je niet meer of ze nu naar boven of naar beneden dwarrelden. Hij dacht aan de weg aan het eind van zijn oprijlaan, de diepe kuil daar, en vroeg zich af of de taxi het wel zou halen. Om kwart over twaalf overwoog hij te bellen en te informeren, maar hij wachtte tot halfeen omdat hij niet als een zenuwpees wilde overkomen. Hij kwam erachter dat de telefoon het niet deed.

'Ah,' zei hij. 'Ha.'

Hij had zoete pasteitjes en een ham in huis. Een goede fles wijn ergens. Hij zou zich wel redden. Toch jammer. Verbroken traditie.

Hij staarde naar de kerstkaarten. Weer minder dit jaar. En wat cadeaus betreft niets, behalve een pakje van zijn nicht Claire. Altijd hetzelfde. Twee zakdoeken. Meer dan hij haar ooit stuurde, maar zij had de parelketting gekregen. Hij zou haar een bos bloemen moeten sturen. Hij pakte een grote, glimmende kaart en las *Gelukkig Kerstfeest van De Ideale Kleer-*

maker, Century Arcade, Star Building, Hongkong, voor een oude en gewaardeerde klant. Elk jaar weer. Zonder uitzondering. Had zijn pakken nog steeds. Twintig jaar oud. Hij droeg ze soms in de zomer. Sneeuwvlokken dansten rond een Chinees huis op palen. Rode Chinese karakters. Een blozende kerstman zwaaide vanuit een hoek. Palen. Huizen op palen.

Ineens miste hij Betty. Verlangde naar haar. Had het gevoel dat als hij zich nu omdraaide, snel, ze daar zou staan.

Maar dat was niet zo.

Buiten hoorde hij een vreemd geraas, een lang, glijdend geluid en een plof. Een zware plof. Het zou goed kunnen dat het de taxi was, die van de oprit was geglibberd en de zijkant van het huis had geraakt. Filth deed de voordeur open maar zag alleen maar sneeuw. Hij ging snel op de stoep voor het huis staan zodat hij de oprit kon zien, en achter hem viel de deur met een stevige, vooroorlogse klik in het slot.

Hij droeg zijn pantoffels. Verder was hij gekleed in een broek, een onderhemd – dat hij, aangezien hij een heer was, godzijdank altijd droeg – een overhemd en stropdas en het dunne kasjmieren vest dat Betty jaren geleden voor hem had gekocht. Het was nu al doorweekt.

Filth liep voorzichtig op zijn pantoffels langs de zijkant van het huis, boog zich voorover en kneep zijn ogen tot spleetjes vanwege de sneeuw, om te zien of hij misschien... Maar hij wist dat de achterdeur op slot zat, en de terrasdeuren. Hij liep over het onzichtbare, glibberige gras naar de schuur. Op slot. Hij dacht aan de auto in de garage. Hij had al een tijd niet meer gereden, niet sinds die angstaanjagende episode. Mevrouw Dinges deed tegenwoordig de boodschappen. De auto werd nauwelijks gebruikt. Maar misschien dat de garage –?

De garage zat op slot.

Er zat niets anders op dan op een of andere manier de oprijlaan af te komen en onder Veneerings taxus op de taxi te wachten.

Behoedzaam liep hij langs de berg sneeuw die van het dak was gevallen en als een wegglijdende auto had geklonken. 'Wat ben ik een verdomde oude dwaas,' zei hij.

Vanaf de poort keek hij uit over de weg. Die bestond in beide richtingen uit een glimmende laag sneeuw. De sneeuw was al vele uren door niets meer verstoord. Alles was doodstil. Filth draaide zich om en volgde met zijn blik Veneerings oprijlaan.

Ook die was als ongerepte zijde, zonder sporen van vogels of gaten van vallende bessen. Sneeuw en nog meer sneeuw. Alsmaar neerdalend. Dik, nat, ijskoud. Zijn dunnende haar ijskoud. Er had zich sneeuw verzameld in zijn kraag, zijn vest, zijn pantoffels. Allemaal ijskoud. Zijn knokige handen waren ijsklompen terwijl hij eerst één tak van de taxus vastgreep en toen de volgende. Zich telkens zo vastklampend strompelde hij Veneerings oprijlaan op.

Hij is vast bij die zoon van hem, dacht Old Filth. Bij zijn zoon of anders is er een of ander vreselijk feestje aan de gang. Golfers. Fossielen van de Temple. Chique geklede advocaten. Gin.

Maar toen het huis in zicht kwam, was het donker en zag het er verlaten uit. Alsof het al jaren leegstond.

Old Filth belde aan en wachtte op de veranda. De bel rinkelde ergens diep in het huis, zoals het belletje van Betty aan de rozenhouten eettafel in de Mid Levels.

En wat moet ik nu in godsnaam doen? Waarschijnlijk is hij naar die sukkel van een Christopher gegaan en zijn ze nu aan het slempen in het Peninsular Hotel. Het is daar nu – wat? Laat op de avond. Ze zitten ondertussen aan de cognac en de sigaren – de sigaren gepresenteerd in een enorme, ondiepe doos door een kelner die buigt als een priester voor het sacrament. Zo vulgair. Waarschijnlijk blijven ze er allebei in. Hallo?

Er was een lamp aangegaan in het huis en een gezicht gluurde van achter een gordijn door een zijraam naar buiten. Toen werd de voordeur op een kier geopend door een voorovergebogen oude man met een paar plukken blond haar.

'Filth? Kom binnen.'

'Dank je.'

'Geen jas?'

'Ik kom alleen maar even langs. Ik stond te wachten op mijn taxi. Om naar het White Hart te gaan. Kerstlunch. Stond daar maar. Ik dacht, ik ga even op bezoek en...'

'Gelukkig kerstfeest. Aardig van je.'

Ze stonden in de sombere, onversierde hal.

'Ik haal een handdoek voor je. Je kunt je vest maar beter uittrekken. Ik zal wel een ander voor je halen. Whiskey?'

In de bruine en ijskoude woonkamer lag een puzzel die slechts voor een achtste was afgemaakt uitgestald op een enorme tafel. De tafel en de puzzel zagen beide wit van het stof. Het leek een hopeloze onderneming.

'Te veel hemel,' zei Veneering, terwijl ze naar de puzzel keken. 'Ik zal nog een element aanzetten. Ik zit hier niet vaak. Je zult het wel koud hebben. Misschien dat we je taxi van hier zullen horen, maar ik betwijfel het. Ik denk niet dat hij door de sneeuw zal kunnen komen.'

'Zou ik misschien gebruik mogen maken van je telefoon? Die van mij is blijkbaar buiten dienst.'

'De mijne ook, denk ik, als die van jou het niet doet,' zei Veneering. 'Maar probeer het gerust.'

De telefoon werkte niet.

Ze zaten voor twee kleine rode gloeidraden van een elektrische haard. Een stuk antiek, dacht Filth. Heb in zestig jaar niet meer zo'n ding gezien. In het advocatenkantoor tijdens de jaren van de Grote Smog.

In een vitrine op de schoorsteenmantel zag hij een paar exotische lange oorbellen. Het haardvuur, de oorbellen, de whiskey, de puzzel, de stilte, de dreigend vallende sneeuw maakten dat hij ineens wilde huilen.

'Het speet me om te horen over Betty,' zei Veneering.

'Het speet mij over Elsie,' zei Filth, die zich nu haar naam herinnerde en haar verstilde en mooie – en ongelukkige – Chinese gezicht. 'Jullie zoon –?'

'Dood,' zei Veneering. 'Gesneuveld. Leger.'

'Wat verschrikkelijk. Vreselijk. Dat had ik niet gehoord.'

'We horen tegenwoordig niet veel,' zei Veneering. 'Misschien omdat we dat niet willen. Te veel hoorzittingen.'

Filth keek toe terwijl de reumatisch gebogen oude figuur door de kamer naar de karaf schuifelde.

'Niet goed voor de botten, dit klimaat,' zei Veneering, terwijl hij weer terug strompelde.

'Heb je overwogen te blijven?'

'Lieve hemel, nee.'

'Je was daar zo op je plek.' Toen zei Filth iets heel vreemds. 'Beter dan wij, had ik altijd de indruk. Beter dan ik, in ieder geval. En Betty praatte er nooit over. Ze was erg Schots.'

'Meer dan genoeg Schotten daar,' zei Veneering. 'Jullie twee leken helemaal versmolten, één, met Hongkong. Betty en haar Chinese sieraden.'

'O, ze deed haar best,' zei Filth op droeve toon. 'Ze was bijzonder trouw.'

'Nog een glas?'

'Ik moet weer eens op huis aan.'

Het drong tot Old Filth door dat hij Veneering om een gunst zou moeten vragen. Hij had zichzelf al in het nadeel geplaatst door doorweekt bij hem aan te komen. Veneering was nog steeds niet gek. Dat gedoe met de telefoon was hem niet ontgaan. Het zou lastig zijn om zijn positie te herwinnen. Misschien zou hij er profijt van hebben als hij als eerste de stilte verbrak? Volwassenheid. Grootmoedigheid. Vergeven en vergeten. Kerstmis. Zinspelen op een sfeer van meer welwillendheid?

Hij zou niet zeggen dat hij zichzelf had buitengesloten.

Maar hoe moest hij thuiskomen? De sleutel van mevrouw Dinges was vijf kilometer verderop en ze kwam pas weer op nieuwjaarsdag. Hij kon moeilijk hier blijven; lieve god! Bij Veneering!

'Ik heb erover gedacht om je op te zoeken,' zei Veneering. 'Meerdere keren zelfs, in het afgelopen jaar. Worden allebei een dagje ouder.'

Old Filth zweeg. Hij had zoiets zelf geen moment overwogen en hij kon niet doen alsof.

'Kon geen goed excuus bedenken,' zei Veneering. 'Beetje bezorgd over hoe ik ontvangen zou worden. Vreselijk opvliegend type was ik vroeger. We leken nu niet bepaald op elkaar.'

'Ik ben vergeten wat voor type ik was,' zei Filth, zichzelf opnieuw verbazend. 'Niet bijzonder uitgesproken, denk ik.'

'Verdomd goede advocaat,' zei Veneering.

'Jij was een verdomd goede rechter,' zei Filth, en hij herinnerde zich dat het waar was. 'Beter dan ik.'

'Het enige excuus dat ik kon bedenken was erg zwak,' zei Veneering. 'Er hangt een sleutel van jouw huis in mijn keuken. Voordeur. Chubb-slot. Je adres staat op het label. Hangt daar waarschijnlijk al jaren. Buren die lang geleden goed met elkaar konden opschieten, vermoed ik. Misschien heb jij ook een sleutel van mijn huis?'

'Nee,' zei Filth. 'Nee, ik ben er geen tegengekomen.'

'Had je huis kunnen binnendringen wanneer ik maar wilde,' zei Veneering. 'Je in je bed kunnen vermoorden.' Daar toonde hij een glimp van zijn oude duistere humor. 'Moet je echt gaan? Ik denk niet dat er een taxi komt. Die komt nooit tegen de heuvel op. Ik zal die sleutel pakken – tenzij je wilt dat ik hem houd. Voor noodgevallen?' (Nog een priemende blik.)

'Nee,' zei Filth met het decorum van een rechter. 'Nee, ik neem hem wel mee om te zien of hij past.'

Op Veneerings veranda, gehuld in diens (oerlelijke) overjas, bleef Filth even staan. Het sneeuwde nu minder hard. Hij hoorde zichzelf zeggen: 'Tweede kerstdag, morgen. Mocht je alleen zijn, ik heb een ham en een niet onaardige fles wijn.'

'Met genoegen,' zei Veneering.

Op de stoep voor zijn eigen voordeur dacht Filth: zal hij passen?

De sleutel paste.

Het was heerlijk warm in huis, maar toch stookte hij de haard op. Het water zou godzijdank heet zijn. Nu die kleren uit. Hallo? Wat?

Hij dacht dat hij iets hoorde in de keuken. Hallo? Ja?

Hij liep de keuken in en zag dat er niemand was. Het was eindelijk gestopt met sneeuwen en voor de ramen was alles wit. Hij dacht, terwijl hij de schemering in tuurde: er kijkt iemand naar binnen. Maar hij zag nergens voetstappen en trok de gordijnen dicht. Hij keek in keukenkastjes om er zeker van te zijn dat er genoeg was voor morgen. Wilde niet voor schut staan. Er was een blik haaienvinnensoep. Blikje krab. Goede rijst. Zakje Parmezaanse kaas. Avocado. Mooi. Mooi.

Achter zich in de gang hoorde hij iets wat klonk als zacht gelach.

'Wie is dat in godsnaam? Hallo?' (Had hij misschien twee sleutels gehad? *Je in je bed kunnen vermoorden.*)

'Edward, Edward, hou op met dat gefantaseer! Daar ben je te oud voor. Je bent geen zeven meer.' Een mannenstem. Allemachtig, ik word seniel. 'Ja, Sir,' zei hij. 'Waterkoker. Warme kruik. Bad. Ik ben oud.'

De telefoon ging.

'Ben je veilig thuisgekomen?' vroeg Veneerings stem. 'Het leek me een goed idee om de telefoon uit te proberen. We zijn weer bereikbaar.'

'O. Bedankt, Veneering. Eén uur, morgen?'

'Ja. Zal ik mijn schaakstukken meenemen?'

'Heb ik zelf. Misschien volgende keer.'

'Volgende keer.'

Dus het was niet Veneering geweest, mijmerde hij in bad, terwijl hij afwezig naar zijn oude, grijze schaamhaar keek, dat als varens in het heerlijke, hete water dreef. De badkamer was gevuld met stoom. Hij sliep bijna.

Kan er maar beter uit gaan. Op een of andere manier. Anders is het allemaal voorbij.

Hij draaide zijn slungelige lijf zodat hij de porseleinen bodem van het bad zag en balanceerde op zijn gespreide handen en scherpe knieën (waarvan er een niet zo goed meer was), en liet toen zijn voeten langs de kuip glijden om grip te krijgen in de buurt van de kranen. Langzaam kwam zijn lange lichaam omhoog terwijl zijn voeten zachte piepgeluidjes maakten. Hij trok de stop uit het bad en zag hoe het zeepachtige water weg begon te stromen, bubbelend rond zijn nu rozige voeten. Hij dacht aan een andere rivier. Zwarte en bruine baby's die rondspatten. Een meisje dat geheel leek te bestaan uit warmte en vrolijk gelach, zijn hoofd tegen haar dijen. Het water verdween gorgelend.

Wordt steeds moeilijker. Moet een douche laten installeren. Maar ik wil niet zo'n vervloekte zuignoppenmat. Wil die zogenaamde thuiszorg niet over de vloer hebben. Veneering duidelijk ook niet. Nu ziet Veneering er overigens uit alsof hij helemaal nooit in bad gaat. Arme oude donder.

Met een witte badhanddoek om zich heen geslagen drentelde hij rond. Pantoffels, badjas. Uitstekend. Iets mee naar bed nemen? Nee – voor de televisie eten? Ansjovis op toast. Thee – genoeg whiskey. Ha! Laai op, vuur. Moet niet indutten.

'Niet indutten,' zei een vrouwenstem. 'Je mag er niet tussenuit glippen! Nog niet.'

'Hé, hallo, wat? Betty?'

Maar weer was er niemand.

Hoop dat ik geen koorts heb.

'En ik gedraag me niet als een dwaas,' schreeuwde hij tegen de deur van Betty's oude slaapkamer, waarna hij zijn eigen slaapkamerdeur achter zich dichttrok.

Alles onder controle.

Het bed was warm, en helemaal van hem. Vreemd eigenlijk, het idee van samen een bed delen. Burgerlijk. Iets waar Betty en hij nooit over praatten.

'Dit is niet het moment om verward te raken,' hoorde hij zichzelf hardop zeggen, terwijl de beelden van de dag zich vermengden met dromen. Hij klampte zich aan iemand vast op het dek van een schip en de zee was een zilveren huid. Er werd geschreeuwd, maar het was ergens anders en hij werd er nauwelijks wakker van. 'Dat hebben we allemaal achter ons gelaten,' zei hij, 'in wat ze mijn lange, rustige en onbewogen leven noemen.'

'Ga slapen, Filth,' zei een stem. 'Ik kende je als geen ander.'

Wie van hen zei dat? vroeg hij zich af.

Kotakinakulu

'Ja, ja, ja,' zei tante May van de baptistenmissie, terwijl ze met ferme pas de loopplank op liep. 'Zo, daar zijn we dan. Uitstekend.'

De barkas, die af en toe zijn motor uitprobeerde om te zien of het veilig was om die af te laten slaan, verstoorde het zwarte water rondom, schommelde en snoof. Over het hele oppervlak van de wijde rivier kabbelden en klotsten golfjes. De hitte leek als olie van de bomen te druipen. Het was zomer, het regenseizoen naderde, en als het zover was, zou dat het verkeer op de rivier lamleggen. Dat was de reden waarom ze de baby naar huis brachten, ook al was die slechts één week oud. Anders zou hij gestrand zijn in Port Swettenham, waar hij heen was gebracht om geboren te worden. Daar waren ze dan, veilig thuis, maar het had weinig gescheeld. Een tweedaagse reis die tante May, als ze hem veilig bij het huis van zijn vader had afgeleverd, zelf opnieuw zou moeten ondernemen, alleen en onmiddellijk.

Tijdens de reis naar Port Swettenham, niet veel langer dan een week geleden, had de nog ongeboren baby in een inheemse boot over de rivier gereisd met zijn moeder en de Maleise vrouw die nu, bedroefd en bang, achter tante May aan de ladder naar de steiger beklom. Ze had haar eigen baby gedragen, want ze was de zoogster die ze hadden meegenomen naar mevrouw Feathers' bevalling in geval van nood, indien mevrouw Feathers niet in staat zou zijn geweest het kind zelf te voeden.

Niemand had verwacht dat mevrouw Feathers zou overlijden. De kliniek in Port Swettenham was goed, de baptistenmissie efficiënt en haar al bekend, aangezien ze verpleegster was geweest voor haar huwelijk met Feathers, de districtsofficier van de provincie Kotakinakulu. Ze was een taaie, magere Schot, net als haar echtgenoot, stevig als een huis. Ze had hem verzorgd nadat hij in 1914 gewond was geraakt in de oorlog, zijn shellshock tot bedaren gebracht, geleerd om te gaan met zijn beschadigde enkel, zijn krankzinnige woedebuien doorstaan, van hem gehouden. Ze was zelf in het Oosten geboren, hield van het klimaat, de rivier, de mensen, en was geen dag van haar eerste en voorspoedige zwangerschap ziek geweest. Ze had alleen de zoogster en haar gebedenboek meegenomen naar de kliniek, wetende dat ze binnen een maand weer thuis zou zijn. Toen ze vertrok, hadden ze haar even de open boot in moeten helpen, maar ze had niet achteromgekeken. De steiger stond op zijn hoge, kromme stelten en er was maar één persoon die toekeek terwijl de boot achter de bocht in de rivier verdween – een meisje van twaalf dat Ada heette, het oudste kind van de zoogster. Het meisje, net zo broodmager als de steiger zelf, sloeg haar armen om de ruige takken en bleef daar nog lang nadat de boot verdwenen was zitten.

Comfortabel gezeten in de lange, lage boot en gekleed in haar wijde katoenen jurk – nooit een sarong; ze was de vrouw van de districtsofficier – had mevrouw Feathers er nauwelijks zwanger uitgezien. De baby was diep in de baarmoeder gedaald en had zich nauwelijks meer bewogen, waardoor zijn moeder had geweten dat de geboorte ophanden was. In het langhuis waar ze die avond hadden gerust, was ze niet bezorgd geweest dat het kind misschien te vroeg geboren zou worden. Met de kalme blijdschap die vaak voorafgaat aan een bevalling had ze geglimlacht en een piepklein kanten jasje gebreid, waarbij ze telkens liefdevol een wollen draad pakte, losmaakte en omhooghield. Ze had het grootste gedeelte van de nacht gebreid, ondertussen luisterend naar de baviaan op het dak die klikkend als een typemachine korte, onverstaanbare flarden bavianenmonoloog uitstootte.

De zoogster lag met haar eigen baby naast zich op de vloer, doodsbang omdat ze een dagreis over de rivier van huis verwijderd was. Ze jammerde zachtjes.

'Kom, kom,' zei mevrouw Feathers, terwijl ze haar een klopje gaf. 'Stil maar, wees niet bang. Morgen zijn we in Port Swettenham en de dag daarop zal de nieuwe baby er zijn. Dat weet ik zeker. Kort daarna zullen we allemaal naar huis gaan.' En ze hield het jasje omhoog en keek naar het patroon bij het licht van de kerosinelamp die op de vloer stond. Ze wist dat de baby een meisje zou zijn en maakte het kleine kledingstuk af met roze kanten schulprandjes.

Ze maakte de laatste schulprand de avond daarop af in de kliniek, maar beviel van een lange, magere zoon van ruim zeven pond met rood haar. Ze was dolblij met hem (Edward) en gaf het jasje aan de zijdezachte bruine baby van de zoogster, die het nooit droeg, en de volgende dag begon de kraamvrouwenkoorts aan zijn wrede verloop en drie dagen later overleed mevrouw Feathers.

Tien dagen daarna stapte de Welshe missionaris tante May met zware, ferme passen aan boord van de stoomboot, die misschien als laatste de reis over de rivier zou afleggen voor het begin van de regentijd, met één grote hand aan de reling van de loopplank en de andere stevig om de ingebakerde baby. Achter haar liep de huilende en nu onmisbare zoogster met haar baby. Ze had twee dagen lang gehuild. Tante May huilde nooit.

De moed was haar echter in de schoenen gezonken toen de boot om de bocht in de rivier voor de steiger van de districtsofficier was gevaren, want daar was niemand, behalve het jonge meisje dat met haar armen stevig om haar knieën geslagen boven aan de ladder zat. De boot lag in het water, stil, wachtend tot er mensen zouden verschijnen. Niemand. Tante May wist dat, hoewel er geen telefoonlijn of post direct naar het huis van de districtsofficier ging, en hoewel hun poging om een telegram te sturen was mislukt, het nieuws over de dood van zijn vrouw moest zijn doorgesijpeld naar Alistair Feathers. Ze had half en half verwacht dat hij naar Port Swettenham zou komen om zijn zoon zelf naar huis te brengen. Nieuws verspreidt zich snel in de jungle. De begrafenis van zijn vrouw had hij uiteraard onmogelijk kunnen bijwonen, aangezien het lichaam onmiddellijk moest worden begraven, op dat moment, in de provincie Kotakinakulu.

'Hij is er niet,' stond tante May zichzelf toe te zeggen.

De zoogster was echter niet verbaasd. Meneer Feathers was niet naar de steiger gekomen om zijn vrouw te zien vertrekken. Hun afscheid – een bijzonder warm afscheid, voor hun doen, een kus op de wang (hoe was dit kind in hemelsnaam verwekt?) – had plaatsgevonden op de veranda van het huis. Een snelle omhelzing, dan naar buiten en de trap van de veranda af, terwijl kapitein Feathers naar de anderen riep dat ze klaar moesten staan. De zoogster ontving een ruim loon en was op haar mogelijke taak als min van de baby voorbereid met flinke hoeveelheden goed voedsel, en betelnoot en alcohol kreeg ze niet. Haar oudste dochter was naar de steiger gekomen, had mevrouw Feathers naar de loopplank geholpen – mevrouw Feathers had zich plotseling omgedraaid en het meisje een kus gegeven – en had toegekeken terwijl de boot zich zijwaarts naar de stroming bewoog en toen uit het zicht verdween.

Hier was het meisje nu, tegen kapitein Feathers' bevelen in, en ze had twee dagen lang zitten uitkijken – voeten tegen het schot van bananenblad gedrukt, wanhopig uitkijkend. In Port Swettenham hadden ze niet dit soort ruwe golven gezien en was de rivier olieachtig en dik geweest, schijnbaar bewegingsloos. Hier, verder stroomopwaarts, was er geen licht van gloeiwormen op de grote, onzichtbare netten, geen geluid van vissers die van boot naar boot riepen. Geen spookachtige wagenwielen van wier die als schaatsers over het oppervlak van de rivier vlogen en de stroming bijna inhaalden. Geen krokodillensnuit in Port Swettenham. Geen plons of schreeuw van watervogels die zich op hun prooi stortten. Hier op de steiger, stroomopwaarts, kropen dikke, metaalachtige hagedissen rond, met hun lange kaken in een schuine hoek op zoek naar larven tussen de bladeren. Ze bewogen stilletjes rond haar voeten. Ze schopte ze aan de kant. Het waren ongevaarlijke dieren.

En daar was de boot. Zou mevrouw Feathers er zijn? Als ze inderdaad dood was, zou haar sterke jonge lichaam, haar vrolijke, blije gezicht al aan het vergaan zijn in de natte grond van de christelijke begraafplaats in Port Swettenham.

De motor van de boot werd met een grom weer wakker en de boot naderde de steiger. Ada, het bruine meisje, klemde haar armen steviger om de bananenbladeren. Nu naderden er lampen. Er verschenen mannen – niet de districtsofficier – die de touwen vingen.

De boot ging voor anker, de motor stopte, de boot schommelde en trilde en Ada's moeder, haar kleine zusje en grote tante May van de missie gingen aan land. Tante May droeg een licht bundeltje.

Toen ze met beide voeten op het wankele platform stond, keek tante May naar het meisje en vroeg of zij de oudere dochter van de zoogster was. Ada zei ja en keek naar het bundeltje, en tante May legde het in haar armen. Ada's moeder liep langs hen met haar hoofd gebogen over haar eigen baby, bang dat ze de districtsofficier ergens in de schaduwen zou zien.

Maar er was geen districtsofficier. Alistair Feathers zat aan zijn bureau te werken, vanavond zelfs zonder te drinken.

Toen tante May werd binnengelaten, schudde hij haar de

hand en liet hij een bediende komen om haar naar haar kamer te brengen, het badhuis te laten zien, ervoor te zorgen dat ze iets te eten kreeg.

'Ik kan een aantal dagen blijven,' zei ze. 'Ik neem het risico wel dat de moesson begint. Om ervoor te zorgen dat alles zo aangenaam mogelijk is voor hem.'

'V-v-voor hem?'

'Voor je zoon. Hij heet Edward. Het is een gezonde jongen.'

'Mooi. Mooi.'

Hij vroeg niet of hij de baby mocht zien, de baby over wie, tegen de tijd dat tante May een week later vertrok, het hele dorp zich verwonderde. Een kind met helderblauwe ogen en een witte, witte huid en krullend kastanjekleurig haar. Nadat tante May met een donatie van tien pond voor de missie was vertrokken, liet hij Ada weten dat zij voor het kind moest zorgen. Tante May had Ada al de opdracht (en de tien pond) gegeven elke avond met de baby op de trap van zijn vaders veranda te gaan zitten. Dit deed ze vele maanden lang, maar Alistair Feathers kwam nooit bij hen in de buurt.

Gedurende de regentijd gingen Ada en de baby hoger op de trappen en toen op de veranda zitten, waar ze luisterden naar de stortvloed, de verpletterende, stomende stroom regen, en uiteindelijk droeg de bediende van de districtsofficier het meisje op weg te gaan, het kind mee te nemen naar de hut van haar familie en het bij haar en zijn zoogster te laten wonen.

En zo kwam het dat de baby zijn eerste jaren in het langhuis doorbracht tussen bruine huiden, bruine ogen, flarden bonte kleding, de Maleise taal; vaak slapend, soms melodieus zingend, dromerig de tijd verdrijvend tegen de achtergrond van de brullende rivier en de regen. 's Avonds bungelden de lampen aan de balken, en de baby staarde naar de vlammen met hun aureool van motten, luisterde met plezier naar de bavianen, keek zonder angst naar de zilveren hagedissen – hun zoekende, wiegende koppen – en naar de gekko's die zich hadden vastgehaakt aan het vlechtwerk van de muren en hun felgekleurde kelen opbliezen. Hij luisterde naar het ravotten van de ratten in het riet, keek ooit in vervoering toe terwijl een dikke slang uit een gat in de grond tevoorschijn kwam. Zag hoe die werd doodgemaakt. De voeding van de zoogster was verzadigend, maar zijn liefde voor het meisje was vurig.

Al snel strekte hij zijn armen uit om haar gezicht aan te raken, op haar kin, haar oor te zuigen. Op een dag, toen hij twee maanden oud was, lachte hij kraaiend als een jongen van twee terwijl hij naar haar keek. Vanwege de nagedachtenis aan de hartelijke moeder van het kind respecteerde en accepteerde het langhuis hem, een ivoren kind in hun warme, grijsbruine stuifzand, en gaven ze hem door, wiegden hem in slaap, praatten en zongen tegen hem, en hij verstond alleen Maleis. Tegen de tijd dat hij één was, rolde en zwalkte en waggelde hij rond in de kampong met de andere kinderen. Er was een aantal lichtgetinte halfbloedkinderen ten gevolge van de uitspattingen van de Raj. Soms liep de vader van dit kind door de kampong, maar hij leek hem niet te zien, leek de kastanjebruine krullen van zijn vrouw niet op te merken.

Het dorp observeerde de districtsofficier. Kapitein Feathers was een krachtdadige, rechtvaardige gouverneur, maar niemand mocht hem. Zijn kind kreeg extra aandacht en, van Ada, intense, onwankelbare, obsessieve aanbidding.

Toen het kind vierenhalf was, kwam tante May terug. Groot en sterk, de boot af en de steiger over naar de kampong, waar ze om zich heen keek en meteen Edward zag met zijn oranje haar, naakt en zuigend op een mango, zijn voeten en handen net zo bleek door de modder in de kampong als die van de andere kinderen. Ze ging niet naar hem toe – de vrouwen keken toe vanuit de donkere openingen van de hutten – maar knikte en glimlachte in zijn richting, tot zijn verbazing, want zijn mond viel open – en liep vervolgens de trap van de veranda op.

Ze werd verwacht: er was al een tijdlang gecorrespondeerd. Maar kapitein Feathers had niet op de steiger gestaan. Ze had hem vierenhalf jaar niet gezien maar het gerucht ging dat zijn houding ten opzichte van zijn zoon niet veranderd was, dat het slechter ging met zijn verbrijzelde enkel en dat hij veel te veel dronk. Men zei dat hij zich met excentrieke, pedante toewijding op zijn werk en het besturen van zijn district had gestort. Hij leefde celibatair. Er werden geen meisjes door hun moeder naar hem gebracht als 'extra bedienden', hoewel hij nog steeds een knappe man was, met zijn ogen die schitterden door de malaria. Hij wendde zich af van de schoonheid van de vrouwen en gaf zich over aan de schoonheid van de whiskey in het glas. Het leek hem geen kwaad te doen. Hij had de Schotse immuniteit. Hij dronk alleen, want hij had geen vrienden.

'O, juffrouw Neal. Tante May. G-g-goedenavond.'

Hij ziet er moe uit, dacht ze.

Ze was hierheen gekomen om het kind mee te nemen naar Port Swettenham, waar hij een halfjaar Engelse les zou krijgen vóór de reis naar huis, waar hij bij een Welsh gezin zou wonen tot hij acht was. Daarna zou hij naar de oude voorbereidingsschool van zijn vader en dan naar zijn vaders oude kostschool gaan. Tante May was bekend met het Welshe gezin dat hem zou verzorgen. Ze waren gewend aan Raj-wezen. Hij zou er door de vrouw zelf gekookt eten krijgen en het zou goedkoop zijn (Alistair Feathers was een Schot). En er waren ook twee tantes, zijn zusters, in Lancashire, wat niet zo ver van Noord-Wales lag.

'En uiteraard,' zei tante May tijdens het diner, terwijl ze naar het dalen van de whiskey in het glas aan de andere kant van de met lamplicht beschenen tafel keek, 'zul jij hem naar Wales moeten brengen. Over een halfjaar. En tegen die tijd heb je vooruitbetaald voor zijn onderhoud.'

Alistair Feathers staarde haar aan. Buiten waren de krankzinnige geluiden van de jungle te horen. Binnen was er de bediende die ronddrentelde, borden aannam, andere borden neerzette, fruit aanbood.

'Hij lijkt gezond en gelukkig te zijn,' zei hij. 'Ik heb nooit ingezien waarom ik hem naar huis zou moeten sturen. Het is niet verplicht.'

'Je weet heel goed dat het wel gebruikelijk is. Vanwege het risico op kinderziektes hier. Je bent zelf ook naar huis gegaan.'

'Dat is zo,' zei Alistair. 'God sta me bij.'

Tante May was het grotendeels met hem eens. Ze had gezien wat voor schade het kon aanrichten. Sommige kinderen vergaten hun ouders, klampten zich vast aan hun adoptiefamilies, die hen vaak vergaten. Er deden vreselijke verhalen de ronde. Anderen zeiden later dat ze het veel fijner hadden gevonden in Engeland, weg van hun ouders, die ze niet mochten. Er waren kinderen die hun uiterste best deden om ongevoelig en saai te worden, en die alleen trouwden om eindelijk zelf wortels te hebben. Ze zeiden er nooit iets over. En tante May was nooit overtuigd geweest van de hardnekkigheid van kinderziektes in het Oosten. Maar in dit geval was er geen moeder.

'Je hebt in tien jaar geen verlof gehad, Alistair. Dat is niet verantwoord. Niemand weet beter dan jij wat er hier gebeurt met districtsofficieren die te hard werken. Ze drinken en gaan op inlanders lijken.'

Alistair schonk met nauwgezette bewegingen nog een glas whiskey in en zei: 'Ik kleed me in ieder geval nog steeds om voor het avondeten.'

Hij droeg een smokingjasje en een zwarte das die acceptabel zouden zijn geweest in het Ritz-hotel. Geen druppel zweet. Tante May, gekleed in een sarong en sandalen, nu met iets meer dons op haar kin, en iets gespierdere armen die bijna tot aan haar ellebogen op de tafel rustten, was aangekomen en had het heet. Ze keek naar Alistair en kon niet anders dan hem bewonderen. Ze wilde zijn hand vastpakken. Haar moeilijkste taak nu ze ouder werd binnen de missie was het beteugelen van haar verlangen om aangeraakt te worden – omhelsd, gestreeld te worden door iemand, welk mens dan ook – een vriend, een minnaar, een kind, of zelfs (en daar rook ze gevaar) een bediende. Het maakte niet uit van welk geslacht. Ze bad erom, vroeg dat Gods omsluitende armen troost zouden schenken. Dat deden ze niet.

'Alistair, je hebt geen keus. Je hebt een zoon die geen moeder heeft. Thuis zijn je zusters er, allebei ongetrouwd. Ze zullen het geweldig vinden om een klein neefje te hebben. Ze beantwoorden mijn brieven niet, maar jij zei dat je regelingen hebt getroffen, het hun hebt verteld? Je zult verlof moeten nemen en de jongen naar huis moeten vergezellen. Dat zou zijn moeder ook hebben gedaan.'

Alistair stond op en hinkte rond, zijn kromme schaduw viel overal om hem heen. Buiten in de zwoele nacht hoorden ze het aanzwellen van stemmen vanuit de kampong en het gekraai van een haan. Er werd getrommeld.

'Het is het festival. Ze offeren een jonge haan.'

'Dat hoef je mij niet te vertellen, tante May.'

'Je zoon kijkt toe. Vind je dit een geschikte manier van leven voor een christelijk kind?'

'Hij is geen christelijk kind.'

'Ja, dat is hij wel. Daar heb ik voor gezorgd. Hij is meteen na zijn geboorte gedoopt. Zijn moeder hield hem vast. Dat is niet zoals de baptisten het doen, maar het was haar verzoek. Voor het geval hij de boot niet zou overleven. Hij is gedoopt in de naam van de Vader, de Zoon en de Heilige Geest, die niets te maken hebben met het kelen van een haan bij volle maan.'

'Ze roepen hun god aan,' zei Alistair. 'Er bestaat geen andere god dan God. Ik sta dichter bij hun goden dan die van jou ooit bij mij stond in 1914. Kan het kind niet gewoon doorgaan zoals nu?'

'Nee,' zei ze, en daar liet ze het bij.

De volgende dag ging ze op zoek naar Edward en ze vond hem in het ondiepe gedeelte van de rivier, waar Ada op de oever over gekleurde doeken wreef terwijl ze beiden schreeuwden en lachten. Andere kinderen stonden in het water en bespatten elkaar en Edward en Ada met hun ronde donkere handen. Edward deed nu hetzelfde en schopte nog meer water rond met zijn lange, witte voeten. Ada, die deed alsof ze woedend was, liet haar doeken vallen, rende tussen hen in en spetterde terug. Alle hoofden dansten als zwarte boeien op en neer tussen de rotsen. Edward liep plonzend naar voren en pakte Ada rond haar middel vast en drukte zijn hoofd tegen haar dijen. 'Jij bent mijn luipaard,' riep Edward Feathers in het Maleis van de kampong. 'Mijn schitterende luipaard, en ik wil je levend opeten.'

Dit, dacht tante May, kan zo niet.

Die avond tijdens het eten zei ze dat ook.

'Hij gaat naar huis, Alistair. Als jij hem er niet heen brengt, doe ik het. Ik heb ook wat verlof te goed. Er zullen andere kinderen aan boord zijn. Die zijn er altijd. Ik heb gehoord dat twee nichtjes van hem misschien per schip van Ceylon naar huis zullen reizen. Wellicht kunnen we hen oppikken. Volgend jaar kunnen we de kortere weg door Suez nemen. Je zusters zullen warme kleren moeten regelen voor Liverpool.'

'Ze zouden niet weten hoe,' zei Alistair. 'Het zijn onafhankelijke oude vrijsters. Spelen veel golf.'

'Goed. Ik zal contact opnemen met de baptisten. In Lancashire en in Wales. En ik zal ook,' ze keek hem indringend aan 'het ministerie van Buitenlandse Zaken op de hoogte brengen. Hoe goed ken je je zoon, vraag ik me af?'

'Ik zie hem soms.'

'Ik heb hem laten weten dat hij nu hierheen moet komen. Vanavond.' Ze klapte in haar handen en riep met de donderende stem van de Raj om de bediende.

De bediende keek naar zijn meester, maar de meester

opende en sloot telkens een klein zilveren doosje dat het speldendoosje van zijn vrouw was geweest en dat nu zijn tandenstokers bevatte. Toen pakte hij zijn glas en keek in de goudkleurige diepten.

'Ja. Goed dan.'

Edward werd naar binnen gebracht. Hij had net achter de deur gestaan en Ada's hand vastgehouden. Hij knipperde met zijn ogen tegen het felle licht, staarde naar de vreemde kleren van de lange man – het gesteven overhemd, de gouden horlogeketting – en de glans van het zilveren bestek en de glazen die hij nooit eerder had gezien.

'Nou, Edward,' zei tante May. 'Groet je vader, alsjeblieft.'

Het kind keek verward.

'Je vader. Kom.'

Ze gaf hem een duwtje. 'Buig, kind. Steek je hand uit.'

De jongen boog maar hield zijn ogen bijna doorlopend gericht op Alistairs magere, gele gezicht en zandkleurige vierkante snor.

Alistair liet zich plotseling weer in zijn stoel vallen, gooide het zilveren doosje op tafel en keek Edward voor het eerst recht aan. De vriendelijke blauwe ogen van zijn vrouw keken terug.

'Hallo,' zei hij. 'Hallo – Edward. En jij gaat dus weg?' Net als tante May sprak hij in Edwards eigen Maleis.

Edward bewoog nerveus en richtte zijn aandacht op het zilveren doosje.

'Wist je dat je weggaat?'

'Dat zeggen ze,' zei Edward.

'Je gaat eerst met tante May mee naar Port Swettenham. Voor een halfjaar. Om Engels te leren spreken, zoals alle Britse jongens moeten doen.'

Edward speelde met het doosje.

'Je hoort soms mensen Engels spreken, toch? Je begrijpt wat het is?'

‘Soms. Waarom moet ik dat? Ik kan hier praten.’

‘Omdat je op een dag naar Engeland zult moeten gaan. Ze noemen het thuis. Er wordt daar geen Maleis gesproken.’

‘Waarom kan ik niet hier blijven?’

‘Omdat blanke kinderen hier vaak doodgaan.’

‘Ik zou graag hier doodgaan.’

‘Wij willen dat je niet doodgaat maar dat je groot en sterk wordt.’

‘Gaat Ada ook mee?’

‘Dat zien we nog wel.’

‘Mag ik nu terug naar Ada?’

‘Hé,’ riep de vader toen het kind naar de veranda stoof, waar Ada in de schaduw stond. ‘Hé. Kom terug. Dit is voor jou. Het is van je moeder geweest,’ en hij hield hem het zilveren doosje voor.

‘Mag ik dat aannemen van Ada?’

‘Ik zeg dat je het mag aannemen. Ik ben je vader.’

‘Dat kan niet,’ zei Edward.

Er viel een stilte en tante Mays handen begonnen te trillen. De bedienden luisterden.

‘En waarom niet?’

‘Omdat u hier al die tijd zonder mij bent geweest.’

Tante May vertrok de volgende ochtend met Edward. Ze voelde zich ziek en somber.

Ik ben mistroostig, onaantrekkelijk, bazig en een mislukkeling, zei ze tegen God. Ik kom hier nooit meer terug. Die man kan mooi wegrotten.

Alistair had echter op de steiger gestaan, slechts lichtjes leunend op zijn stok, onberispelijk gekleed in zijn kakikleurige korte broek en tropenhelm. Hij had tante May de hand geschud en geknikt naar Ada. Had de kleine jongen een hand gegeven en gevraagd of hij het doosje veilig had opgeborgen. Toen had hij het bevel gegeven om de boot los te gooien en was hij hinkend weggelopen.

'Zwaaien,' zei tante May, maar dat deed Edward niet.

Net zomin als Alistair omkeek om te zien hoe zijn zoon aan zijn tweede – en laatste – reis over de zwarte rivier begon.

Toen de bomen op beide kronkelige oevers de steiger aan het zicht onttrokken, begon Edward, die met stomheid was geslagen door de aanblik van Ada die alleen achterbleef op het wankele platform, 'Ada, Ada, Ada!' te schreeuwen en naar de rivier achter hen te wijzen. Tante May hield hem stevig vast, maar hij schreeuwde harder en spartelde in haar greep. Ze sprak op scherpe toon in het Maleis en hij beet haar in haar schouder, wrong zich los en leek op het punt te staan overboord te springen. Een matroos greep hem bij de riem van de korte broek die tante May had meegebracht en die hem verbijsterd had. De matroos tilde hem hoog op. Er liep water langs de armen van de matroos. 'Hai, hai, hai,' lachte hij en Edward haalde snikkend naar hem uit. Hij was een lange, sterke jongen voor vierenhalf maar de matroos hield hem omhoog als een bloemenslinger. Iets aan de geur en de blije ogen van de matroos herinnerde het kind aan Ada, en hij huilde minder hard en zijn lichaam verslapte.

'Waarom blijft ze daar? Waarom is ze niet hier?'

'Als ze met je meeging, zou je nooit Engels leren. Jij en zij zouden Maleis praten, zoals wij nu doen.'

'Ik zal altijd Maleis tegen u praten.'

'Niet als we eenmaal in Port Swettenham zijn. Je zult iets nieuws leren. Ada komt later.'

'Later?'

'Ze zal naar Port Swettenham komen als jij naar huis moet gaan.'

Er ontsnapte een beverige, hopeloze snik aan Edwards keel. Hij had zijn thuis net verlaten. Wat zou Ada thuis doen zonder hem? Hij werd bij tante May op schoot gezet en hij keek haar aan met ogen die bijna krankzinnig waren en schreeuwde: 'Ada! Ada!' Hij probeerde tante May te slaan en ervandoor te gaan, maar ze greep hem in haar gespierde armen en probeerde hem te wiegen. Zijn lichaam werd weer slap. De snikken die zijn lijf deden schokken kwamen allengs met grotere tussenpozen. Hij hikte en probeerde te praten, maar het kwam er hortend en vreemd uit: 'Ek, ek, ek –' zoals de baviaan op het dak. Uit de tas van tante May kwam een fles tevoorschijn, en ze schonk voor hem iets in een beker. (Tante May had vaker dit soort weerzinwekkende ontvoeringen tot een goed einde gebracht.) Het drankje was donker en zoet en hij slikte het midden in een laatste beverige snik in één keer door. Ze gaf de lege beker aan de matroos, wiegde het kind en stond zichzelf toe te genieten van een kind in haar armen, wetende dat deze pezige jongen met zijn rode haar haar nooit zou verleiden tot slaapliedjes of troostende verwennerijen. Maar hij was warm tegen haar brede borst, en nu sliep hij. Ze was woedend op de vader, het systeem, het Britse Rijk, waarvan ze nu niet meer dacht dat het door God verordend was, en hoe had ze ooit kunnen denken dat het wel zo was? Haar plicht ten opzichte van deze mensen was waar het nu om draaide. Nou, ten opzichte van alle mensen. Liefde en plicht.

Zes maanden later scheepten zij met z'n tweeën in naar Engeland. Er was geen spoor te bekennen van de districtsofficier, geen spoor van Ada, en ze reisden als tussendekspassagiers – Alistair was vaag geweest tegenover tante May over hoeveel geld hij nog kon uitgeven, en ze had gevreesd dat het kind te opgewonden zou raken door uniformen en orkesten. Er was ook nog de kwestie van tafelmanieren voor iemand die tot zes maanden geleden in Port Swettenham nog nooit aan een tafel had gezeten. Aanvankelijk had Edward geprobeerd onder de tafel te eten. De missie had meer succes gehad met zijn Engels dan met zijn omgangsvormen. Het enige wat tante May van kapitein Feathers had vernomen sinds hun afscheid, was een brief waarin hij schreef dat alle financiële zaken voor de jongen waren geregeld en dat hij later zijn eigen geld zou hebben. De zussen van zijn vader waren per brief op de hoogte gesteld en hadden het adres van de kostschool waar hij heen zou gaan als hij veertien was. Er was geld gestuurd naar de pleegouders in Wales.

Tante May schreef terug om zich ervan te vergewissen dat het adres in Wales klopte, en ze zei dat Edward elke week een brief zou sturen zodra hij kon schrijven. Ze maakte duidelijk dat Edward op het moment niet zichzelf was. Dat hij in Port Swettenham weliswaar moeiteloos de Engelse taal oppikte – ze was ervan overtuigd dat hij linguïst zou worden –, passief en futloos en somber was geworden, en als hij nu praatte leek dat met enige moeite te gaan, alsof er een obstructie in zijn keel zat, als een oude klok die zichzelf probeert op te maken om te slaan. 'A-a-a-a-ack.' Je wilde het woord voor hem uitspreken. Je wilde hem soms bijna door elkaar rammelen omdat hij het met opzet leek te doen. Als de woorden uiteindelijk eenmaal bevrijd waren uit het uurwerk in de strot, of in de hersenen, kwamen ze veel te snel naar buiten gestroomd, en als hij stopte om adem te halen was het weer 'ack-ack-ack, ek-ek-ek'. Op de missie hadden andere kinderen hem 'de aap' genoemd en hij had nu inderdaad iets weg van de knokige, lichtoranje bavianen met hun hete rode ogen.

Hij vroeg nooit meer naar Ada.

In Colombo pikte het schip meer passagiers op en tante May vermoedde dat twee van de vele blanke kinderen met hun *ayahs* en moeders misschien Edwards nichtjes waren, die (uiteraard) eerste klas reisden. Daar waren geruchten over geweest, maar ze had niet verder geïnformeerd. Een van de nichtjes was iets ouder dan Edward, het andere jonger. Ze zouden de komende vier jaar samen doorbrengen, alle drie, in

Wales, bij de familie Didds. Edward zou misschien geplaagd worden vanwege de schijnbare armoede van zijn vader als de nichtjes wisten dat hij op het lagere dek verbleef. Er zou jaloezie kunnen ontstaan.

Hierin vergiste tante May zich. Wat voor web de kinderen ook tussen henzelf zouden spinnen, het zou altijd te hecht zijn voor jaloezie of plagerijen. Maar tante May volgde haar eigen plan en deed haar best met de hakkelende Edward terwijl ze onder een brandende hemel de gesmolten zilveren schijf die de Indische Oceaan was overstaken. Het was heel erg heet op het tussendek, maar ze waren allebei gewend aan hitte. Vanaf het bovenste dek in de eerste klasse zweefde dansmuziek naar hen toe.

Inner Temple

De statige Old Filth – Eddie Feathers – zat na de lunch een moment lang te knikkebollen in de rookkamer van de Inner Temple voor hij een taxi nam naar zijn notaris om zijn testament op te stellen.

Het was herfst, maar erg warm. De bloemen in de tuin van de Inner Temple straalden. De Theems glinsterde en toen hij uit zijn dutje na het eten ontwaakte, was hij een klungelige jongen die opnieuw de evenaar overstak en de idiote capriolen van de grote mensen gadesloeg. Neptunus met een groene pruik op zijn hoofd. Tante May was op bed gaan liggen, dus was hij naar het bovendek gezworven, waar hij gezichten en elegantie had gezien die hij nog nooit had gekend. Hij keek met open mond toe. Mensen dronken gekleurde vloeistoffen uit vazen met een pootje en puften rook met hun lippen. Dames met harde, droevige ogen droegen lange, strakke glitter en lachten veel. Een man gekleed in zwart en wit hield een vrouw gehuld in goud vast en hun lichamen versmolten terwijl ze loom heen en weer bewogen op de jammerende, betekenisloze muziek. Eddie werd overspoeld door een golf van grote droefenis. Hij zou het later nooit, nooit begrijpen. Hij wist dat het niet lang zou duren voor hij weer op deze oceaan zou zijn, misschien voor eeuwig. Hij had toen geen woorden gehad voor dit alles, en zelfs nu niet in de fauteuil in de Inner Temple, met een kop koffie naast zich.

Terwijl hij bijkwam van de dagdroom hoorde hij twee van zijn collega's – oude rechters die hij al jaren kende – door de gang naar de rookzaal lopen en over hem praten. Hij had naast hen gezeten bij de lunch.

'Bijzonder goed geconserveerd.'

'Nou ja, hij deed handelsrecht. Zo rijk als Croesus. Maar hij is een formidabele man.'

'Makkelijk leven. Het lijkt of hij nooit iets heeft meegemaakt.'

Nooit.

Wales

De witgekalkte stenen hoeve stond op een heuvel, met velden eromheen en uitzicht op zigzaggende stenen muurtjes die naar de klippen boven de zee leidden. Voor het huis lag een erf van aangestampte aarde en een mesthoop met een onthoofde kip erop, en dicht daarbij een kraaiende haan. De deur van de boerderij stond open. Op het erf ervoor, op ruime afstand van elkaar, stonden drie kinderen, waarvan Eddie de enige jongen en de langste was.

Hij was nu acht, zag eruit als tien, en was opzienbarend wit – hoewel dat misschien de bleekheid van een roodharige was. Hij stond bijna in de houding, alsof hij zijn executie afwachtte of klaarstond om een toespraak te houden. De andere twee figuren zagen er ook theatraal uit, bevroren op hun plek op het toneel. Wachtend op iets. Babs en Claire. Claire zat op de hoek van een muurtje. Babs leunde somber tegen een bijgebouw. Kippen renden rond. De kinderen spraken niet tegen elkaar.

In het huis was tante May weer, en ze pakte spullen in. Ze was nu zachter, minder stekelig, stond op het punt met een andere missionaris te trouwen en zeer binnenkort naar de Belgische Congo te vertrekken. Maar eerst maakte ze haar werk met Edward Feathers af. 'Ik laat nooit iemand in de steek,' zei tante May. 'Zeker niet na een tragisch voorval als dit.'

Het tragische voorval sprak voor zich, dacht ze, zodra ze Edwards gesloten gezicht had gezien, zijn angstaanjagende waardigheid. Hij had daar gestaan in een korte broek waar hij al lang geleden uit gegroeid was – zou het de broek kunnen zijn die ze drieënhalf jaar geleden voor hem had gevonden? – zijn haar zo kortgeknipt dat hij bijna kaal was en zijn bleke gezicht uitdrukkingloos. 'Tante May,' had ze gezegd. 'Herinner je je tante May nog?' Hij leek haar niet te kennen. Ze keek naar de twee meisjes, die ze zou moeten meenemen en verzorgen tot hun ouders – of andere familieleden ergens – hen kwamen opeisen.

De kinderen hoefden niet naar de begrafenis te gaan. Mensen in het dorp hadden hen opgevangen.

Babs, donkerharig en met een stuurse blik, stond links op de veranda aan haar nagels te pulken. De kleine roze Claire zat rechts op het muurtje en liet haar voeten bungelen. Toen tante May was gearriveerd en had gezegd: 'Ik ben tante May', had Claire geglimlacht en haar armen naar haar uitgestoken voor een omhelzing.

Babs was voor haar teruggedeinsd, alsof ze een klap verwachtte.

Edward, om wie tante May had gegeven, was bij haar uit de buurt gebleven. Hij had één blik op haar geworpen en was toen weggelopen door de poort in de stenen muur, de veranda af aan de rechterkant, en stond nu in zijn eentje naar de zee te staren.

Je zou verwachten dat ze nader tot elkaar komen, dacht tante May.

'Ik ga eens kijken of alles klaar is,' had ze gezegd. 'Ik zal het huis afsluiten.'

Nadat tante May het huis in was gelopen, bewogen de kinderen niet, maar keken ze naar een kleine auto die over de rotsweg langzaam naar hen toe reed. De auto reed het doolhof van stenen muren in. Een auto was iets zeldzaams. Deze zag er groot en zakelijk uit, met een stoffen dak en ronde blikachtige achterkant, en aan weerszijden een hoge treeplank met rubber. Spatborden vloeiden als omslaande golven om de solide wielen en de ramen waren gemaakt van oranje celluloid dat flink wat scheuren vertoonde. Een kleine man sprong uit de auto en liep opgewekt naar de trappen die naar de tuin leidden. Hij praatte.

'– neem ik aan,' zei hij. 'Eddie Feathers, neem ik aan? Erg aangenaam kennis te maken. Ik ben je nieuwe schoolhoofd en mijn naam is *Sir*. Altijd Sir. Begrepen? Het is een kleine school. Er zijn maar twintig jongens. Ze noemen elkaar bij hun achternaam. Ik heb één assistent, meneer Smith. Hij heet altijd meneer Smith, mijn assistent, wat zijn echte naam ook is. Zo nu en dan neemt een ander zijn plaats in. Deze meneer Smith is enigszins een beproeving, maar hij is erg goed in cricket, wat ik niet ben. Dus, goedemorgen, Eddie, en dit zijn je zussen, neem ik aan?'

'N-ni-nichtjes,' klonk het uit Edwards mond. Hij vond de man aardig.

'Ik heb geen verstand van meisjes,' zei Sir. 'Ik heb veel verstand van jongens. Ik ben een erg goede leraar, Feathers, zoals je vader misschien nog wel weet. Tegen de tijd dat je mijn instituut verlaat, is er geen vogel, vlinder of bloem, geen vis of insect op de Britse Eilanden die je niet zult herkennen. Je zult ook Latijn kunnen lezen als een Romein en Euclides begrijpen als een Griek.'

'Zal hij nog steeds Welsh moeten leren?' vroeg de blonde Claire.

'Welsh. Ik mag hopen van niet.'

'Wat als u een domme jongen krijgt?' vroeg Babs vanuit de schaduw (en dacht: ik mag deze man niet; hij zal Eddie veranderen).

'Eddie is niet dom,' zei Claire en zich ineens realiserend dat Eddie wegging – want daar kwam tante May aan met bagage – sprong ze van het muurtje en omhelsde hem zoals ze nooit had gedaan in al die verschrikkelijke jaren sinds ze elkaar hadden ontmoet in de haven van Liverpool. Ze begon te huilen.

'H-hou je kop, Claire.' Eddie draaide zich beschuldigend om naar de man en zei: 'Claire huilt nooit.' Hij keek naar Claires knot, voelde haar armen om zich heen, wist niet wat hij ermee aan moest en bevrijdde zichzelf voorzichtig.

'Tante May,' zei tante May tegen Sir. 'Ik ben tante May.'

'Ah, de formidabele tante May. U zorgt voor de meisjes, heb ik begrepen? Dat zou buiten mijn domein vallen. Ik geef alleen les aan jongens. Mijn instelling is erg duur en erg bekend. Ik ben ongetrouwd, net als meneer Smith, maar laat me u verzekeren, aangezien alle goede dingen verkondigd moeten worden, dat er absoluut niets onaangenaams gebeurt op mijn school. We zijn door en door zuiver. Dat soort dingen gebeurt bij ons niet.'

'Nou, dat zal een verandering voor hem zijn,' zei tante May. 'Hier gebeurde niets aangenaams.'

'Dat heb ik begrepen. Of eigenlijk moet ik zeggen dat ik het niet begrijp, aangezien dat soort zaken niet voor te stellen zijn in een goed georganiseerd instituut. We hebben geen lijfstraffen op mijn school. En we hebben geen hysterie. Men kan alleen maar veronderstellen dat dit soort dingen het resultaat is van het mengen van de seksen. Ik geef nooit les aan meisjes.'

'Wat hier is gebeurd, had niets te maken met school. Deze kinderen gingen naar de dorpsschool.'

'Wat het regionale accent van het roze meisje verklaart. Kom jongen, neem afscheid. Niemand verlaat mijn school met een accent.'

'Dag,' zei Eddie, terwijl hij alleen naar het gezicht van Sir keek. Hij vergat niet om tante May de hand te schudden en 'D-d-da-dank u' te zeggen. Zonder afscheid te nemen van de meisjes, aangezien zij drieën onderling nooit meer behoefte zouden hebben aan beleefdheden, pakte hij een deel van zijn spullen, tante May een ander deel en Sir helemaal niets, en ze liepen op een rijtje naar de auto, waar Sir de brede leren riemen losmaakte en de achterkant van de auto omhoog werd getild, als het deksel van een broodtrommel.

'Hij is geweldig. Uw auto.'

'Geweldig, *Sir*.'

'Geweldig, Sir.'

Sir deed een stap achteruit en keek toe terwijl de bagage in de broodtrommel werd gezet. Toen knikte hij naar tante May, wees naar de kleine opklapbare achterbank en keek hoe Eddie erin klom, terwijl Babs en Claire hen van bovenaf nonchalant gadesloegen.

'Hebt u het adres?' vroeg Sir aan tante May. 'En Feathers heeft dat van u? Niet te veel brieven, alstublieft; we hebben een hoop te doen. Hij zou alleen regelmatig moeten schrijven naar zijn vader. Geen brieven van de meisjes of vanuit dit dorp. Dat was geloof ik de afspraak? Waarom stottert de jongen?'

'Dat is jaren geleden begonnen.'

'Absoluut niets om ons nu druk over te maken,' zei Sir, en hij draaide aan een ijzeren zwengel voor aan de motorkap, gooide die over de auto op de achterbank, waarbij hij net Eddies hoofd miste, en sprong achter het stuur om de motor aan de praat te houden. Zonder een afscheidsgroet, te toeteren of te zwaaien, reed hij achteruit over het veerkrachtige gras, draaide de auto het stenen pad op en hobbelde tussen de lage muurtjes door tot hij uit het zicht verdween, een diepe stilte achterlatend.

Het was Babs die in tranen uitbarstte.

'Nu, dat gestotter,' zei Sir, ongeveer een uur later. 'Ik neem aan dat daar nooit iets over gezegd wordt? Dat is de huidige aanpak.'

'Ja-ja-jawel. Op sch-school.'

'Ah, maar zij waren Welsh. De Welsh hebben een vloeiend en melodieus taalgebruik. Ze begrijpen mensen die dat ontberen niet. Ikzelf, bijvoorbeeld, ben niet muzikaal. Jij wel?'

'Dat w-weet ik niet.'

'Kerkdiensten? Kerkdiensten?'

'Ik z-zong niet. Als ik dat wel deed, draaiden ze zich allemaal om en k-k-keken naar me. Babs zong. B-b-b kan wél zingen.'

'Het meisje met het donkere haar?'

'Ze zong helder en sch-sch-schel. Absoluut niet lieflijk. Geen Welsh gezang. Het beviel hun niet. Dus bleef ze zingen.'

'Een prima donna. Meisjes zijn erg lastig. Stil. Even stoppen. Ik zie gierzwaluwen.'

Hij stopte de auto midden op een lommerrijk weggetje met bomen. Boven hen doken pijlvormige vogels dartel op en neer door de lucht en dreven onzichtbare vliegen bij elkaar. 'Luister!' zei Sir. 'Hoor je dat?'

'Het klinkt een beetje als b-belletjes.'

'Goed, heel goed. Nu zul je nooit meer gierzwaluwen vergeten. Er zijn trouwens vogels die echt als een bel klinken. Ze heten klokvogels en ze roepen naar elkaar door het regenwoud van Oost-Australië. Laat je niet wijsmaken dat er geen regenwouden in Australië zijn. Ik ben er zelf geweest. Begrepen? Neem ik aan?'

'J-ja, Sir.'

'Mooi. En het wemelt er van de draken.'

'D-d, Sir?'

'Het is een soort gordeldier, uit de kluiten gegroeide pissebedden. (Onze gewone garnaal is verwant aan de pissebed.) Dikke, lage monsters en overmoedig. Mooi op een walgelijke manier.'

'Zoals de hagedissen in Kotakinakulu?' zei Eddie, zichzelf verbazend om de herinnering aan de platinakleurige hagedissen met de genadeloze ogen van krokodillen, de lange monden als een stalen snee, die hij hoe lang niet gezien had...?

'Heb je die gezien? Darwin interesseerde zich ervoor. Dat moet je de anderen vertellen, gestotter of niet. Claudius stotterde. Heb je weleens van Claudius gehoord?'

'Welke Claudius?'

'Welke Claudius, *Sir*. Claudius de keizer van Rome. Kapitale kerel. De prins van Wales stottert. Hij krijgt er les voor.'

'Heeft hij zijn stotter in Wales opgelopen?'

'Dat zou me niets verbazen. Jammer dat ze hem niet naar mij hebben gestuurd.'

De auto snelde voort. Toen ze bij de hoofdwegen kwamen, verstomde het gesprek. De lange das van Sir wapperde doorlopend achter hem in Eddies gezicht. Een onhandige spiegel die ter hoogte van Sirs oor aan de auto bevestigd was, toonde Sir, die met geconcentreerde ernst een gekromde, onaangestoken pijp tussen zijn tanden geklemd hield. Nu en dan kneep hij in een grijze rubberen bal, die vastzat aan een klein trompetje, en klonk er een hoog geblaat.

Het rubberen ding herinnerde Eddie aan iets smerigs. De obstipatie van de oude meneer Didds. Eddies gezicht verdween uit Sirs spiegel, en Sir stuurde naar de zijkant van de weg en stopte.

'Ik laat hem alleen maar een beetje afkoelen. Waar ben je? Op de vloer, neem ik aan?'

Eddie zat ineengedoken op de vloer van de auto, met zijn knieën opgetrokken en hij zag bleek.

'Ben je misselijk? Niet onnatuurlijk. Haal langzaam adem. Het kan door de auto komen. Anderen hebben hetzelfde gehad.'

Na een tijdje krabbelde Eddie omhoog.

'Je zou naast mij kunnen komen zitten, maar dat sta ik nooit toe. Ik ben verantwoordelijk voor je. Weet je veel over auto's?'

'Het is de e-e-eerste –'

'Eerste keer in een auto? Uitstekend. Je kunt de ervaring opschrijven. Hebben ze je leren schrijven?'

'Ja. In z-zekere zin.'

'Je bedoelt dat ze je met linialen hebben geslagen? Je tegen je hoofd hebben geslagen?'

'J-ja.'

'Dat gebeurt niet in mijn instituut. Als je niet werkt – niet je best doet – dan gaat meneer Smith een eind met je rennen. Weer of geen weer. Langs de oevers van het meer.'

'M-moeten we bordjes dragen?'

'Bordjes?'

'We droegen bordjes op onze rug.'

'Is jou dat ook overkomen?'

'Ons allemaal. Babs had LELIJK. Ik had AAP.'

'En het roze meisje?'

'O, zij werd nooit b-betrapt. Nou ja, ze mochten haar.'

'Mijn instituut is volledig anders,' zei Sir, terwijl hij even zijn ogen dichtdeed. 'Wat vind je van mijn spiegel?'

'S-s-s?'

'Op de auto. Ze zijn heel erg populair, uitgevonden door een dame, moet ik tot mijn verbazing zeggen. De eerste autospiegels waren gebaseerd op de poederdoos in de handtas van een dame. Je hield ze in je hand. Zodat je kon zien of er iets achter je reed. Op een dag zullen ze voor beide seksen verplicht zijn, verwacht ik. Ik zie dat je niet bekend bent met poederdozen? Wellicht ken je geen dames? Heb je een moeder?'

'Ze is overleden toen ik werd g-g-g-'

'Verschillende jongens in mijn instituut hebben hetzelfde moeten doormaken. We zijn bijna allemaal van de Raj. Ik probeer geen enkele moeder te spreken.'

De auto werd opnieuw aangeslingerd en ze gingen weer op weg. Het werd erg koud op de achterbank. Eddie dook iets verder in elkaar, maar hij durfde niet helemaal buiten het bereik van de mysterieuze poederdoosspiegel te zakken. Sir stopte in een bosrijke vallei, gaf Eddie een fles met limonade aan en nam zelf een slok uit een fles die een zilveren dop had en was omhuld met gevlochten riet. Eddie rook iets krachtigs en zoets. Het deed hem denken aan het zilveren doosje dat zijn vader hem had gegeven en dat hij aan Ada had gegeven.

'Het is nu niet ver meer,' zei Sir. 'We zijn op de grens van wat het Engelse Lake District wordt genoemd. Het is het oude koninkrijk Cumbria en de plek die ik heb uitgekozen voor mijn instituut. Ik neem aan dat je nooit hebt gehoord van onze purperen bergen en zilveren rivieren?'

'Dat k-kan ik me niet herinneren, Sir.'

'Nooit in handen van de Romeinen gevallen. Woonplaats van de dichter Wordsworth, die een gelukkige opvoeding genoot.'

'J-ja, Sir.'

'Je weet dit allemaal, neem ik aan?'

'Ik bedoelde – bedoelde niet –'

'Kun je lezen, Feathers?' vroeg Sir terloops.

'N-n-nog niet zo g-goed.'

'Maak je geen zorgen. Zo geleerd. Geweldige tijd in het vooruitzicht. Zo, we zijn er.'

Een hoog en erg lelijk, bruin, stenen kasteel torende uit boven een bos op een berg naast een zwart meer, en toen ze om een bocht reden en een oprijlaan omzoomd met blauwe hortensia's opreden, klonk er voor hen uit een bel en kwamen er verschillende enthousiaste en wild uitziende jongens tevoorschijn uit het kreupelhout. Sir gaf een salvo met de balg en de jongens renden de oprijlaan op, naast de auto, sommigen van hen juichend.

'Etenstijd,' zei Sir. 'Worstjes, als we geluk hebben. We hebben een goede kok. Je houdt van worstjes, neem ik aan?'

Een elfachtig kind kwam de voordeur uit gestormd en gooide zichzelf met zijn handen uitgespreid voor de auto.

'Er komt een dag dat ik je eendimensionaal maak. Een pannenkoek. Vulling voor in een pastei,' zei Sir.

'Mag ik de auto voor u in de garage zetten, Sir?' zei de jongen, die alert uit zijn ogen keek.

‘Natuurlijk, natuurlijk. Wrijf hem droog en geef hem wat te drinken, goed?’

De jongen nam plaats op de bestuurdersstoel en reed, hoewel zijn hoofd niet ver boven het instrumentenpaneel uitkwam, langzaam en voorzichtig de garage in, waarin de auto als een stuk speelgoed in een doos paste.

‘Bijzonder nauwgezette jongen,’ zei Sir. ‘Ingoldby is zijn naam. Hij is in het eerste semester verantwoordelijk voor jou. Heel goed gedaan, Ingoldby. Geen makkelijke garage.’

‘Het is niet zozeer een garage,’ zei Ingoldby, ‘als wel een kennel voor een middelgrote hond. Hallo.’

‘Ingoldby – Feathers,’ stelde Sir hen voor, zo de toekomst vormend.

De Donheads

Zeventig jaar later in Dorset, in een uitzonderlijk warme novembermaand, kon Teddy Feathers, Sir Edward, Old Filth maar niet beslissen welke das hij moest dragen voor een reis naar Londen. Hij en Betty gingen naar de notaris om hun testament te maken.

Beneden in de gang zat Betty, helemaal klaar, te wachten op een soort troon van verguld hout en verschoten, gescheurde zijde, die scharlakenrood was geweest toen ze de stoel in Bangladesh hadden gekocht. Ze had hem gevonden in een schemerige, naar wierook ruikende winkel in een achteraf-straatje in de Oude Stad van Dacca. Terwijl ze nu het roze satijn streelde met haar vingertoppen, probeerde ze zich te herinneren wat haar ertoe had bewogen deze stoel te kopen. Om ermee te pronken, dacht ze. Nou ja, sommige mensen brachten opgezette dieren mee terug. Ze had gevraagd of ze erin mocht gaan zitten. De stoel had helemaal achter in de winkel gestaan en vanaf de zitting had ze door de duisternis naar de verblindende schittering van de deur en de voorbijtrekkende parade op straat gekeken, de kluwen riksja's, de gedistingeerde oude heren met tulbanden op hun hoofd, de vrouwen die zich voortbewogen als kwiek zwevende vlinders, de bosjes zwarte hoofden in alle hoge ramen. Een processie van prinsjes was net voorbijgekomen, elk met een zilveren schaal met dampende plumpudding in hun handen. Ja, natuurlijk wist ze dat het alleen maar aluminiumfolie en koeienmest was. Maar ze waren vrolijk en ernstig tegelijkertijd, als de Drie Wijzen.

'Ja, ik neem 'm. Ik neem de stoel.'

En daar stond hij nu, op het parket in Dorset naast de teakhouten kist, en ze streelde hem met haar nagels, roze als de zijde.

Op de teakhouten kist lagen netten vol tulpenbollen die geplant moesten worden. Vandaag zou er de perfecte dag voor zijn geweest. Morgen was het misschien koud of nat en zou ze moe zijn na dit uitstapje van vandaag. Ze begreep niet waarom Filth nog steeds per se een notaris in Londen moest hebben. Twee keer zo duur en half zo efficiënt, in haar ervaring. Alleen al de gedachte aan Londen maakte haar duizelig. Zinloos om dat tegen Filth te zeggen. Zinloos om met Filth te kibbelen.

En de tulpenbollen hadden twee weken geleden al de grond in gemoeten, maar ze was niet meer de lopende en pratende kalender die ze vroeger was geweest. Ze ging niet graag op haar knieën zitten, in welke situatie dan ook. Ze deed het zelfs niet meer in de kerk, hoewel het oneerbiedig voelde om alleen maar te hurken. De koningin-moeder knielde nog steeds in de kerk. Filth zei dat koningin Mary tot op het allerlaatst had geknield.

Filth leefde nog steeds volgens een schema. Hij had deze afspraak weken geleden geboekt. 15.30 uur, Bantry Street, WC1. De testamenten zouden nu klaar zijn om ondertekend te worden. Hij had er de laatste tijd op aangedrongen en ze vroeg zich af of hij weer duizelingen had gehad. Zijn lichte hartaanval was een aantal jaar geleden. Ze streelde het satijn.

Toen verplaatste ze haar vingers naar de bollen in hun zakken en raakte ze aan – als een priesteres die een zegen geeft. De dikke knollen in hun netten deden haar denken aan de kroppen van afgeschoten vogels die op een stenen plaat waren gelegd – ergens in het China van haar jeugd, misschien? En deze dikke potente knollen onder hun huid, dacht Betty terwijl ze ze streelde, leken trouwens ook erg op de ballen van een man, als je erover nadacht.

Niet dat ik dat in jaren heb gedaan.

Ze hoorde dat Filth boven een schoen liet vallen en vervolgens vloekte.

Maar als ik er serieus over nadenk, zoals een kunstenaar dat zou doen, of een dokter, of een minnares die droomt...

Ze sloot haar ogen en onder de berg bollenzakken begon de telefoon te rinkelen. Ze voelde om zich heen tot ze de hoorn vond, tilde hem van het toestel en zei: 'Ja? Met Betty.' Ze zei nog een keer: 'Ja? Hallo? Met Betty,' wetend dat het iemand van haar leesgroep zou zijn, die deze middag bijeenkwam in het dorp, en die ze gisteren had laten weten dat ze er niet zou zijn. De schrijfster die ze bestudeerden (bestudeerden!), kwam helemaal uit Islington gereden om haar roman voor hen te verklaren. Betty vond dat ze betere dingen te doen zou moeten hebben. Het moest hetzelfde zijn als je huwelijk bespreken met vreemden. 'Hallo? Ben jij het, Chloe?'

'Betty?' (Een man.)

'Ja?'

'Ik ben op Orange Tree Road. Waar ben jij?'

'Nou, hier.'

'Waar precies?'

'Ik zit in de hal. Bij de telefoon. Op de satijnen troon.'

'Wat heb je aan?'

'Wat ik aanheb?'

'Ik moet je zien.'

'Maar je bent in Hongkong.'

'Ik moet je zien. Je gezicht zien. Ik ben het vergeten. Ik moet je zien zitten in de stoel.'

'Nou, ik – we staan op het punt naar Londen te gaan. Filth is boven zijn schoenen aan het aantrekken. Hij komt zo naar beneden. Ik ben gekleed op Londen.'

'Draag je de amethisten?'

'Doe niet zo absurd. Het is negen uur 's ochtends.'

'De parelketting.'

'O, nou, ja.'

'Raak ze aan. Zijn ze warm? Zijn het de mijne? Of die van hem? Zou hij het verschil zien?'

'Die van jou. Nee, hij zou het niet opmerken. Ben je dronken? Het moet daar na het eten zijn.'

'Nee. Nou, ja. Misschien.'

'Is – ben je daar alleen?'

'Elsie ligt op bed. Betty, Harry is dood. Mijn zoon.'

De verbinding werd verbroken op het moment dat Filth, gekleed in een Londens pak en zwarte schoenen, de trap af kwam gedenderd. Hij wervelde zich in zijn overjas en keek om zich heen, op zoek naar de bolhoed die hij opgediept had. De hoed lag tussen de tulpen. Hij dacht even na en liet hem toen liggen. Moet niet te oubollig zijn. De taxi was er.

'Telefoon?'

'Niets – verkeerd verbonden.'

Ze reisden eerste klas, hoewel onbedoeld, omdat ze eerste klas allebei ordinair vonden, en alleen voor mensen met een onkostenvergoeding.

De kaartjescontroleur, die hun leeftijd en kleding in aanmerking nam, dacht daar anders over toen hij Teddy's opgerolde paraplu en Betty's schitterende parelketting en de rommel op de vloer rond hun netjes gepoetste schoenen zag.

'U kunt uw kaartje opwaarderen, meneer, als u wilt.' (De echtgenote ziet heel erg bleek.) 'Het rijtuig hiernaast en maar vier pond extra als u boven de vijfenzestig bent.'

'Helemaal prima hier, dank u,' zei Filth, maar Betty glimlachte naar het zwarte Tamil-gezicht van de man, pakte haar tas en handschoenen, liep op haar elegante hakken door het rijtuig en zwalkte door de slingerende verbindingsdeuren naar de eerste klasse, weg van wat zij nog steeds 'de derde klasse' noemde.

Ze waadden door het water dat onder de deur van de wc's uit kwam en installeerden zich in een blauwfluwelen rijtuig met zes zitplaatsen. Van vier stoelen was de rug opengereten, waardoor de vulling er uitpuilde. Het plafond was beklad met graffiti, maar de vloer was schoner. Filth dacht aan de trein naar Kuala Lumpur, het mahoniehout en het warme eten dat van buitenaf werd aangereikt, en zat tegenover zijn vrouw in de twee niet opengereten stoelen aan de raamkant. De velden, bossen, heggen, hooglanden van Wiltshire, witte kalksteen die door het gras scheen, schoten voorbij.

Betty zag ineens een hop in een heg. Ze keek naar Filth om te zien of hij de vogel had opgemerkt, maar hij was in gedachten verzonken. De lijnen tussen zijn neus en mond waren vandaag scherp, wreed als de sneeën in de stoelen. Wat had hij in hemelsnaam om verbitterd over te zijn?

Zijn zoon is dood. Zijn zoon, Harry.

De Tamil schoof de deur open.

'Beter, meneer?'

'Heel fijn,' zei Betty.

'Vier pond? Is dat per persoon?' vroeg Filth.

'Laat maar zitten, meneer. Als je naar de stoelen kijkt... Maar het is schoner. Neemt u mijn advies aan en kiest u op de terugweg meteen voor de eerste klas. U zult wel een dagretour hebben?'

'O, ja. We blijven niet langer in Londen dan nodig is.'

De man vroeg zich af waarom de ogen van de dame zo schitterden. Alsof het tranen waren. Heel oud. Ze zou zijn oma kunnen zijn. En toch – ze lachte naar hem.

'We gaan naar Londen om ons testament te ondertekenen.'

'Mevrouw, ik weet zeker dat er nog meer dan genoeg tijd is.'

Filth snoot zijn neus in een gesteven zakdoek en trok zijn wenkbrauwen naar beneden alsof hij in de rechtszaal was. 'Daar zou ik in uw beroep maar niet op rekenen.'

'Daar hebt u groot gelijk in,' zei de man. 'Zetten ons leven op het spel, wij van de spoorwegen. Veiliger om te vliegen. Maar zo heb ik het graag. Als je moet gaan, moet je gaan? Toch?'

'Precies,' zei Betty.

'Inderdaad,' zei Filth. Zijn blik viel op Betty, haar gezicht leek vermoeid door de make-up heen. Hij keek weer naar haar terwijl de trein onbeschaamd door Clapham Junction slingerde. Ze moest haar ogen laten nakijken. Ze zagen er vochtig en vreemd uit. Oud, dacht hij. Ze heeft er nog nooit oud uitgezien.

'Lunch?' vroeg hij.

'Wat?'

'Waar ga je lunchen? Zullen we samen ergens eten? Simpson's?'

'Maar jij gaat naar de Inner Temple.'

'Ik kan mijn plannen aanpassen. Niemand verwacht me. Ik ken daar tegenwoordig geen mens meer.'

Ze zei niets.

'Dan kunnen we samen een taxi daarheen, naar de notaris, nemen. Niet apart aankomen. Rondhangen op de stoep.'

'Nee,' zei ze. 'Ik heb gereserveerd op de club.'

'Je hoeft niet te gaan. Er is daar nooit iemand.'

'Daarom ga ik. Om het gaande te houden. Ik heb dit keer met iemand afgesproken.'

'Dat heb je me niet verteld.'

Ze dacht: je hebt het me niet gevraagd.

Op Waterloo bleef ze bij hem staan wachten op zijn taxi. De chauffeur liep om de auto heen om hem te helpen instappen. De deur werd dichtgeslagen en hij klopte op zijn raam en riep: 'Betty – waar zei je nou dat je heen ging?' maar ze was verdwenen. Hij zag haar terwijl hij de helling af werd gereden, zo snel als een meisje met haar nog steeds niet oninteressante benen, waarmee ze door het verkeer naar de kant van het

National Theatre schoot. Loopt blijkbaar de hele weg naar de club, dacht hij trots. Over de brug, langs de Strand, Trafalgar Square, de Mall, St James's, Dover Street. Opmerkelijke vrouw voor over de zeventig. Ze vond het heerlijk om te lopen. Vreemd dat ze zo gehecht was aan die University Women's Club. Hij was er zelf nooit geweest. Betty was uiteraard nooit naar de universiteit gegaan. Ze was nu verdwenen.

Hij had haar niet rechts af zien slaan in de richting van het Film Theatre en de Queen Elizabeth Hall. In het National Theatre pakte ze een dienblad en drong ermee naar voren in de rij toeschouwers van de matineevoorstelling van *Elektra*.

Ze had geen idee wat ze at. Ze nam de lift naar de bovenste verdieping van de schouwburg en zat in haar eentje buiten in de koude lucht. Ze had met niemand afgesproken. Er waren overal straatartiesten: acrobaten, muzikanten, levende standbeelden, slangenmensen en een plotselinge stortvloed aan geluid van een Pavarotti in een lendendoek. De golven ingeblikte muziek deden de duiven opvliegen. Er gingen twee mensen op het bankje naast haar zitten, het meisje met haar haren verdeeld in twee vleugels van gekreukt goud. De jongen, zwaar, nors, wrokkig, plofte met openhangende mond naast haar neer. De muziek en de stem bleven oplaaien.

Zijn zoon Harry is dood.

Het meisje stak een sigaret op. Haar vingers en duimen zagen er gedrongen en zwaar uit door haar ringen.

Rings on her fingers and bells on her toes – en god weet waar nog meer, dacht Betty. *She shall have music wherever she goes.* O, ik hoop het echt.

Het meisje staarde naar haar.

'Ik vind je haar leuk,' zei Betty.

Het meisje wendde haar hoofd af, hooghartig. 'Niets blijft lang hetzelfde,' zei Betty, en de jongen zei: 'We kunnen naar de Chinees gaan.'

Ze dachten erover na.

Toen draaiden ze zich naar elkaar toe op de bank en in één vloeiende beweging vervlochten ze zich in elkaars armen.

Zijn zoon is dood, dacht Betty en ze stond op.

Ze kuierde naar beneden langs steile wenteltrappen en keek vanaf de oever van de rivier naar het water dat voorbij stroomde, naar het zilveren reuzenrad hoog boven in de lucht. Schitterend. Het werd met een schok wakker. Bewoog, bleef staan en weer verder. Alsmaar rond.

Terry's zoon is dood.

En ik niet, dacht ze. Filth en ik zullen eeuwig leven. Zinloos. De vlag voerend van een land dat ik niet meer herken of liefheb.

Toen ze het drukke verkeer langs de Strand zag, vroeg ze zich af of Filth op tijd bij de notaris zou zijn. Hij dutte na de lunch graag een minuut of tien in de rookzaal van de Inn. Geen land mee te bezeilen als hij het niet deed. Ze dacht aan hem, gespannen en boos, door het verkeer opgesloten in zijn taxi. Een paar jaar geleden zou hij eruit zijn gesprongen en zijn gaan lopen. Het was een bekend gezicht geweest, flapperende toga en papieren terwijl hij naar de rechtsgebouwen paradeerde. 'Kijk, is dat Old Filth niet?'

Toen hij heel jong was geweest, zonder een rooie cent of cliënten, voor ze hem kende, had hij altijd, zei hij, een bolhoed gehad voor als hij naar huis ging. 'Waarom?' had ze gevraagd.

'Om hem af te kunnen nemen voor een rechter.'

Je wist nooit wanneer Filth sardonisch of serieus was.

Vandaag was hij niet sardonisch. Met behulp van de opgerolde paraplu probeerde hij een taxi aan te houden buiten zijn Inn aan de Embankment. Hij bewoog zijn voeten behoedzaam en zag er stokoud uit, maar nog steeds knap, schitterend aangekleed, alert na zijn dutje van tien minuten, iemand die je zou opvallen. Maar het verkeer stroomde voorbij. Niets stopte. Hij zou er nooit komen. Te oud hiervoor, nu. Hij zou te laat bij de rechtbank zijn. Hij begon zo bang te worden als hij vroeger was geweest. Het voelde alsof zijn keel werd dichtgeknepen.

Ik loop naar Bantry Street, dacht Betty; misschien dat zijn taxi me inhaalt. En ze mengde zich onder de menigte. In haar plattelandskleding en parelketting en gepoetste schoenen à la Agatha Christie schreed ze tussen een zich verdringend, slonzig schorem dat haar aankeek alsof ze iemand uit een toneelstuk was. Verdriet en antipathie, ontzetting en angst, dacht ze, in elk gezicht. Niemand vredig behalve de lijken in de portieken, de bundels met vodden en flessen, en dat kon je geen vredigheid noemen. Ze gooide geld in hoeden en dozen zoals ze dat nooit zou hebben gedaan in Dacca of Sjanghai, en waar ze voor vervolgd zou zijn in Singapore. Er zijn weer bedelaars op de straten van Londen, dacht ze. Mijn wereld is voorbij. Net als die van Terry.

Haar hart klopte veel te snel en ze ging langzamer lopen op Bantry Street en voelde rond in haar handtas, op zoek naar een pil. Maar alles was in orde. Daar werd Filth, ernstig en lang, uit een taxi geholpen.

'Nou, goede timing,' riep hij. 'Uitstekend. Lekker geluncht? Nog iemand gezien?'

'Niemand die ik kende.'

'Ik ook niet. Alleen maar oude fossielen.'

Het instituut

'Ingoldby – Feathers,' had Sir gezegd op de oprijlaan van de voorbereidingsschool in de bergen van het Lake District.

Ingoldby werd die dag niet alleen Eddie Feathers' eerste vriend maar een deel van hem. Ze zaten die avond naast elkaar terwijl ze de worstjes aten. Vanaf de volgende ochtend deelden ze een van de tien dubbele lessenaars met opklapzittingen en één inktkoker. Luisterend naar Pat Ingoldby's eindeloze gepraat begon Eddie, aanvankelijk pijnlijk en aarzelend, ook te praten. Ingoldby wachtte geduldig als de klok moeite had met tikken, en onderbrak hem nooit. In de loop van vier jaar verdween het gestotter.

Ondanks Sirs strikte geen-beste-vriendenbeleid en dagelijkse koude douches kon niemand iets doen aan de eenheid van Ingoldby en Feathers. Ze lazen dezelfde aftandse boeken uit de bibliotheek – Henty, Ballantyne en Kipling –, kozen elkaar voor teams. Ze praatten over dezelfde helden. Ingoldby was donker en klein, Eddie Feathers was tien centimeter langer en had kastanjekleurig haar, maar ze begonnen met dezelfde tred te lopen. Een vreemd stel. En ze vormden een vreemd stel tijdens de roeiwedstrijden op het meer, maar ze wonnen bijna altijd. Ingoldby wiste de nachtmerries van Eddies verleden uit met zijn gevatheid en logica. Ze boden Eddie troost en steun, twee dingen die hij nog nooit eerder had ervaren. Hij sprak met geen woord over de jaren voor hij op het instituut van Sir was aangekomen en Pat vroeg er nooit naar, noch gaf hij informatie over zichzelf. Het verleden, tenzij het heel aangenaam is, wordt niet veel besproken onder kinderen.

Op de sportdag arriveerde kolonel Ingoldby en werd Feathers aan hem voorgesteld, en al snel bezocht Feathers de familie Ingoldby in de schoolvakanties. Sir schreef naar Maleisië om uit te leggen hoe voortreffelijk de Ingoldby's waren en dat ze Eddie graag elke vakantie bij zich wilden hebben. Er kwam een royale cheque uit Kotakinakulu voor mevrouw Ingoldby, die hoffelijk werd aangenomen (hoewel er geen begeleidende brief bij had gezeten).

Op hun veertiende zouden beide jongens naar dezelfde kostschool in de Midlands gaan en mevrouw Ingoldby vroeg Eddie hoe hij het zou vinden om de regeling voort te zetten. Zouden zijn tantes – die hij slechts één keer gezien had – jaloers zijn? Beledigd? 'We zijn zo gewend aan je geraakt, Eddie. Jack is zoveel ouder dan Pat. Het leeftijdsverschil is te groot voor hen om een hechte band te hebben als broers. Ik denk eerlijk gezegd dat Pat eenzaam is. Zou je het heel erg vervelend vinden om deel te worden van de familie? Je moet het eerlijk zeggen als het zo is.'

'Natuurlijk zou ik dat heel fijn vinden.'

'Ik zal naar je vader schrijven.'

Uit Maleisië kwam slechts stilte, met uitzondering van nog een cheque. Noch hoorden ze iets van de tantes. Mevrouw Ingoldby zei niets over het geld behalve: 'Wat ontzettend aardig en wat geheel onnodig,' en Eddie werd opgenomen in het leven van de Ingoldby's in hun grote huis op een heuveltop in Lancashire, waar de kolonel bijen hield en mevrouw Ingoldby afwezig en gelukkig ronddoolde en glimlachte naar mensen. Toen Pat een beurs voor hun volgende school kreeg toegekend, trok kolonel Ingoldby een fles Valpolicella open waarvan hij zich herinnerde dat ze die hadden gedronken ('Is dat zo, lieve?') tijdens hun huwelijksreis in Italië voor de oorlog. Het jaar daarop kreeg Eddie ook een beurs en was er hetzelfde ritueel.

Mevrouw Ingoldby was Eddies eerste Engelse liefde. Hij

had nooit geweten dat er zo'n ongecompliceerde vrouw kon bestaan. Ze was kalm en dromerig, bracht vaak iemand een kop thee uit geen enkel ander motief dan liefde, volledig afhankelijk van de buien van een cholerische echtgenoot, over wie ze nooit klaagde. Ze was zonder uitzondering verrukt over de verrassing van elke nieuwe dag.

High House stond aan het eind van een rechte, steile oprijlaan, omzoomd door bomen. Oude metalen hekken met dunne spijlen scheidden de laan van de velden die in de paasvakanties van de natte lentes in Lancashire net zo duizelingwekkend groen waren als de rijstvelden van Zuidoost-Azië. Helemaal onder, aan de laan kon je in westelijke richting uitkijken op de schoorstenen van het familiebedrijf, dat bestond uit een fabriek in een vallei. Deze stond bekend als de plek waar een specifiek soort tapijt werd gemaakt en werd The Goit genoemd en midden erdoorheen, tussen de gebouwen van de ronkende tapijtfabriek, liep een wijde stroom vol gladde kiezels en kleine doorzichtige visjes. 'Ik heb gehoord dat ons water bijzonder helder is,' zei mevrouw Ingoldby tegen Eddie Feathers ('Zo'n interessante naam').

'Dat zal denk ik ook wel moeten, om de tapijten erin te wassen,' zei Eddie. 'Maar hoe zit het met al die verfstoffen?'

'O, daar heb ik eenvoudigweg geen idee van.'

'Teddy' noemden ze hem, of 'beste kerel' (de kolonel). Pat noemde hem 'Fevvers,' net als op school, maar negeerde hem de rest van de tijd vaak. Hij was anders dan op school en trok er in zijn eentje op uit. Soms was hij humeurig.

'Hij heeft van die vreselijke slechte buien,' zei mevrouw Ingoldby, terwijl ze erwten dopte onder een beukenboom. 'Gebeurt dat op school ook?'

'Ja. Soms. Inderdaad, ja.'

'Weet jij waar het door komt? Hij was zo'n vrolijke kleine jongen. Hij is natuurlijk erg slim. Het is zo jammer. Wij zijn allemaal maar gewoontjes. Ik blijf maar denken dat het mijn schuld is. Je raakt teleurgesteld in je moeder tijdens de puberteit, vind je niet? Hij zal het maar gewoon moeten verduren, denk ik.'

Eddie vroeg zich af wat puberteit was.

'Waarschijnlijk komt het gewoon omdat dat vermoeiende seksgedoe eraan zit te komen. Geen homoseks, godzijdank, voor jullie allebei niet.'

'Nee,' zei Eddie. 'Daar preekt Sir te vaak over.'

'Ah, Sir. En die arme meneer Smith.'

'Ja,' zei Eddie, 'en de meneren Smith veranderen telkens, waar Sir dan diepbedroefd over is en dan moeten wij hem meenemen naar Striding Edge om zijn gemoed weer op te krikken.' Eddie was een heel eind gekomen sinds de autorit vanuit Noord-Wales.

'Je moeder heeft vast het gevoel dat ze vreselijk ver bij je vandaan is, aan de andere kant van de wereld.'

'O nee, ze is dood. Ze is gestorven toen ze mij kreeg. Ik heb haar nooit gekend.'

'En je arme vader, nog steeds helemaal alleen?'

'Ik denk van wel.'

'Ik weet zeker dat hij van je houdt.'

Eddie zei niets. Het was een nieuw idee. Hommels zoemden soezerig in de lavendelstruiken.

'Mijn ouders hielden helemaal niet van me,' zei mevrouw Ingoldby. 'Mijn vader zat in het Indiase leger. Mijn moeder kon niet wachten om me naar Engeland te sturen en van me af te zijn. Ze had verschillende kinderen verloren. Zulke deerniswekkende rijen kleine graven in de Punjab, en ook rijen moeders. Maar ze wilde me eigenlijk gewoon zo snel mogelijk op een boot zetten. Ik ben erg dankbaar. Ik kwam terecht bij een geweldige vrouw en daar waren we met een groep. We vergaten onze ouders volledig. Mijn moeder ging er met iemand vandoor – dat deden ze. Of ze dronken. Niet genoeg te doen. Ze gaven de Indiase bedienden bevelen als soldaten – erg onbetamelijk. Volledig trouw aan Engeland, natuurlijk. Toen verloor mijn vader al zijn geld. Ik denk dat je hem een triest figuur kunt noemen.'

'K-k-kwam hij u opzoeken? In Engeland?'

'O, ik geloof het wel. Ja. Ik ging bij zijn zus wonen, mijn tante Rose, toen ik ouder werd. Het was heel saai, maar ik had mooie kleren en ze was erg rijk. Ik mocht nooit ziek zijn. Ze was een aanhanger van wat ze *Christian Science* noemen. De griep in 1919 was vervelend. Iedereen ging maar dood. Toen mijn vader op een dag arriveerde, werd de deur van de ochtendkamer opengemaakt door een livreiknecht maar liefst (tante Rose had nooit in haar leven zelf een deur opengemaakt), en ze zei alleen maar: "Ah, daar ben je Gaspard. Je zult wel moe zijn. Hier is je kleine meid." Wil je geloven dat hij in tranen uitbarstte en wegvluchtte? Ik kan me niet voorstellen waarom. O, wat heb ik een geluk gehad dat ik de kolonel tegenkwam.'

Terwijl hij met Pat over de velden liep, maakte Eddie zo ongeveer de enige opmerking over iemands leven die hij ooit had gemaakt.

'Het is net alsof je moeder precies hetzelfde vindt van iedereen. Waarom is ze altijd blij?'

'God – weet ik veel.'

'Ze is helemaal niet verbitterd. Niemand mocht haar. Haar ouders klinken verschrikkelijk, als ik dat mag zeggen.'

'Dus ze heeft je verteld over tante Rose en de livreiknecht? Ze waren allemaal gestoord, als je het mij vraagt. Gekke Raj.'

'Maar het lijkt of ze – nou ja, alsof ze iedereen mag.'

'O nee, dat is niet zo. Zo zijn ze opgevoed. De meesten van hen leerden niemand aardig te vinden, nooit, in hun hele leven. Maar ze klaagden niet, omdat ze een veiligheidsnet hadden. Het Britse Rijk. Waar je ook heen ging, je droeg altijd de kroon, en waar je ook heen ging, je kon altijd je eigen soort vinden. Een club. Er zijn er nog steeds duizenden over de hele wereld, die denken dat het allemaal hun eigendom is. Het is vaag vermengd met de christelijke plicht. Zelfs nu nog. Zelfs hier, in Engeland. In elk huis van onze soort dat je binnengaat, van Liverpool tot het eiland Wight – zie je groot wild aan de muur en tijgervellen op de vloer en tafels gemaakt van koperen dienbladen uit Benares en een foto van de kroning op de Durbar. Tegenwoordig kun je zelfs doen alsof, met genoeg bedienden. De generatie van mijn grootvader was anders. Dat waren betere mensen. Beter opgeleid, Bijbellezers, niet opzichtig. Deden gewoon hun werk. Er was werk voor iedereen en ze deden het en vaak stierven ze tijdens het werk.'

'Ik denk dat mijn vader ook zal sterven tijdens het werk. Hij denkt aan niets anders. Zweet en zwoegt. Ziek van de malaria. En is zijn gezin verloren.'

Pat, die zich niet bekommerde om individuen, sloeg naar de toppen van de bloemen. 'Ik word historicus. Dat wil ik worden. Het is de enige hoop – erachter komen hoe we zijn geworden wat we zijn. Primaten, bedoel ik. Uitbarstingen van agressie. Vandaag is morgen geschiedenis. De grote rijken in verval. Aan het afbrokkelen. Er zal chaos heersen als het weg is en we zullen er geen betere mensen door zijn. Als rijken vergaan, is er vaak een schitterende finale – en daarna? Duitsland doemt weer dreigend op, Goten tegen Visigoten.'

'Maar je zou vechten voor het Britse Rijk, of niet? Ik bedoel – je zou vechten voor dit alles?' Eddie knikte over het groene land.

'Voor de tapijtfabriek? Ja, dat zou ik doen. Dat zal ik doen.'

'Zul je dat echt doen? Vechten?'

'Ja.'

'Ik ook,' zei Eddie.

Terwijl ze die laatste zomer in vredestijd bij de Ingoldby's rondzwierven, Pat nu zeventien, Eddie zestien, waren de dagen net weken, eindeloos als de zomers van een kind. Ze liepen kilometers ver, en aan het eind van elke dag van zon en smeulende wolken en de glinsterende regen van Lancashire, bleven ze stilstaan op de laan. In de zachte vallei, zekerder dan de zonsondergang, gingen de fabriekswerkers na de zoemer van vijf uur op weg naar huis, in slierten door The Goit en door de bossen op geplaveide paden die door generaties klompen opgepoetst en uitgehold waren. Soms kon je op de hoge laan, als de wind goed stond, het hoefijzermetaal van de klompen als castagnetten op de zandsteen horen klepperen.

Verder dwalend keken ze beiden toe terwijl de kolonel gehuld in een zwarte sluier rook pufte uit een koker gevuld met hooi en zijn bijen uitfoeterde. 'Hij zou rustiger met hen moeten doen,' zei Pat. 'Heb je hulp nodig, pa?'

'Nee, ga weg, dat wordt jullie dood. Ze zijn op het oorlogspad.'

'O – thee,' zei mevrouw Ingoldby. 'Jullie zijn net op tijd. Ik zal zeggen dat ze meer van die kleine sandwiches met tong voor jullie moeten maken. Hebben jullie fijn gewandeld?'

'Heerlijk, bedankt. Is er nog nieuws?'

'Ja, Hitler is Polen binnengevallen. Vertel het nog niet tegen je vader, Pat. Hij kan er niets aan doen en we eten zijn lievelingskostje. Ossenstaartstoofpot.'

'Het is niet helemaal toneelspel, weet je,' zei Pat, de gedachtelezer. 'Het is een modus vivendi. Ouderwetse manieren.'

'Het bevalt me wel.'

'Het niet verontrusten van de gasten, ja. Maar ze houdt alle vreselijke dingen die gebeuren binnen, voor haar eigen veiligheid. Mijn moeder is niet zo dwaas als ze zich voordoet. Ze is bang. Het kan nu elk moment "dag tapijtfabriek en zekerheid" zijn. Het wordt een munitiefabriek. Ploegscharen omgesmeed tot zwaarden. Het is twee generaties lang onze veilige en gerespecteerde bron van inkomsten geweest. Dit huis zullen we ook kwijt zijn. Jack gaat bij de luchtmacht en dat ben ik ook van plan.'

'Jij?'

'Ja. Ik denk van wel. Nadat ik ben toegelaten tot Cambridge. Als ze me willen hebben. Alvast mijn voet tussen de deur voor later.'

Hij vroeg niet naar Eddies plannen.

'Als ik de officiersopleiding van de universiteit heb afgerond,' zei Eddie, 'denk ik dat ik voor soldaat kies. Mijn vader zat in iets wat ze de Royal Gloucesters noemen – ik weet niet waarom. Misschien dat hij me daar binnen kan loodsen.'

'Trouwens,' zei Pat, die net als zijn moeder graag problemen vermeed. 'Dat gedoe over livreiknechten en ma – dat is allemaal onzin. Ze leest te veel Georgette Heyers.'

'Maar je moeder is zo –' (hij wilde onschuldig zeggen, maar dat leek hem niet beleefd) '– eerlijk.'

'Ze beschermt zichzelf,' zei Pat. 'Vind je het gek? Zij heeft ook de oorlog meegemaakt.'

Die avond na het eten luisterden ze naar de radio met de hoge ramen open naar het gazon. Een lariks zwaaide zwarte armen naar beneden om het gras aan te raken. Een kat kwam onder de armen vandaan en liep hinkend door de tuin en uit het zicht. Het dier schudde boos met zijn poten.

Het nieuws was slecht. Nadat de kolonel het had afgezet, kon je de afgemeten toon van de BBC nog steeds horen door de open ramen van de bediendenkamer. Schaduwen hadden plotseling de salon opgeslokt, en het was koud.

Mevrouw Ingoldby legde een deken over haar benen en zei: 'Pat, we hebben licht nodig.' De hartverscheurende geur van de violieren in het dichtstbijzijnde bloembed overspoelde de kamer als een zoet gas.

Pat stak een sigaret op en de kat liep terug over het gras, nu een schaduw. Twee groene ogen lichtten op. Pat deed het licht aan.

'Wat is er in hemelsnaam met de kat aan de hand?'

'Begin me niet over de kat,' zei de kolonel. 'Ik heb hem uit het raam van de slaapkamer gegooid.'

'Pa!'

'Hij had op mijn donsdeken geplast. Ik heb de donsdeken erachteraan gegooid. Ik zou hem doodgeschoten hebben als ik het pistool bij de hand had gehad. Ik houd het nu geladen voor de invasie. Die kat weet precies wat hij doet.'

'Doe voorzichtig, lieve. Hij is geen nazi.'

'Katten en bijen en de wereld, allemaal gek geworden. Ik zeg het je, er zal dit jaar geen honing zijn. Alles mislukt. Ik overweeg een koe te kopen.'

'Een koe, lieve?'

'Tegen kerst zal er geen boter meer zijn. Melkpoeder. Geen room.'

'Maar waarom niet?'

'Omdat dat gerantsoeneerd zal worden. De troepen gaan voor. Hoe stom ben je?'

Toen het bedtijd was, leunde Eddie uit het raam van zijn slaapkamer – de slaapkamer die nu helemaal van hem leek te zijn – en hij keek naar de donkere en lichte rijen van de groentetuin, het gehoorzame regiment van de kolonel dat in de houding stond onder een flintertje maan. Stilte tot zes uur morgenochtend, tot de zoemer van de fabriek ging. Dan het koor van klikkende voeten die door The Goit sjokten alsof er nooit iets kon veranderen. Op de overloop hoorde hij het dringende verzoek van de kolonel: 'Rosie – doe dat raam níet dicht. En haal die donsdeken niet naar binnen. Ik weet zeker dat het wél gaat regenen. Laat het regenen.'

Eddie zag het vierkant van ontheiligd satijn als een eenzame witte vlag tegen het huis liggen.

Tulpen

De ochtend na de vreselijke dag in Londen – de notaris had iets fout gedaan in haar agenda of had thuis moeten blijven met zieke kinderen of haar mobiele telefoon werkte niet of een combinatie van die drie, wat had betekend dat hun reis naar Bantry Street voor niets was geweest – zat Filth in de serre. Hij was woest, en schreef een lijst met wensen die moesten worden toegevoegd aan zijn testament. Hij vroeg zich af of hij wel helemaal in orde was. Een nat vierkant van dons bleef zijn gezichtsveld binnen zweven. Vermoeidheid. Hij droomde half. Zou niets tegen Betty zeggen.

De novemberzon scheen stralend. Het was bijna warm genoeg om buiten te zitten, maar Filth vond het fijn om een bureau voor zich te hebben als hij nadacht. Hij had graag een pen, of in ieder geval een duurdere soort balpen – meerdere, want ze liepen leeg – en een A5 schrijfblok van het soort waarop hij zijn zorgvuldig geformuleerde overwegingen had geschreven. Met toewijding, nauwgezet, helder, geen jargon, allemaal dankzij Sir, waardoor zijn overwegingen aan juniorrechters waren getoond als modellen voor de gewenste vorm. Daarna waren ze naar de kamer van de klerk gegaan, waar ze werden uitgetypt. Eerst door één enkele typiste – mevrouw Jones, die als er geen werk was zat te breien, vaak in haar jas van zeehondenbont aangezien er geen centrale verwarming was. Later waren er vijf typistes, nog later twintig. Door de jaren heen had Filth de veranderingen nauwelijks opgemerkt, van het gerammel van de oude zwarte Remingtons en de meisjes die allemaal kettingrokers waren, naar het gezoem en geklik van elektronica, naar het schijnsel van een scherm in de kamer van elke advocaat, de eerste faxmachines, de e-mails en het mysterieuze web. Hij was opgelucht dat hij zich hier niet mee bezig had hoeven te houden als juniorrechter of als advocaat van de kroon, en dat hij tegen de tijd dat hij rechter was geworden en in Hongkong woonde in een wereld was gestapt die technologisch zo ontwikkeld was dat hij alles gewoon aan machines kon overhandigen maar ook zijn pen kon houden. Zijn handschrift werd – ook weer dankzij Sir – alom bewonderd. Hij had in het handelsrecht gewerkt. Het bouwwezen. Bruggen en dammen.

En wat had hij een hoop geld verdiend in de rechtbank, dacht hij. Het was een nobele daad geweest om een rechter met een salaris te worden. Lijst met wensen... Legaten aan vrienden... Ik heb het te lang uitgesteld. De beste vrienden zijn allemaal dood.

En geen kinderen om het aan na te laten. Hij keek door de serre naar Betty, die de tulpen aan het planten was. Ze sprak zelden over kinderen. Nooit tegen kinderen als die in de buurt waren. Het was alsof ze geen mening leek te hebben over hun kinderloosheid.

Het toeval wil dat zij nu ook aan kinderen dacht. En ze dacht aan gisteren, toen zij en Filth een vruchteloze poging hadden gedaan om hun bezit weg te geven na hun overlijden. De dood van Terry's kind. De notaris die haar baan vergat vanwege de mazelen van haar kinderen. Deze oogverblindende ochtend, dertig jaar na de jaren waarin ze kinderen kon krijgen. De bomen in Wiltshire waren feloranje, geel, met hier en daar een vermiljoenen esdoorn, nog steeds in blad. Ze stonden verspreid in de hellende tuin, de zon was rijk en sterk, het huis achter haar goedaardig en Engels en veilig, nu net zo geliefd als haar appartementen en huizen in het Verre Oosten. Er zouden tegen deze tijd kleinkinderen zijn geweest, dacht ze, en ze hoorde hun stemmen. Zouden we goed met hen hebben kunnen omgaan? Ze kon zich niet voorstellen dat Filth liefdevol naar een kleinkind zou hebben gekeken.

Ze had nooit zeker geweten hoe het zat met Filth en liefde. Er was iets wat hem blokkeerde. O, trouw – o, ja. Onwankelbaar tot de dood. 'Er is voor Filth nooit iemand anders geweest dan Betty.' Enzovoort.

Al die tijd in het tulpenperk had ze op haar knieën gezeten en nu probeerde ze op te staan. Het begint belachelijk te worden, dat opstaan. Onhandig. Niet dat ik ooit gracieus ben geweest, maar ik was niet log. Ze ging op haar zij liggen, grijnzend, op het natte gras. En zag dat haar parelketting van haar hals was gegleden en in het tulpenperk lag. Het was de parelketting van gisteren, en voor het eerst in haar leven had ze die niet afgedaan toen ze naar bed was gegaan, noch toen ze zich 's ochtends had gewassen. 'Ik ben een slons aan het worden,' zei ze tegen de parelketting. Haar gezicht was er dicht bij. Ze zei: 'Je bent niet mijn *beroemde* parelketting, hoewel hij dat nooit opmerkt. Je bent mijn *schuldige* parelketting. Wat zal ik met je doen? Wie krijgt je als ik er niet meer ben?'

'Niemand,' zei ze, en ze liet hem uit het zicht glijden in een van de gaten die ze had klaargemaakt voor de tulpen. Met haar vingers vulde ze het gat met aarde en streek het glad.

Toen zwaaide ze haar stevige oude benen naar voren zodat ze dwars over de bloembedden lag. Ze zag dat de bodem van elk gat bedekt was met een dun laagje scherp zand, en hoopte dat het de parelketting niet zou beschadigen.

Nog steeds niet uit de problemen, dacht ze. Hoop dat Filth niet opkijkt, hij zou zich zorgen maken.

Ze rustte uit, draaide zich toen om, duwde zich op en kroop. Haar benen gehoorzaamden haar eindelijk en ze zat op handen en knieën. Ze leunde op haar ellebogen, haar handen leken enorm in haar groen-gele handschoenen, en bracht langzaam haar achterwerk omhoog, wankelde, en stond krakend en vreugdevol op. 'Nou ja, een John Travolta ben ik nooit geweest,' zei ze. 'En het is november. Bijna de eerste vorst.'

Ze was altijd verbaasd hoe zoveel verschillende ideeën en beelden naast elkaar bestonden en hoe het brein aankon, gelaagd als filodeeg, onzichtbaar als data achter het scherm. Betty was weer terug in Orange Tree Road, waar ze met mevrouw Cleary en mevrouw Hong in de warme regen stond, en waar overal om hen heen de bladeren vielen als geschilderde regendruppels. De geur van de aarde rond de bouwplaats van de nieuwe flatgebouwen, de jacaranda's, de glans op de bananenbladeren, kinderen die lachten en zwommen in de privézwembaden. Het gevoel deel uit te maken van het elastische leven, ongehaast, tijdloos, beheerst. En verliefd. Het arme kleine meisje dat parkeerkaartjes verkocht, met haar witte wanten tegen de zon. Betty's ogen vulden zich met tranen, waardoor haar bril besloeg. Tijd die nooit meer terugkwam. Terry's zoon die nooit meer terugkwam.

Met de troffel in haar hand en enigszins wankel draaide ze zich om en keek omhoog naar Filth.

Sinds gisteren was hij onmogelijk geweest. De hele nacht zo stijf als een opgebaard lijk, nippend aan water, bij het ontbijt autoritair en afstandelijk op de rechtersstoel. Hij had fronsend om zich heen gekeken of er toast was. Toen ze meer toast had gemaakt en het zilveren toastrek voor hem had neergezet, had hij het aandachtig bekeken en gezegd: 'Het toastrek moet nodig schoongemaakt worden.'

'De zoutvaatjes ook,' had ze gezegd. 'Ik zal de Silvo voor je pakken. Je hebt vandaag niets anders te doen.'

Hij had haar een kwade blik toegeworpen, en ze vroeg zich af of zijn brein ook vol zat met beelden. Elf jaar lang om zeven uur ontbijt op The Peak, mistig, vochtig en grijs, zij die in haar zijden ochtendjas lijsten maakte voor de dag en Filth – o zo schoon, schone Filth – in zijn lichtgewicht donkere pak, zijn overhemd zo wit dat het bijna blauw leek, zijn das van Christ Church, zijn krokodillenleren koffertje. Buiten reed de Mercedes zachtjes voor, de chauffeur wachtte in donkergroen uniform, de bewaker stond klaar bij de poort om een druk te geven op de knop van de stalen deuren, die zonder gekraak of hapering omhooggingen. En de warme, warme zware lucht.

'Dag, lieve.'

'Dag Filth. Thuis rond zes uur?'

'Thuis rond zes uur.'

Elke minuut aangenaam gevuld. Werk, ontspanning en geen vervelende taakjes.

En de zonsondergang altijd stipt, net als Filths thuiskomst. Het duister dat over de haven viel was nooit donker, de lichtjes in hun enorme aantallen, elke wolkenkrabber met duizend ogen. De torenhoge gordijnen van gelijkmatig brandende lichtjes, rood, geel, wit, vaalgroen, gekleurde regen die door het donker viel. Het enorme geluid van Hongkong dat opsteeg, de kleine veerboten die pendelden, het gevoel van een plek om trots op te zijn. Wij hebben dit gemaakt. Wij zagen hoe we het moesten doen. Een plek waarvoor we verantwoordelijk waren. Brits.

'Ik doe het zilver later,' zei Filth. 'Vanochtend heb ik het druk met mijn lijst met wensen. Ik regel mijn eigen testament wel.'

'Ik kan waarschijnlijk ook maar beter een lijst maken,' zei ze. 'Ik dacht dat het testament genoeg zou zijn. Maar na gisteren –'

'Hoe minder we zeggen over gisteren, hoe beter. Londense notarissen!' en hij stond op, nog steeds een fascinerend lange en aantrekkelijke man, vond ze. Zonder de nek en de moedervlekken zou hij er geen dag ouder uitzien dan zestig. Mensen kijken nog steeds op en vragen zich af wie hij is. Altijd een das. En zijn schoenen glanzend als glas.

'Ik ga de tulpen planten.'

'Ik zal het ontbijt opruimen.'

'Vind je het niet erg om te doen? Mevrouw T is er vandaag niet.'

'Ik wil beginnen aan het testament zolang ik nog geagiteerd ben.'

'Geagiteerd?'

'Over die vrouw. Notaris. Je weet precies wat ik bedoel. Gebrek aan ernst. Plicht. Rommelig. De reis die we hebben gemaakt! Rommelige agenda. Ik neem aan dat ze een agenda op een scherm heeft.'

'Denk aan je bloeddruk, Filth. Je loopt rood aan.'

Hij drentelde heen en weer door het huis, op zoek naar de juiste pen.

'Je zou het op de computer kunnen doen. Dan kun je veel sneller dingen veranderen.'

(Ze speelden allebei het spelletje dat ze met de computer zouden kunnen werken als ze dat probeerden.)

'Ik zal niets hoeven te veranderen.'

'Wat ik bedoel,' zei ze, 'is dat je snel moet zijn. Laat alles medeondertekenen door een notaris. Hier in de buurt – waarom niet? Zoveel goedkoper. We kunnen elk moment doodgaan.'

'Zoals je tijdens de hele treinreis naar huis maar bleef zeggen. Notarissen!'

'Zoals je zelf vaak hebt gezegd.'

Hij keek haar aan met een norse blik, maar werd toen vertederd terwijl hij naar haar gezonde buitenluchtgezicht keek en haar ogen die haar nog nooit bedrogen hadden.

'Ik heb een hekel aan testamenten maken,' zei ze. 'Ik heb er tientallen gemaakt,' en ze keek weg, omdat ze het niet over erfenissen wilde hebben, aangezien er niemand was om te erven. Ze wilde niet zien dat het Filth niet deerde.

'Ik denk,' zei Filth, tot haar verbijstering, 'dat ik op een dag een lijst met mijn wensen aan jou zal schrijven. Mijn persoonlijke wensen.'

'Heb je er nog zoveel, dan?'
'Niet veel. Gemoedsrust op het eind, misschien.'
En dat jij me nooit verlaat, dacht hij.

En nu, met de troffel in haar hand en een hoofd dat suisde door de inspanning die het kostte om John Travolta te zijn, sloot ze haar ogen om de duizeligheid tegen te gaan. Ze deed ze weer open, beschermde ze met haar hand tegen de zon en zag hem boven haar zitten in de serre. Er lag een soort deken over zijn magere, gespreide knieën. Door de manier waarop de deken gedrapeerd was en het lange, smalle gezicht dat in de zon staarde, zag hij eruit als een Christus in majesteit boven de poort van een kathedraal. Het enige wat ontbrak, was de hand die ter zegening omhoog werd gehouden. Zijn ogen waren dicht. Hoe lang zal hij het nog volhouden? Hij heeft zo'n hekel aan de dood.

Christus in majesteit opende echter zijn ogen en hield zijn hand omhoog, niet ter zegening maar met een enorm glas gin erin.

'Gin,' riep hij naar beneden. 'Had zin in gin.'

Ik zal nu niet meer dichter bij hem kunnen komen, dacht ze, terwijl ze zich omdraaide om de mand met bollen op te pakken en haar handschoenen uittrok. Daar is het nu te laat voor. De gaten zien er goed uit, maar het planten doe ik morgen. Het gaat misschien vriezen. Ik durf ze niet de hele nacht op het gras te laten liggen.

Agitatie

Na afloop van haar begrafenis zat Filth, nu zo oud als de tijd zelf, weer aan zijn bureau.

Garbutt, de klusjesman, duwde een kruiwagen vol met klimop van de serre naar het tulpenperk. Garbutt hield zijn kin naar voren gestoken. Hij verheugde zich erop, dat alles te verbranden. De vrouw, mevrouw Dinges, kwam bij Filth staan met een kop koffie, later met een rolveger.

'Til even uw voeten op en laat me daaronder vegen en dan laat ik u met rust,' zei ze. 'Hier zijn nog meer brieven. Zal ik vanavond terugkomen met uw gestreken was? Ik zou een salade voor u kunnen maken. Kijk toch eens hoe hij die klimop te lijf gaat!'

'Dank u, nee. Dat kan ik prima zelf,' zei Filth. 'Ik moet bij mijn bureau blijven.'

'Ik vond de klimop mooi,' zei ze. 'Niet dat mijn mening –'

'Het is nu gebeurd,' zei Filth.

'Het spijt me. Nou, er staat genoeg in de koelkast en u hoeft alleen maar te bellen –'

'Brieven,' zei hij. 'Brieven. Veel, heel veel brieven,' en hij pakte er één op en zwaaide ermee door de lucht om van haar af te komen. Er waren er nu geen met zwarte randen, godzijdank. Die waren tegelijkertijd met het Britse Rijk verdwenen. Deze zat in een vaalgroene envelop en kwam uit Parijs. Terwijl de vrouw, mevrouw Eh, de voordeur dichtsloeg en Garbutt weer kwam langsgestampt met een lege kruiwagen, kreeg Filth het gevoel dat hem werd opgedragen deze brief niet open te maken, en toen hij de tuin in keek zag hij Betty op het gazon staan en met een zeer geërgerde blik naar hem kijken.

'Ha!' zei hij, en hij staarde haar aan tot ze wegkeek. 'Laat me met rust,' schreeuwde hij. Hij pakte de ivoren briefopener om de envelop open te snijden en zag de naam: *Ingoldby*. Hij staarde, keek weer naar het nu verlaten gazon, keek weer naar de brief.

Niet de kolonel of mevrouw Ingoldby, nu al lang gestorven. Niet Jack of Pat. Dat was uitgesloten. *I. Ingoldby* stond er op de envelop, dus het moest Isobel zijn. Godallemachtig.

Nou, ik kan het maar beter gehad hebben.

In het jaar dat Eddie Sirs instituut verliet om naar kostschool te gaan, zou hij de zomer zoals gewoonlijk doorbrengen op High House. Pat Ingoldby, een jaar ouder, had Sir het jaar daarvoor verlaten, maar had Eddie wekelijks een brief geschreven vanuit de nieuwe school, en Eddie had teruggeschreven. Andere jongens deden hetzelfde met afwezige broers. Sir had vanaf het begin gestaan op wekelijkse brieven aan ouders en hoewel Eddie nooit een brief terug had ontvangen van zijn vader, had hij de gewoonte voortgezet tot Pat vertrok. Toen had Eddie toegeslagen en gevraagd of hij naar mevrouw Ingoldby mocht schrijven in plaats van naar zijn vader, en aangezien Eddies gestotter dreigde terug te keren na Pats vertrek stemde Sir daarmee in, en mevrouw Ingoldby schreef wel nu en dan terug, in een handschrift dat leek op een kleine spin die over het dikke papier zwierf en flauwviel en aan zijn einde kwam in een bijzonder vage handtekening. Jaren later, in een ander leven, kwam Eddie erachter dat zijn vader al zijn brieven van Sirs instituut had bewaard, zorgvuldig genummerd en opgeborgen in een stalen kluis tegen de termieten. Eddies brieven aan mevrouw Ingoldby en aan Pat bleven niet bewaard.

Sir had er ook op gestaan dat er brieven werden geschreven aan tante May, die af en toe een ansichtkaart stuurde; oom Albert, haar man, ook een missionaris, stuurde de school een keer een kokosnoot met Kerstmis.

Eddie genoot enorm van de beknopte, geestige brieven die Pat vanaf de nieuwe school stuurde. Hij nam alles wat hem aan informatie werd geboden in zich op: huisvesting, lessen, jongens, wedstrijden (die belangrijker waren dan de kerkdiensten), menu's, gebrek aan humor onder leraren. Beide jongens misten elkaar, maar dat werd nooit besproken, net zomin als het feit dat de broederlijke regeling van de vakanties uiteraard zou voortduren. Eddie schreef naar zijn tantes, één van ongeveer drie brieven in de vijf jaar dat hij bij Sir was, en vroeg of hij een deel van het geld dat zijn vader voor hem opzij had gezet mocht hebben zodat hij een cadeau voor Sir kon kopen, en tante Muriel stuurde een biljet van tien shilling.

'Ik neem geen geschenken aan,' zei Sir, terwijl hij een korte blik op *Three Men in a Boat* wierp. 'Dit is een fatsoenlijke school. Geen gekheid. Maar ja, dit zal ik aannemen. Stuur je zonen hierheen als je er een paar hebt. Schenk ons een zilveren beker of zoiets als je een stinkend rijke advocaat bent? Ja. Je wordt beslist advocaat. Geweldig geheugen. Logisch denkvermogen, geen verbeeldingskracht en geen hersens. Mijn favoriete kerel, Teddy Feathers, overigens. Juist ja.'

'Dank u, Sir. Ik zal altijd blijven schrijven.'

'Blijf uit de buurt van Wales. En laat de meisjes voorlopig met rust. Zodra er meisjes komen, gaan examenresultaten omlaag. Passie leidt tot een zesje. Vaarwel, oude Feathers. Verder maar weer.'

High House – het was nu 1936 – waar Eddie nu al zijn (weinige) bezittingen heen had gebracht, was niets veranderd en daar stond Pat op het perron, langer en puisterig, met een zware stem maar hij praatte nog steeds veel. Praatte onophoudelijk. Er kwam een meisje logeren, zei hij, maar hij hoefde zich niet druk te maken, want ze zou bijna meteen met zijn moeder op vakantie gaan in het Lake District.

'Ze is er al. Ze is een nicht. Een nicht van pa. Ze veroorzaakt moeilijkheden.'

Maar in het huis was er geen spoor van deze nicht te bekennen en niemand sprak over haar en ze kwam de hele dag niet tevoorschijn.

De volgende dag bij het ontbijt vroeg Eddie de kolonel naar haar.

'Hoe gaat het met uw nichtje, meneer?'

'Heeft het slecht gedaan op haar eindexamen. En ze is te oud om het opnieuw te proberen. Ik blijf maar tegen haar zeggen dat niemand zal vragen wat ze gedaan heeft en dat ze het over een halfjaar zelf ook vergeten is. Ze zal een echtgenoot tegenkomen. Arme kerel.'

'Dat weet je niet zeker,' zei mevrouw Ingoldby. 'Ze is nogal gesloten. Ik heb het vermoeden dat er geen echtgenoot in het verschiet ligt. En bijzonder koppig, ben ik bang. Ik heb haar ontbijt naar boven laten sturen omdat ze hoofdpijn heeft. Én ze is overstuur.'

De volgende dag zagen ze Isobel Ingoldby terwijl ze door de tuin liep, heen en weer, heen en weer in de regen met een proviandtas op haar rug.

'Gaat ze ergens heen?' vroeg Pat.

'Ze heeft het over Spanje. Ze voelt de behoefte om de rebellen te helpen. Ik zit erover te denken om haar ouders een telegram te sturen.'

'Laat haar met rust,' zei Pat. 'Ze komt wel naar binnen voor het avondeten.'

'Maar heeft ze wel ontbeten?'

'Nou, het stond voor haar klaar op het buffet.'

'Ik zou niet willen dat ze straks naar huis gaat en dan zegt dat we haar niets te eten hebben gegeven. En o hemel, kijk! Misschien heeft ze écht niet ontbeten.'

Ze zagen hoe Isobel in haar proviandtas rommelde en die toen op het gras leegkieperde. Ze pakte een homp brood, stond op, kantelde haar hoofd naar achteren en begon het brood te verslinden. Het leek of ze haar ogen dichthield. Aan het bidden, wellicht.

'Ik denk dat ze misschien ietwat vreemd is,' zei kolonel Ingoldby. 'Dat zit erin bij sommige Ingoldby's. Niet bij Pat, natuurlijk, lieverd, en zeker niet bij Jack.'

De beminde, oudere broer Jack kwam nu maar zeer zelden langs op High House. Sir en de kostschool, waar de jongens van Ingoldby traditiegetrouw naartoe werden gestuurd, hadden de weg naar Cambridge geplaveid. Het grootste gedeelte van de tijd was hij daar of in het buitenland, hoewel hij één of twee keer per zomer door zijn oude thuis kwam gevlogen en dan bijzondere en uiteenlopende vrienden meebracht, geweldig tennis speelde, schoon en goedverzorgd, volledig in harmonie met de wereld van zijn ouders. Als een hond die op zijn baasje wacht, leek mevrouw Ingoldby instinctief te weten wanneer hij onderweg was. 'Wacht eens even. Is dat Jack?' Ze luisterden, gingen dan door met hun leven en hoorden een paar minuten later het gesputter en gebrul van Jacks auto die zilver was en elegante lederen gordels had.

Eddie had intuïtief een gevoel dat Jack betrof; dat Isobel bij hem vandaan werd gehouden en dat dit de reden was waarom zij en mevrouw Ingoldby naar het Lake District gingen. Daarom gedroeg Isobel zich vreemd. Terwijl hij keek naar Isobel in de tuin, was het hem duidelijk dat het Lake District en haar peettante niet genoeg voor haar zouden zijn.

'O, haal haar alsjeblieft naar binnen,' zei mevrouw Ingoldby, 'of laat iemand in ieder geval met haar gaan praten... Jij, Eddie. Wil jij gaan? Jij bent nieuw voor haar – ons vindt ze saai. Je zou met haar over de Spaanse Burgeroorlog kunnen praten. Ik wil niet dat er later in Gerard's Cross verhalen rondgaan dat we haar hebben verwaarloosd.'

Dus was Eddie nogal ongemakkelijk over het gazon en tussen de bomen door gelopen, met zijn veertienjarige, langer wordende benen en ronde knieën. Zijn krullerige haar, zijn handen in zijn zakken, blasé zoals een aantal van de heren Smith. Zijn voeten enorm, in afgetrapte gymschoenen, zijn lengte innemend. Zijn stem, die aan het breken was, verraste hem doorlopend met plotseling gebrom en gepiep. Toch bezat hij een zekere elegantie. Hij had niets meegekregen van de Spaanse Burgeroorlog.

Het meisje stond met haar rug naar hem toe. Het was opgehouden met regenen en het was een warme en zonnige zomerochtend. In het dal rezen de fabrieksschoorstenen bruin en indrukwekkend op als hindoetempels.

'O, hallo,' zei hij.

Het meisje stopte met kauwen en draaide zich om. Ze staarde naar hem.

'Ik ben Edward Feathers. Een vriend van Pat. Ik ben gestuurd om te vragen – nou ja, of je misschien naar binnen komt om te lunchen?'

Het meisje was gigantisch; mager, gebronsd en enorm, even lang als Eddie en beslist behoorlijk oud. Ze was misschien wel twintig. Haar gezicht leek op dat van een leeuwin – platte neus, smal voorhoofd, brede jukbeenderen, lange groene ogen. Opperste zelfbeheersing. Wauw!

Haar benen waren onbedekt en erg lang, net als de zijne, en haar sandalen hadden kleine leren bandjes die de tenen van elkaar scheidden.

Eddie voelde dat er iets gebeurde met zijn lijf en hoewel hij geen idee had wat het was, begon hij te blozen.

Ze nam hem van top tot teen op en begon toen te lachen.

'Ik eet niet graag binnen aan een glimmend geboende tafel,' zei ze. 'Ik moet buiten zijn. Dat weten ze.'

'Dat leek niet zo te zijn. Nou ja. Goed dan. Ik zal het tegen ze zeggen.' En hij vluchtte.

'Ze zei dat ze er niet van houdt om aan een glimmend geboende tafel te eten.'

'O god,' zei Pat.

'Dat heeft ze van haar moeder,' zei de kolonel.

'Ik ben bang dat ik behoorlijk wat met haar te stellen zal hebben in het Wastwater Hotel,' zei mevrouw Ingoldby.

'Misschien dat de tafel daar niet geboend is,' zei Pat. 'Maar waarom zou je überhaupt met haar daarnaartoe gaan? Jack zit in het buitenland.'

Zijn moeder schonk hem wat bij iedere andere vrouw een vorsende blik zou zijn geweest. 'Ik ben haar peettante,' zei ze, 'en haar moeder is ervandoor gegaan met een Marokkaanse trommelaar.'

'Ik neem het haar niet kwalijk,' zei Pat. 'De moeder van Fevvers is er ook vandoor gegaan, en je ziet hem niet tussen de bomen eten.'

'O, Teddy! Dat wist ik niet! Ik dacht dat je moeder alleen maar was overleden.'

'Ze is ook alleen maar overleden,' zei Eddie. 'Ze overleed toen ik twee dagen oud was.'

'Waarschijnlijk zag ze jou,' zei Pat.

'Ja, zo kan die wel weer,' zei zijn moeder.

'Verdomd ellendig,' zei zijn vader, 'waarschijnlijk waren er niet veel Marokkanen in Maleisië.'

'Er waren wel veel trommelaars,' zei Eddie, en hij begon te lachen. De kolonel en zijn vrouw keken naar hem met een verbijsterde en ongemakkelijke blik.

Pat had Eddie een soort plotselinge vrijheid gegeven. Eddies ideale moeder, die hij zich altijd had voorgesteld als een tante May-achtige persoon, werd een verleidelijke schoonheid die het bed in dook met een Marokkaanse trommelaar! Pat had hem zelfvertrouwen gegeven. Vanaf het allereerste begin. En allemachtig, wat had hij dat nu hard nodig, na wat hem tussen de bomen was overkomen. Hij vroeg zich af of hij het tegen Pat moest vertellen, maar wist toen dat dit het eerste onderwerp was dat hij niet met hem kon bespreken.

Pat keek hem aan.

'Zullen we gaan fietsen?'

'Ja, leuk. Ja, graag.'

'Is dat goed, ma?'

'Ja, maar wat moeten we nu met Isobel?'

'Het is niet aan ons om iets te moeten met Isobel.'

En het luipaardachtige meisje sloop langs de ramen met de proviandzak op haar rug, terwijl ze een landkaart las.

'Ze ziet er goed uit, dat moet ik wel zeggen,' zei de kolonel.

'Dat vindt Jack ook,' zei Pat.

Ze sjokten met zijn tweeën tegen een heuvel op met hun fietsen aan de hand, ondertussen wensend dat ze een modern model met drie versnellingen hadden in plaats van deze kinderfietsen met mandjes. 'En jij – hm?'

Eddie zei niets.

Isobel verscheen bij het avondeten en ging rechts naast de kolonel zitten. Ze leunde achterover in haar stoel en liet haar ogen schitteren.

'Wat een mooie jurk,' zei haar peettante. 'Ben je van plan die mee te nemen naar Spanje? Ik weet zeker dat hij gestoomd moet worden. Dat zal niet meevallen in het buitenland.'

Isobel speelde met haar eten.

'O, hemel. Het lijkt erop dat je niet meer van vispastei houdt. Dat vond je altijd zo –'

'Het smaakt prima,' zei Isobel, terwijl ze het eten met de tanden van haar vork rond schraapte. Ze had alle garnalen eruit gepikt en leunde nu met haar zonverbrande schouders naar Eddie toe en begon de garnalen van zijn bord te plukken.

'Jammie,' zei ze, en Eddie kwam weer in de problemen onder het tafelkleed. Hij bloosde en Pat proestte het uit in zijn waterglas.

'Volgens mij heeft ze jou op het oog,' zei Pat na het eten, terwijl hij in het donker tennis speelde met Eddie. 'Pas maar op. Ze is een kannibaal. Het gaat regenen. We moeten naar binnen. Het net eraf halen. Ze zit hier waarschijnlijk ergens tussen de struiken. Moet je niet lachen?'

Maar Eddie, die het druk had met tennisballen oprapen en het oprollen van het net, zei niets. Op weg terug naar het huis sloeg hij uit alle macht naar het groen.

'Sorry dat ik er iets over zei,' zei Pat. 'Het was maar een geintje.'

'O, hou je kop,' zei Eddie. 'Ik kan je nicht niet uitstaan. Goed? Het spijt me.'

Maar ze bleven staan bij het bankje om het uitzicht vanaf de heuvel te bekijken. 'Niet veel te zien, maar misschien dat we de nachtegaal horen. Dan kunnen we een kaart naar Sir sturen,' zei Pat.

'Het is te laat voor de nachtegaal. En te ver naar het noorden.'

'Wil je een peuk?' Pat stak een sigaret op.

'Absoluut niet.'

'De meisjes worden er opgewonden van. Niet dat jij daar behoefte aan hebt, blijkbaar.'

'Het is walgelijk. Het is allemaal walgelijk,' schreeuwde Eddie, en hij duwde Pat van de bank en ging op hem zitten. Pat spartelde en begon toen te zingen:

'Mijn vriend Billy heeft er een
van meters lang...'

'Hou op!'

'Hij liet hem zien aan de buurjongen.
Die dacht, dat is een slang
En sloeg erop met een tang
En nu is hij nog maar...'

En ze rolden in de rondte, vechtend zoals ze jarenlang gedaan hadden, en zetten zo de klok nog een minuut langer stil.

Maar ergens was er iets veranderd. Hij en Pat gingen allebei hun eigen weg. Binnenkort zouden ze uit elkaar gedreven worden door langsschurende gletsjers, herinneringen zouden worden vergeten of aangepast of vervalst.

Eddie liep die avond zwaarmoedig achter Pat aan het huis in en zelfs Pat leek in een peinzende stemming te zijn. In de salon rondden de Ingoldby's de avond af met hun zinloze gekwetter. Van Isobel geen geluid te bespeuren.

Toen Eddie in zijn geliefde High House-bed lag, begon buiten de regen weer neer te plenzen en hij sprong eruit om het raam dicht te doen. Algauw verdween de maan weer achter de wolken. Hij klom weer in bed.

In alle daaropvolgende jaren zou hij de herinnering aan of droom over wat er daarna gebeurde niet vergeten. De deur van zijn slaapkamer ging open en weer dicht, en de jonge godin – de leeuwin – verscheen aan het voeteneind van zijn bed. Ze stond stil en bekeek hem, overpeinsde zijn onvermogen om zijn ogen van haar af te houden.

Toen liep ze naar het raam en keek naar buiten. Hij wist dat er iets van hem verwacht werd, maar had geen idee wat het was. Niet lang geleden zou hij 'Help! Inbrekers!' hebben geroepen. Later, slechts een paar jaar later, dacht hij, op basis van boeken die hij achter in boekhandels in de buurt van Sirs instituut had gelezen, zouden hij en het meisje hun vlees op een of andere manier hebben laten versmelten in het bed. Maar hij wist niet wat er daarna gebeurde. En hij wilde het ook niet weten.

Ze is oud en ze is kwaadaardig en ze wil me alleen maar pijn doen, dacht hij.

'Eddie?' fluisterde de schaduw van bij het raam. 'Ik vraag me af wat je van me vindt?'

Ze liep terug door de kamer en hij ontdekte dat hij rechtop kon gaan zitten onder de dekens en haar het hoofd kon bieden, zo dapper als – zo dapper als Cumberledge. Zo! Hij had aan die naam gedacht. Cumberledge. Waar die nu ook mocht zijn. De stille Cumberledge, wiens wil nooit helemaal gebroken was.

Eddie zou haar afmaken, zoals hij al een keer eerder een vrouw had afgemaakt. 'Ik vind dat je slecht bent. Een slechte vrouw,' zei hij. 'Wegwezen.'

En ze was verdwenen.

De vreemde droom (of wat het ook was) werd nooit helemaal uitgewist. Hij had hem niet zozeer voor zich gehouden als wel ontkend. Om een reden die hijzelf niet begreep was het iets waar hij zich zowel voor schaamde als iets waar hij verdrietig van werd.

Waarom in hemelsnaam? Er was niets gebeurd. Hij had gewonnen. Hij had de sirenes het zwijgen opgelegd. Als er zeemannen aan boord waren geweest, hadden ze deze Ulysses niet aan de mast hoeven vast te binden. Dus een lange neus naar sexy Isobel, de kinderlokker.

En toch, zijn hele leven – spijt.

Isobel en mevrouw Ingoldby vertrokken de volgende ochtend in alle vroegte. En de eerstvolgende keer dat Eddie Isobel zag, was dat in een andere wereld en waren er een heleboel mensen dood.

De Donheads

Het was dus Isobel. De groene brief kwam van Isobel. Een condoleancebrief omdat hij zijn vrouw had verloren.

> Beste Teddy (als dat nog mag, Sir Edward),
> Ik heb hier in Parijs net in *The New York Times* het bijzonder trieste nieuws van Betty's dood gelezen en ik schrijf je om te zeggen hoe erg ik het voor je vind, en trouwens voor ons allen die haar kenden en haar zullen missen.

(Haar míssen? Haar kénden?)

> Ik vraag me af hoeveel je je herinnert? Ik vraag me af hoeveel je überhaupt nog weet van de tijd voordat je Betty ontmoette en het idool van de goede oude rechtbank in Hongkong werd? Voor je me écht ontmoette? We hebben nooit meer over High House gepraat, of wel? Na afloop?
>
> Het heeft de oorlog nauwelijks overleefd. Jij en Pat waren daar zoveel samen. Jij en Pat waren de ziel van dat huis, en ik was een gat in de lucht. Heb je ooit geweten, vraag ik me af, dat Betty en ik bij elkaar op school hebben gezeten? Ik ging naar High House na mijn rampzalige eindexamen. Zij verliet St Paul's Girls School in triomf. Maar later tijdens de oorlog stuurden ze me naar Bletchley Park en daar kwamen we elkaar opnieuw tegen. Het wemelde op Bletchley Park van de onschuldige, nette meisjes (niet ik) die een heel bijzonder talent bezaten (kruiswoordraadsels) om geheimschrift en dat soort dingen op te los-

sen, zoals je over een jaar of twee zult horen als ALLES ONTHULD WORDT (de openbaring na vijftig jaar). Zo hebben we de oorlog gewonnen. Hoe we de U-boten hebben tegengehouden. Dat werd óns in ieder geval verteld. We waren schoolmeisjes, Teddy. Ik was nog een schoolmeisje toen je me ontmoette. Herinner je je mijn puberale buien nog? Vijf jaar later was ik nog steeds een schoolmeisje – nee. Niet vijf jaar later. Niet toen ik op Peel Street woonde. O, mijn beminde Teddy.

Ik was zo blij toen je met Betty trouwde. Ik zou je vernietigd hebben, mijn lieve, beminde Teddy. Maar vanwege – nou ja, ik neem aan dat je het bent vergeten – maar vanwege die dag dat jouw grote voeten links, rechts, stamp, stamp door Peel Street aangeklost kwamen en ik op je stond te wachten, waarna... Nou, daarom denk ik dat het geoorloofd is dat ik nu naar je schrijf. O, luister – laten we het niet meer over Peel Street hebben. Kensington. Bijzaak. Ik hield van je vanaf het moment waarop je (zo gênant!) naar de bomen op High House kwam gelopen. Ik hield van je en ik hou van je.

Betty en ik hebben altijd kerstkaarten uitgewisseld. Ik vermoed dat je dat niet wist. Je hebt de mijne waarschijnlijk nooit opgemerkt. Betty was een ongrijpbare vrouw. Niemand kende haar – hoewel ik altijd vermoedde dat er een groot, nou ja – onderling begrip – met iemand was, ergens. Ze was niet erg mooi. Ze stuurde míj altijd een kerstkaart.

Ik vond het zo erg toen ik in *The NY Times* las – lieve hemel, ze was altijd goed voor een verrassing! Jij en ik komen niet in de *NYT*, Teddy – ik vond het zo erg toen ik in de rouwadvertentie las dat 'er geen kinderen zijn voortgekomen uit het huwelijk'. Het is – in elke taal – een deprimerend zinnetje. Het betekent dat jij en B een verdriet deelden, want toen ik Betty veertig jaar geleden voor het laatst zag, vertelde ze me hoe ze verlangde naar een kind. We waren in het park in Den Haag. Jij was in het Internationaal Gerechtshof, tegen Veneering. Betty en Veneering – wat was je een heilige, Eddie!

Ik heb overigens ook geen kinderen. En geen partner (Christus! Christus! – 'partner'). Ik kan geen partner meer verdragen, maar ik heb vreselijke spijt dat ik nooit een kind heb gekregen. Je wist het, denk ik, Eddie. Het woord 'homo' bestond toen niet en het was iets waar je niet over wilde nadenken. Maar ik denk dat je het wist.

Ik hoop dat je nog steeds vrienden om je heen hebt daar in het zuiden van Engeland (GEEN plek voor jou, zou ik denken?) Beste Teddy, iedereen hield altijd van je in je uitzonderlijke, nooit onthulde of ontrafelde eigen wereld. Ik ben een van de mensen die weet dat je nooit echt koud was.

Met vriendelijke groeten, Isobel.

Filth pakte de brief op en toen de envelop en liet ze allebei in de prullenmand vallen. Zijn gezicht had de ijzeren groeven aangenomen van een theater- of filmversie van een openbaar aanklager net voordat hij tot de aanval overgaat.

Hij vond luchtpostpapier dat er antiek uitzag. Hij adresseerde de envelop en plakte er drie dure postzegels op om er zeker van te zijn dat de Franse porto gedekt was. Hij trok het ouderwetse dunne papier naar zich toe, schoof de goedkope balpennen aan de kant en pakte zijn gouden Collins-pen (gekregen van de advocaten van zijn Inn toen hij met pensioen ging). Hij vulde de pen met inkt uit de inktfles. *Quink*. Zwart. Hij schreef:

Sir Edward Feathers dankt juffrouw Isobel
Ingoldby voor haar vriendelijke condoleancebrief.

Hij dateerde de brief, deed zijn jas en wollen handschoenen aan, zette een tweed hoed op, greep zijn wandelstok en de brief en liep toen over de oprijlaan en tegen de heuvel van het dorp op naar het postkantoor.

Hij stopte de brief in de rode bus waar nog steeds *V.R.* op stond en liep toen onvermurwbaar weer terug naar huis. Eén of twee mensen op de heuvel zagen hem en stopten met wat ze aan het doen waren toen hij voorbijkwam, blij om te zien dat de oude man weer buitenkwam en bereid tot een praatje als hij hen zou opmerken.

Maar hij ging voorbij, de slungelige, ouderwetse figuur, de verleden tijd zelve, en liep tussen de overhangende bomen van zijn oprijlaan door. Hij beende Garbutt voorbij zonder op te kijken.

Isobel Ingoldby.

Hij zat weer aan zijn bureau en schreef nog drie brieven in antwoord op de vormelijke, attente condoleances. De telefoon ging verschillende keren over en hij hoorde het gebrom en geklik van het antwoordapparaat en sloeg er geen acht op. Het lunchuur kwam en ging. Hij beantwoordde meer brieven waaronder één (lieve hemel!) van Cumberledge in Cambridge. Billy Cumberledge. Wat is dit? Wat is dit? Ik heb Betty nodig.

Halverwege de middag liep hij de keuken in en staarde lang en aandachtig naar de koelkast, maar deed hem niet open. Hij kookte water maar toen de waterkoker met een klik afsloeg, deed hij er niets mee. Hij stond bij het keukenraam en liet langzaam heet water uit de kraan rondgaan in de kleine groene theepot om de binnenkant op te warmen, tot de stoom bijna zijn vingers verbrandde. Toen schonk hij een glas melk voor zichzelf in en liep hij naar de studeerkamer waar de krant voor hem klaarlag bij zijn leunstoel. Hij ging zitten en keek naar zijn rijen juridische boeken, de indrukwekkende doos met zijn pruik erin die nu weer op de haard prijkte. Uiteindelijk dutte hij in en toen hij wakker werd, was de zon achter de heuvels gezakt en de kamer koud.

Hij vroeg zich af waar het glas melk vandaan was gekomen.

Hij had geen melk meer gedronken sinds Ma Didds in Wales. Ze moest hier zijn. Hij hoorde de gehate stem. 'Je komt deze kast niet uit voor je dit glas gezonde melk hebt opgedronken en je kunt maar beter geen vin verroeren, want er zit daar naast je een gat zo diep als een put en niemand zou ooit meer iets van je horen.' De hele dag had het geduurd, hij was er pas uitgelaten toen het bedtijd was, zes jaar oud.

Hij liep naar de prullenmand en las de brief opnieuw. Die bestond echt. Het was geen droom geweest. Ze had meer dan veertig jaar gewacht. De brief van een wrede geest. 'Houdt van me' – hoe weerzinwekkend. Ze is een lesbienne. 'Niet koud' – genoeg! Betty die een kind wilde... Hoe durft ze zoiets te schrijven! Deze Ingoldby, de laatste verrader van al de verraderlijke Ingoldby's.

O, ik ben te oud voor al deze dingen.

Hij bracht de melk terug naar de keuken en goot die door de gootsteen, maakte een koektrommel open en sneed een stuk van Betty's verjaardagstaart voor zichzelf af en at die met een nogal schuldig gevoel op omdat de taart nog niet oudbakken was. Toen schonk hij zichzelf een glas whiskey met spuitwater in, liep de serre in en hield de brief omhoog in de richting van het tulpenperk.

'Betty?'

Leegte. Stilte. En ook stilte in het huis. Buiten een bijzonder onnatuurlijke stilte. Geen auto op de weg of vliegtuig in de lucht, niemand die een hond riep. Geen kerkklok die het kwartier sloeg, geen zuchtje wind, geen vogel op een tak. Zoals gewoonlijk niets dan duisternis van het lege, onzichtbare huis naast het zijne. Toen kwam er behoedzaam een vos over het decembergras gelopen, met zijn pluimstaart naar beneden maar zijn oren gespitst. Bij de treden die naar de serre leidden draaide het dier zijn kop in de richting van Filth en glimlachte.

Hij herinnerde zich de delinquente kat van de Ingoldby's

die boos met zijn poten had geschud op het moment dat de oorlog uitbrak. 1939. De brul van de kolonel die het zelfbedrog en de kalmte van het gezin had verstoord. Toen die eerdere schaduw, drie jaar daarvoor, van het meisje. Haar schaduw die zich losmaakte van de zwartere schaduwen van de taxusbomen. Het semester voor hij naar de kostschool ging.

School

Eddie voelde zich een stuk jonger dan Pat toen hij in 1936 ook naar Chilham School ging. Aanvankelijk zaten ze in verschillende afdelingen. Eddie kon, na het instituut van Sir, goed omgaan met de gebruiken van zijn nieuwe omgeving. Hij kon 's ochtends makkelijk opstaan en had geen problemen met de ochtendvoorbereiding om halfzeven. Het werk was eenvoudig. Hij was goed in sport. Hij hield van de dikke sneeën brood met jam halverwege de ochtend. Als hij Pat in het oog kreeg, salueerde hij naar hem en Pat, die het niet interesseerde dat hij in een hogere klas zat dan Eddie, salueerde terug of deed zijn imitatie van Herr Hitler. Ze bleven net als vroeger van nature zoveel mogelijk bij elkaar. Na wedstrijden – ze zaten beiden in goede teams – liepen ze onbezorgd rondjes om de sportvelden terwijl ze praatten. Ze werden al snel een bekende curiositeit, en ze werden erop aangesproken.

'Jullie zijn geen broers, toch?' zei de directeur, toen de zaak uiteindelijk aan hem, het hoogste gerechtshof, werd voorgelegd.

'We zijn opgevoed als broers,' zei Pat. 'Meneer.'

'Maar zelfs broers zijn hier niet doorlopend bij elkaar. Wat heb jij hierover te zeggen, Feathers?'

'Ik kan niets bedenken, meneer.'

'Zou je, vragen we ons af,' (dit was een val) 'liever lid zijn van Ingoldby's afdeling?'

'Nee, niet per se. Ik heb er nooit over nagedacht. Ik ben in de vakantie altijd bij de Ingoldby's.'

'Hoogst ongebruikelijk.'

'Mijn vader kende zijn vader tijdens de oorlog,' zei Pat, en verbaasde daarmee Eddie, die dat nooit had geweten. 'We zijn een soort surrogaatfamilie.'

Het was een mysterie.

'Het lijkt niet lichamelijk te zijn,' zei de directeur tegen de hoofden van de afdelingen. 'Ze zijn allebei erg intelligent. En erg ongewoon, maar alle jongens zijn ongewoon. Plaats Feathers over naar Ingoldby's afdeling – is misschien het beste. Behandel ze als andere broers hier.'

Pat, absurd jong, ging een aantal dagen naar Cambridge voor het toelatingsexamen van de universiteit. De Schemeroorlog was voorbij en de Slag om Engeland was begonnen. De reis zou niet zonder opwinding zijn. Pat benadrukte het feit dat hij zijn gasmasker meenam.

Zonder hem voelde de school die week saai en leeg en voor het eerst besefte Eddie dat hij geen vrienden had gemaakt. Hij voelde zich een buitenstaander terwijl hij in zijn bed op de slaapzaal lag.

'Is Ingoldby op een of andere manier familie?' werd er geroepen vanuit het donker.

'Niet van mij,' zei Eddie.

'Je lijkt niet op hem,' riep iemand anders. 'Niet zoals zijn broer Jack op hem lijkt.'

'Ik ben zijn broer niet. Hoe weet jij hoe zijn broer Jack eruitziet?'

'Van de foto's van de teams. Met bekers en schilden in zijn handen. Hoofdmonitor in een toga. Hamlet in *Hamlet*. Gewoon een langere Ingoldby. Knap, geen rooie.'

'Ik kom uit Maleisië.'

'Hebben ze daar allemaal rood haar?'

'Ja. Allemaal.'

'Vindt Ingoldby's broer het niet erg?' riep iemand van ver

achteraan in de rij bedden, die durfde vanwege de verduisteringsgordijnen.

'Vindt hij wat erg? Ik ben ook bevriend met zijn broer.'

'Dat je zo belangrijk voor hem bent.'

Een zoeklicht gleed over de muren, drong door de zwarte ramen. Het kreeg gezelschap van een andere lichtbundel en ze dansten een tijdje samen, op zoek naar Duitse bommenwerpers die richting Liverpool vlogen.

'Waarom zou hij dat in hemelsnaam erg vinden? Jack zit bij de luchtmacht. Hij heeft belangrijkere dingen om over na te denken. Neem ik aan,' voegde Eddie daaraan toe, net als Sir.

'Wat vinden Ingoldby's ouders ervan?'

'Ik heb het hun nooit gevraagd. Ze wilden altijd dat ik bij hen was.' (En, dacht hij, ze zijn van mij. Bloed van mijn bloed en bot van mijn bot.)

'Waar is je eigen familie dan, Feathers?' riep een jongen die duidelijk de baard in de keel had. 'Waar is je eigen familie?' (Ze waren dapperder nu Ingoldby er niet was.)

'Mijn vader woont in Maleisië.'

'Heeft hij gevochten in de oorlog? Aan barrels geschoten?'

'Ja.'

'Waarom komt hij je nooit opzoeken?'

Pat keerde terug uit Cambridge, verzekerd van een plaats als student natuurkunde, aangezien hij had besloten dat geschiedenis niet meer van deze tijd was – wat een grap!

'Na deze oorlog,' hadden ze gezegd, 'heb je een voet tussen de deur omdat je nu door het college bent toegelaten. Je kunt uitstel krijgen als je wilt. Je vrijwillig aanmelden en wachten tot je wordt opgeroepen. Het eerste jaar zullen ze je wel gunnen. Uitstekende examenresultaten.'

Maar op de weg terug van Cambridge, toen hij de nacht doorbracht op High House, was hij erin geslaagd zich op te geven als vrijwilliger bij de luchtmacht vanaf het eind van het zomersemester.

'Als ik gespaard blijf,' zei hij tegen Eddie, met een grafstem. 'Verdomde luchtaanvallen hier elke nacht. Waarom hebben ze ons niet geëvacueerd? We worden hier verpletterd als het zo doorgaat.'

'Ze denken hier langzaam,' zei Eddie. 'Sir heeft zijn instituut verhuisd zodra Chamberlain met het verdrag zwaaide.'

'Chamberlain heeft ons gered,' zei Pat. 'Heeft ons een jaar gegeven om meer bezemstelen op geweren te laten lijken. Zelfs de tapijtfabriek maakt nu tenten. Ik weet niet waar ze die gaan gebruiken. Afrika?'

'Sir is naar Amerika gegaan.'

Dit maakte hen ongelukkig.

Ze lagen tussen klamme grijze dekens, tussen rijen andere jongens in de schuilkelders van de school, terwijl er water langs de muren stroomde. Een onophoudelijk gedonder in de verte betekende dat er weer een stad met de grond werd gelijkgemaakt. York? Liverpool? Misschien zelfs Coventry, verder weg.

In diezelfde week, op een nacht waarin er geen luchtalarm had geklonken, een waterkoude en maanloze nacht en de jongens slapend op hun slaapzalen, was elke alarmbel in de school afgegaan, gevolgd door toeters, gefluit en militaire kreten. De deuren van de slaapzalen werden opengegooid en de jongens werd opgedragen zich onmiddellijk aan te kleden en zich te verzamelen bij de voordeur van hun afdeling.

'In uniform, graag, als je in het korps zit.'

'Wat – beenwindsels, meneer?'

'Beenwindsels, Ingoldby.'

'Dat kost minstens vijf minuten, meneer.'

'Sterf dan, Ingoldby. Of kom in beweging.'

Uit alle zeven afdelingen van de school stroomden jongens van verschillende leeftijden in uiteenlopende kledij. Ze kregen allemaal een geweer, officierentrainingskorps of niet, en vijf kogels.

'Invasie. Kom op. Het is de invasie. Lopen!' en vijfhonderd jongens, sommigen met kaki windsels die los van hun benen hingen, anderen in hun pyjama en zonder hun kamerjas (*kamer*jas), verdwenen snel in de nachtelijke velden en greppels van de North Midlands. Iemand riep: 'Luister!' en sommigen van hen hoorden de doodsklok luiden: het slaan van de gedempte kerkklokken. Dit werd later ontkend.

'O,' zei Pat, die nog steeds rozig was van de zware rode wijn in Cambridge, 'INVASIE. Vijf kogels. Beng, beng, beng, beng, beng, afgelopen. Vaarwel Union Jack.'

Zij die wisten hoe ze dat moesten doen, laadden nu geweren. Zij die dat niet wisten, lieten hun patronen in de modder vallen. Hier en daar was er betreurenswaardig vriendschappelijk vuur (hoewel die term nog niet was uitgevonden en de term die men gebruikte 'knoeiwerk' was) en een aantal onaangename ongelukken met bajonetten. Er klonken enkele kreten, niets ernstigs.

Toen de stilte. Duisternis en regen daalden neer op de kinderinfanterie van het noorden, die het landschap niet verstoorde, noch de nacht, die verstreek met zeer weinig gebeden en nog minder orgasmes of onverwachte lust. Er ontstonden weinig gedichten. Na een aantal uur werd er blijkbaar ergens een bevel gegeven, en de grote oude school kwam wankelend uit de greppels, liep over de doorweekte lelijke velden en viel om vier 's ochtends weer in bed.

Maar om kwart over zes was er de voorbereiding voor het ontbijt, zoals altijd.

Het was vals alarm geweest.

'We gaan deze oorlog verliezen,' zei Eddie. 'Heb ik gelijk, Pat?'

'Ik kan niet praten,' zei Ingoldby. Zijn haar leek net zwarte lak die iemand op zijn hoofd had geschilderd. Zijn gezicht was karmijnrood. Onder het beddengoed in de slaapzaal droeg hij het legeruniform van de nacht daarvoor, dat doorweekt was en onder een dikke laag modder zat. Aan het eind van zijn bed staken zijn paarse voeten uit. Daarboven zijn halfomwonden benen.

'Weet je dat het hele verdomde gedoe niets was?' zei iemand. 'Een versperringsballon die was losgeraakt boven de Vallei van York, godbetert. Zijn kabel raakte de elektriciteitsmast waardoor het noorden zonder stroom kwam te zitten. Niks invasie! Volgende keer verzet ik geen voet.'

'Voeten, bedoel je,' zei Ingoldby rillend, terwijl hij geboeid langs zijn door de deken bedekte lichaam naar zijn voeten keek. 'Soms zijn het er twee, s-s-soms – o god! S-s-soms vier.'

Hij bleek longontsteking te hebben en werd naar de ziekenzaal van de school gebracht. Daar werd hij gescheiden van al zijn vrienden, en dus uiteraard van Eddie, en opgenomen in het antiseptische domein van de zuster, die een gezicht als een notenkraker had. Er gingen dagen voorbij.

Op een van die dagen, tijdens een tussenuur, liep Eddie op zijn struisvogelbenen naar de ziekenzaal en trof deze vrouw daar op een stoel naast de deur aan, breiend aan een enorme sjaal die aan de zijkanten als een koker naar binnen krulde.

'Mag ik Ingoldby bezoeken, zuster?'

'Absoluut niet. Je kent de regels.'

'Hoe gaat het met hem?'

'Dat zijn mijn zaken.'

'Kunt u een boodschap aan hem doorgeven?'

'Je weet dat dat ook niet is toegestaan.'

'Dan vraag ik het wel aan Oils.'

'Vraag maar raak.'

Eddie klopte op de deur van meneer Oilseed en zag de eenogige Oils, het hoofd van zijn afdeling, ooit gelegerd in Ieper in België, aan zijn bureau zitten met in zijn hand een ketting waaraan een klein glazen gewicht hing, dat hij zachtjes boven bergen niet nagekeken essays heen en weer liet zwaaien.

'De zuster zegt dat ik u kan vragen of ik Ingoldby mag bezoeken, meneer.'

'Eens denken – waar is Ingoldby? Dat ben ik vergeten.'

'Hij ligt op de ziekenzaal, meneer. Als gevolg van het fiasco. Een paar nachten geleden.'

'Fiasco? O, ik vind niet dat we daarvan moeten uitgaan. Het was een waardevolle oefening.'

'Ingoldby heeft longontsteking, naar het schijnt.'

'"Naar het schijnt",' zei Oils, 'is een zinsnede die ik nooit zou aanraden. Het ligt niet prettig in het gehoor. Ingoldby's ouders komen later vandaag.'

'Maar, meneer... Ik maak zo ongeveer deel uit van die familie, weet u. Sinds mijn achtste.'

Oils liet de dunne ketting kronkelend in een hoopje op het groene laken van het bureau vallen. (Wat was hij in vredesnaam aan het doen? Het geslacht van een kind aan het bepalen?) Hij bleef ernaar staren.

'Feathers,' zei hij, 'de tijden zijn aan het veranderen, maar erg langzaam.'

'Ja, meneer?'

'Er is op dit moment iets waar men zich over verwondert op deze school. Deze victoriaanse en burgerlijke school. En dat is de vraag waarom de onnatuurlijk nauwe band tussen jou en Ingoldby niet is beëindigd. Er is een aantal verklarende omstandigheden, maar zoals wij die in de loopgraven hebben gezeten weten, moeten gevoelens in toom worden gehouden. Dit is, net als je voorbereidingsschool, een school waar we niet klagen maar verduren.'

'Ik had het erg naar mijn zin op onze voorbereidingsschool, meneer.'

'Ik stel voor dat je teruggaat naar je studeerkamer en daar Kipling leest.'

'Kipling had een vergelijkbare jeugd als ik en hij was wél van de verkeerde kant. Ik wil graag beroep aantekenen.'

'Pardon?'

'Ik heb hier het recht om beroep aan te tekenen.'

'Bij wie, als ik vragen mag?'

'Eerst bij de directeur, meneer. Dan bij de raad van bestuur. Uiteindelijk in de ingezondenbrievenrubriek van *The Times*.'

'Op grond waarvan?'

'Laster, meneer. En een prehistorische instelling.'

Hij verliet de studeerkamer van Oils en begaf zich naar het huis van de directeur, waar niemand onuitgenodigd een voet over de drempel zette, behalve de oude spin zelf en zijn sloffende huishoudster. Eddie bleef stilstaan en draaide de grote metalen ring aan de hoge poort om. De tuintegels waren slijmerig, de ramen net zichtbaar door een kluwen van planten.

'Kom langs de zijkant binnen,' zei een versleten stem van achter een ruit. 'Keuken.'

'Ah ja,' zei de directeur nadat hij had geknipperd tegen het daglicht dat Eddie met zich meebracht, 'Tussock, toch?'

'*Tussock*, meneer? Ik ben Feathers.'

'Ah, Feathers, Feathers. "Het leven van de mens is gevederd met de dood." Dat is een zin uit een smeekbede om mededogen van een zeeman aan koningin Elizabeth de Eerste.'

'Dat weet ik, meneer.'

'Is dat zo? We weten niet of de bede succesvol was. Ik heb je vader gekend, Feathers. Hij was een van de jongens hier toen ik dat ook was. Hoe is het met hem?'

'Ik zie hem nooit. Hij is in Zuidoost-Azië. Ik geloof dat hij nu in Singapore zit.'

'Ja. Natuurlijk. En daar moeten we over praten. De zaak heeft me de hele week beziggehouden, Tussock. Maar eerst – wat?'

'Ik wil mijn vriend Ingoldby bezoeken op de ziekenzaal, meneer. Meneer Oilseed zegt dat dit een onbetamelijk verlangen is.'

'Ja, ja. Natuurlijk zegt hij dat.'

'Het is obsceen van hem, meneer, om zoiets te zeggen.'

'Ja. Maar het is een oude obsceniteit. Erg primitief. Leeftijd geeft gewicht aan dat soort kwabbige ideeën. O ja – en ouders. Nee, de reden voor afzondering van patiënten op de ziekenzaal is de mogelijkheid van infectie.'

'Maar het is longontsteking. Opgelopen tijdens het uitvoeren van –'

'– ah, ja. De invasie per versperringsballon. Ik heb er doorheen geslapen.'

'Ik wil hem alleen maar beterschap wensen. Even mijn hoofd om de deur steken. U zou het toestaan als hij mijn broer was. Of niet, directeur?'

'Ja, ja, dat zou ik doen. En je bent hoofdmonitor. En, begrijp ik, vrij gezond van geest. Ja.' De directeur zat nu verder ineengedoken in zijn stoel. 'Vooral vandaag zou ik dat doen.' Hij wees naar een tweede fauteuil die tegenover de haard stond. 'Leg nog een blok op de haard als je er langsloopt, alsjeblieft. Wil je een kop thee? We moeten eens praten over je toekomst. We maken ons een beetje zorgen over je – o, het heeft niets te maken met dat David en Jonatan-gedoe. Uiteindelijk groeien we over elke loyaliteit heen.'

'Het heet vriendschap, meneer.'

'Ja. Ja. En je zult Ingoldby niet veel meer zien. Je vader heeft ons geschreven om te zeggen dat hij wil dat je de school na Kerstmis verlaat. Hij wil dat je naar Maleisië gaat. Of Singapore. We hebben er lang over nagedacht.'

'Hij – wát?'

'Hij vindt dat je geëvacueerd moet worden uit Engeland. Weg van de bombardementen. Naar een veilige plek. Hij heeft – dat hoef ik jou niet te vertellen – de vorige oorlog meegemaakt. En hij heeft lang weinig meegekregen van de Britse politiek. We zullen proberen hem over te halen je eerst het toelatingsexamen van Oxford te laten doen.'

'Maar kinderen worden geëvacueerd. En vrouwen. Ik ben al bijna achttien.'

'Tot je achttien bent, heeft je vader het voor het zeggen.'

'Maar ik heb toch zijn zussen. Mijn voogden. Wat vinden zij ervan?'

'We hebben naar de juffrouwen Feathers geschreven en hun antwoord was erg... opgewekt van toon. Drukbezette vrouwen. Oorlogswerk, vermoed ik.'

'Dat weet ik niet. Ik heb hen nauwelijks gezien. Moet ik na Kerstmis van school?'

'En daar is de thee. Laten we hopen op *crumpets,* hoewel er alleen margarine zal zijn.'

'Mag ik nu gaan? Ik wil nadenken.'

'Als dat je verstandig lijkt. Je kunt natuurlijk ook te veel nadenken. Je vader had de gewoonte om te veel na te denken.'

Toen Eddie de deur van de studeerkamer opendeed, kwam er een oude dame op slippers die een theewagentje voortduwde op hem af gesloft. De theepot werd omhuld door een gebreide theemuts van roze en oranje franjes met daarboven het hoofd van een dame in art-nouveaustijl. Op beide porseleinen wangen was een zwarte krul geschilderd. Als Filth later zo'n soort object zag – op een kerkbazaar, bijvoorbeeld, aan het eind van zijn leven en lang nadat de precieze reden daarvoor vergeten was – raakte hij bijna in tranen.

De oude vrouw gaf Eddie een zilveren schaal vol crumpets aan en gebaarde naar een koperen toastrek op de schouw.

'O, mooi. Jam,' zei de directeur. 'Dit is Ingoldby's vriend, mevrouw P.'

'Ingoldby is een aardige jongen,' zei de huishoudster, 'net als zijn broer, God hebbe zijn ziel.' Ze liep de kamer uit.

'Wát zei ze?' riep Eddie uit.

'Ga even zitten, Feathers. Dat wilde ik je gaan vertellen. Het spijt me. Maar morgen zal ik het nieuws moeten meedelen bij de ochtendgebeden. Ik ben blij dat je bent langsgekomen. Het vliegtuig van Jack Ingoldby is vermist geraakt boven het Kanaal. Zijn broer weet het niet. We wachten tot hij beter is. Zijn ouders nemen hem morgen mee naar huis. Houd het voor je.'

Eddie rende van het halfduistere huis naar de dichtstbijzijnde telefooncel, op de hoek van de sportvelden, en belde de telefoniste voor een interlokaal gesprek. Hij vroeg naar het nummer van High House en de telefoniste zei dat hij rekening moest houden met een lange wachttijd. 'Sta je klaar als er een lijn vrijkomt? Misschien twintig of dertig minuten, en je moet het juiste geld bij de hand hebben. Een shilling en een sixpence en twee pennies.'

'Ik heb geen dertig minuten de tijd.'

'Probeer het later nog eens. Dat is ook nog eens goedkoper.' Ze verbrak de verbinding.

Hij rende terug naar zijn afdeling en begon aan een brief aan mevrouw Ingoldby, maar de woorden waren betekenisloos. Ik kan geen formaliteiten schrijven, dat kan ik gewoon niet. Ik ben familie. Ze zal mijn stem willen horen. Ze zal verwachten die te horen. Ze hebben vast geprobeerd me te bereiken en niemand heeft het me verteld. Hij zat op zijn stoel, dacht na en schreef toen:

> Beste mevrouw Ingoldby,
> Ik denk de hele tijd aan u, uw liefhebbende Eddie.

Heb ik het recht om haar liefhebbende Eddie te zijn?

Voor hem opende zich de afgrond van zijn onwetendheid. Ik ben nog steeds de buitenlander. In hun ogen. En in mijn eigen ogen, hier. Ik heb geen achtergrond. Ik ben losgerukt uit mijn omgeving. Ik ben op een andere achtergrond geplakt als een uitgeknipte vorm. Ik ben alleen maar iemand tegen wie ze acht jaar lang aardig zijn geweest omdat Pat een eenling was tot hij mij leerde kennen. Ik ben sociaal gezien enigszins dubieus, omdat ze weten dat mijn vader gek is geworden. En vanwege opgroeien in het hart der duisternis en een vreemde toestand in Wales. En het gestotter.

Hij ondertekende met:

Met vriendelijke groeten, E.J. Feathers

Hij plakte een postzegel van anderhalve penny op de brief en bracht hem naar de brievenbus terwijl de bel voor de avondvoorbereiding luidde. Het was zijn beurt om de kleine jongens van zijn afdeling te surveilleren, maar hij draaide zich om en liep naar de ziekenzaal.

De winderige, rusteloze middag was voorbij en wolken verborgen de maan. Het was nat weer, maar het regende nu niet meer zo ongenadig als eerder. Boven aan de trap van de ziekenzaal wierp hij een blik in de kamer van de zuster, waar haar kolenvuur brandde en de oerlelijke sjaal was achtergelaten. Hij rook de geur van haar vlezige avondeten en er kwam gerinkel uit haar keuken. Kolen vielen uit elkaar en vlamden toen op in de haard. Hij liep verder door de gang, in de verwachting dat de ziekenzaal zou bestaan uit rijen bedden, opgerolde dekens, lege kluisjes met open deuren, de geur van Dettol. Maar daar lag Pat in een kleine, eenzame kamer met een deken over zijn hoofd.

'Hé – Pat?'

Pat ging overeind zitten. Zijn hoofd kwam onder de deken uit die over zijn schouders gedrapeerd lag.

'Waar ben je, Fevvers? Doe het licht aan.'

'Hoe is het met je? Ze lieten me niet naar binnen.'

'Goed. Ik ga morgen naar huis. Ik ben uitgehongerd. Maar luister –'

Geluiden als twee katers op een dak kwamen uit Pats borst.

'Lieve hemel.'

'Het is de Banshee. Ze geven me een of ander vreemd nieuw medicijn. Het gaat pa een aardige duit kosten. Ik kan het laten klinken als machinegeweren in de verte, luister.'

'Dat wordt wel weer beter,' zei Eddie, behoorlijk bang. 'Ik heb net een brief naar je moeder geschreven.'

'Nou, maak haar niet overstuur. Het is een angstige tijd. Jack wordt vermist.'

'Ik – weet niets –'

'Ja, je weet het wel. Als ik het hier heb gehoord, heb jij het daarbuiten ook gehoord. Als hij...'

Stilte.

'... als hij dood is, nou ja, dan is hij dood. Dat geloofde hij.'

In de kamer naast die van Pat werd een pook ratelend door de haard gehaald.

'Je kunt maar beter gaan, Fevvers. Ze krijgt vast een orgasme als ze je ziet. "Dit is een FATSOENLIJKE school." Hij begon piepend adem te halen.

'Ik... Moet ik High House niet bellen?'

Pats zwarte ogen werden zwarter. Een zekere hooghartigheid. 'Nee. Laat hen met rust. Ik ben morgen thuis. Jij kunt niets doen. Het is een familieaangelegenheid.'

Eddie draaide zich om naar de deur, verbaasd over hoe koud hij het had.

'O, en hé – Ed?'

'Ja?'

'Ga niet bij de luchtmacht. Daar zou je het niet redden. En ga niet bij de marine – je hebt de zee al gedaan.'

'Ik zie mezelf niet in het leger, niet meer. Ik zou niemand kunnen doodschieten die ik voor me zag. Die ik in de ogen keek, bedoel ik. Maar het belangrijkste is dat jíj niet bij de luchtmacht moet gaan. Niet meer. Ik bedoel, god – voor je ouders.'

'O jawel,' zei Ingoldby. 'Ze overleven het wel, zelfs als ik dat niet doe. Mijn ouders. Zoals ik al eerder heb gezegd: ze voelen niet veel. Dag – ik zie je ooit wel weer, Fevvers.'

Twee dagen later, en nadat Eddie er niet in was geslaagd High House te bellen, hoewel hij het verschillende keren had geprobeerd, kwam er een brief van Pat, geschreven in een onvast handschrift.

> Beste Ed, alles is weer goed met me, maar ik blijf thuis.
>
> Ik kom niet meer terug, jongen,
> Als alle bomen weer in bloei staan,
> Moet ik me aansluiten bij de roedel, jongen,
> En mijn Ovomaltine drinken gaan.
>
> Neem de loden soldaatjes die we bij Sir op school hadden. Smelt ze en maak er ploegscharen van, of een zesde kogel, of wat dan ook. Wil je mijn spullen bij elkaar zoeken? – Pa is ze vergeten en Zuster-La-Zuipschuit ook. Bewaar ze tot – wanneer? De kledingborstel waar je altijd een oogje op hebt gehad, die van mijn peetvader, is gekocht in Bond Street (hij gebruikte eau de cologne en had een maîtresse in Clarges Street) en mag je hebben, maar dat gaat je wel een flinke duit kosten.
>
> Groeten PI

Een paar dagen na het nieuws dat Jack Ingoldby werd vermist, kwam het nieuws dat hij zonder twijfel gesneuveld was. Het was het soort mededeling die de directeur dat semester herhaaldelijk deed tijdens de ochtendbijeenkomsten. Honderden, misschien duizenden mensen in Oost-Kent zagen de vliegtuigen in de luchtgevechten van de Slag om Engeland draaiend en flikkerend naar beneden komen om vervolgens sissend te doven in het Kanaal of in brand te vliegen in de boomgaarden. Parachutes die opbolden waren aanleiding voor gejuich, maar de meeste piloten doken niet meer op en de mensen gingen door met wat ze aan het doen waren, als oogsters in het middeleeuwse Frankrijk tijdens de Honderdjarige Oorlog. Desalniettemin was een zekere en vastgelegde en onweerlegbaar gefilmde dood schokkend.

Er volgde geen andere kaart meer van Pat, noch een antwoord op de tweede brief van Eddie naar High House. De herfstvakantie was in aantocht maar niets wees erop dat hij zoals gewoonlijk naar de Ingoldby's zou gaan. Hij zou, zo leek het, eindelijk naar zijn voogden gaan, want de directeur had een jolige uitnodiging van de tantes in Bolton ontvangen. Maar hij hing tot de laatste minuut rond op school, voor het geval Pat zou bellen.

Toen de taxi die hem naar de trein naar Bolton zou brengen arriveerde, probeerde hij nog een keer met bonzend hart naar High House te bellen.

'Hallo?'

'Wie is daar?'

'Spreek ik met – de Ingoldby's?'

'Dit is Isobel.'

'O. Hallo. Je spreekt met Eddie. Teddy Feathers.'

'O. Hallo.'

'Ik belde alleen maar om te zien... Om te horen...'

'Ja?'

'Het is herfstvakantie. Zal ik daarheen komen?'

'O nee. Dat zou ik niet doen. Pat is niet hier. Hij is weer ergens heen gegaan om vrijwillig dienst te nemen.'

'Hoe is het met – mevrouw Ingoldby?'

'O, prima. Erg vaderlandslievend, je weet wel.'

'Ik zou haar heel graag willen zien.'

'Dat zal ik tegen haar zeggen.'

'Nou, zou je tegen haar kunnen zeggen dat ik niet veel langer meer in Engeland zal zijn?'

'Ga je het leger in?'

'Nou, nee. Daar ben ik te jong voor. Mijn vader wil dat ik naar hem toe kom.'

'Waarom in hemelsnaam?'

'Kun je dat tegen ze zeggen? Tegen de Ingoldby's?'

'Wat?

'Nou, vaarwel zeggen. En h-h-heel, heel erg bedankt. Ik zal aan de andere kant van de wereld zijn.'

'Dat geldt voor een hele hoop mensen.'

'Zeg dat ik zal schrijven. Ik zal altijd schrijven. Bedank ze voor...'

'Goed. Dag.'

'Ik zou heel graag willen horen...'

Maar ze was er niet meer.

Dus pakte Eddie Pats bezittingen in voor hij Oils de hand schudde en in de taxi naar Bolton stapte waar hij, zelfs met Pats extra spullen, niet genoeg bagage had om een taxi van het station te rechtvaardigen, dus liep hij naar het huis, verbaasd dat hij nog wist hoe hij er moest komen terwijl hij er maar één keer eerder was geweest, lang geleden; de herfstvakantie na het gedoe bij Didds in Wales. Zijn vader was voor de eerste en enige keer naar Engeland gekomen en had de achtjarige Eddie meegenomen naar zijn zussen.

Het was een keurig verzorgd, protserig huis van paarse baksteen, dat leek op een enorme pruim en van de weg werd gescheiden door een gazon in de vorm van een halve cirkel met kort gemaaide randen en een zoom van victoriaanse (paarse) tegels. In een rond bloembed stonden de winterse staken van rozen.

Tante Hilda verscheen. Ze gooide een diepbeige vestibuledeur met scharlakenrode en blauwe ruiten wijd open en riep: 'Muriel! Hij is er. Het is de jongen. Kom binnen, kom binnen. We hadden moeten schrijven. Je bent er – goed gedaan! We hebben alles geregeld. Je paspoort komt als het goed is voor Kerstmis. Uitstekend. Muriel.'

Ze stonden nu in de gang en tante Muriel kwam de trap

afgelopen, gekleed in tweed en met een hoed op haar hoofd. 'Beste jongen – je lijkt zoveel op Alistair.'

'Er wordt vandaag een behoorlijk belangrijke golfwedstrijd gehouden,' zei Hilda, 'en we staan net op het punt te vertrekken. Geen toernooi in deze tijden, uiteraard, de velden zijn zo beperkt. Maar toch een hoogtepunt. Dus wij gaan vast. Pak je spullen uit, en waarom kom je daarna niet naar ons toe zodat we samen kunnen lunchen of theedrinken? Het is niet ver. Neem de fiets in de garage. We moeten ons haasten. Taken op de golfbaan – zo weinig mannen tegenwoordig. De lunch zal niet slecht zijn. Je bent erg mager.'

Ze vertrokken in hun auto, waarvan de achterruit bijna helemaal bedekt was met vaderlandslievende spreuken. *Ondoordacht gepraat kost mensenlevens,* las hij. Hij dwaalde door het huis.

Hij zag koperen vazen met varens erin en een ijzerhouten tafel met daarop een koperen schijf waar dansende oosterlingen in gegraveerd waren. In een zitkamer trof hij een enorme verzameling foto's van familieleden aan. Vreemd, dacht hij. Hij was familie, maar ze hadden sinds zijn achtste geen enkele interesse in hem getoond. Hij vroeg zich af of foto's een vervanging voor gastvrijheid waren. Rondkijkend zag hij geen enkele foto van kinderen. En niemand die zijn moeder kon zijn geweest. Hij had geen idee hoe ze eruit had gezien. De meeste foto's waren van mensen die een generatie ouder waren dan zijn tantes, bebaard of met vlechten, sepiakleurig, streng en somber. Verder waren er andere foto's en nog meer varens in koperen potten. Op een tafel, apart, stonden golftrofeeën en een zilveren beker met het gegraveerde opschrift *Hole in one, Hilda Feathers.* Hij zag een schitterende haard bestaand uit hout en tegels, met een in de schouw verzonken glimmende klok met wijzers in de vorm van ijspegels. In plaats van kolen was er een geplooide waaier van papier, en in de haard een verbluffend stuk barbotinewerk, omringd door in elkaar gedraaid perkament en gevuld met lonten van krantenpapier om te besparen op lucifers.

Toen ontwaarde hij, op de schoorsteenmantel, een foto van een verbluffend knappe jongeman, gekleed in een kakikleurig overhemd met een openhangende kraag en een korte broek, met zijn armen over elkaar geslagen en een brandende sigaret nonchalant in zijn ene hand, en, om zijn andere pols, een groot, mooi, verleidelijk gouden horloge. Op zijn hoofd droeg hij een legerbaret zonder insigne, als een Fransman, en zijn ogen waren donker, wijs, geamuseerd en prachtig. Op de zilveren lijst stond *Alistair, 1914* gegraveerd, en er was een klein kannetje met bloemen naast gezet, alsof het een foto van een overleden persoon was, of als een begrafenisboeket op een graf. Bloemen voor de doden. Maar dit was zijn vader. Geen twijfel aan. Eddie wist het zeker.

En zijn vader was levend genoeg om hem op te dragen naar hem toe te komen, om hem te behoeden voor een volgende slachting, zoals die welke hem en zijn land bijna hadden vernietigd in 1914.

Eddie pakte de foto op en ervoer trots. Hij wilde hem hebben. Hij zou hem stelen. De foto was van hem. Hij wilde dat Pat hem kon zien, of de verachtelijke Isobel. Had kolonel Ingoldby zijn vader echt gekend? Waarom had hij nooit iets over hem gezegd? Zijn vaders schitterende gezicht, het gezicht van een dichter, zo vond hij, en met een opwindende zweem van zijn eigen gezicht. Hij bedacht dat hij, na jaren, weer naar zijn vader zou moeten schrijven.

En wel nu. Nu meteen schrijven.

Hij draaide zich om naar het bureau – koper in overvloed (*De slang en zijn jongen*, een rij lelijke apen) – en zocht naar papier, vond zijn eigen vulpen, staarde naar de laurierstruiken buiten het raam, het kale gazon, de grijze straat. De opengegooide poort. Het bord met *Geen huis-aan-huisverkopers of folders* dat erop was getimmerd.

Beste vader,

Ik ben bij tante Muriel, nadat ik vanochtend van school ben vertrokken voor de herfstvakantie of, wie weet, voor altijd. Ik hoorde pas deze week dat u wilt dat ik van school ga en naar u toe kom. Ik zou willen dat u daarover naar mij had geschreven. De directeur zegt dat ze het al een tijdje met u bespraken, en tante Hilda zegt dat mijn paspoort tegen Kerstmis klaar zal zijn. Ik ben zeventien en word binnenkort achttien. Het is nu tien jaar geleden dat u mij heeft gezien en ik heb helemaal niets van u gehad, behalve dan misschien dat u alles voor mij betaald heeft, en ze zeggen dat ik binnenkort een bankboekje zal krijgen. Dus bedankt daarvoor.

Maar onze laatste ontmoeting was zo afschuwelijk en verdrietig en ik zou willen dat u me had geschreven, al was het maar één keer, jaren geleden, om dat goed te maken. Niemand heeft me verteld dat u stotterde en waarschijnlijk heeft niemand u verteld dat ik toen stotterde (Sir heeft dat bij mij verholpen) en ik denk [de pen begon een onkarakteristieke eigen wil te vertonen] dat ik probeerde u gewoon te vergeten. De Ingoldby's waren zo aardig. Daarnet heb ik een foto van u gezien op de schoorsteenmantel hier bij de tantes – eerste keer dat ik hen zie sinds u hier was, toen ik acht was – gemaakt in 1914, en u ziet er niet veel ouder uit dan ik nu ben. Dat bezorgde me een gevoel van grote spijt. Ik kreeg het idee dat u misschien een vader bent met wie ik had kunnen praten.

Maar helaas. Dus zou u alstublieft de volgende punten willen lezen, waarin ik kort uiteenzet waarom ik niet bij u in Maleisië of Java of S'pore of waar dan ook wil komen wonen?

(1) Ik moet met Kerstmis naar Oxford voor een gesprek op Christ Church voor een plaats na de oorlog.

(2) Ik wil mij daarna aanmelden als vrijwilliger bij het leger.

(3) Mij nu buiten gevaar 'evacueren', op mijn leeftijd, is iets wat op het moment absoluut ongehoord is in Engeland. Ik zou

moeten reizen met kinderen tussen de zeven en de twaalf. Wat zou de bemanning van het schip in hemelsnaam van me denken?

(4) Ik zou mijn Engelse vrienden verliezen voor het leven. Het zou een permanent stigma zijn. Ik ben bijna een meter negentig en zie er ouder uit dan ik ben. Ik ben erg fit.

en (5), en het spijt me als dit oorlogsbelust klinkt, maar ik vind dat ik voor mijn land moet vechten. Ik kan niet wegrennen. U hebt Churchill niet gehoord. Zelfs mensen als u, de verbitterden van '14/'18, luisteren naar hem. Ik heb in dit land gewoond sinds u me hier toen ik nog praktisch een baby was naartoe hebt gestuurd. Als er [de pen ging steeds sneller en Eddies gezicht werd rood van een woede waarvan hij zich niet bewust was geweest] enige vriendschap, enig contact tussen ons was geweest, als u ook maar één keer naar me had geschreven, me niet alleen dat speldendoosje had gegeven, zou het misschien anders zijn.

Ik zal deze punten met mijn tantes bespreken – hoewel ze bijzonder onaandachtige luisteraars lijken te zijn. Ik heb geprobeerd te redetwisten met de school. Het enige wat zij zeiden was dat u tot ik achttien ben zo'n beetje met mij kan doen wat u wilt.

Wilt u me echt bij u hebben op die autocratische en liefdeloze voorwaarden?

Met vriendelijke groet, E. J. Feathers

Hij las de brief nog eens en tegen het eind zag hij niet de bijna goddelijke jonge soldaat van de foto voor zich, maar de vader die kort na de toestand rond Ma Didds naar Sirs instituut was gekomen, de toestand die hij – nog steeds – verdrongen had, achter slot en grendel hield. Hij zag een magere en trillende figuur in Sirs studeerkamer zitten, terwijl de bergbomen van het Lake District duister op en neer deinden in het raam achter hem. De figuur had de gewrichten van zijn vingers laten kraken.

Sir was zo vriendelijk geweest hen alleen te laten ('binnen

handbereik als je me nodig hebt, Feathers') en vader en zoon, beiden niet zeker wetend wie van hen tweeën Sir bedoelde, hadden lang en aandachtig naar het patroon van het tapijt gestaard.

Eddie herinnerde zich de handen. Hoe zijn vader ze had gebald en gespreid. Hoe de knokkels als pistolen hadden geknald. Hij herinnerde zich de dunne schenkels van zijn vaders benen in het ouderwetse Europese pak, het kale hoofd, de ogen zonder wimpers, die bijna blind leken. Hoe de man draaide in zijn stoel, niets zei, een blik wierp op zijn polshorloge, dat veel te groot was voor de pols. Het horloge dat de oorlog samen met hem moest hebben overleefd. Het horloge op de foto. Misschien was het een amulet geweest?

Eddie was veel te bang geweest om te praten en te laten merken dat hij stotterde, vooral nadat hij een lang staccato geratel had horen beginnen in de keel van zijn vader en zich had gerealiseerd – wie beter dan hij? – dat die ook stotterde. Hij werd onvermurwbaar stil. Zijn vader stelde hem een vraag. Als hij probeerde die te beantwoorden, zou zijn vader misschien denken dat zijn zoon hem bespotte.

Tranen welden op. Eddie keek zijn vader niet nog eens aan. De patronen op Sirs tapijt zwollen op en liepen door elkaar tot ze veranderden in chaos en vergetelheid.

Toen Sir terugkwam, schrokken vader en zoon beiden op, en Sir zei tegen Eddie: 'Kom, ga maar,' en Eddie vluchtte terug naar het klaslokaal, naar Pat Ingoldby en de loden soldaatjes onder de deksel van de lessenaar, en niemand zei ooit meer iets over dit gesprek met zijn vader.

Eén keer, slechts één keer, had Eddie de tantes ontmoet. Maar hij wist dat deze tantes niet meer over hun broer praatten. Met geen woord erkenden ze het bestaan van de stuiptrekkende, halfgekke weduwnaar met het gele gezicht en de vreemde ogen. (Ooit bij Ma Didds had een van zijn nichtjes, waarschijnlijk Babs, gezegd: 'Jouw pa heeft malaria,' en het andere had gezegd: 'Nee, dat is het niet. Volgens mijn moeder is het opium.') Noch zeiden deze tantes, op de verdovende golfbaan, ooit nog iets over de jonge, vrolijke, knappe, alerte ziel die hun broer was geweest en waarmee ze waren opgegroeid.

Eddie bladerde door het adresboek op het bureau tot hij de naam van zijn vader vond. Na Kotakinakulu waren er veel doorhalingen. Het huidige adres leek in Singapore te zijn. Het klonk niet bijzonder indrukwekkend. Een adres in een straatje achteraf. Een zachtaardige opwelling bracht hem ertoe een P.S. te schrijven voor hij aan de luchtpostenvelop likte.

> P.S. Ik wil toch graag zeggen, vader, dat u erg gul bent geweest tegenover iemand op wie u duidelijk onmogelijk gesteld kon zijn. Nu ik er echt over heb nagedacht, lijkt uw wens dat ik naar u toe kom om de oorlog te overleven [hij was plan geweest 'erg vriendelijk' te schrijven] een wonder van onverwachte hartelijkheid.
>
> Eddie

En zo, dacht hij, bederf ik mijn pleidooi.

Hij ging niet naar de lunch op de golfbaan, maar vond na wat zoeken beneden een keuken waar een klein oud vrouwtje papieren lonten voor de haard aan het vouwen was. Ze zag er somber uit en sloeg geen acht op hem, dus ging hij op zijn bed liggen in een kamer met donsdekens en zware bloemetjesgordijnen en enorme lampenkappen. Hij vroeg zich af of dit alles was.

Hij bleef, blijkbaar onzichtbaar, een week. En toen nog een aantal weken, terwijl hij wachtte op nieuws van school over het gesprek in Oxford. Er kwam geen antwoord op zijn brief aan zijn vader, en hoewel hij zich vaak afvroeg of er vandaag een telegram zou komen, kwam er niets. Hij vulde de dagen met blokken voor het eventuele gesprek in Oxford – het stadje had een goede bibliotheek – en moedeloos nadenken over het leven. Vanuit zijn slaapkamerraam, beslagen door de heerlijke hitte van een victoriaanse ijzeren radiator, vermengden zijn dromen zich tot andere slaapkamerramen. Eén raam, dat hem op de rand van de slaap verwonderde, was een spleet zonder glas met de zwarte messen van bananenplanten tegen een zwart-saffieren lucht. Deze droom deed hem altijd ontwaken.

Zijn slaapkamer in Bolton was nu rijk aan typische Lancashire glorie; het puur olijfgroene, wollen tapijt was bestrooid met witte rozen. De zware gordijnen, met tussenvoering voor de verduistering, waren van damast aan de binnen- en buitenkant. De rozerode donsdeken was dik, cassette gestikt en naast het bed stond een lamp met een roze zijden kap en franjes met kralen. Het behang zou zonder hulp overeind kunnen staan, dik gebosseleerd met goud, en de dekens waren gemaakt van sneeuwachtige wol en afgezoomd met satijn. 'Je hebt de beste logeerkamer,' zei Muriel. 'De klerenkast zou weleens een Gillow kunnen zijn.' 'Zet de kachel aan als je het nodig vindt,' zei Hilda. 'Allebei de gloeidraden. We moeten nu weg.'

Weggaan was hun refrein. Eddies leven viel buiten hun interesse. Ze leefden als Siamese tweelingen in elkaars beslommeringen en in het hier en nu. Elke ochtend kwamen ze de ontbijtkamer binnen, pratend voor ze je zagen, maar je al op de hoogte brengend van hun plannen. Hun ogen waren altijd leeg. Ze droegen verscheidene uniformen, maar altijd allebei hetzelfde. Zo had je de Rode Kruis-officier met strepen en een kokarde, het donkerpaars en donkergroen van de Women's Volantary Service, een scharlakenrood en grijs ensemble dat deed denken aan het noordwestfront, en een wit en marineblauw serge pak met vleugels op het hoofd die een bepaald soort militaire verpleegster aanduidden. Ze verlieten het huis elke dag om halfnegen en waren nooit voor het eten thuis. Op zondag stonden ze in alle vroegte op voor de mis van acht uur, en later breiden ze handschoenen terwijl ze luisterden naar *Forces Favourites*. Ze dronken elke avond een goede medium sherry voor een zware maaltijd. De dwergachtige dienstbode kroop door het huis en deed wonderen met de klusjes en er kwam een gespierde vrouw langs voor het zware schoonmaakwerk en een man voor het schrobben van de binnenplaats. Eddie at zijn lunch elke dag alleen aan het eind van de mahoniehouten eettafel, vermoedelijk ook een Gillow, die was gedekt met kanten kleedjes en glimmend zilver. Hij ontving geen post en de telefoon rinkelde nooit voor hem.

'Werk niet te hard,' riepen ze. 'Je wordt vast toegelaten. Het is het oude college van je vader. Er draait een leuke film in het Odeon,' en ze kletterden de deur van de vestibule dicht, niet geïnteresseerd in zijn antwoord.

De winter was in aantocht. Een paar keer wilde hij wanhopig graag de Ingoldby's bellen, maar hij durfde het niet vanwege Pats verpletterende opmerking: *Het is een familieaangelegenheid.*

De bombardementen in het noordwesten waren voorlopig opgehouden, maar de luchtgevechten gingen door in het zuidoosten en Eddie vroeg zich af of Pat zijn vliegbrevet al had. 'Ze worden na twaalf uur training de lucht in gestuurd,' zei een oude soldaat op de golfclub. 'Ze hebben niet genoeg mannen. Slachting van de onschuldigen.' 'Ik hoorde zes uur,' zei iemand anders. 'Zes uur vliegtraining en ze zitten in hun eigen Spitfire.'

Volgens het zesuurjournaal op de radio werden er elke avond enorme aantallen moffen neergehaald, twee keer zoveel doden als aan onze kant. Maar het bulletin eindigde altijd met 'een aantal van onze eigen vliegtuigen is vermist'.

Eindelijk reisde hij naar Oxford voor het toelatingsexamen, door een sneeuwstorm en in verschillende onverwarmde treinen, waarvan de gangen afgeladen waren met soldaten die allemaal rookten, dronken, sliepen, rochelden, tegen elkaar hangend of dubbelgevouwen op hun knieën op de vloer. Gehoest, gescheld, gelach, sombere stilte, plotselinge golven idioot gezang (*Roll out the Barrel, Tipperary*) uit de vorige oorlog. De laatste trein sleepte zich kreunend een station uit om uiteindelijk schijnbaar voor altijd in het donker te stoppen buiten Stratford-on-Avon. In de lucht bromden vliegtuigen. ('Dorniers?' 'Nee, Messerschmitts'). Meer soldaten lieten zich op hun hurken zakken met hun hoofd tussen hun gespreide knieën, slapend. Het vernietigende geluid van de bommen, de wc's omringd door wanhopigen die op en neer dansten. Als je eindelijk binnen was – hiel tegen de deur om hem dicht te houden, het slot kapot, de vloer overstroomd – was de stank walgelijk, geen water in de kranen. Geen wc-papier. '*Roll me over in the clover,*' zongen de soldaten, waarvan de meesten nooit klaver hadden gezien. '*Roll me over, lay me down and do it again.*'

Eddie sprong de trein uit op het station van Oxford en zocht naar iemand bij de poort die zijn ticket zou controleren en hem zou vertellen hoe ver het was naar zijn college. Er was niemand en er was geen taxi. Helemaal niemand. Het was een bitterkoude middernacht en in zijn hoofd hoorde hij nog steeds het vreselijke gezang.

Toen, terwijl hij een donkere weg op liep, veranderde er iets. Van achter de wolken schoot een grote witte maan tevoorschijn die scheen op de besneeuwde stoepen en wegen, slapende gebouwen, torenspitsen en koepeldaken. Alles was sneeuwwit, geen mens onderweg, geen licht te zien of geluid te horen.

Over een of andere brug liep hij, in zulk schitterend maanlicht dat hij zich afvroeg waarom er niet overal drommen mensen stonden om het te zien. Hij liep in vervoering, zijn voeten licht en de maan kwam en ging, en toen begonnen er zachte vlokken te vallen. Hij keek achterom en zag dat zijn voetstappen al waren verzacht door de sneeuw, terwijl de sneeuw voor hem wachtte op zijn voetafdrukken. Hij was als een geest het middeleeuwse Oxford in gedwaald.

Er was niemand die hem de weg kon wijzen en hij kreeg het koud. Een indrukwekkende stille straat verbreedde zich. Een kerk stond in het midden van de straat, de ramen dichtgetimmerd, het glas in veiligheid gebracht. Hij vroeg zich af of de deur misschien open was en toen zag hij tegenover de kerk een groot gebouw dat wellicht een hotel was waar ze hem konden vertellen waar hij heen moest. Toen, achter zich, hoorde hij een geluid uit de richting van de zwarte kerk komen en ineens stond er een figuur naast hem, een goed ingepakte reus die hoffelijk zijn hoofd, omwonden met een soort sjaal, naar hem toe boog. De man droeg een loshangende regenjas, als het gewaad van iemand in het afwezige glas-in-loodraam.

'Kan ik je helpen? Heb ik je laten schrikken? Ik was in de kerk.' De jongeman zwaaide met een sleutel. Hij zag er erg jong uit voor een geestelijke. Ook hij was ongetwijfeld een geest.

'Ik zoek een college dat Christ Church heet.'

'Je loopt helemaal in de verkeerde richting. Volg mij maar,' en de zachte reus slofte weg, gevolgd door Eddie.

'Daar,' zei hij na een tijdje. 'Recht vooruit.'

'Mijn trein had vertraging.'

'Klop hard op de deur voor de nachtportier. Kun je het nu verder alleen af?'

Het was opgehouden met sneeuwen en het maanlicht scheen weer.

'Sorry, ben je – iemand in de kerk?'

'Nee. Ik houd hier brandwacht. En ik bid. Ik ben student.'

Eddie voelde zijn vriendelijke aard en zelfverzekerdheid en opgewektheid.

'Goedenavond,' zei de enorme jonge melkmuil. 'Succes. Ik

neem aan dat je het toelatingsexamen gaat doen?'

'Ja. Morgen.'

'Ik vertrek morgen. Ik ga in dienst.'

Eddie ervoer een belachelijk gevoel van spijt. En toen van verwarring. Op een of andere manier kende hij deze man.

'Bedankt,' zei hij. 'Ik had geluk dat ik je tegenkwam.'

Ze gingen ieder huns weegs, maar toen Eddie bleef staan en omkeek, zag hij dat de ingepakte reus hetzelfde deed, ook naar hem omkeek.

'Ik weet bijna zeker dat ik je ken,' riep Eddie. 'Heel vreemd.'

Toen zwaaide de man en slofte uit het zicht een zijstraat in, en Eddie probeerde zijn college wakker te maken.

Toen hij in slaap viel in een monnikachtig bed in een kamer met boogramen dacht hij: 'Hoe kan ik dit allemaal achterlaten en naar Maleisië gaan?'

Een paar dagen later zei de man die mettertijd misschien zijn tutor zou worden na de oorlog, als die tijd ooit kwam: 'Ik stel voor dat je zo snel mogelijk hierheen komt.'

'Bedoelt u dat ik ben toegelaten, meneer?'

'Uiteraard. Spreekt vanzelf. Je hebt het examen gisteren uitstekend gemaakt. Goed opgeleid. Heb je op de school van Sir gezeten? Dat dacht ik al. En je kostschool is erg handig met schoolgebonden beurzen, hoewel ik heb gehoord dat je rijk genoeg bent om die niet nodig te hebben.'

(Is dat zo? dacht Eddie. Ik heb tien shilling per week).

'Nu, ik stel voor dat je je vrijwillig aanmeldt bij de marine. Het kost hun een jaar om je op te nemen, dus dan kun je hier alvast je voorexamen doen voor je gaat, en dan heb je een voet tussen de deur als je gedemobiliseerd wordt. Ga je geschiedenis studeren?'

'Ik weet nog niet precies wat...'

'Je vader heeft hier gestudeerd. Hoe is het met hem? Nog steeds in leven, hoop ik?'

'Hij woont in Maleisië. Hoewel, ik geloof dat hij nu in Singapore is. Ik ken hem nauwelijks.'

'Het spijt me dat te horen. Shellshock, heb ik begrepen? Arme kerel. Maar hij zal nu vast trots op je zijn.'

Eddie was vervuld van schuldgevoelens. Moest hij het vertellen? Zijn vader had hem opgedragen het land te verlaten. Zijn vader had geen besef van of herinneringen aan Oxford. Zijn vader had – shellshock of niet – een paspoort en een visum geregeld en zijn zussen ervoor laten zorgen dat Eddie zijn inentingen kreeg. Het was de bedoeling dat hij 'een evacué' werd. Nou, dat ging hij niet doen. Nee. Hij zou naar Oxford gaan, waar hij welkom en bewonderd was en vrienden had gemaakt en waar een bekende geest hem na middernacht de weg naar een veilige plek had gewezen. Hij zou niets zeggen.

'Kan ik volgend semester komen, meneer?'

'Ah, niet zo snel. Maar laat het maar aan mij over. We zullen zorgen dat je een kamer in Meadow Buildings krijgt, waar je vader woonde.'

Terwijl hij in slaap viel in de schitterende ijskoude kamer met zijn jas en het haardkleed uitgespreid over de dekens, en keek naar het maanlicht dat op de besneeuwde daken scheen, vroeg hij zich even af hoe het met geld moest. Zal mijn vader mijn collegegeld betalen als ik weiger naar hem toe te komen? Zal mijn beurs toereikend zijn? Het is mogelijk dat ik arm zal zijn. Ik ben nooit echt arm geweest. Nou, barst, wat zou het? En hij keek naar de maan die verder rolde en de hemel verlichtte voor de bommenwerpers.

Ik zou hier kunnen leven en sterven, dacht hij. Dit zullen ze nooit vernietigen. Ik zal blijven en ervoor vechten.

En met deze nobele gedachten viel hij in slaap.

's Ochtends was de sneeuw verdwenen alsof het een droom was geweest en regende het hard en waren de trottoirs vies en spatterig. Door de boogramen zag hij mensen voorovergebogen, ellendig en armzalig voorbijsnellen, en het was niet langer een sprookjesstad. De deur van de slaapkamer ging open en een mistroostige man, een zogenaamde scout, liep met een kan heet water naar een waskom en vroeg of hij eerder zou willen ontbijten, zodat zijn kamer kon worden schoongemaakt? Om een of andere paniekerige reden zei Eddie dat hij voor het ontbijt zou vertrekken. 'Uitstekend, meneer,' zei de scout met opgetrokken wenkbrauwen, en Eddie vroeg zich af of hij een fooi voor hem moest achterlaten en of, als hij dat niet deed, dat volgend semester herinnerd en hem kwalijk genomen zou worden. Uiteindelijk liet hij een shilling achter op de toilettafel, waarna hij zijn tas pakte en met zijn kruin vooruit de modderige straat op liep. Terwijl hij door de regen liep en de paraplu's probeerde te omzeilen, en fietsers zijn broek natmaakten terwijl ze langs hem reden, werd hij overvallen door melancholie. Was alles hier uiteindelijk toch een illusie? Het was ongenadig koud. Niemand had hem vaarwel gewenst. Heet water in een kom en de wc drie verdiepingen lager. Geen woord over de datum van zijn terugkeer. En hij had verdomd veel honger.

Hij liep een theesalon in omdat de beslagen ramen warmte beloofden, maar eenmaal binnen was het koud en druk en donker, met mensen die in dichtgeknoopte kleren op stoelen zaten. Bij de toonbank stond een lange en zwijgende rij, iedereen had een bonnenboekje in de gehandschoende hand en hoopte op een extra cakeje.

Maar de bedomptheid bezat een zekere warmte en Eddie schuifelde verder de salon in, naar waar er tafels en stoelen stonden. Ze rookten allemaal en lazen een krant of warmden hun handen aan hun kop koffie. Hij ging zitten aan een tafel waar een meisje achterovergeleund in haar stoel zat. Ze rookte door een sigarettenhouder en keek naar hem. Ze had haar benen over elkaar geslagen en een hooggehakte schoen schommelde heen en weer aan haar grote teen.

'Is het goed als ik hier ga zitten?'

Hij ging zitten en keek om zich heen om te zien wat er aan ontbijt te krijgen was.

'Ik heb niet ontbeten,' zei hij. 'Ik ben hier voor mijn toelatingsexamens. Ik wilde ineens naar huis, dus ik heb het ontbijt overgeslagen. Nu heb ik honger.'

'Welk college?'

'Christ Church.'

'Daar had je een goed gratis ontbijt gekregen. Zelfs in de vakantie. Kwarteleieren en kannen vol donker bier, vermoed ik. Gebabbel over de Christ Church Beagles. Het gaat de oorlog niet overleven, Christ Church, godzijdank. Je ziet er niet helemaal uit als een Christ Church-student. Dat moet ik je nageven.'

'Ik weet er helemaal niets vanaf. Ze zeiden dat ik me moest aanmelden. Wat mij betreft had het net zo goed het Karl Marx College kunnen zijn.'

'Ik durf te wedden dat je vader er gestudeerd heeft.'

'Ja, dat klopt. Daar kan ik niets aan doen.'

Ze leunde voorover naar de asbak terwijl ze hem aandachtig aankeek, en hij keek terug, in helder bruingroene ogen die hem op een of andere manier bekend voorkwamen. Hij dacht terug aan de reus, die hem ook bekend was voorgekomen.

Ik ben oververmoeid, dacht hij. Te veel opwinding. 'Ik heb mijn vader in geen tien jaar gezien,' zei hij tegen het meisje. 'Hij is een bijzonder hardwerkende ambtenaar. In het Verre Oosten.'

'Ik heb die van mij ook al jaren niet meer gezien,' zei ze. 'Hij ploetert nog steeds door in India. En ik ken jou. Jij bent Teddy Feathers.'

Op slag werden de ogen tot die van zijn tienjarige nicht Babs – ogen waar de laatste keer dat hij ze had gezien tranen uit hadden gestroomd bij de fuchsiastruiken in de tuin van Ma Didds. De lange vinger die de as afklopte boven de asbak werd de woeste klauw van de kleine Babs, waarmee ze zonder erbij na te denken elke melodie op het gehoor kon spelen op het harmonium in de kapel. Ergens net buiten zicht was er het waakzame roze en goudblonde haar van hun zesjarige nichtje, Claire.

'Babs?'

'Teddy.'

Eddie bestelde voor hen beiden een fles koffie met melk en een mariabiscuit en Babs stak een nieuwe sigaret op.

'Dus. Woon je in Oxford? Daar had ik geen idee van, Babs.'

'Nee. Ik studeer hier. In Somerville. Maar ik stop ermee. Dit is niet de tijd om hier te zijn. Ik ga me vrijwillig aanmelden bij de marine. Volgende week ben ik weg.'

'Waar is Claire?'

'O, dat weet ik niet. Ze is getrouwd. Meteen nadat ze klaar was met school. Heb je dat niet gehoord? Ze woont ergens in East Anglia, tussen al die vliegvelden. Zo ver mogelijk bij ons vandaan. Maar ja, dat is niet vreemd, of wel?'

'Ik zie niet in waarom.'

'Ze was altijd erg passief. En ze zorgden ervoor dat we nooit meer bij elkaar zouden komen – of dat probeerden ze, althans. Ze wilden dat we elkaar als dood beschouwden. Nou – wat is er allemaal met jou gebeurd, oude Teddy-bear?'

'Hebben ze dat echt gedaan? Geprobeerd ons tegen te houden?'

'Nou ja, jij kreeg een soort zenuwinzinking, is mij verteld. Begon kreten uit te stoten als een aap. Een Welshe aap.'

'Ik heb nooit een zenuwinzinking gehad. Stotter ik nu?'

'Nee. Je praat netjes. Je past in Christ Church.' Toen ze glimlachte, straalde ze oogverblindend. Er stonden al rokersrimpels in haar gezicht maar ze straalde nog altijd.

'Ik heb mezelf nu nog verder in de nesten gewerkt,' zei

Eddie. 'Ik heb niemand die me raad kan geven. Ik merk dat ik niet weet hoe ik moet – voortgaan.'

'Voortgaan,' zei ze, en terwijl ze naar voren leunde streelde ze zijn pols. 'Ik ben altijd dol geweest op je woorden. Ik neem aan dat het door de boeken kwam. Je vader stuurde je zoveel boeken toen we bij Didds waren.'

'Is dat zo? Dat heeft niemand me ooit verteld. Wat? Kwamen die boeken van hem?'

'Je wilde in die tijd geen goed woord horen over je vader. Voortgaan,' zei ze. 'Misschien word je jurist? Een advocaat, maar het zou zonde zijn om dat haar te bedekken. Voortgaan – luister, je gaat nu in je eentje voort. Je hebt Claire of mij of tante May niet nodig. Ga verder met je leven! Als er iemand in staat is om beslissingen te nemen, ben jij het wel,' zei ze.

Ze keken allebei in hun koffiekopje.

'Je was verdomde geweldig,' zei ze, 'die dag. Dapperder dan wij en acht jaar oud.'

'Ik heb sindsdien geen beslissing meer genomen,' zei hij. 'Dat is volgens mij mijn enige besluitvaardige moment geweest.'

'Waar ging je al die jaren heen in de vakanties? Je bent toch zeker niet alleen geweest?' vroeg ze hem.

'Vriend van school. Soort tweede familie voor me.'

'Kunnen zij nu niet helpen? En hoe zit het met die verstandige zussen van je pa?'

'Die zijn psychologisch doof,' zei hij.

'Dat is alleen maar een reactie tegen je pa,' zei ze. 'Vergeet niet dat zijzelf ook allemaal Raj-wezen waren. Ze zeggen dat het goed is voor sommigen. Die roepen uiteindelijk: "Ik had geen ouders nodig," en wapperen met de vlag. Snobs voor de rest van hun leven. Maar het doet iets met ons allemaal, hoe dan ook.'

'Ik geloof niet dat het goed was voor mijn vader,' zei Eddie. 'Hij is stapelgek geworden.'

'Yep. Dat heb ik gehoord. Weet je, mijn ouders en die van

Claire zitten nog steeds in India en ik denk nooit een moment aan ze. Niet na tien jaar.'

Eddie realiseerde zich dat hij na de gruwelijke gebeurtenissen bij Ma Didds geen moment meer aan Babs of Claire had gedacht. Nooit.

'Heb je een vriendin, Eddie?'

'Ik kom nooit meisjes tegen. Ik werk alleen maar. En speel spelletjes. En lees.'

'Kom nu met mij mee naar huis,' zei Babs. 'Naar mijn kamer. Daar is nu niemand.' Ze drukte haar sigaret uit. 'Dan gaan we naar bed. Dat hebben we al eerder gedaan.'

Eddie, vuurrood, was zich bewust van het stilvallen van gesprekken aan de tafels om hen heen. Babs' stem was schitterend en ouderwets, een doordringende stem zoals die van leden van het koningshuis, helder en hoog en onbekommerd, en hij struikelde uit zijn stoel terwijl hij zijn hand onder die van haar vandaan trok. 'Het spijt me. Ik kan niet. Ik moet een trein halen. Mis hem misschien nog.'

En ze liet zich achterover zakken, lachend, en riep door de dampige salon – de nog steeds onbeweeglijke rij voor de cake – 'We zullen elkaar nooit vergeten, Teddy-bear. Nooit.' Hij morrelde aan de deur. 'Jij en ik en Claire. En Cumberledge. Wat er ook met ons gebeurt. Nooit.'

Hij zat in de trein, doorweekt van de regen van Oxford. Hij keek naar de wilde heggen die waren doorschoten met dode spiralen onkruid van vorig jaar. Dit was een lege, langzame, onzekere trein die onbeschaamd door anonieme stations rolde waarvan de namen waren overgeschilderd met zwarte kwaststreken om de Duitsers in de war te brengen als ze uiteindelijk arriveerden. Wachtruimtes op stations waren afgesloten, sigaretten- en chocoladeautomaten waren leeg en hun metalen lades staken uit. Pas toen hij in Manchester op een andere trein was overgestapt (ik zou nog steeds in haar bed kunnen liggen), schoot het hem te binnen dat hij Babs voor de koffie had laten betalen.

Hij zat nu in een andere wagon. Boven de man tegenover hem hing een reproductie van een vooroorlogse aquarel waarop een vrolijk Engels gezin op een zonnig Engels strand stond afgebeeld. De andere fotolijsten onder het bagagerek bevatten vaderlandslievende slogans en hij vroeg zich af of het tafereel met het zandkasteel opzettelijk was behouden. De net verzorgde papa, de gewatergolfde mama, de onschuldige kleine, de blije hond, Towser. Wellicht in de herinnering van sommige mensen? Hij deed zijn ogen dicht om zichzelf te behoeden voor tranen. Hij dommelde weg en kwam terecht op een rijkere plek, een met slaap beladen, druipende vallei met druppels op elk groot blad, het klateren van bananenbladeren, zwarte kinderen die dansten in stinkende plassen op de grond – grond die zo hard als beton was gestampt door dansende voeten, maar die in enkele ogenblikken een levende modder kon worden door de warme regen. Gelach. De geur van een zoete, hete huid. Hij werd omhooggegooid in iemands armen en keek naar een bruin gezicht onder zich, witte tanden, prachtig liefhebbende ogen. De man aan de andere kant van de wagon hield zijn blik op hem gericht toen Eddie wakker werd.

'Alles goed, jongen?'

'Ja. Het spijt me. Snurkte ik?'

'Nee. Je kreunde. Wil je een krant lezen?'

'Nee, nee. Ik was... Blijkbaar praat ik in mijn slaap.'

'Hier. Ik ben de lijst met slachtoffers aan het lezen,' zei de man, 'en ik heb iets belangrijks ontdekt. Kijk jij eens. Kijk gewoon eens – zonder vooroordeel. Kijk gewoon naar de lijst met plaatsen en dan zie je welke doden het slachtoffer waren van vijandelijk vuur. Je kunt in *The Times* precies zien waar de luchtaanvallen plaatsvonden, met de data erbij. Daar heeft niemand hier over nagedacht, wed ik. Ik ga naar de autoriteiten schrijven. Ik wil wedden dat het de vijand wel is opgevallen.'

Eddie, die opkrabbelde uit de tropische droom, zei: 'Ondoordacht gepraat kost mensenlevens.'

'Maar wil je het zien? Kijk eens wat ik bedoel. Het is verdomme een controlelijst voor de vijand,' en hij overhandigde hem de buitenste pagina's van *The Times*. Eddie gebruikte ze als een barrière tussen hem en de man en begon, automatisch, terwijl zijn ogen zich weer scherpstelden, te lezen in alfabetische volgorde. Hij las meteen: *Ingoldby, Patrick, achttien jaar oud, luchtmacht*, een datum van een week eerder, en *Voor Koning en Vaderland.*

Verwarring

Toen Betty plotseling overleed terwijl ze de tulpen plantte, op de dag na hun reis naar Londen, waarop ze hadden geprobeerd hun testament te ondertekenen, steeg Filths ziel van verbijstering uit zijn lichaam en keek hij niet alleen neer op het in elkaar gezakte lichaam maar ook op dat van hemzelf, starend en nu ontdaan van elke betekenis.

'Het is gebeurd,' 'Het heeft plaatsgehad,' 'Houd je hoofd koel,' zei de geest boven het lichaam. Stijfjes knielde hij naast haar neer, zag zichzelf neerknielen, haar hand vastpakken, haar hand kussen en die tegen zijn gezicht drukken. Er bestond geen twijfel over dat ze dood was. Dood. Weg. Afgelopen. Verloren. Voorbij.

Gedurende de begrafenisdienst herhaalde hij de woorden stilzwijgend: Dood. Verloren. Afgelopen. Weg. Een kleine begrafenis, want ze hadden allebei niet veel familie en Babs en Claire lazen – of zo nam hij aan – *The Telegraph* of *The Times* niet. Filth, altijd zo nauwkeurig, had verzaakt. Hij vergat (of deed alsof hij vergat) dat je mensen hoorde te bellen. Zijn oude vrienden waren allemaal in Hongkong of bij hun Schepper. Een kleine begrafenis.

Het ontroerde hem dat een aantal leden van zijn vroegere advocatenkantoor op was komen dagen en dat zijn magnifieke oude klerk, ooit de juniorklerk die een schooljongen met puistjes was geweest, daar in de kerk was en, gehuld in een lange overjas van Harrods, nu gezag uitstraalde.

‘Mijn welgemeende condoleances, meneer.’

‘Wat ontzettend fijn dat je bent gekomen, Charlie. Erg attent.’

‘Meneer Wemyss is er ook, en Sir Andrew Bysshe.’

‘Bijzonder vriendelijk. Een erg lange reis voor jullie allemaal.’

De donkere, ernstige, bleke Londense figuren op de tweede kerkbank. De overige rouwenden kwamen uit de omgeving, grotendeels dames van de kerk, aangezien Betty samen met hen beurtelings de bloemen had verzorgd. Ze was erg daadkrachtig geweest met de bloemen; ze had hun stelen in de groene emmer geramd en had vanaf haar aankomst het Frobisher-raam opgeëist, een positie die doorgaans pas werd aangeboden als je meerdere jaren in de parochie woonde.

Betty duldde geen flauwekul van bloemen. In Hongkong had ze ooit de kathedraal gedaan, en de Hongkongse iris, de Cubaanse lindebastbloem, het Amerikaanse wormkruid en de magnolia’s hadden daar allemaal hun plaats gekend. Ze sprak bloemen streng toe. Haar liefste wens, zei ze vaak, was dat er een bloem naar haar werd vernoemd. ‘De Elizabeth Feathers. Langbladige struikwinde?’ Filth had soms overwogen zoiets voor haar te regelen; hij had gehoord dat het niet echt duur was. Het was een altijd vergeten verjaardagscadeau. Filth was niet gecharmeerd van bloemen. Hij vond ze kil, soms zelf vijandig. Het waren tulpen, dacht hij, die haar uiteindelijk de das om hadden gedaan.

Terwijl hij naast het graf stond en nadacht over zijn lange leven met Betty en hoe hij erin was geslaagd de wereld de hele man te tonen, het voltooide en succesvolle wezen, met zijn handen in gevoerde geitenleren handschoenen gestoken en rustend op de knop van zijn wandelstok, was hij zich bewust van iets, ergens. Hij keek naar de lucht. Niets, maar er werd hem duidelijk gemaakt, geen twijfel mogelijk, dat iets in hem onopgelost was. Hij was incompetent en zwak. Als ze dat wisten, zouden ze hem allemaal onsympathiek vinden. Verachtelijk. Daar kon hij niet omheen.

Toch voelde hij niets. Helemaal niets.

Ze hadden na afloop een bijeenkomst georganiseerd voor Betty in de dorpszaal. Thee en sandwiches met ansjovis en vruchtencake en het alomtegenwoordige lichtgroene anglicaanse serviesgoed, bekend van de Donheads tot Hongkong tot Jamaica. Hij at niets maar bewoog zich statig tussen de gasten, als een ridder uit vroeger tijden. Hij praatte over het weer. Over hoe attent het was dat ze naar de Donheads waren gereisd. Toen ze allemaal waren vertrokken, bood een aardige vrouw hem whiskey aan en blijkbaar dronk hij die op, aangezien hij in een leeg glas keek toen ze voorstelde dat ze hem veilig thuis zou brengen.

*

'Ben je hier vannacht alleen, Edward?'

'O, ik kan mezelf uitstekend redden. Uitstekend.'

Buiten was het tulpenperk tactvol aangeharkt en Filth en de vrouw (Chloe) keken omzichtig vanuit de serre naar de heuvels erachter. De vrouw rook nostalgisch naar een of ander oud parfum – niet dat van Betty, dacht hij. Het was het parfum, vermoedde hij, maar ineens (de aardige vrouw had haar taille lang geleden verloren en haar haren waren grijs) ervoer Filth een verbazing die even groot was als de aanblik van een dode Betty – haar onbewoonde lichaam, haar lege gezicht. Filth ervoer een enorme, totale, puberale opwinding.

Abrupt liep hij weg van de vrouw en hij ging alleen in de woonkamer zitten.

'Ik zou een tijdje bij je kunnen blijven.'

'Nee, dank je, Chloe, eerlijk gezegd zou ik nu liever alleen willen zijn.'

Toen ze weg was, bleef hij een tijdje zitten. (Verloren. Voorbij. Weg. Over. Afgelopen.) Ze was niet hier. Ze was dood.

Niet hier. Maar, voelde hij, ergens anders. Ze hadden allebei een afkeer gehad van de macabere Chinese begrafenisriten en het oosterse idee van een leven na de dood. Ze waren (uiteraard) anglicanen en gesteld op het idee van de hemel, maar of de geest het belachelijke lichaam overleefde, was iets wat ze nooit hadden besproken. Ze hadden in ieder geval nooit het idee overwogen dat ze elkaar weer zouden tegenkomen in een andere wereld. Het was een idiote gedachte, dacht Filth nu.

'Vind je niet?' vroeg hij voor het eerst direct aan Betty, terwijl hij naar een plek boven de gordijnrail keek.

Er kwam geen antwoord.

Maar hij sliep goed. De opwinding was verdwenen en vroeg de volgende ochtend, netjes gekleed en met een paarsachtige das, belde hij zijn twee nichten.

Van de eerste, Claire, ergens in Essex, kreeg hij geen antwoord, zelfs niet van een antwoordapparaat. De telefoon bleef maar overgaan. De tweede was Babs, die om een onbekende reden ergens in Teesside woonde, in een plaats die Herringfleet heette. Ze had kind noch kraai en was, had Betty gedacht, tegenwoordig een beetje vreemd. Babs had Betty van school gekend (iedereen, dacht hij, schijnt Betty van school te hebben gekend). Betty en Babs hadden op St Paul's Girls School gezeten en beiden hadden de melodieuze stem van de Paulina Voices, het koor van hun school.

Dus was het Betty die de telefoon opnam. 'Hallo?' zei ze. 'Ja? Teddy?'

(Blijkbaar logeerde Betty daar bij Babs, dacht hij – zijn adem stokte en hij stortte in de hel.)

'Spreek ik echt met Babs?'

'Ja. Dat denk ik wel. Barbara.'

'Edward. De man van Betty.'

'Dat weet ik.'

'Ik ben bang dat ik slecht nieuws heb.'

'Ik weet het. Ik las het in de krant. Arme ziel.'

'Nou ja, ik ben niet echt –'

'Ik bedoel Betty. Arme ziel.'

Het was Betty die praatte. Hij verlangde naar meer.

'Ik dacht dat je misschien wilde weten...'

'Ja, wat?'

'De begrafenis is al geweest, Babs. Ik dacht dat je het misschien fijn zou vinden om te weten dat ze op slag dood was. Ze kan er niets van geweten hebben. Heel fijn voor haar, eigenlijk.'

'Ja. Dat zeggen ze.'

Stilte.

'Babs?'

Dit keer een lange stilte. Dan een razende waterval van muzieknoten op een piano. Filth herinnerde zich dat Babs iets met muziek te maken had. Zelfs in Herringfleet, blijkbaar.

'Babs, is dat een piano?'

De toonladders stopten. Toen begon Schubert. Het ging eindeloos door.

'Babs?'

Uiteindelijk hing hij op en probeerde hij opnieuw de andere nicht te bellen. Ze nam weer niet op. Hij dacht aan Chloe gisteren en toen was er een schaduw van iemand die ergens vanuit een bos naar hem keek.

Weer die verbluffende opwinding. Hij sloeg zijn handen voor zijn gezicht en probeerde zichzelf tot bedaren te brengen. Wat is dit allemaal? Ineens bad hij zoals hij tijdens de begrafenis helemaal niet had gebeden. En maar heel zelden terwijl Betty in leven was.

'Heer, we smeken U... leidt ons hart en onze geest in de wetenschap en liefde van God.'

Hij had meer dan dertig jaar lang geen bed gedeeld met Betty. Tweepersoonsbedden waren voor de bourgeoisie. Seks was nooit een groot succes geweest. Ze hadden er nooit over gepraat. Ze hadden het niet prettig gevonden om vrienden te bezoeken die geen twee logeerkamers hadden. Betty had jarenlang schertsend opgemerkt dat het huwelijk nooit zou hebben standgehouden als Filth niet zijn eigen kleedkamer had gehad. Ze had slaapkamer bedoeld.

Had hij Betty ooit begeerd? Nou, ja. Hij had haar begeerd. Hij wist het nog. Hij had alles aan haar begeerd. Haar verleden, haar heden, haar toekomst met hem. Haar lieve, alerte, intelligente gezicht, de levendige ogen waar ze om bekend had gestaan. Hij had alles aan haar willen bezitten omdat ze zo perfect in zijn levensplan paste. Door haar had hij zich veilig en zelfverzekerd gevoeld. Ze had oude nachtmerries uit zijn jeugd verzacht.

Maar – dit. Nooit dit. Waar kwam deze opwinding vandaan? Als ze nog leefde, had hij het dan aan haar kunnen vertellen? Zij die nooit een gepassioneerde daad had begaan. Ze zou hem naar een dokter hebben gestuurd.

Maar toch – ze hadden zo'n hechte band gehad. Soms, 's nachts in Hongkong, heet en rusteloos in de wervelende mist van The Peak, als de zaak van de dag daarvoor, of erger, een vonnis bleef hangen, was hij naar haar kamer gegaan en naast haar gaan liggen en had ze een hand uitgestrekt.

'Wat is dit?'

'Niets.'

'Slechte dag?'

'Ik heb een man ter dood veroordeeld.'

Stilte.

Ze zou hem nooit in haar armen hebben genomen uit medelijden. Zou nooit haar lichaam aan hem hebben aangeboden als afleiding. Had nooit aangegeven: hier is verzachting. Neem me. Vergeet het. Je werk. Je wist dat je daar tegen aan zou lopen hier. Je had in Engeland kunnen blijven.

In plaats daarvan...

'Was hij schuldig?'

'Zo schuldig als maar zijn kan.'

Ze lagen in stilte en luisterden naar de nachtelijke geluiden op The Peak.

'*Crime passionel*,' zei hij.

'Dan is hij misschien blij dat hij zal sterven.'

Hij zei: 'Je choqueert me nog steeds. Als jij de rechter was geweest...'

'... dan zou ik hetzelfde hebben gedaan als jij. Er is geen alternatief. Maar ik zou er minder onder geleden hebben.'

(Maar ik zou hebben gewild dat je meer leed. Ik wil dat je me dwingt ontslag te nemen, omdat ik van mezelf walg. Ik voel me echt een stuk vuil.)

'Ik had bij het advocatenkantoor in Engeland in de Temple moeten blijven. De Fameuze Feathers van het Bouwwezen. Riolen en afvoerpijpen.'

Maar Betty was alweer in slaap gevallen, vredig tegen zijn schouder, onbekommerd, trots op hem, een erg aardige vrouw. Een uitstekende echtgenote voor een rechter. En drie kilometer verderop, in een moeras aan de andere kant van de glinsterende stad, lag de veroordeelde man eenzaam als een grijs vogeltje, met zijn schriele kleine hoofd op zijn smalle oosterse nek, die binnenkort versplinterd bot zou zijn.

Ik ben er net op tijd mee gestopt, dacht hij toen ze met pensioen gingen en terugkeerden naar Engeland en de Donheads. Nog meer emotie kon ik naast het gezwoeg niet verdragen. Kan nog steeds niet goed omgaan met emotie. Alles onder controle. Ik ben een professional. Maar vanwaar deze opwinding? Dit verlangen?

'Babs?'

Het was de volgende ochtend en hij belde haar weer: 'Babs, ik wil je komen opzoeken.'

Betty's stem antwoordde – hij herinnerde zich dat Veneering

degene was geweest die hij ooit had horen zeggen dat Betty's stem klonk als die van Desdemona.

'Babs?'

'Eén moment.'

Een krachtige storm aan Wagner werd ergens geluwd. 'Ja? Is dat Teddy weer? Wat?'

'Babs – mag ik je komen opzoeken?'

'Ja. Dat lijkt me wel. Goed. Wanneer?'

'Wanneer dan ook. Deze week? Volgende week?'

'Ja. Goed.'

Hij hoorde een snik, wat hem verbaasde.

'Babs, niet huilen. Ze heeft zo'n makkelijke dood gehad. Een v-v-v-vol, een geweldig leven.'

'Ik huil niet om Betty,' zei ze, 'of om jou, oude gek,' en ze smeet de telefoon op de haak.

Hij belde niet opnieuw; hij schreef. Hij zou volgende week vrijdag naar haar toe komen en misschien een nacht bij haar logeren?

Er kwam geen antwoord.

Desalniettemin trof Filth, op de nieuwe, vrije en irrationele manier waarop zijn lichaam zich gedroeg, voorbereidingen: hij bracht de auto naar Salisbury om daar nagekeken te worden en zocht iets moois van Betty uit als cadeau voor Babs.

Hij zou het zoveel fijner hebben gevonden als hij naar Claire ging. Hij zou willen dat ze de telefoon opnam. Hij zocht naar het adres om naar haar te schrijven in Hainault, waar haar kerstkaarten vandaan kwamen, maar de enige kaart die hij vond was erg oud en slecht leesbaar, zonder postcode. Toch schreef hij om te zeggen dat hij volgende week zaterdag misschien bij haar in de buurt zou zijn. Hij vertelde haar het nieuws over Betty.

Geen antwoord.

Toen mevrouw Eh zijn eerste kop koffie op zijn bureau

zette, maakte hij het machtige brullende keelgeluid dat vaak vooraf was gegaan aan zijn pleidooien in de rechtbank. (Het gerucht was rondgegaan dat dit het overblijfsel was van een spraakgebrek, hoewel dat onwaarschijnlijk leek aangezien hij zo'n welbespraakte man was.)

'Ah-argh. Aha! Mevrouw Eh, ik had u al eerder willen vertellen dat ik een tijdje wegga. Een uitstapje. Vertrek op vrijdag. Een rondje familiebezoeken. Wat?'

'Ik zei niets.'

'Ik ga met de auto,' zei hij.

'Dan zeg ik wel iets. U bent niet goed bij uw hoofd, Sir Edward. Waar denkt u in hemelsnaam heen te gaan?'

'O, het is ergens in het noorden.'

'U hebt in jaren niet verder gereden dan het station in Tisbury. De auto is vastgeroest aan de garage.'

'Helemaal niet. Ik heb hem laten nakijken.'

'Sir Edward, dit zijn snelwegen. U hebt nog nooit op de snelweg gereden.'

'Het is een uitstekende auto. En het is ook een kans voor u om een paar dagen vrij te hebben. U hebt erg – erg goed voor me gezorgd de afgelopen dagen. Neem vakantie.'

'Als u erop staat te gaan, neem ik geen vakantie. Ik zal die grijze vitrage voor uw badkamerraam in de week zetten.'

'Nou, u zou misschien,' zei hij zonder haar aan te kijken, 'iets kunnen doen aan de kamer van Lady Feathers. Haar – eh – de k-k-k-kleren wegdoen. Ik geloof dat dat gebruikelijk is.'

'Sir Edward.' Ze liep om de tafel en leunde tegen de vensterbank terwijl ze hem aankeek. 'Er is iets wat ik wil zeggen.'

'O. Het spijt me. Ja, mevrouw Eh. Mevrouw T.'

'Luister, het is te vroeg. U doet het allemaal te snel. U begon al voor de begrafenis aan het beantwoorden van de brieven. U moet ze eerst laten bezinken. Dat weet ik vanwege moeder. En het is te vroeg om overal cadeaus uit te delen, u zult de verkeerde dingen geven. Het spijt me, maar u bent niet uzelf.'

'Mevrouw Eh, als u de kamer van Lady Feathers niet wilt opruimen, weet ik zeker dat Chloe – die ene van de kerk – dat wel wil doen.'

'Daar ben ik ook van overtuigd. Maar laten we dat allemaal vergeten. Het enige wat ik wil, is voorkomen dat u gaat rijden. Dus.'

Zijn gezicht, badend in het licht dat van achter haar binnenviel, moest ooit fantastisch zijn geweest, zag ze. Aantrekkelijk, terwijl hij naar haar staarde.

Ze bracht een mok koffie naar Garbutt, die buiten stond te wachten bij de muur van het huis, nu rauw en naakt zonder de klimop.

'Hij gaat eropuit met de auto. Op bezoek.'

'In zijn eentje?'

'Ja. Op de snelweg. Ik heb tegen hem gezegd dat hij nog niet rationeel nadenkt. Zij zou hem nooit hebben laten gaan. Hij heeft geen idee wat hij doet. Hij beantwoordt elke brief per kerende post en streept ze af op een lijst, allemaal handgeschreven en allemaal anders, en ze is amper begraven. Er was een groene –'

'Een groene wat?'

'Brief. Uit Parijs. Hij gooide hem in de prullenmand. Hij was er overstuur van. Hij schreef een antwoord, en ze zeggen dat hij, al bijna voor de postbode uit het zicht was verdwenen, met de brief in zijn hand door de straat liep.'

Ze keken allebei naar de muur.

Garbutt wist dat ze de brief in de prullenmand had gelezen. Hij zou die niet gelezen hebben.

'Weet je dat hij me nog nooit bij mijn naam heeft genoemd? Zij deed dat wel, natuurlijk.'

Garbutt dronk het laatste beetje koffie, hield de mok ondersteboven en liet de drab op het gras vallen. 'Nou ja, voorzover ik kan zien, kunnen we er weinig aan doen. Hij is de wet. Hij volgt zijn eigen wetten.'

'Ik weet zeker dat we tegen maandag geen baan meer hebben, en wie brengt hij nog meer om het leven op de snelweg? Daar maak ik me zorgen over.'

'Misschien dat hij het toch haalt,' zei hij, terwijl hij haar de mok teruggaf. 'Hij is nog steeds behoorlijk kwiek.'

Desalniettemin trof Filth de tuinman op donderdagmiddag aan bij de garagedeuren, waar hij rondhing.

'Ik heb hem laten nakijken,' zei Filth. 'Blijkbaar moet ik dat tegen iedereen zeggen. Het is een Mercedes. Ik ben een goede chauffeur. Waarom heb je alle klimop weggehaald?'

'Dat waren haar instructies. Nog geen twee weken geleden. Sir Edward, u bent gek. Het is te vroeg. U bent bijna tachtig. Zij zou zeggen dat het te vroeg was. U hebt geen idee hoe die A1 is.'

'Heet het tegenwoordig de A1? Ik zal op de kaart moeten kijken. Allemachtig, ik heb de Great North Road jarenlang gekend. Ik zat in het noorden op school.'

'Nou, u zult 'm niet meer herkennen. Meer zeg ik niet. Vaarwel dan, meneer.'

Filth zocht het kustplaatsje Herringfleet, waar Babs uithing, op en was verbaasd. Hij had gedacht dat het ergens in de buurt van Lincolnshire lag, maar het lag dichter bij Schotland. Vreemd, dacht hij, dat ik nog steeds met mijn ogen dicht de weg zou kunnen vinden in de achterafstraatjes van Hongkong en de New Territories en dat Engeland nu een brei is.

Wat deed Babs daar in vredesnaam? Waar zou hij logeren als zij geen plaats voor hem had? Blijkbaar waren er in Herringfleet geen herbergen waar de reisgidsen erg over te spreken waren.

Maar hij zette zijn plan door, poetste zijn schoenen, koos overhemden uit. Hij hield van inpakken. Hij pakte zijn ivoren haarborstels in, zijn Queen Mary-manchetknopen uit de oorlog en, enigszins tot zijn eigen verbazing, Betty's *Book of Common Prayer*. Wellicht zou hij het aan Babs geven. Of aan Claire, als hij haar ooit vond. Hij vouwde twee van Betty's schitterende Jacqmar-sjaals op, maakte een pakketje van een aantal boekjes met recepten, en greep toen met plotselinge zwier een flinke buit aan sieraden uit de la van haar kaptafel en goot die in een gewatteerde envelop. Hij stopte de sjaals en de receptenboekjes in een andere gewatteerde envelop en plakte ze allebei dicht.

Op de vroege vrijdagochtend, terwijl mevrouw Eh op de stoep voor de deur stond met een gezicht als een donderwolk en Garbutt op zijn ladder bezig was met de wortels van de klimop en niet eens omkeek, reed hij de oprijlaan af en de toekomst tegemoet.

Hij had goede ogen. Hij had de kaart bestudeerd. Het was een mooie dag en hij voelde zich uitstekend. Hij had besloten dat hij van links naar rechts door Engeland zou rijden en ergens rond Birmingham een weg van het zuidwesten naar het noordoosten zou volgen. Niet moeilijk. Hij had de kaart visueel goed in zijn hoofd en hij stortte zich zonder enige huivering in het strijdgewoel van Spaghetti Junction, zich nauwelijks bewust van het razende en gierende verkeer dat hem inhaalde. Hij moest toegeven dat hij enige spanning ervoer als hij de rechter rijstrook op zwenkte, maar hij genoot van de prikkeling. Verschillende enorme voertuigen reden luid toeterend langs hem en enkele haalden hem in aan de bestuurderskant terwijl hij toch rechts reed. Een van deze voertuigen leek even de vangrail te raken.

De middenberm intrigeerde Filth. Het was een nieuw fenomeen voor hem. Hij vroeg zich af wie het bedacht had. Was het dezelfde man die kattenogen had uitgevonden en miljoenen had verdiend en niet had geweten wat hij ermee aan moest? Hij herinnerde zich die man. Hij had drie kwekkende televisies tegelijkertijd aan gehad. Arme, ongelukkige kerel. Doodsoorzaak: kattenoog. Dat moet een flinke tijd geleden zijn geweest.

Koorden van vrachtwagens, als bewegende flatgebouwen, denderden nu langs. Soms leek zijn oude Mercedes tussen hen in te hangen en nauwelijks de weg te raken. Schijnbaar werden er een hoop vrachtwagens bestuurd door buitenlandse kerels, stuur aan de linkerkant, waar ze niets konden zien. Kwestie van tijd tot ze in de meerderheid waren. Dan zou iedereen rechts rijden. Verachtelijke regering. Had waarschijnlijk de plannen al klaarliggen. Rijd rechts, stem links. Het zogenaamde links, zei Filth. Niet het links van meneer Attlee. Niet het links van Aneurin Bevan. Allemaal in pak tegenwoordig. Singapore rijdt nog steeds aan de linkerkant, hoewel ze nooit van links hebben gehoord. Singapore is verleden tijd, net als Hongkong. Het Britse Rijk nu als Rome. Niet eens in de geschiedenisboeken. Verloren. Voorbij. Gedaan. Dood. Afgelopen.

Twee draken, Machiavelli's, elk met tien of meer auto's op hun rug, net obscene, met luizen bedekte beesten, omsloten hem van beide kanten op de middelste rijstrook. Die aan de rechterkant was toch zeker in overtreding? Beide leken geen geduld met hem te hebben, terwijl hij toch constant honderd kilometer per uur reed, ruim binnen de snelheidslimiet.

Hij voelde hun haat. Eén fout en ik ben er geweest, dacht hij, opnieuw met een prikkeling van opwinding, bijna van seksuele opwinding. 'Eén geluid en je ligt eruit,' zei de bisschop tegen het oude mens met de oortrompet. Waar kwam dit in godsnaam vandaan? Te veel troep in oude hersens.

Ah! Ineens was hij vrij. De vrachtwagens waren verdwenen. Hij was vakkundig naar het oosten afgeslagen – met een zekere mate van stijl, mag ik wel zeggen – en naar Nottinghamshire.

Hij bevond zich nu op smallere tweebaanswegen die werden onderbroken door enorme, ingewikkelde landelijke rotondes. Borden toonden onwaarschijnlijke namen. Velden begonnen zich uit te strekken, met de kleur van ossenbloed. (Waarom is ossenbloed donkerder dan koeienbloed?) Groepjes zwartgroene bomen stonden boven op lage heuvels. Volledig verlaten oude mijnstadjes kwamen naar hem toe gestroomd, openden zich voor hem, gleden langs hem heen. Toen een middeleeuws kasteel op een terp. Toen verscheen er een kunstmatige heuvel waar aan de zijkant een pijp uitstak, als een patiënt met onaangename dingen vanbinnen. Zwart spul druppelde naar beneden. De laatste kolenmijn. Zwart spul waaierde in de wind. Nooit in een kolenmijn geweest, dacht Filth. Er is altijd iets nieuws. (Maar nee. Over. Afgelopen. Weg. Dood.) Kan maar beter binnenkort stoppen. Zie dubbel. Moet plassen. Goed gedaan. Een van deze eetcafés.

Maar er waren nu geen eetcafés meer. Ze waren allemaal verdwenen.

'Worksop,' zei Filth. 'Dat is nog eens een lelijke naam. Betty zou woedend zijn – Worksop!' Ze haatte het noorden, behalve Harrogate. Waarom zou je in vredesnaam die vreselijke Babs opzoeken? Je bent gestoord. Zij is gestoord. Ik heb haar later leren kennen dan jij.' (O, hou op, hou op, hou op.)

Hij kwam bij bleke en sierlijke stenen poorten die leidden naar een of ander verloren groots landhuis met de eikel van de National Trust op een bord. Hij draaide de weg op en reed drie kilometer over een laan met lindebomen. Overal liepen gillende gezinnen. Hij vond een herentoilet en liep toen stijfjes terug naar de Mercedes op de parkeerplaats. Mensen renden rond en droegen planten van een tuinwinkel naar hun auto's om op hun patio's te planten. Als ik ooit van Engeland had gehouden, dacht hij, zou ik nu om haar huilen. Sherwood Forest keek van alle kanten naar hem, dicht en zwart.

Weer op weg, en het meedogenloze gedonder van het verkeer op de A1 in; maar hij had alles weer onder controle. Verdomd goede auto, sterk als een tank, voortreffelijk als een goed paard. Altijd van autorijden gehouden. Aha! Help! Hij zag een eetcafé en zwenkte in de baan van een vervoerder van metalen pijpen uit het Ruhrgebied.

Dat scheelde weinig. Het gezicht van de chauffeur was rood en zijn mond was opengesperd in een zwarte brul.

Enigszins ontdaan at Filth geroosterde fruitcake aan een plastic tafel en dronk een grote pot thee. De serveerster keek misprijzend naar zijn pak en stropdas. De man aan de tafel naast hem droeg een spijkerbroek waar zijn knieën uitstaken en een onderhemd. Aan elke zichtbare lichaamsopening waren koperkleurige ringen bevestigd. Filth ging terug naar de auto voor een kort dutje, maar de Mercedes deinde elke drie seconden door de ritmische windstoten van het voorbijkomende verkeer.

'Verder, verder,' zei Filth. 'Duurt niet lang voor het donker wordt.'

En twee uur later was het inderdaad behoorlijk donker en had hij blijkbaar Teesside bereikt. Er was echter niets wat duidde op de aanwezigheid van dorpen. Alleen maar wegen. Wegen en nog meer wegen. Het verkeer zwom eroverheen, blijkbaar wetend waar het heen ging. Eindeloze, tegemoetkomende, verblindende koplampen. Het is nu alleen nog maar een vliegveld, dacht hij. Mijn weidse, mooie noorden. We leven op een lopende band. Daar gaan we, op en neer. *We shall chase you up and down.* Dat zwijn van een Veneering hield van *Midsummer Night's Dream.* Dwaas gedoe, maar toch kon je niet anders dan eruit citeren. Het woud van Arden. Het woud van Sherwood. Weg, weg. Afgelopen. Dood. Zoals de klimop van Garbutt. Betty zou woedend zijn geweest. 'Je had nu op Madeira kunnen zitten, in een fijn, bejaard hotel. En jij gaat naar Babs in Teesside. En kijk hier, een dorp dat Yarm heet. Wat een naam! Yarm.'

'Dat zou je niet denken als we in Maleisië waren.'

'Doe niet zo raar, Filth.'

'Of de dialecten. Het ontbreekt het Maleis aan medeklinkers.'

'Het ontbreekt Yarm schijnbaar aan alles.'

'Ach, ik weet niet. Best een fraai dorpje. Schitterend brede hoofdstraat. Daar kunnen de Cotswolds nog wat van leren.'

'Nou, als je maar niet stopt, Filth. Niet nu, in hemelsnaam. Het is nog maar een halfuur verder. Zorg dat je er komt.'

Net buiten Yarm zag hij een bord dat hij op wonderbaarlijke wijze herkende, aangezien hij hier nog niet eerder was geweest. Aan een grimmig uitziend veld, achter het zoevende verkeer, stond het Old Judges' Lodging, nu een hotel. Ooit verbleven de arrondissementsrechters hier gedurende de driemaandelijkse zittingen. Geen echtgenotes toegestaan. Te veel port. Verveelden elkaar dood. Verzachtten elkaars isolement door te praten. Elke avond, als cricketcommentatoren tussen wedstrijden door, gesprekken over hun beroep. Afgelopen. Weg. Dood. Nu dus een hotel?

'Ha?'

Bord voor Herringfleet.

Babs.

Wat een ellendig dorp. En niet klein. Hoe moest hij The Lindens 25 vinden? Daar was de zee. Een cementen strook als promenade. Een glinsterende streep die vermoedelijk een wit zandstrand was. Lange, lange golven die zich rond een grote baai kromden, en achter hun kolkende franje, zich uitstrekkend tot in het volledige duister, de zwoegende zwarte huid en spieren van de oceaan. Zee. Wat hadden ze de zee gehaat toen ze in Wales woonden. De wrede, scheidende zee. Hoe had Babs ooit hiervoor kunnen kiezen?

Hij had de auto stilgezet op de promenade waar hoge, ooit

elegante logementen, nu praktisch krotten, en bed and breakfasts voor bijstandsgerechtigden, oftewel de armen, met lege ogen naar de zee stonden te kijken. Geen lamplicht. De regen viel.

'The Lindens? Wat?' schreeuwde een man op een oude fiets. Hij stapte af en liep naar de auto en stak zijn hoofd door het raam. Hij rook naar frituurvet en bier en werkloosheid. 'The Lindens, vriend? (Geweldige auto.) Daar rechts van je. Je kan het niet missen, maat.'

Het was een huizenblok met elegante en geheimzinnige woningen aan weerskanten van een korte straat die was omzoomd met bomen. De bomen stonden bol van ronde uitwassen waaruit volgend jaar nieuwe loten zouden spruiten, als haren uit een moedervlek. Waardeloze verzorging. Wat zou Sir daarvan zeggen? Nummer 25.

Boven aan de steile stenen traptreden scheen een zwak licht boven een woonkamer en een ander licht in een raam ernaast. Een poort hing aan één scharnier. Er hing afzondering en verslagenheid in de lucht. Hij herinnerde zich de lachende, gewiekste, positieve Babs in de theesalon in Oxford. *Dan gaan we naar bed. Dat hebben we al eerder gedaan.* Lachend terwijl ze haar gebarsten hooggehakte schoen aan haar teen liet bungelen.

Het was zo stil dat Filth de golfslag van de zee twee straten verderop kon horen, ritmisch, onstuitbaar. 'Te vroeg,' zei de zee. 'Ze hadden gelijk. Dit is theatrale onzin. Je bent hier te vroeg gearriveerd. Je bent in shock. Je zult jezelf belachelijk maken. Er is hier niets.'

Plotseling werd boven aan de trap de voordeur met een ruk opengetrokken en kwam er een jongen naar buiten gerend. Hij stormde naar beneden, miste daarbij verschillende treden, en vloog over het pad richting Filth, die bij de poort stond. In zijn ene hand hield hij een muziekkoffer en met de andere duwde hij Filth hard in de maag, waardoor die in de heg achter zich viel. De jongen, die een ouderwets schooluniform droeg, verdween in de richting van de zee.

Zwaar naar adem happend worstelde Filth zich uit de heg, waarna hij zijn kleren afklopte, het gevallen pakket met cadeaus opraapte, naar rechts en links keek en zijn woedende brul uitstootte. Toen daalde de stilte van de weg weer neer. Het kind had misschien nooit bestaan.

Maar de voordeur stond wijdopen. Slecht op zijn gemak liep hij de traptreden op en toen de gang erachter in, waar, alsof hij op een knop was gaan staan, een stortvloed aan Chopin werd losgelaten in de kamer rechts van hem.

'Hallo?'

Hij bleef buiten de open deur van de kamer staan.

'Hallo? Babs?'

Hij klopte op de deur, keek eromheen. 'Ik ben het, Teddy.'

De muziek stopte. De kamer leek leeg te zijn.

Toen zag hij haar bij het raam achter in de ruimte, in het donker starend. Ze droeg een soort shawl en haar haar was lang en wit. Het leek of ze iets – een zakdoek? – tegen haar gezicht drukte. Zonder dat ze zich verder naar hem omdraaide, kwam haar stem achter haar handen vandaan, helder en beheerst. En de stem van Betty.

In een van haar zeer zeldzame cynische of verbitterde buien, die Filth nooit begrepen had en die meestal eindigden met een paar dagen in Londen voor haar (of in Macao, vanaf Hongkong), had Betty gezegd: 'Luister, laat me met rust, Filth. Ik tast in het duister. Moet er gewoon even tussenuit.'

'Ik tast in het duister, Teddy-bear,' zei Betty's stem nu binnen in dit verdwaasde oude schepsel. 'Je had niet moeten komen. Ik had je moeten tegenhouden. Ik kon het nummer niet vinden.'

'Hemel, Babs. Je bent niet in orde.'

'Niet in orde. Ziek, bedoel je? Dat ben ik zeker. Wil je thee?

Die maak ik op mijn gaspit. Er is ergens melk. In een keukenkastje. Maar wij drinken geen melk in onze thee, of wel? Niet met onze chique achtergrond. Het is afgelopen met me, Teddy. Mijn hart is gebroken. Net als Betty. Je kunt maar beter gaan.'

(Net als Betty? Wat een onzin – nooit.)

'Ik kan maar een paar minuten blijven,' zei Filth, zich realiserend dat dit absoluut zo was, want het was niet alleen ijskoud en donker in de kamer, er hing ook een vreemde geur. Toen hij zijn pakjes neerzette op een stoel met een stapel kranten erop, raakte hij iets onuitsprekelijks op een bord aan.

'Babs, ik had geen idee...'

'Je dacht dat ik goed in de slappe was zat, of niet? Kabeltelevisie en modems? Nou, ik zit ook goed in de slappe was, maar dat komt omdat ik nog steeds muzieklerares ben. Ik woon alleen. Betty waarschuwde me altijd dat ik niet alleen moest wonen. Zei dat ik er raar van zou worden. Maar ik woon het liefst alleen. Sinds – nou, je weet wel. Wales. Tot vorig jaar had ik natuurlijk moeder. Boven. Ik hoor nog steeds haar stok op de vloer bonzen omdat ze naar het toilet moet. Soms begin ik haar melk op te warmen. Maar ik ben blij dat ze er niet meer is. In zekere zin.'

'Dan,' zei Filth, tintelend van afkeer terwijl hij in het duister tastte om ergens een plek te vinden waar hij tegenaan kon leunen of kon gaan zitten. 'Dan was het blijkbaar niet alleen maar ellendig.' Hij liet zichzelf in wat wellicht een stoel was zakken, toen iets wat erin lag ritselde en wegschoot in de richting van de deur.

'Ah,' zei hij, en hij trok de boord van zijn overhemd wat losser. 'En je hebt een hond.'

'Welke hond? Ik heb geen hond.'

'Het spijt me.'

'Het spijt mij niet. Zelfs met een hond zou ik doodeenzaam zijn. En ik ben inderdaad gek aan het worden.'

'Nou' – hij was opgeveerd uit de stoel en stond in de houding – 'Nou' (halfhartig). 'Nou, ik ben er nu, Babs. We moeten iets regelen. Iets in werking zetten. Betty zou niet willen...'

Babs was weggelopen bij het raam en tastte om zich heen. Er ging een lamp aan en er kwam een waterkoker tevoorschijn. Een halflege fles melk werd uit een antieke grammofoon gehaald. Kopjes en schotels werden van hun natuurlijke habitat op de schouw gegrist. 'Zie je, ik ben best zelfstandig. Niemand tot last. Suiker? Nee, daar zijn we ook niet de mensen voor, of wel, Teddy?'

'Babs, laat me je mee uit eten nemen.'

Ze zwaaide met haar lange haren. 'Ik ga nooit naar buiten. Ik kijk en wacht. First Flush? Weet je nog?'

Een vreselijk moment lang dacht Filth dat Babs het over de menopauze had, hoewel ze die toch achter de rug moest hebben?

'First Flush?'

(Of misschien had het iets te maken met bridge. Of met huishoudelijk sanitair?)

'Thee, Teddy. First Flush is thee. Uit Darjeeling.' (Ze sprak het correct uit. *Datcherling.*) 'Weet je dat niet meer?' Ze hield een gehavend pakje met daarop de woorden *Fortnum and Mason, Piccadilly* omhoog. 'Hij gaf het me jarenlang telkens weer. Elke kerst. Als aandenken aan onze kindertijd. Jij, ik, hij, Claire, Betty.'

'Maar wij waren niet in India, Betty en ik. Ik had Betty nog niet ontmoet. Jij en ik en Claire waren in – Wales.'

Ze keek angstig.

'Maar hij stuurde me thee uit India. Daar namen ze hem na afloop weer mee naartoe... Elk jaar stuurde hij me thee.'

'Wie?'

'Billy Cumberledge.'

'Babs?'

'Mijn minnaar.'

'O, het spijt me zeer dat te horen, Babs. En is hij ook gestorven?'

'Dat weet ik niet zeker. Ik zag hem af en toe in Oxford. Hij was een lieve man. Ze slaagde er nooit in zijn ziel te raken, hem helemaal te breken. Hij en ik – nee, jij en ik, Teddy. We kropen die avond in één bed om dicht bij elkaar te zijn terwijl Claire hulp ging halen.'

'Dat was ik vergeten.' (Een golf van opluchting. Dat had ze dus bedoeld in de theesalon.)

'Ja, hij was mijn minnaar. Maar niet mijn laatste minnaar. Mijn huidige minnaar heb je misschien net gezien toen hij de trap afholde.'

'Maar dat was een schooljongen...'

'Ja, maar een genie. Ik doe nu geen examenwerk meer, behalve voor hem. Hij is een genie.'

'Ja. Ik begrijp het.'

Ze dronken de First Flush, die niet merkbaar verfrissend was.

'Dit is natuurlijk een First Flush van een tijdje geleden.'

'Ja,' zei hij. 'Een tijdje geleden.'

De lantaarnpalen op straat gingen aan en onthulden een Broadwood-piano bij het raam aan de voorkant van het huis, en een pianokruk die op zijn zij lag. Hij dacht terug aan de doodsbange jongen.

'Edward,' zei ze, en ze liet haar thee op de haard staan. 'O, Edward, we hadden zo'n hechte band. Ik moet het aan iemand vertellen. Ik ben weer verliefd.'

'O – O, hemel –'

'Hij is veertien. Je weet hoe oud ik ben. Ver over de zeventig. Het maakt niet uit.'

Iets in de gang viel met een klap op de grond en vervolgens hoorden ze het geluid van stromend water.

'Het is die hond,' zei ze huilend. 'Iedereen is tegen me. Ik heb God nodig, geen hond.'

Het enige wat Filth, nu diep geschokt, kon zeggen was: 'Maar je hebt geen hond.'

'Nee? Natuurlijk heb ik een hond. Ik heb toch enige vorm van bescherming nodig?' (En op scherpe toon, met Betty's stem) 'Kom, Filth. Denk eens na.'

Er rende een kat door de gang op het moment dat Filth die binnen liep, en er drupte nog steeds water uit een vaas met verbazingwekkend perfecte lupines.

'Laat me je helpen.' Filth bleef staan en boog niet voorover.

'Het is al goed. Ze zijn nep. Ik zet ze wel altijd in water, dat lijkt aardiger. Ik schik ze voor hem. De jongen. Mijn jongen. Ik heb op een of andere manier het idee dat hij niet meer terugkomt.'

'Denk je van niet?'

'Nee.' Ze trok de shawl strakker om zich heen en boog voorover alsof ze het hoofd bood aan een storm.

'Ik heb mijn kaarten op tafel gelegd, zie je.'

'Je kaarten?' (Opnieuw dacht hij hysterisch aan bridge.)

'Ik heb mijn kaarten op tafel gelegd. Ik heb hem mijn hart laten zien. Ik heb hem mijn... O, Eddie! Ik heb me op mijn knieën laten vallen. Ik heb mijn liefde uitgesproken.'

Filth stond nu op de bovenste traptree. Heel snel stond hij weer op de onderste. 'Spijt me verschrikkelijk, Babs. Tijd om te gaan. Sorry dat ik je achterlaat terwijl je zo...'

'Maak je niet druk om de bloemen,' zei ze. 'Het was niet jouw schuld.'

Ze zat nu op haar knieën en kroop rond in het water.

'Spijt me heel erg, Babs. Je hebt niet veel aan mij. Spijt me verschrikkelijk. God, wat zou ik graag willen dat Betty... Ik zal proberen te bedenken wat er moet gebeuren.'

Hij kon zich niet herinneren dat hij weer in de auto was gestapt of welke weg hij daarna had genomen, maar na een tijdje besefte hij dat hij weer het donker in raasde en vervolgens in de verblindende lampen van het verkeer richting Yarm. Het Judges' Hotel rees voor hem op, aangenaam gelegen achter de gazons als een bloem in een grindgroeve. Hij reed voorzichtig door de poort omdat hij was begonnen te trillen, en stopte voor de indrukwekkende, met spijkers beslagen deur. Een vrolijke jongeman in een uniform dat niet zou hebben misstaan in Claridges maar die een boterham aan het eten was, sprong naar voren en deed het bestuurdersportier open.

'Goedenavond, meneer, blijft u overnachten? Stapt u maar uit, laat de sleutel er maar in zitten. Ik zal hem wel parkeren. Hebt u bagage? Vies weer!'

Filth liep een zwart-witte marmeren hal in met een grote trap waarlangs portretten van rechters in dubieus felle tinten olieverf hingen. Wat ontzettend vreemd om hier te zijn. Ja, er was nog één kamer vrij. Ja, er was avondeten. Ja, er was een bar.

Filth trok zijn jas uit in de slaapkamer en keek naar de twee eenpersoonsbedden, beide bevolkt door teddyberen. Er stond een voetmassageapparaat van groen plastic naast het bed en een kom met goudvissen, met instructies voor het voeren ('Gasten wordt verzocht zich te beperken tot één plukje' – was het hennep?). Er lagen geen handdoeken in de badkamer maar wel een groot aantal plastic eendjes. De nobele hoogte van de kamer, die in het verleden had neergekeken op vele gerechtelijke hoofden op het kussen, leek nog een angstaanjagende grap. Ik denk dat ik tegenwoordig maar weinig van hotels weet, dacht hij en hij herinnerde zich de zwarte handdoeken en witte telefoons en linnen lakens van Hongkong.

Voor het eerst in jaren trok hij geen schoon overhemd aan voor het diner, maar liep hij snel terug naar de hal, waar de ogen van de oude knakkers op de trap met hun pruiken en scharlakenrood zijn veilige verleden dichterbij brachten. Maar blij dat ik uit Engeland ben vertrokken. Geen arrondissementen in Hongkong. Niet wekenlang hier in alle luxe vastzitten met types als Fiscal-Smith. Heb in geen jaren aan die goeie ouwe zeurkous gedacht.

Lieve hemel.

Fiscal-Smith was nog steeds hier. Hij zat in de bar in een enorme leren fauteuil en zoals gewoonlijk zonder glas in zijn hand omdat hij wachtte tot iemand een drankje voor hem zou bestellen.

'Goedenavond, Filth,' zei Fiscal-Smith. (Goede goden, dacht Filth, er is hier iets vreemds aan de hand.) 'Geen idee dat jij hier zou zijn. Dacht dat je na je pensionering in Hongkong zou blijven. Hoe is het met Betty?'

'We zijn jaren geleden met pensioen gegaan en terug naar huis gekomen,' zei Filth, terwijl hij voorzichtig in een tweede leren troon ging zitten.

'O, ik ook, ik ook,' zei Fiscal-Smith. 'Ik ben echter hierheen gegaan na mijn pensioen.'

'Is dat zo?'

'Heb een klein landgoed gekocht. Niemand wil ze meer – komt door de uitlaatgassen. Het was spotgoedkoop.'

'Ah.'

'Of ze gaan ervan uit dat er uitlaatgassen zijn. Maar mijn huis staat eigenlijk op de hei. Jachtrechten. Alles.'

'Hoe is het met...' Filth kon zich niet herinneren of Fiscal-Smith ooit een vrouw had gehad. Het leek onwaarschijnlijk.

'... de rechtbank hier tegenwoordig?'

Fiscal-Smith keek met een betekenisvolle blik naar de Claridges-knul, die in hun buurt rondhing en de blik beantwoordde met een kameraadschappelijke zwaai van zijn hand.

'Neem een borrel,' gaf Filth zich gewonnen, en hij wenkte de jongen en bestelde twee glazen whiskey.

'Wacht u niet te lang, meneer,' zei de jongen. 'De eetzaal gaat over een halfuur dicht.'

'Ja. Ja. Ik moet eten. Lange rit vandaag.' Maar hij begon zich beter te voelen. Warmte, whiskey, vertrouwd jargon. 'Slaap je vanavond hier?' vroeg hij aan Fiscal-Smith.

'Dat doe ik in de regel niet. Ik ga meestal naar huis. Weet

maar nooit of er iemand van vroeger komt opdagen. Erg attent van je. Dank je. Ik zou graag met je dineren.'

Ze kauwden. Het gesprek taande.

'Opzichtig soort eten, tegenwoordig,' zei de stokoude rechter. 'Lijkt alsof ze de sauzen met een penseel op het bord schilderen.'

De serveerster gaf hem een klopje op zijn schouder en brulde van het lachen. 'Je moet ze van het bord likken. Zal ik wat tiramisu voor u achterhouden?'

'Wat is dat in hemelsnaam?'

'Geen idee,' zei Filth, terwijl zijn oogleden naar beneden zakten.

'Trifle,' zei de serveerster. 'Je hoort er tegenwoordig niet bij als je geen tiramisu hebt geprobeerd.'

'Is dat gebruikelijk?' vroeg Filth, enigszins opgepept door de koffie.

'Wat, trifle? Ja, het staat altijd op de kaart.'

'Nee, ik bedoel de – familiariteit. Ze zijn erg vrijpostig. Ik heb nooit in de noordelijke arrondissementen gewerkt.'

'Het is geen vrijpostigheid.'

'Nou, het is ook niet echt respect.' Filths geest toonde hem Betty die om de onzichtbare en zwijgzame dienstmeisjes rinkelde. Ineens verlangde hij terug naar die hielenlikkerige tijd in zijn leven, als een jongen die aan zijn verjaardagsfeestjes denkt. 'Ze zijn erg tactloos. En ik snap niets van die teddyberen. Ik heb altijd een hekel aan teddyberen gehad.'

'Welke teddyberen?'

'De bedden zijn ermee bezaaid. Is dat een lokaal gebruik?'

'Ik ben bang dat je me een paar stappen voor bent. Maar ja, het is hier uiteraard heel anders. Bijzonder aardige mensen.'

'Maar jij komt hier niet vandaan, Fiscal-Smith. Heb je iemand om mee te praten? Op je landgoed?'

Fiscal-Smith nam een tweede enorme plak kaas. 'Nee. Niet

echt. Zit daar alleen. Maar ik heb het hier naar mijn zin.' (Die oude Filth is bekrompen geworden. Zoals iedereen die rondom Londen woont. Hoe houdt Betty het met hem uit?) 'Ze zijn onbeleefd in je gezicht maar ze scheppen erover op dat ze je kennen. Het Hogerhuis en zo. Het is een compliment, maar dat moet je begrijpen. Goede vrienden in The Judges' voor een oude vrijgezel.'

Alle lampen, behalve één, gingen uit in de eetzaal, waar zij nu de enige eters waren. De serveerster keek door een spiekgat de zaal in.

'Ja, we zijn klaar, Dolly. Ik denk dat ik vanavond hier blijf slapen. Te veel wijn om te rijden. "Gepensioneerde rechter dronken achter het stuur." Dat kunnen we niet hebben.'

'Ja. Hou het binnenshuis,' zei Dolly. 'Maar ik denk niet dat we een kamer hebben die klaar is om in te slapen. Het kamermeisje is al vertrokken.'

'Twee enkele bedden in jouw kamer, Filth?'

'Nou, ik ben bang...'

'Kamer Eén?' zei de serveerster. 'Ja. Twee bedden.'

'NEE,' zei Filth in de laatste en eerste volkomen onwrikbare beslissing van die dag. 'Nee. Het spijt me. Ik – snurk.'

'O, in dat geval vinden we wel een plekje voor u, Lord Fiscal-Smith. Komt u maar mee. Alleen de badhanddoeken zullen een probleem zijn. Volgens mij verstopt ze die.'

'Ik ga niet in bad.' Hij wankelde weg aan haar arm. 'Leen morgen jouw scheermes, Filth.'

'Wij zorgen wel voor een scheermes,' zei ze. 'Zei u nu dat hij Filth heet?'

Ze overhandigde Fiscal-Smith aan de Claridges-jongen, die een glas melk aan het drinken was in de gang.

Toen Filth op een van zijn bedden ging liggen, slingerde de kamer zachtjes rond. 'Te veel van mezelf gevraagd,' zei hij. 'Hartaanval. Neem ik aan. Sir? Mooi. Hoop dat dit het einde is. En ik ga hem absoluut niet mijn scheermes lenen.'

Toen was het ochtend.

De goudvissen keken met nieuwsgierige afkeer naar zijn gezicht op het kussen. Op de vloer gaf een berg beren de indruk van decadentie. De klok op het nachtkastje toonde fel stralend dat het halftien was, wat hem vervulde met schaamte, en hij was net op tijd bij het ontbijt.

'Het spijt me heel erg,' zei hij.

'Geen probleem, lieverd. Op uw leeftijd hebt u uw slaap nodig.'

Helemaal aan de andere kant van de zonnige serre, waar het ontbijt werd geserveerd, bracht iemand bacon en eieren naar Fiscal-Smith, die alle nieuwkomers resoluut de rug toegekeerd hield terwijl hij *The Daily Telegraph* bestudeerde. Filth ging op een andere stoel zitten zodat zijn rug ook naar Fiscal-Smith was gekeerd. Buiten, aan de andere kant van het grauwe gras van Teesside, stonden prachtige eikenbomen en daarboven een diepblauwe herfstlucht en een zweem van heidegrond, lucht en licht. *The Telegraph* lag naast Filths bord. Blijkbaar had hij die besteld. Hij kon hem niet lezen. Nog niet. Rice-Krispies.

'O hemel nee, dank u. Geen gebakken dingen.'

'O, kom. Het zal u goeddoen.'

Ze bracht hem bacon en eieren.

Waarom zou ik? dacht Filth nukkig, en hij liet zijn mes en vork op de tafel kletteren.

'Ik ben teleurgesteld,' zei de serveerster toen ze koffie bracht.

Hij dronk de koffie en keek naar de eikenbomen en het licht erachter. Moet weg uit deze woestenij, dacht hij. Absoluut niet mijn soort omgeving. Wat doet Babs hier? Wat bezielde mij om haar te bezoeken? Angstaanjagend, wat verdriet in je naar boven kan brengen.

Vind je niet, Betty? Het is maar goed dat ik niet midden in een zaak zat toen je overleed. Maar dat zou je in goede banen hebben geleid. Je zou me erdoorheen hebben gesleept.

Op dat moment besefte hij dat de reden van zijn verdriet was dat ze hem nooit meer ergens doorheen kon slepen, en hij slikte, rilde, keek naar de bomen, terwijl zijn ogen zich eindelijk vulden met tranen.

Er kwam een hand neer op zijn schouder, maar hij draaide zich niet om. De hand werd weggehaald.

'Vind het zo erg voor je, kerel. Zo verschrikkelijk,' en Fiscal-Smith was verdwenen.

Een tijdje later – het ontbijt nog steeds onaangeroerd, behalve Filths rug was er niemand meer te zien, stilte vanuit de keuken – kregen de eikenbomen weer hun natuurlijke stevigheid terug. Filth, met een nat gezicht, snoot zijn neus, depte met zijn servet, pakte de krant, deed hem open, schudde ermee. Hij keek Betty recht in het gezicht.

In memoriam.

Goeie genade. Betty. Geen idee dat er een in memoriam zou worden geplaatst. En een halve kolom tekst. Tweede bericht op de pagina. Lieve hemel: Rode Kruis, Liefdadigheidsvereniging van Advocaten, Bletchley Park. Dominante persoonlijkheid. Echtgenote van – ja, het was zonder twijfel Betty. Fiscal-Smith moest het hebben zitten lezen. Lieve hemel – Betty! Ze geven mij nooit een halve kolom. Ik heb altijd alleen maar gewerkt. Wijd bereisd. Ambassadrice. Chineessprekend. Getrouwd en de data. Geen kinderen voortgekomen uit het huwelijk.

Hij bleef zitten. En zitten. Ze ruimden de tafel af. Ze joegen hem niet op. Hij bleef maar zitten. Ze legden een nieuw kleed op tafel. Ze zeiden geen woord.

Op een zeker moment begon hij echt te huilen. Hij huilde zachtjes achter zijn handen, op deze onbekende plek, ongeliefd, onwetend, verbijsterd, afgedaan.

Veel later brachten ze hem, ongevraagd, een dienblad met een kop thee. Toen hij eindelijk zijn koffer had ingepakt en zijn rekening betaald had aan de balie in de marmeren hal en somber in de portiek stond terwijl de jongen zijn auto haalde, herinnerde hij zich dat hij Fiscal-Smith de avond daarvoor had uitgenodigd met hem te eten, en dat dit niet op zijn rekening had gestaan.

'Maakt u zich geen zorgen, meneer,' zei de receptioniste. 'Hij heeft het zelf betaald.'

Meer zei ze niet, maar ze begrepen allebei dat dat nog nooit eerder was gebeurd. En dat het ontroerend was. Het verwarmde Filths eenzame hart.

Hij reed een uur voor hij weer tegen Betty praatte. 'Je weet nooit vanuit welke hoek je hulp krijgt, of wel? Ja. Je hebt gelijk. Ik ben tien jaar ouder dan gisteren en dat is me aan te zien. ('Idioot,' schreeuwde hij tegen een nerveuze kleine Volkswagen. 'Wil je soms *dood*, mens?') Voorlopig geen rondgereis meer.

'Maar maak je niet zo druk. Ik kom wel thuis. Ik ben een verdomd goede chauffeur.' De auto schommelde even.

Hij dacht aan het hotel, dat nu een veel grotere plaats innam in zijn bewustzijn dan het gedoe met Babs (Babs was altijd al niet goed snik geweest) en hij begreep de goudvissen, de beren, het Scrabble-spel in de kast, de cassettedeck en de enorme televisie in de kamer. Het waren pogingen om de sombere juridische sfeer van het verleden van het hotel te verdrijven. De voegen van het Judges' Lodgings hadden misdaad, verdorvenheid, onheil, dwaasheid en verdriet uitgestraald. Dat was allemaal elke avond rondgegooid in gesprekken onder het genot van veel te veel port. Schertsende, te zelfverzekerde rechters.

Nou ja, dat moeten ze nu eenmaal zijn. Rechters leven met schaduwen achter zich. Sommigen van hen zijn erg fatsoenlijke mannen. Daar zou ik Fiscal-Smith overigens nooit toe rekenen, die vreselijke oude reactionair.

'Blijkbaar hadden we het bij het verkeerde eind, Betty,' zei hij, en hij keerde de auto zonder erbij na te denken naar het oosten, in de richting van de Humber Bridge.

En drie uur lang raasde de auto voort, tot hij moest stoppen om te tanken en hij borden voor Cambridge zag.

Cambridge?

Waarom Cambridge? Hij was onderweg naar de Midlands en zijn huis in het zuidwesten. Blijkbaar had hij zijn afslag gemist. Het leek erop dat hij op weg was naar Londen. Deze weg heette de M11 en liep meedogenloos door de groene velden van – wat was het? Huntingdonshire? Rutland? – weet absoluut niets over allebei. Claire woont hier ergens in de buurt. Hainault. Nooit geweest. Moet het adres ergens hebben. Was niet van plan hierheen te komen. Was niet bewust van plan hierheen te komen. Vond het wel genoeg. Saffron Walden? Mooie naam. Waarom ga je bij Claire langs? Je hebt haar niet meer gezien sinds – nou ja, sinds Ma Didds.

Betty kende haar. Betty sprak met haar af. Waarom zou ik dat ook moeten doen? Was Babs niet genoeg?

Hij reed voor een Hongaarse truck uit de snelweg op. Het getoeter van deze duivel stierf langzaam weg toen die woedend sputterend langs hem reed nadat Filth de linkerrijstrook op zwenkte. Kilometer na kilometer. Kilometer na kilometer. Angst ter grootte van een kinderhand kneep zijn ribbenkast samen. 'Als het een hartaanval is, kom dan maar op,' zei Filth op bevelende toon.

Maar hij verliet de snelweg en sukkelde een landweggetje op. Hij zag oude muren van rode baksteen en stille herenhuizen en kerken. Een dorp met een rondweg eromheen, als een hart met een bypass. Geen eetcafé. Geen winkel. Misschien zou hij een tijdje in de kerk gaan zitten. Daar stond het gebouw.

De kerk werd blijkbaar erg goed onderhouden. Hij duwde een met rood laken beklede tussendeur open. Binnen in de kerk hing een hardnekkige stilte. Hij rook de geur van wierook en bijzonder goed geverniste kerkbanken. Een vreemde kerk. Het gevoel van vele eeuwen met een onbeschaamde, bijna agressieve laag fineer. Hier werd je alert gehouden. Nooit veel verstand gehad van dit soort dingen, dacht Filth. Overal lijsten aan de muur. Allerlei diensten. Meditaties. *De lamp boven het altaar wordt aangestoken*. Plechtigheden. *Een verzoek om stilte*. Een enorm kruis met een lijdende Christus. Dat maakte Filth altijd van streek.

Die vreselijke stilte.

Hij zat in de zuidelijke zijbeuk en sloot zijn ogen en toen hij ze opendeed, zag hij dat de winterse zon een marmeren monument van een voorname familie uit de buurt bescheen. Het was immens, een reusachtige bruidstaart uitgevoerd in zwart en roze en sepia. Als een oude foto. Als een droeve kreet.

Filth stond op en bekeek het van dichterbij. Hij raakte een aantal van de figuren aan. Het waren baby's. Nou ja, cherubijnen, veronderstelde hij, die waren uitgesneden te midden van guirlandes met knoppen en bloemen, noten, bladeren, insecten, ronde stukken fruit. Meer marmeren baby's grepen naar meer guirlandes onder aan de piramide, allemaal naakt, en mannelijk, uiteraard. Ze huilden. Een van hen schreide, wat schreien ook mocht betekenen. Hun dikke lippen pruilden van smart. Ze stonden echter op bijzonder stevige benen met huidplooien in hun knieholtes, en hun billen glommen. Hij zag een bordje waarop stond dat het monument drie sterren had en vermoedelijk door Gibbons was ontworpen.

Nou, dat weet ik zo net nog niet, dacht Filth. Wat zou Gibbons hier te zoeken hebben? En hij gaf een klap op een van de achterwerken. De lucht in de kerk kwam een moment tot leven toen de beklede deur open en dicht ging en er een jongen met krulhaar de zijbeuk in kwam gehuppeld. Hij droeg de boord van een geestelijke en een spijkerbroek. 'Goedemiddag,' riep hij. 'Het spijt me heel erg dat ik aan de late kant ben. U wilt dat ik u de biecht afneem.'

'Biecht?'

'Zaterdagmiddag. De biecht. De feestdag van de heilige Eugenius. Twee tellen, ik moet even mijn soutane aantrekken.'

Hij rende langs de huilende berg en verdween in de consistoriekamer, waar hij het volgende ogenblik weer uit kwam gelopen, zich ondertussen in een soutane hijsend. Haastig stapte hij in iets wat leek op een gelakte draagstoel, naast het koorhek, waarop hij de deur met een klik achter zich dichtdeed. De stilte keerde weer.

Filth draaide zich snel om en maakte aanstalten om de kerk uit te lopen, terwijl hij zijn keel schraapte met de gerechtelijke grom.

Hij keek achterom. De draagstoel keek naar hem. Er zat een rooster met kleine gaatjes op heuphoogte en hij stelde zich voor hoe de jongensachtige priester aan de binnenkant zijn hoofd in de buurt daarvan liet rusten.

Het zou onbeleefd zijn om zomaar de kerk uit te lopen. Misschien kon Filth teruglopen en zeggen: 'Erg *Low Church*, ben ik bang. Niet gewend aan dit specifieke gebruik, hoewel mijn vrouw er wel in was geïnteresseerd...'

Hij liep terug naar de draagstoel, leunde voorover en zei: 'Hallo? Dominee?'

Een krakend geluid. Alsof er iemand chips at.

'Dominee? Neemt u me niet kwalijk.'

Geen reactie. Het hele ding was hermetisch afgesloten, met uitzondering van het rooster. Behoorlijk gevaarlijk, eigenlijk.

Hij liet zich met krakende knieën op een knielkussen zakken en bracht zijn gezicht dicht bij het rooster. Er gebeurde niets. Vermoedelijk was de jongen in slaap gevallen.

'Pardon, dominee. Ik ben bang dat dit niet aan mij besteed is. Ik heb niets op te biechten.'

‘Een erg onbezonnen uitspraak,’ grauwde een vreselijke stem – blijkbaar zat er een soort versterker in de stoel.

Filth schrok op alsof hij zijn oor tegen een afrastering van schrikdraad had gelegd.

‘Hoe lang is het geleden, mijn zoon, dat je voor het laatst te biecht bent gegaan?’

‘Ik heb –’ (zijn zoon!) ‘– in mijn hele leven nooit gebiecht. Ik heb genoeg biechten aangehoord. Ik ben een Q.C.’

Hij hoorde een snuivend geluid.

‘Maar je zit op een of andere manier in de problemen.’

Filth boog zijn hoofd.

‘Begin. Kom op. “Ik heb gezondigd, eerwaarde vader.” Wees maar niet bang.’

Filths vermoeide, oude, logische brein was niet gewend aan bevelen.

‘Ik ben bang dat ik me op het moment helemaal niet zondig voel. Er wordt meer tegen mij gezondigd door anderen dan andersom. Het enige waaraan ik kan denken is mijn lieve overleden vrouw. Ze stond vanochtend in *The Telegraph*. Haar necrologie.’

Toen dacht hij: ik vertel niet de waarheid. ‘En ik begrijp het vreemde effect dat haar overlijden op mijn gedrag heeft niet.’

Waarom vertelde hij dat aan dit kind? Kan niet veel ouder zijn dan dertig. Nou ja, zelfde leeftijd als Christus, dus. Als Christus in deze doos zou zitten... Een sterk en verbijsterend verlangen overviel Filth; het verlangen van een dichter, het diepe, perfecte, aanbiddende verlangen van een beminnaar van Christus. Waar kwam dit vandaan? Deze middeleeuwse, ja uiteraard, bijzonder primitieve liefde voor Christus, waar je weleens over las? Absoluut niets voor mij.

‘Mijn zoon, werden er kinderen geboren uit het huwelijk?’

‘Nee. Daar leken we geen behoefte aan te hebben.’

‘Dat is nooit het hele antwoord. Ik moet je zeggen dat ik

je het lichaam van de cherubijnen op de Tytchley-tombe zag aanraken.'

'Pardon?'

'Onthul alles aan mij, mijn zoon. Ik kan je begrijpen en je helpen.'

'Jongeman,' brulde Filth door het rooster. 'Ga naar huis. Bezin je op je roeping. Ik ben Queen's Counsel en was ooit rechter.'

'Er is uiteindelijk maar één rechter,' zei de stem, maar Filth zat alweer in de auto en scheurde verder langs Saffron Walden.

Hij reed echt erg hard, terwijl de wegen steeds minder op hem berekend waren. Ik ben een fossiel. Ja. Absoluut. Ik heb te lang geleefd. Ik kan het toch onmogelijk redden – het redden met een brein als het mijne. Die ellendige etter. Die zou ik niet in mijn kantoor laten werken. Maar ik kan wel rijden. Dat is een ding dat ik wel kan. Mijn reacties zijn perfect, en hier is weer een snelweg.

En hé – wat is dit? Zwaailichten? Sirenes? Politie? 'Goedemiddag. Ja?'

'U hebt zich vreemd gedragen op de weg, meneer. Daar is melding van gedaan.'

'Ik ben af en toe gestopt. Uitrusten. Eén keer in een kerk. Hoogstnoodzakelijk, naar mijn mening. Nee, een blaastest is niet nodig. O, nou, goed dan.'

'Ziet u wel. Helemaal niets,' zei Filth.

'Kunnen we u op een of andere manier van dienst zijn?'

'Nee, dat denk ik niet.'

'Uw rijbewijs is in orde?'

'Ja, natuurlijk. Ik ben advocaat.'

'Het een vloeit niet voort uit het ander, meneer. Ik zie dat u eenentachtig bent.'

'En nooit veroordeeld,' zei Filth.

'Nee, meneer. Nou, tot ziens, meneer.'

'Er is wel iets wat u kunt doen,' zei Filth, terwijl hij zich enigszins lusteloos in zijn stoel vastsnoerde. 'Het lijkt erop dat ik verdwaald ben.'

'Ah.'

'U kent niet toevallig dit adres? Hainault?'

'Dat kennen we, meneer. Maar het heet niet Hainault. Dat ligt in Essex. Het heet High Light. Niet High Note. Een huis dat High Light heet. En we weten van wie het is. We kennen haar. Het is acht kilometer hiervandaan. Zullen we voor u uit rijden?'

'Ze is mijn nicht. Ze heeft volgens mij nooit een kerstkaart gekregen. Dank u. En bedankt voor uw voorkomendheid en nette gedrag. Een grote verrassing.'

'U moet niet geloven wat u op televisie ziet, meneer.'

'Wie was dat in godsnaam?' vroeg de ene politieman aan de andere. 'Hij kon zo zijn weggelopen uit een toneelstuk op Channel Four.'

Een licht huis

Claire, helemaal alleen in haar huis, zat in haar schaduwloze keuken en daar kwamen haar mooie, kleine handen pardoes neer op *The Daily Telegraph*. Ze deed haar ogen dicht en bleef een volle minuut zo zitten. 'Nee,' zei ze. 'Natuurlijk is het Betty niet. Dat zou iemand me hebben verteld.'

Ze deed haar ogen open, trok haar handen terug en staarde naar de ogen van Betty Feathers, die terugkeken met een scherpe maar aangename intelligentie. 'Nou,' zei ze, 'een necrologie van Betty.' Ze streek het papier glad, las Elizabeths Feathers, MBE, en toen het hele stuk.

De telefoon ging. Ze vouwde de krant op en legde die met de voorkant naar beneden neer. Ze liep naar de telefoon.

'Hallo?'

'Wees op uw hoede. De IJsman Komt Eraan.'

Claire ging snel zitten. Het rustige leven dat ze jarenlang toegewijd had geleefd, was de prijs die ze betaalde voor een zwak hart. Haar beheersing, evenwichtigheid, yoga, wijsheid, geen van alle dingen die haar van nature lagen, waren nodig geweest om langer te leven dan haar man. Ze had tegen de dokter gezegd dat het van groot belang was dat ze hem zou overleven, en de dokter had haar geweldig gevonden en haar echtgenoot een zwakke, oude zeurkous. Nu ze weduwe was, kwam ze erachter dat rondsluipen en het voorzichtig aan doen gewoonten waren waar ze niet van af kon komen. Ze had graag een minnaar gehad, maar het hart dat binnen in haar bonkte maakte die bezigheid onmogelijk. Vandaag klapperde het als een boze vlinder onder een jampot.

'Claire? Claire? Ben je er nog? Ik ben het, Babs.'

'O ja,' zei ze. 'Babs. Ja, natuurlijk. Je klonk altijd al als Betty.'

'Kan er niets aan doen. Ik neem aan dat je naar de begrafenis bent geweest? Als de kippen erbij.'

'Ik lees net *The Telegraph*. Een enorme schok.'

'Nou ja, dat heeft ze natuurlijk te danken aan dat geheime gedoe op Bletchley Park. Ze is daar niet lang gebleven. Ik vond haar nooit bijzonder slim. Ze heeft een behoorlijk goed leven gehad met hem. Je had me weleens mogen vertellen over de begrafenis. Ze had een aantal geweldige stenen.'

'Stenen?'

'Juwelen.'

'O. Is dat zo? Ik kom er pas net achter dat ze dood is.'

Claire was al sinds haar vierde gek op Filth, maar nog steeds zo ongenaakbaar als toen zat ze nu bevallig in haar roze ochtendjas met haar hand stevig tegen de vlinder gedrukt.

'Hij kwam hier gisteren ineens langs. Hij is maar tien minuten gebleven. Hij had een paar boekjes met recepten voor me meegenomen, maar ik kan ze niet vinden. Hij zal nu wel onderweg zijn naar jou. Vermoed ik.'

'Dan zou hij gebeld hebben. Hoewel ik de telefoon wel vaak uitzet.'

'Hij is niet zichzelf, je bent gewaarschuwd. Hij had me niet laten weten wanneer hij zou komen. En toen was hij tien minuten later weer verdwenen. Eerlijk gezegd was ik niet helemaal in orde. Het gaat niet zo goed met me.'

'Maar waarom kwam hij langs? We hebben hem allebei in geen jaren gezien. Zo'n eind! Dorset! Ze kan niet langer dan...' Ze wierp een blik op de opgevouwen krant. Ze zou er later echt goed naar kijken.

'Iets meer dan twee weken geleden. Hij kwam ons aandenkens brengen. Ik had eigenlijk gehoopt dat ze een testament had achtergelaten. Ik denk dat hij zich bedacht wat betreft de receptenboekjes. Ik vermoed dat hij ze jou zal aanbieden.'

'Maar ik heb suikerziekte.'

'Tja, nou ja, ik denk niet dat hij dat nog weet. Op dit moment.'

'Nee,' zei Claire.

'Hij deed heel erg vreemd. Hij vluchtte het huis uit. Het was alsof hij me verafschuwde. Ik zou niet weten waarom. Ik gedraag me natuurlijk anders dan anderen, maar als je bedenkt wat wij met zijn drieën hebben meegemaakt...'

'Je gedroeg je toen ook al anders dan anderen.'

'Net als jij.'

'Hoe dan?'

'Al die perfectie, Claire. Misselijkmakende perfectie. Vanaf het begin.'

Stilte.

'Claire?'

'Ja?'

'Het spijt me. Ik bedoelde alleen maar dat het een beetje beangstigend is.'

'Blijkbaar,' zei Claire, 'heeft Betty's dood barrières opgeheven. Er zijn lijken bovengekomen. Ik kan je eerlijk vertellen dat ik nooit iets te verbergen heb gehad.'

'O nee?'

Claire keek door het enorme raam naar een smetteloze Mercedes die behoedzaam door de straat reed. De auto stopte even, dacht na, reed weer verder en verdween langzaam uit het zicht.

'Je kunt me maar beter bellen als hij langskomt,' zei Babs. 'Hij zag eruit alsof hij bijzondere aandacht nodig had, zoals ze vroeger op waslijsten zeiden over ajourwerk. Zorg dat hij met iemand gaat praten.'

Elgars *Enigma Variations* begonnen bij Babs op de achtergrond te brullen.

'Waslijsten? Hallo? Ik kan je niet verstaan.'

Claire hing op.

De auto was blijkbaar ergens verderop in de straat gekeerd, want hij kwam weer langzaam teruggereden. 'Hij komt niet hierheen,' zei ze hardop. 'Hij heeft mij niet nodig. Hij heeft me nooit nodig gehad en we zullen elkaar niet recht kunnen aankijken. "Betty is degene die hem heeft gemaakt tot wat hij is," zei Isobel Ingoldby vroeger altijd. Ik geloofde haar nooit. Hij heeft zichzelf gemaakt. Zijn onberispelijke, scherpe zelf.'

De telefoon ging weer over.

'Nou, wat ik je wel kan zeggen, Claire, is dat hij trilde over zijn hele lijf en een grauw gezicht had en doodsbang was voor mijn arme dieren onder zijn voeten. Muil open van verbazing, hoogst verontwaardigd over mijn kleine minnaar met zijn muziekkoffertje.'

'Waar heb je het over, Babs? Ik zou willen dat je niet "muil" zei. Dat past niet bij je. Je bent geen tiener.'

'Jawel, dat ben ik wel. In mijn hart ben ik veertien.'

De auto was nu gestopt bij Claires poort en ze zag Filths strakke gezicht, met de jukbeenderen van de Plantagenets en het dikke, niet-grijzende krulhaar, naar buiten turen.

'Als oude vrouwen dat zeggen,' zei Claire, '"vanbinnen ben ik een meisje," dan...' de vlinder bonkte nu met ijzeren vleugels. Filths lange rechterbeen, als de poot van een flamingo maar dan in Harris-tweed, zocht de stoep. '... dan vind ik ze niet meer interessant.'

'Ik ben dan misschien niet interessant, maar hij kwam naar mij voor hulp bij Ma Didds, terwijl jij door het dorp rende.'

Claire liet haar vingers over het glazen tafelblad zwerven, op zoek naar de pillen die de vlinder in haar borst tot rust brachten. En daar kwam de oude flamingo, de oude kraanvogel, nog steeds tenger als een cowboy. Hoe lang? Eén negentig en hij laat mijn hart nog steeds smelten.

Nou, hij leek het pakje met de receptenboekjes in zijn handen te hebben.

'Ik moet gaan, Babs. De man van de wasserij staat voor de deur. En Babs – je drinkt te veel. Dag.'

'Heb je bagage bij je? Ik hoop dat je vannacht hier blijft slapen?' vroeg ze meteen.

Filth vouwde zich dubbel in een kleine, goudgespoten Lloyd Loom-stoel en zijn knieën raakten bijna zijn kin. Licht viel op hem als een begroeting, zoals het overigens overal deed in de grote, lukraak gebouwde bungalow waar Claire een aantal jaar geleden om precies die reden in was getrokken, en omdat het verstandig was voor iemand die het aan haar hart had. De woning was praktisch ingedeeld. Woonkamer kwam uit op keuken, keuken kwam uit op badkamer, badkamer kwam uit op Claires slaapkamer en weer op de hal. De hal gaf ook toegang tot een badkamer en een tweede slaapkamer; een minder brede slaapkamer waar het bed altijd bezaaid was met hoedendozen en vloeipapier en oude brieven en verlanglijstjes voor kerst. In elke kamer bewaarde ze een voorraadje pillen, en ze had een lijst op de spiegel in de badkamer geplakt – in haar prachtige schoonschrift – met alle pillen die ze nam, en wanneer. 'Je verandert elk woord dat je schrijft in poëzie,' had de dominee gezegd, maar Claire had het compliment genegeerd.

'Ik heb een logeerkamer, Teddy.'

'Ik kan je mee uit eten nemen,' zei hij, weinig enthousiast.

'Ik ga niet uit eten. Ik kom sowieso weinig buiten. Ik kijk door het raam naar de padvinders terwijl ze in mijn tuin werken. Dat is mijn frisse lucht.'

'Toch heb je een schitterende huid,' zei hij. 'En je hebt het figuur van een – van een engel.'

Hij zag Betty's stevige achterwerk boven het tulpenperk voor zich. Haar verweerde gezicht. 'Honderd in de grond en nog honderd te gaan,' had ze geroepen. 'Ik wil geen gin. Kunnen we de lunch overslaan?' En toen was ze omgevallen.

Hij keek nu lang en met een indringende blik – maar zonder iets te zien – naar Claires open en beeldschone gezicht. Ze was een zonnig, mooi kind geweest dat lelijk was geworden (of dat had Betty hem althans verteld). Een saaie bruid met een gehoornd brilmontuur. Toen weer knap, en nu schitterend. Hij herinnerde zich te hebben gehoord dat ze over haar kinderen had geheerst met een mysterieuze stilte, dat ze haar liefde voor hen nooit had uitgesproken. Betty zei dat de kinderen zich daar schuldig over hadden gevoeld, de wetenschap dat ze haar nooit konden verdienen; ze waren onopvallende, weinigzeggende leden van de maatschappij geworden. Haar aardige man, zei Betty, was aan de drank geraakt. Claire (zo zei Betty) geloofde dat het huwelijk en het moederschap verdriet betekenden. Betty was het met haar eens geweest wat kinderen betreft en dacht dat Claire leefde voor het moment dat die het nest zouden ontvluchten en ze een kalm bestaan als weduwe kon leiden. En hier zat ze nu, beminnelijk, schouderloos als een courtisane op haar met linnen beklede bank, en glimlachte. (Filth wendde zich tot Betty met zijn innerlijke telefoon, maar Betty had de hoorn naast de haak gelegd.)

'Natuurlijk!' zei hij. 'Nu weet ik het weer. Je hebt suikerziekte. Je kunt niet met me mee uit eten. Ik zal...' Hij had in zijn hele leven nog nooit boodschappen gedaan. 'Ik zal eropuit gaan om eten voor ons te halen.'

'Dus je blijft?'

'Dat zou ik – heel fijn vinden.'

'Teddy, je hoeft er niet op uit voor eten. Mijn huishoudster brengt me wat ik nodig heb. Ik heb een vriezer. En ik heb whiskey.'

'Whiskey?'

'O, voor mensen die binnen komen vallen. De politie – erg aardige mensen, buiten diensttijd. Ze komen langs als ik omval. De dominee. De vrouw met één oog van een paar huizen verderop. De glazenwasser. Ik ben erg gesteld op de glazenwasser. Hij komt een keer per week langs, hoewel "langskomen" helaas niet meer het juiste woord is. "Langskomen" is er niet bij met mijn zwakke hart.'

Filths ogen waren verschrikt als die van een hond. Deze zilveren, poederachtige vrouw.

'O, Teddy,' zei ze. 'Zo makkelijk te choqueren.'

'Nou ja, Claire, zeg nou zelf. We zijn dik over de... zeventig.'

'Ja. En ik heb een zwak hart.'

Ze schonk een enorm glas whiskey voor hem in en ging weer op de bank zitten, waar ze glimlachend over zijn schouder uit het glanzend schone raam keek.

Al snel liet Filth zich op de stoel zakken. Hij kantelde zijn hoofd naar achteren en liet het tegen de gebogen rand rusten en keek naar het plafond, dat bezaaid was met tientallen trendy lichtspotjes, als een kantoor. Hij nam nog een flinke slok whiskey en zuchtte.

'Onze gezamenlijke nicht, of wat ze ook is, Babs, leeft in eeuwige duisternis en jij in eeuwig licht.'

'Ja,' zei ze. 'Het is vreemd. Ik kan er geen genoeg van krijgen. Misschien dat mijn ogen het aan het begeven zijn. Ik zou dolgraag aan mijn staar geopereerd worden, jij niet?'

'Ik heb geluk wat dat betreft,' zei Filth. 'Ik heb trouwens een cadeautje voor je meegenomen. Betty wilde dat jij ze kreeg.'

'O ja?' Ze zag er gewiekst uit. Ze bekeek zijn gezicht aandachtig om te zien of hij loog.

'Niets bijzonders. Familiespullen, voor het grootste gedeelte. Sommige van heel vroeger. Ze wilde dat ze naar jou zouden gaan. Ze stond erop. Als zij als eerste zou overlijden – alleen naar jou.'

'En Babs?'

'Ze zou iets anders apart houden voor Babs. We waren zelfs n-n-n-net bezig met het opstellen van onze "Laatste Wensen", zoals dat heet.'

'Ah. Had ze nog meer vrienden?'

'Ja. Weet alleen niet hoe goed ze die bijhield. Niet echt vrienden. Op de begrafenis...'

'Ah, ja. De begrafenis.'

'Ik heb je niet lastiggevallen met de begrafenis. Dat spijt me. Dacht dat ik je dat zou besparen. Doe dat soort dingen nooit goed. En het zou een lange reis geweest zijn. Op onze leeftijd heb je in de winter elke week een begrafenis. Niemand wordt er beter van.'

'Ik hoop dat de mijne besloten is. Op de Ganges op een brandstapel.'

'Ik lees nooit necrologieën. Geen idee dat Betty er een zou krijgen.'

'Is er niemand naar de begrafenis gekomen, Teddy?'

'Geen idee.'

'Teddy –'

'Heb niet om me heen gekeken. Blik naar voren. Gebruikelijke kerkliederen. Discipline en zo.'

'Natuurlijk,' zei Claire. (O, waar was de jongen, de vurige jonge vriend in Wales?) 'Natuurlijk. Je zat bij de Glorious Gloucesters in de oorlog.'

Hij wierp haar een blik toe.

'Er waren geloof ik een aantal dames die actief zijn in de kerk,' zei hij. 'Van het bloemencomité. Verzorgen om beurten de koffie. Een van hen liep met me mee naar huis en werd iets te vriendelijk. Ik heb gehoord dat je daarvoor oppassen moet.'

'Was er een wake?'

'Theepartij in de dorpszaal.'

'Niemand van je kantoor?'

'O, jawel. Ja. Mijn klerk. Nu gepensioneerd. Heel aardig van hem.'

'Nou ja, je hebt hem een fortuin bezorgd.'

Weer die blik.

'En er waren een paar mensen van de Inn. Kende ze nauwelijks. Geen idee waarom ze er waren, als je bedenkt hoe het tegenwoordig gesteld is met de treinen.'

'Maar Teddy, misschien wilden ze er graag zijn. Ze mochten Betty. Misschien dat ze zich beter voelden door een donker pak aan te trekken, de moeite te doen voor jou. Uit respect voor jou. Om je te helpen.'

'Mij te helpen?' Hij keek naar zijn glas. 'Onzin, Claire. Wanneer heb ik ooit hulp nodig gehad?' Hij leek verontwaardigd. 'We gaan allemaal een keer.'

'Teddy, je moet om haar rouwen. Dat komt binnenkort wel. Het is nog niet tot je doorgedrongen, maar luister, er komt misschien een erg donkere tijd aan. Jullie waren bijna een halve eeuw getrouwd en je hebt – vermoed ik – nooit een scheve schaats gereden.'

'Een scheve schaats?'

'Je bent Betty nooit ontrouw geweest met een andere vrouw.'

'Lieve hemel, nee.'

Maar zijn ogen waren schitterende, hongerige ogen. Claire bedacht hoe erg Betty hem had onderschat. En hem had bedot.

'Dan, Teddy, heb je een probleem. Je bent in shock.' ('Ze had je moeten zien op de snelweg,' zei Betty tegen Filth door haar innerlijke telefoon.) 'Waarom zou je anders het land doorrazen om Babs en mij te bezoeken?'

'Hoe wist je dat ik bij Babs ben geweest?'

'Ze heeft me gebeld.'

'Was ze dronken? Gisteren was ze dronken. Van thee van Fortnum, of van iets ergers. Heel ordinair.'

'Je bent soms erg wreed, Teddy. Nog wat whiskey? Hé, wie is dat?'

Buiten op straat kwam er een motor naar de poort geknetterd, en een jongeman die een middeleeuwse, zwarte helm met een strijdlustige zonneklep droeg stapte af en keek naar de Mercedes.

‘O, hemel, het is de dominee. Ik zal ervoor zorgen dat hij weggaat. Tenzij je natuurlijk...’

‘Nee, bedankt,’ zei Filth toen de dominee zijn vermomming afdeed en zich ontpopte tot de cherubijn van de draagstoel. ‘Ik ga op zoek naar je logeerkamer en ga even op bed liggen,’ en hij pakte zijn tas uit de gang en kneep ertussenuit.

‘Ah, ik zie dat jullie op dit moment niet klaar zijn voor elkaar,’ riep Claire.

De jongeman op straat, die rond de auto was gelopen en de nummerplaat had bekeken, klom weer op zijn motor en reed brullend weg.

‘Hij zag dat ik bezoek had,’ zei Claire, en ze liep naar de keuken om in de vriezer te kijken. Vissticks. Ovenfrieten, maar die waren voor Oliver, dus zij en Teddy moesten ze niet allemaal opeten. Een vierkant stuk milde cheddar verpakt in plastic. Margarine en diepvrieserwten. Uitstekend. Hoewel Teddy nooit opmerkte wat hij at.

‘Of wat dan ook,’ zei ze, verdrietig, en ten onrechte.

Wandsworth

Ouderweekend, dacht Claires jongste zoon, Oliver, op vrijdag in Wandsworth, terwijl hij een paar verkreukelde dingen in een sporttas gooide. Vraag me af of ik moet tanken. Langs de pinautomaat. Geen condooms nodig, in ieder geval, in mijn eentje. Misschien dat ik naar de winkel loop om daar echte bloemen te kopen voor ma, in plaats van bij een tankstation. Zaterdagochtend.

Hij keek ernaar uit om zijn moeder te bezoeken en probeerde het feit dat hij het nog fijner vond omdat hij alleen ging te negeren. Vanessa, die op dat moment aan de telefoon zat te snauwen en te bitsen in de woonkamer, zou zo vertrekken naar haar eigen ouders in Bournemouth. Ze planden deze ouderlijke bezoekjes elke maand en Oliver belde zijn moeder elke week om te vragen hoe het met haar suiker ging. Vanessa belde die van haar, die zo gezond als een vis was, elke drie weken. Als Vanessa niet in de buurt was, belde Oliver Claire soms tussendoor vanaf treinperrons, vliegvelden, of het plein voor de supermarkt in Wandsworth. Hij had voorgevoelens over zijn vage en gereserveerde moeder en keek niet graag naar advertenties in de krant waarin oude gelaten vrouwen werden getoond die met een bel rond hun nek als Zwitsers rundvee lagen te wachten op redding, of op het einde. Hij wist dat zijn moeder niet om hulp zou bellen als ze omviel, maar gewoon zou blijven liggen en zou nadenken. Zo zou ze zich op hem wreken omdat hij had gedacht dat ze onsterfelijk was. Een ander deel van hem zei dat zijn moeder een cynicus was, zelfs een beul. Toen dacht hij: en ik ben een zwijn en geloof niet in onbaatzuchtigheid. Hij aanbad haar.

Vanessa was kordater. Het driewekelijkse telefoontje naar Bournemouth vond altijd stipt op vrijdagavond om zes uur plaats, en ze ruimde er een halfuur voor in. Ze was een advocaat die was gespecialiseerd in scheepvaart, een prestigieus terrein en ongebruikelijk voor een vrouw. Ze had zich moeten invechten. Ze werd gerespecteerd door haar vakgenoten en ze hadden groot ontzag voor haar in Bournemouth, waar haar ouders de rechtbank alleen maar van de televisie kenden. Ze vergastte hen, elke derde vrijdag, op verhalen over haar dagelijkse routine – van haar sinaasappelsap om zeven uur 's ochtends in de hypermoderne keuken tot de verslagen die ze 's avonds las voor ze naar bed ging. ('Een zaak die jullie in de krant zullen zien.') Ze rondde haar beschouwingen zelden voor middernacht af.

'Nou, ik begrijp niet hoe je het allemaal voor elkaar krijgt,' zei haar moeder. 'Hoe doe je het huishouden en de boodschappen en het koken?' (En waar blijven de kinderen?)

Vanessa negeerde haar. Werk kwam op de eerste plaats. Geen gefilosofeer.

'Wanneer zien jullie je vriénden?' vroeg haar moeder. (Of ons?)

'Oliver en ik hebben het helemaal onder controle. We eten buiten de deur. Vrienden in het weekend. Wij spreken waarschijnlijk vaker af met vrienden dan jullie.'

'Ik mis je vrienden, Vanessa,' zei haar moeder. 'We zagen je vrienden elk weekend. Toen je op school zat en op Cambridge kwamen ze altijd hierheen. Ik mis je vrienden.' (En ik mis jou ook. Ik ken deze elf met haar scherpe gezicht, zwarte pak, bijna kale hoofd en laptop niet.)

'Ik bel je elke drie weken.'

'Ja.'

'De laatste keer kon ik je niet bereiken. Je was in gesprek.'

'Ja. We worden af en toe ook door andere mensen gebeld.'

'En wat zeg je hiervan?' zei Vanessa nu, terwijl ze de gang in marcheerde, waar Oliver net zijn tas oppakte om naar de sportschool te gaan. 'Ze zijn er dit weekend niet.'

'Wat? Je ouders?'

'Mijn betrouwbare en volmaakte ouders zeggen dat ze er geen idee van hadden dat ik dit weekend zou komen. Ze gaan naar een veertigjarig huwelijksfeest op het eiland Wight. Ze zeiden dat ze dat tegen me gezegd hebben. Ze worden seniel. Ouders van een paar vrienden van de kleuterschool die ik al twintig jaar niet meer heb gezien. Ze vroegen waarom ik niet ook meega, godallemachtig!'

'Nou, waarom ga je niet mee?' Oliver voorzag, en zijn goede bui verdween, hoe het nu zou lopen. 'Je kunt maar beter met mij meegaan naar mijn moeder,' zei hij, zonder haar aan te kijken.

'De halve weg naar Schotland? Op zaterdagochtend? En ze heeft alleen maar een eenpersoonsbed. Nee, bedankt.'

'We zouden in een hotel kunnen overnachten. In Cambridge, als je wilt.'

Ze aarzelde terwijl hij zijn evenwicht bewaarde. Hij hield van haar. Ze zouden het leuk hebben. Maar als hij in zijn eentje bij zijn moeder was, kon hij zonder schoenen en sokken aan rondsloffen. Roddelbladen lezen. In zijn neus peuteren.

'En wat moet ik daar doen om de tijd verdrijven?'

'In Cambridge?'

'Nee, idioot. In het huis van je moeder, dat nergens op uitkijkt en waar er niets naar binnen kijkt. Al die stilte terwijl ze daar zit en glimlacht.'

'Zij vraagt tenminste nooit wanneer we gaan trouwen.'

'Nou, de mijne ook niet.'

'Je vader wel.'

'O – is dat zo? Dat verbaast me.'

'Omdat hij me niet mag? Je hebt gelijk. Hij vraagt het zodat hij kan grijnzen als ik "nog niet" zeg. Je hebt een iets te nauwe band met je oude vader, lieverd, het is ongezond.'

Ze fronste haar voorhoofd en begon toen rond te darren. Hij vond haar smalle taille en dunne nek wonderbaarlijk mooi. Hij zou willen dat ze een zijden kimono en zijden schoentjes droeg. Ze waren zes jaar bij elkaar en ze was tweeëndertig en net zo rijk als hij. Ze zou morgen kunnen stoppen met werken en...

'Kom,' zei ze. 'We maken weer ruzie. Het spijt me. Het is alleen – het eiland Wight, verdomme. Dat hadden ze me toch kunnen vertellen. Ik ga met jou mee.'

'En maak je geen zorgen,' zei ze, 'ik zal me gedragen. Ik zal niet mokken. Ik zal niet op bed gaan liggen met hoofdpijn. Ik zal niet "nee, bedankt" zeggen als ze me nog een visstick aanbiedt.'

'Ik zal bellen en het haar laten weten,' zei Oliver. 'En ik zal een hotel boeken voor morgenavond. Of jij zou in het logeerbed kunnen slapen en ik op de bank. Oké, oké, dat meende ik niet echt.'

*

'Mooi,' zei hij tien minuten later. 'Ik heb een kamer gereserveerd in het George Hotel in Stamford en ik heb ma op de hoogte gebracht. Het bleek dat we sowieso niet bij haar kunnen slapen. Ze heeft een oude makker te logeren.'

'O nee! Ze wordt net als de mijne.'

'Nee, hij is een geschikte kerel. Een soort neef. Ze heeft een oogje op hem. Juridisch adviseur op het gebied van familierecht of zoiets in het zuidwesten. Aardig.'

'Juridisch adviseur? O, maar dan kunnen we niet gaan. Hij zal me geen moment met rust laten. Oliver, laten we de Eurostar naar Parijs pakken.'

Maar hij had er genoeg van. 'Als je niet mee wilt gaan, blijf dan hier. Zo simpel is het. Ik kom hier niet meer terug als je nu niet met me meegaat.'

Ze keek hem aan met een scherpe blik terwijl ze de situatie overdacht. Hij was groot. En goed. Hij was slim. Hij was trouw. Hij kon net zo meedogenloos zijn als zijn moeder. Ik mag zijn moeder niet, maar ik mag hem wel.

'En, ga je mee?' vroeg hij op zaterdagochtend – hij had op de bedbank in de studeerkamer geslapen. 'Ga je met mij mee naar de mater?'

'Oké,' zei ze. 'Goed dan. Ik kan niet wachten om die juridisch adviseur te ontmoeten.'

Een licht huis

Filth lag in de lichte, crèmekleurige slaapkamer. Na een heel lange nacht slapen opende hij zijn ogen en zag de hoedendozen, die nu waren opgestapeld op een klerenkast uit de jaren dertig met gevernist ingelegd houtwerk in de vorm van fruit en bloemen en een ambachtelijk gesneden ijzeren klink. Eén hoedendoos, met *Marshall and Snelgrove* erop, en een andere met *Peter Robinson* trokken zijn aandacht. Hij had ze al eerder ergens gezien. Een kinderstem binnen in hem schreeuwde om iemand die hem op een of andere manier kon helpen. Van hem kon houden. Een angst kon verklaren. Alleen zij kon helpen.

De naam wilde niet komen. Hij probeerde te gillen, maar de gil wilde niet komen. Paniek bekroop hem. Hij was niet in staat zich te bewegen. Het waren de verkeerde hoedendozen. De juiste hoedendozen waren gedeukt en beschimmeld geweest. Hij hoorde de zee, de walgelijke zee. Hij hoorde Ma Didds naderen. Na het ontbijt zou ze hem slaan omdat hij in bed had geplast. Ze plasten allemaal in bed.

Er werd zachtjes op de deur geklopt en Filth voelde om zich heen en hij was droog. O, redding, dank U God. Zalige opluchting. Laat haar maar komen. Laat haar maar komen en kijken. Ze zou hem vandaag straffen voor iets anders, maar niet voor dat. Zoals ze Cumberledge bijna elke ochtend strafte door de lakens uit te koken in de wasketel en ze op te hangen zodat iedereen ze kon zien.

'Acht jaar oud,' zei ze dan.

'Maar ze is een beetje bang voor mij,' zei de achtjarige Teddy Feathers. 'Omdat ik haar kan doorboren met mijn scherpe blik. Op een dag zal ik haar blind maken,' en hij oefende de blik op de deur van de slaapkamer. Claire kwam in haar lichtroze ochtendjas door die deur gelopen.

Ze had een enorme kop-en-schotel vast, beschilderd met bruine bloemen en met een lichtgele binnenkant. In haar andere hand hield ze een zilveren tuimelende suikerpot waar een zilveren suikertang uitstak.

'Ik kan niet met een dienblad lopen,' zei ze. 'En ik weet niet meer hoe het met suiker zat. Ik weet wel dat je geen melk wilt.'

Ze zette de kop op het nachtkastje. 'Ben je wakker, Teddy? Je ziet er verdwaasd uit.' Ze haalde een paar oude kledingdozen van een stoel en ging zitten. 'Ik ben blij dat ik heb aangedrongen op een huis met fatsoenlijke slaapkamers.'

'Een gevaar, zou ik denken,' zei hij, en hij ontspande terwijl hij de hete thee dronk. 'Een open uitnodiging. Mensen die bij je aankomen en bedden eisen. Die denken dat je een pension bent. Wij zwijgen – ik zwijg – over onze logeerkamers.'

'O? Waarom? Ik heb graag bezoek. Ik hou van open deuren.'

'Nou, pas maar op voor de glazenwasser.' Hij was blij om te merken dat het gesprek nog net zo ging als gisteren, net zoals de rechtszittingen van vroeger.

'En de dominee,' voegde hij daaraan toe.

'O, de dominee is ongevaarlijk. Hij is wat charismatisch, of dat probeert hij te zijn, maar hij kent de evangeliën goed. En ik hou ook van vrouwelijke priesters, jij niet?'

'Niet echt,' zei Filth, 'maar ze zijn er nu eenmaal.'

'Nee. Ik houd de logeerkamer gereed, beste Teddy, niet voor de glazenwasser, ondanks zijn mooie behaarde borst, en niet voor de kans van een op vijftigduizend dat de vlam van mijn kindertijd na twintig jaar ineens langskomt omdat hij rust nodig heeft. Nee – ik houd hem gereed voor Oliver. En ik heb natuurlijk een plek nodig om mijn kerstcadeaus in te pakken.'

'Oliver?'

'Niet dat ik er tegenwoordig zoveel verstuur. Ongeveer drie, afgezien van jouw zakdoeken. Maar ik vind het fijn als ik het cadeaupapier kan uitspreiden. En dan is er ook nog het strijkgoed...'

'Wie is Oliver?'

Ze zei niets en keek medelijdend naar een persoon die Oliver niet kende. Als het op kinderen aankwam, dacht ze, ziet Teddy één grote leegte.

'Oliver is mijn jongste zoon. Jouw achterachterneef, of iets in die richting. Hij heeft jouw ogen en jouw lengte, maar hij begint dik te worden. Hij is bijna net zo slim en knap als jij vroeger was.' (En ik hoop dat je hem wat geld hebt nagelaten, dacht ze.)

'O,' zei Filth, weinig overtuigend. 'Ja, ja. Natuurlijk. Een aardige knaap, als ik het me goed herinner.'

'Je hebt hem nooit ontmoet. Hij is bijna veertig.'

'O. Ja. Juist. Betty en ik waren hopeloos wat dat soort dingen betreft.'

'Wat voor dingen?'

'Genealogie.'

'Ja. Jullie waren je tijd vooruit. Genealogie is passé. Een kind is tegenwoordig al wijs als hij weet wie zijn eigen vader is. Weet je, Teddy, het afsterven van de stamboom is een van de meest tragische dingen ooit. Bij wie kun je anders aankloppen zonder dankbaarheid te hoeven voelen als je oud en ziek bent?'

Filth, die als een ridder op een baar lag met zijn kop thee tegen zijn borst gedrukt, draaide zijn ogen naar haar.

'Ze trouwen niet meer,' zei ze. 'Dat is je toch ongetwijfeld opgevallen? Het is afgelopen. Hun kinderen worden niet gedoopt, dus er is geen doopregister meer. Onze tijd wordt net zo duister als Romeins Britannia.'

'Genen in plaats van genealogie?'

'Precies. Ik weet dat je niet van kinderen houdt.'

Hij dronk de thee op en zwaaide met de lege kop zodat zij die zou aannemen, ging rechtop in bed zitten en keek ongemakkelijk naar de hoedendozen.

'Die hoedendozen waren van jouw moeder,' zei Claire. 'Ik heb geen idee hoe ze hier terecht zijn gekomen.'

'Hoe dan ook,' zei ze toen. 'Je zult vandaag een zesendertigjarig kind ontmoeten, of je dat nu wilt of niet. Oliver is dit weekend hier met Vanessa.'

'Vanessa?' (Wie was dit nu weer?)

'Ja, Vanessa. Ze is zijn partner. Ze is advocaat.'

'Is Oliver ook advocaat?'

'Nee, hij is accountant. Vanessa is advocaat. Zijn partner.'

Filth wilde zeggen dat advocaten geen partners hebben, maar hij verloor zijn zelfvertrouwen.

'Ze wonen samen, lieve Eddie. Ze "voeren een gezamenlijke huishouding". Ze voeren al zes jaar een gezamenlijke huishouding in Wandsworth.'

'In Wandsworth! Dan verdienen ze niet echt goed, of wel?'

'Wandsworth, lieve Eddie, is nu de crème de la crème van de *Euro chics.*'

'Onzin. Daar wonen alle taxichauffeurs.'

'Tegenwoordig niet meer. Het wemelt er van de rijke dertigjarigen die duizenden ponden in het rood staan op hun creditcard en hun vakanties doorbrengen in Toscane maar nog nooit van Rafaël hebben gehoord.'

'Ze klinken bijzonder onaantrekkelijk.'

'Ja, dat zijn ze ook. Maar ze lijken het erg naar hun zin te hebben.'

'En twee van hen komen hiernaartoe? Luister, Claire, ik ga ervandoor. Ik wil niet dat er geen slaapplaats is voor je zoon als hij hier aankomt.'

'Hij logeert met Vanessa in het George Hotel in Stamford,

dus maak je niet druk. Ik heb ze verteld dat jij er zal zijn. Ze zouden het heel erg vinden als ze dachten dat ze jou hadden verdreven.'

'Ik vraag me ernstig af of dat echt zo is?'

'Vraag je niets af, Eddie, maar leer. Je vindt Vanessa vast aardig. Jullie zullen van alles hebben om over te praten. Ze is lid van de Inner Temple, net als jij. En niemand –', zei ze, terwijl ze met de lege kop naar de deur liep, hem over haar schouder vriendelijk aankeek en praatte over het enige gebied waarop ze voor het leven verblind was, '– niemand, al zeg ik het zelf, zou een hekel kunnen hebben aan Oliver. En wat ze tegenwoordig allemaal hebben – dit zijn niet de jaren zestig (ik moet al die oude dingen in die kledingdozen aan Vanessa geven) – wat ze wél hebben, Eddie, als ze hierheen komen, zijn onberispelijke manieren.'

Dat is ze verdomme geraden ook, dacht Eddie.

En het was middag en Filth dronk weer thee en Vanessa zat dicht bij zijn hangmat op het brede, gemaaide gazon voor het huis en schonk nog wat heet water in de theepot uit een zilveren thermosfles. Er waren kleine sandwiches. Het was warm voor eind november en Claires dahlia's glommen en dropen van het zonlicht. De open tuin, op een hoek – High Light was een hoekhuis dat op een verhoging stond, als een Romeinse villa die boven een heuvelfort was gebouwd – keek uit over een ondiep meer waar boten heen en weer bewogen en kinderen schreeuwden. Daarachter spreidde het dorpje zich grillig uit en daarachter gonsde de onzichtbare snelweg als bijen in de warme middag.

Oliver had zijn moeder in zijn auto meegenomen naar Saffron Walden om daar thee te drinken, een suggestie die ze had begroet met de lumineuze stilte die altijd werd gevolgd door een weigering.

'Ik ben al sinds tijden niet meer in het dorp –'

‘O, kom op. Er gebeurt je niets.’

(De zwarte vlinder opende zijn vleugels.)

‘Het is niet ver weg en we doen het dak naar beneden. Het is een schitterende dag.’

‘Niet op de snelweg, Oliver.’

‘Natuurlijk niet.’

‘Ik kan de snelweg niet aan. Niet tot na ik dood ben.’

‘Waar heb je het over?’

‘Het crematorium ligt aan de snelweg. Ik vind het maar niks.’

‘Mam, zou ik je meenemen naar het crematorium?’

‘Hoewel je daar ongetwijfeld een kop thee kunt krijgen,’ zei ze. ‘Lieverd, wat als de dokter me ziet als we langs zijn praktijk rijden?’

‘We komen niet langs de praktijk.’

‘Ik denk dat we niet anders kunnen.’

‘Dan vermommen we ons.’

‘O, Oliver – als wat?’

‘Advocaten. We lenen de pruiken van Vanessa en die ouwe met zijn rare gezicht.’

‘Ik denk niet dat ze hun pruik meenemen als ze op reis zijn.’

‘Nou, pak een grote hoed uit de logeerkamer, en een donkere bril.’

‘Ik heb in geen jaren zoiets als dit gedaan.’

‘Houd je hoed vast.’

‘Dat zal ik doen. Ik heb hem gedragen op de bruiloft van die arme Babs. Hij is minstens dertig jaar oud.’

‘Leeft Babs nog?’

‘Wat? Kan je niet horen. Weet je zeker dat dit niet de snelweg is? Oliver! Hoe durf je? Dit is Cambridge. Het was toch de snelweg.’

Ze zaten aan de Cam en de laaghangende zon scheen door

de slierten van de wilgen. Studenten riepen naar elkaar en voeren in bootjes voorbij. King's College Chapel verhief zich als een wit cruiseschip op een zee van gras. 'Ik heb thee voor ons geregeld,' zei hij. 'Kom. Het is niet ver.'

Ze liep lichtvoetig naast hem op het jaagpad en over een brug. Dikke, ordinaire mensen in strakzittende kleren likten aan ijsjes en aten lekkende broodjes en schreeuwden. Sommigen van hen hadden, ondanks het seizoen, een bloot middenrif. Sommigen van hen keken naar Claires hoed. Ze was verrukt.

'Het is jammer dat zoveel jonge mensen tegenwoordig kaal zijn,' zei ze. 'Komt het door aids of die vreselijke chemotherapie? Ik weet zeker dat wij geen van beide hadden.'

'Het is de mode, mam.'

'O, dat kan niet. Dreadlocks zijn in de mode.'

'Nee, die zijn uit. Of in ieder geval beperkt tot één gebied.'

'Gaan ze elke dag over hun schedel, net als over hun kin? Ga jij het ook doen, Oliver?'

'Mam, ik ben bijna veertig en ik ben beëdigd accountant.'

'Ja, en je hebt zulk mooi haar, Oliver. Hoe ziet Vanessa's haar eruit – ik bedoel als ze het laat groeien?'

Maar ze waren aangekomen bij Olivers oude, onbeduidende college; bij de deur van een belangrijk persoon; een enorme, minzame, oude man. Claire verstond zijn naam niet. Hij verwachtte Oliver en was blij hen te zien, hij knikte naar Claire en keek met een waarderende blik naar haar hoed. Ze zaten in een kamer met een hoog raam dat weinig licht binnen leek te laten en waar bergen boeken en meubels waren bedekt met een dikke laag stof. Ze aten kaneelscones. Andere kruimelige borden lagen verspreid door de kamer tussen de boeken en opgerolde kledingstukken die deden denken aan sokken en aan wat Claire wolletjes noemde. Wat een vredige, rustige plek. Wat een aardige man. Wat fijn voor hem dat hij Oliver kende.

'We waren van plan naar de avonddienst in King's te gaan,'

zei Oliver. 'Hebben we die gemist, denkt u?'

'O, nee. Nog steeds hetzelfde programma,' en de oude man begon over politiek te praten. 'Ik ben erg gesteld op Oliver,' zei hij, terwijl hij hobbelend met hen meeliep naar de deur van de kapel. Ze namen afscheid van elkaar.

'Moe?' vroeg Oliver toen ze op de koorbanken gingen zitten.

'Helemaal niet. Voerde hij die hele vertoning alleen voor ons op? Ik wist niet dat ze nog bestonden.'

'Dat wie nog bestonden?'

'Excentriekelingen. Had je hem laten weten dat we kwamen?'

'Ja, ik heb hem gebeld. Vanaf het benzinestation.'

'Vanuit een telefooncel?'

'Met mijn mobiele telefoon.'

'Heb je zijn nummer bij je?'

'Nee. Ik heb nummerinformatie gebeld.'

'Je bent geweldig, Oliver.'

'Dat ben ik inderdaad.'

'De wereld is vol wonderen,' zei ze, 'maar ik geloof dat jij het allemaal hebt geënsceneerd. Er zaten computers en internetten en e-mails verborgen in al die boeken, en hij was een acteur die E.M. Forster-rollen speelt. Ik vond hem echt fantastisch. Wie was hij?'

'Wie is E.M. Forster? Hoe dan ook, hij vond je hoed mooi. Hij was de decaan.' Opgetogen over de dag, de muziek, de kapel, zei hij: 'Je bent een cynicus, ma. Kom – hij viel op je. Nodig hem uit om eens langs te komen.'

Ze stonden op voor het Nunc Dimittis en Oliver vroeg zich af wat Vanessa die arme oom Eddie allemaal aandeed.

'Heb je altijd in Dorset gewerkt?' vroeg Vanessa.

'Nee, nee. Ik ben daarnaar teruggekeerd. Veel gereisd.'

'Daar heb je geluk mee gehad.'

'Heel veel geluk.'

'Heb je daar Engelse expats als cliënten gevonden? Door de jaren heen?'

'Niet echt expats,' zei hij. 'De lokale bevolking.'

'Ik denk vaak,' zei ze (Vanessa was grootmoedig tegenover mensen die geen bedreiging vormden), 'dat een juridisch adviseur, in welk land dan ook, de meest nuttige persoon op aarde is. Je moet daar zo subtiel voor zijn. En slimmer dan welke advocaat dan ook. Iedereen kan het werk van een advocaat doen. Het examen voor advocaten stelt niets voor. Het examen voor juridisch adviseurs,' zei ze, 'is daarbij vergeleken een marathon.'

'Dat is volgens mij inderdaad zo. Dat zeiden ze altijd. Maar het is zo lang geleden.'

Ze dacht: hij is zich volstrekt niet bewust van mij. Hij is Methusalem. Waarom zit dat me dwars? Hij is zo mysterieus. Ik had niet verwacht dat ik me aangetrokken zou voelen tot iemand die zo oud is als hij. Droevige stilte. Hij is zo oud dat hij er bijna niet meer is, maar toch is hij scherp – scherper dan Oliver. Ik vind zijn ogen mooi. Ik zou willen dat hij ze weer opendeed.

De gestreepte canvas hangmat kwam van Harrods – een cadeau van Oliver voor zijn moeder, afgelopen verjaardag, net als de enorme marineblauwe parasol die werd bediend met een katrol, als bij een jacht, en ondersteund diende te worden door een klomp beton die de glazenwasser, de tuinman en de dominee samen niet van de plek hadden kunnen krijgen waar de bezorger met het busje hem bij het hek had laten vallen. Claire had hangplanten over deze voet laten groeien en de parasol, nog in de verpakking maar bedekt met spinnenwebben, stond nog steeds in een hoek van de autoloze garage. Oliver had vandaag zijn best gedaan en de hangmat opgebouwd, net voor de lunch. De hangmat hing in een houten constructie, een beetje als een obstakel bij een paardenconcours. Er stonden geen bomen in Claires tuin en de hangmat stond open en bloot tentoongesteld. Voorbijgangers op de laan keken nieuwsgierig naar de oude, lange persoon die er languit in lag, met zijn fraaie neus naar de winterse lucht gericht.

Aan de zijkant van de hangmat hing een touw dat eindigde in een barokke blauwe kwast.

'Ik kan je duwen als je wilt.' Ze had Filths aanbod van de hangmat voor haarzelf even resoluut afgeslagen als ze altijd in de metro een zitplaats die haar door een man werd aangeboden weigerde. Ze bood haar eigen zitplaats in de ondergrondse vaak aan oudere vrouwen aan. Soms weigerden deze oudere vrouwen ook, omdat ze zich niet ouder voelden. Er worden geweldige spelletjes gespeeld in de metro, dacht ze, waarbij de belangrijkste sport was dat iedereen de blikken van alle anderen vermeed. O, wat ben ik toch blij dat ik genoeg heb om over na te denken. Werk te doen heb. Wat ben ik blij dat ik dat nooit onderkende genoegen – als er een man naar me kijkt, tegen me aanleunt, op me ademt in de metro – heb leren beheersen. Daar heb ik me van verlost.

'Vind je het niet vervelend om voor het oog van Saffron Walden vast te zitten in die hangmat, Eddie?'

Ze hadden hem Eddie genoemd. En soms Teddy. Ze hadden hem niet officieel aan haar voorgesteld. Ze deden alsof ze hem moest kennen. 'Zal ik je laten schommelen met het touw?'

'Je klinkt als meneer Pierrepoint,' zei hij, zonder zijn ogen open te doen. 'Ik voel me niet bekeken. Nee, helemaal niet, dank je. Nee, je hoeft me niet te wiegen.'

'Wie is meneer Pierrepoint?'

'Ik ben blij dat je je dat niet kunt herinneren. Hij was de beul. De laatste persoon die hij ophing was Ruth Ellis, die haar ontrouwe minnaar neerschoot, een paar weken nadat ze zijn baby had verloren en terwijl ze in de war was.'

'O ja, nou, daar heb ik natuurlijk wel van gehoord. Ze hebben haar in ongebluste kalk begraven in de Wormwood Scrubs-gevangenis, nietwaar?'

'Dat klopt. Voor jij werd geboren, maar niet lang daarvoor, denk ik.'

'Ik denk,' zei ze, terwijl ze de thee door Claires edwardiaanse theezeef schonk, 'dat we de geschiedenis een hoop moeten vergeven.'

'Ik denk,' zei hij, 'dat we de geschiedenis bijna niets moeten vergeven.'

'Ik heb de staatsbeul van Hongkong ontmoet,' zei hij kort daarop. Er streek een briesje over de dahlia's, een briesje over het meer en de hangmat bewoog zachtjes in de wind. Hete, hete novembermaand. 'Heb een lang gesprek met hem gevoerd. Een Engelsman. Geen kwade man. Absoluut niet sadistisch. Alleen maar fantasieloos en conformistisch. Doodgewone, lelijke Engelse man. Een goede echtgenoot, geloof ik.'

'Zijn er niet twee echtgenotes weggegaan bij Pierrepoint?'

'Ja. Ja, dat is inderdaad zo. Daar ben ik blij om.'

'En hij nam ontslag na Ruth Ellis, toch?'

'Ja. Dat was interessant.'

'Je had dus een gevarieerde praktijk in Dorset?'

'Zoals ik al zei, jongedame, ben ik lang geleden naar Dorset verhuisd, na mijn pensionering. Weg van het geharrewar en gekrakeel, het stof en de hitte.'

Bij stof en hitte flakkerde er iets op in Vanessa's hoofd. Een roman? Een film? Iets met advocaten in het buitenland?

'Heb jij oosters bloed?' vroeg Filth.

'Absoluut niet, ik kom uit Bournemouth.'

'Je doet me denken aan iemand met zachtaardige handen. Je bent erg mooi. Hoe oud ben je?'

'Ik ben tweeëndertig.'

'Heb je kinderen gehad? Toen je jong was? Je móet wel oosters bloed hebben. Je leeftijd is moeilijk te peilen.'

'Dank je, denk ik. Hierna zeg je vast "jongere vrouwen dan jij zijn al getrouwde moeders".'

'O, ik ben niet geïnteresseerd in je verleden.'

'Nou, daar ben ik blij om. Je bent niet zoals mijn ouders.'

'En Oliver?'

'O, die denkt daar niet over na. Ook nooit gedaan. Trouwen, kinderen. Lieve hemel, nee!'

'Dan zal hij bij je weggaan,' zei Filth, terwijl hij zijn ogen dichtdeed.

'Moet hij doen. Hij zou me missen.'

Filth zei niets.

'Zo gaat het tegenwoordig,' zei ze. 'Dat moet onbegrijpelijk zijn voor jouw generatie.'

'Niet helemaal.'

'Het wordt niet meer zoals daarvoor, weet je. We ontmoeten elkaar, we gaan uit elkaar. Het leven is tegenwoordig behoorlijk lang om tevreden te zijn met één seksuele partner.'

'En ik en mijn soort zijn binnenkort allemaal dood?' zei Filth.

'O, ik bedoel uiteraard niet dat – dat jouw generatie geen invloed heeft. Nee. Persoonlijk heb ik respect voor jouw generatie. Ik respecteer het belang dat jullie hechten aan het vervullen van je plicht en aan de wet, jullie levenslange toewijding. Maar we leven tegenwoordig zo lang dat er tijd is voor drie of vier beroepen en partnerschappen. En we hebben allemaal assistenten, *aides de camp...*'

'Ja, jullie hebben aids,' zei Filth. 'En ik weet niet veel over de bijzonderheden van "aids", met of zonder -e.'

'Maar je ziet ons als negatief, nietwaar?' zei ze. 'Egoïstisch? Iedereen onder, zeg, de veertig?'

'Op het moment vind ik dat van iedereen die minder dan een eeuw oud is, maar dat gaat vanzelf over. Mijn vrouw zou zich aan me hebben geërgerd.'

'Het spijt me te horen dat uw vrouw overleden is. Is het lang geleden gebeurd? Ik had het leuk gevonden om haar te ontmoeten,' zei Vanessa vriendelijk tegen de Betty die ze zich voorstelde: de marmelademaakster, bridgespeelster, ongetwijfeld kerkbloemenschikster, en de kleinkinderen in de vakanties. 'Hebben jullie veel kinderen?'

'We hebben geen kinderen.'

Moest ze zeggen dat ze dat erg vond? Toen wist ze dat ze het erg vond. Voor hem. Voor de echtgenote was het waarschijnlijk –

'Wat erg voor jullie,' zei ze.

'Het was bewust. Denk heel goed na voor je kinderen op de wereld zet. Betty en ik waren wat ze "wezen van het Britse Rijk" noemen. We werden overgedragen aan pleegouders toen we vier of vijf waren en zagen onze ouders minstens vier jaar niet. We hadden pech. Betty's pleegouders mochten haar niet en de mijne – mijn vader had geen advies aangenomen – werden gekozen omdat ze goedkoop waren. Als je als kind geen liefde hebt ontvangen, weet je niet hoe je van een kind moet houden. Je moet eerst weten wat het is. Je kunt verdriet veroorzaken uit onwetendheid. Ik heb geen liefde gekend nadat ik vierenhalf was. Stel je voor dat je zo ouder wordt.'

'Ja. Misschien heb je wel gelijk.'

'Een ouder als jij, bijvoorbeeld, jongedame. Welk kind zou een ouder als jij willen?'

Ze was woedend. 'Ik heb liefde ontvangen,' zei ze. 'Mijn ouders houden nog steeds van me. En ik hou van hen. We hebben strubbelingen, maar het is een normaal gezinsleven.'

'Dan heb ik me vergist,' zei hij, haar nog steeds niet aankijkend. 'Misschien komt het door je haar. Het is zo dun. Het spijt me.'

'Mijn coupe is van Sassoon en kost honderd pond.' Ze rammelde hardhandig met de kopjes en het dienblad en wilde het huis in lopen.

'Ik heb mijn carrière,' zei ze. 'Ik weet dat alle vrouwen dat zeggen, maar het is waar. Die is belangrijk voor mij en voor Oliver en voor de economie van Engeland. Ik verdien een hoop geld. Ik kan een kind nemen als ik vijftig ben.'

'Dat is aan jou,' zei hij. 'Ik hoop dat je het niet doet. Kinderen zijn wreed. Het zijn vernietigers van de ziel. Ik haat kinderen. Ik ben een pedofoob. Betty wist dat we geen kind moesten krijgen vanwege het kind dat ik zelf was. Ik zou een kind hebben beschadigd. Ik bedoel niet lichamelijk, uiteraard.'

(Het oude schepsel is gestoord, dacht ze in het stralende licht van Claires keuken, terwijl ze de spullen van de lunch en de theekopjes afwaste. Wie is hij in hemelsnaam? Een hypnotiseur of zoiets? Denkt dat hij het orakel is. Waarom is hij aantrekkelijk? Ik ben bang van hem. En ik zal verdomme kinderen krijgen. Als het mij uitkomt. En mét Oliver. Of iemand anders.)

Ze wrong de vaatdoek uit (geen vaatwasser) en hing de theedoek op. God, ik gedraag me als een schoondochter. Allemachtig, daar komen Oliver en zijn moeder, en Claire zal zeggen: Dank je, lieverd, dat had je niet hoeven te doen.

'Dank je, lieverd, dat had je niet hoeven te doen,' zei Claire, terwijl ze bedacht hoe woest en prikkelbaar Vanessa eruitzag. Ze is net een klein, zwart vosje, dacht ze. Wat heeft Eddie allemaal tegen haar gezegd?

'Was het erg saai?' vroeg ze.

'Helemaal niet. Ik denk dat hij slaapt.'

'We moeten over het eten nadenken. We hebben acht prachtige eieren.'

Oliver zag Vanessa's gezicht.

'Nee, mam. Heel erg bedankt, maar Vanessa en ik hebben een tafel in het George Hotel gereserveerd. Jij hebt genoeg te doen met Eddie hier en ik wil sowieso bloemen op het graf van pap leggen. Oké? We zijn er na het ontbijt weer. Ik zal lunch voor ons allemaal meebrengen.'

'Weet je het zeker?' (Opluchting!)

'Het is een vermoeiende dag voor je geweest.'

'Dat is wel zo, ja.'

'Goed. We gaan, Vanessa. Zeg dag tegen de grote man van

ons, mam, en zorg ervoor dat hij je niet de halve nacht wakker houdt met spitsvondigheden.'

'Hij slaapt alleen maar,' zei Claire. 'En daar ben ik blij om. Dat betekent dat hij het gevoel heeft dat hij ons goed kent. Hij kwam ineens opdagen,' zei ze tegen Vanessa. 'Na honderden jaren. Zijn vrouw was een vriendin van lang geleden. Ze is nog geen drie weken geleden overleden.'

'O nee! Nog geen drie weken!'

'Een grote schok. Ze leek het eeuwige leven te hebben.'

'O, Oliver!'

'Wat?'

'Dat had je me moeten vertellen. Ik heb maar doorgekletst over – over het huwelijk en hoe eindeloos dat moet lijken!'

Toen ze op de begraafplaats waren, was ze nog steeds kwaad. Ze liepen samen het pad op, Oliver met bloemen in zijn hand, Vanessa met haar laptop.

'Ik moet zo tactloos zijn overgekomen,' zei ze. 'Zo ongevoelig. Jullie zijn echt een heel vreemde familie. Jullie vertellen niemand iets. Nee, ik ga je niet helpen bloemen op het graf van je vader te leggen, ik heb hem nooit ontmoet.'

'Loop dan de kerk in. Dan kun je de beroemde marmeren Gibbons zien.'

'De wat? Ik heb een hekel aan cultuur.'

'Drie sterren in elke reisgids. Onder de lokale bevolking bekend als De Vier Koperen Apen.'

'Wat is het?'

'Gedenkteken van een of andere voorname familie, weet niet meer wie. Dat weet niemand meer. Een soort marmeren piramide van fruit en bloemen en huilende cherubijnen. Mam kent het ook nog van toen zij kind was.'

'Wat vreselijk. Waarom apen?'

'Gibbons, schatje. Achternaam van Grinling. Ze denken dat hij de tekeningen ervoor gemaakt heeft. De moeite van het bekijken waard. Het is onmogelijk om het niet te aaien. In de perziken te bijten. Een klopje op de billen te geven. Het is nooit beschadigd door vandalen. Wij moesten het vroeger als kinderen wassen. Grondig in alle hoeken. Kostte uren. Op zaterdagochtend.'

'Je had een opwindende jeugd.'

Ze paradeerde door de zelfsluitende deur de kerk in en Oliver tastte rond naar een groene tinnen vaas met een pin waarvan hij zich onbewust herinnerde dat die achter de dodebloemenbak bij de kraan stond. Hij duwde de pin in het gras boven zijn vaders hoofd, schikte de bloemen, stond op en leunde tegen de grafsteen en keek naar zijn vaders naam en de ruimte die was opengelaten voor die van Claire. Hij bedacht hoe graag hij een gesprek met zijn vader zou willen hebben. Aan de andere kant wist hij woord voor woord hoe dat zou gaan.

'Hoe vind jij dat je moeder eruitziet?'

'Heel goed, pap. Je moet je geen zorgen maken.'

'Kan niet zeggen dat ik vind dat ze er goed uitziet. Ik heb haar het leven zuur gemaakt, moet je weten.'

'Ik weet het.'

'Kwam pas bij het ochtendgloren thuis. Ze was altijd naar me op zoek. Helemaal tot in Stamford. Vond me ooit verborgen achter een paar vuilnisbakken. Ik dacht dat ze de politie was. Diner van de *Old Contemptibles* of zoiets. Niet zoals een bankdirecteur zich hoort te gedragen. Geweldige vrouw.'

'Ik wil wedden dat ze jou nooit lastige vragen heeft gesteld.'

'Nee. Nooit.'

'Die van mij moppert. Stelt lastige vragen. Boze vragen!'

'Wat, deze nieuwe?'

'Nou ja – we zijn al zes jaar bij elkaar. Ze is niet nieuw.'

'Moppert de hele tijd, ja?'

'Nou ja, het is vooral bekritiseren. Dat is haar werk. Analyseren van motieven, dan ontwikkeling en uitvoering.'

'Klinkt als Eddie, droge saaie piet.'

'Ja. Een advocaat. En een "vrouw van nu".'

'Ah, op je moeder kun je geen etiket plakken. Komt door die jeugd van haar.'

'Het gaat nog niet zo slecht met ma,' zei hij. 'Je kunt je kindertijd begraven. Niet dat ik dat wil doen.'

God, wat mis ik hem, dacht hij, en hij keek toe terwijl Vanessa de kerk uit marcheerde en met haar laptop stevig tegen zich aangeklemd over de graven sprong.

'Er is daarbinnen een jongen verkleed als dominee en die kwam naar me toe en vroeg of ik wilde dat hij me de biecht afnam. En ik zweer – ik zweer – dat hij me bekeek om te zien of ik zwanger was.'

In het George Hotel gingen ze meteen naar de eetzaal, waar Vanessa eerst zwierig haar overhemd uittrok en zo het zwarte zijden topje ter grootte van een zakdoek eronder onthulde. Haar glooiende witte schouders en minuscule nek, die afstaken tegen de lambrisering, trokken blikken aan. Rode wijn. Rosbief die werd gesneden vanaf een zilveren cloche. Vanessa straalde en praatte, zich nergens van bewust. De obers bewonderden. Ze babbelde door over de dominee en de marmeren baby's die huilden en schilden tegen hun edele delen hielden. Het had niet op een christelijk gedenkteken geleken, ook al had het dan drie sterren.

'Heb je dat ook gezegd?'

'Ja. En ik zei tegen hem dat ik niets op te biechten had en híj zei: "Mijn kind, dan is het slecht met je gesteld." Ik had hem bijna een mep verkocht. Wat dóen dat soort mensen tegenwoordig in de kerk, Oliver?'

'Het klinkt alsof hij nogal van de oude stempel is. Je ziet ze tegenwoordig helemaal niet meer in de kerk. Dat is zeldzaam, een geestelijke in een kerk buiten misuren.'

'Ik denk dat hij zich daar de hele dag verbergt en dan toeslaat. Hij ziet overal schuld. Hij is een monster.'

'Hij is een vriend van ma. Ze vindt hem aardig.'

'O nee! Dan is dat het dus.'

'Dan is dat wat?'

'Ze wil dat hij ons trouwt.'

'Wát zei je?' Ze waren in hun chique slaapkamer na de koffie en de crème brûlée, beiden goed gestemd door de wijn. 'Ons trouwen?'

Maar ze was nu ergens anders. 'Oliver, welke kamer is dit? Het is de bruidssuite. Kijk naar de muurversieringen, en de gordijnen. Het is obsceen. En wat kost dit ons?'

'Honderdvijftig pond – nou en? Het was het enige wat ze nog hadden.'

'Maar we hadden in een bed and breakfast kunnen overnachten. Het is de bedoeling dat we naar Thailand gaan.'

'We kunnen het betalen.'

'Nou, je had het eerst aan mij kunnen vragen. Ach ja. Doet er ook niet toe,' en ze trok haar zakdoektopje uit en ontdeed zich van de rest van haar kleren. Ze tilde haar benen hoog in de lucht. 'Heb ik geen geweldige voeten?' zei ze.

(God, besefte Oliver, ik ben vergeten condooms mee te nemen.)

'Oké,' zei ze. 'Geef me mijn tasje.'

'Waarom?'

'Ik geef je mijn helft van de honderdvijftig pond.'

'Nee. Laat mij dit betalen,' zei hij. 'Ik heb je in deze situatie gebracht. Je bent maar één keer jong.'

Terugdenkend aan het oude fossiel dat vond dat ze te oud was om kinderen te krijgen, zei ze: 'Waarom heb je nog steeds je kleren aan?'

Toen ze de volgende ochtend teruggingen naar Olivers moeder verbaasde het Vanessa hoe teleurgesteld ze was dat de oude kerel er niet meer was. De hangmat, die de hele nacht in de dauw had gestaan, was nu leeg en Claire, nog steeds in haar ochtendjas, stond ernaast en keek ernaar.

'Ja,' zei ze. 'Hij is vertrokken. Ik kon hem niet tegenhouden, hoewel het zondag is en hij een vreselijke reis zal hebben. Hij vroeg me jullie gedag te zeggen. Nu, ik hoop van harte' (onoprecht) 'dat jullie blijven lunchen?'

'Ja, we hebben de lunch meegenomen,' zei Oliver, en hij glimlachte om zich heen. 'Supermarkt.'

'We zullen sowieso moeten blijven,' zei Vanessa, 'tot Oliver de hangmat heeft afgebroken. En hoe zit het met die parasol in de garage? Ik zei al dat hij te groot was toen hij hem kocht. Zullen we hem voor je omruilen?'

Claire knipperde met haar ogen. 'Dat is heel erg aardig van je. Maar, weet je, de kerk kan hem gebruiken. Voor bazaars.'

(O, ma – O, ma! Drijf haar niet te ver.) Oliver begon dingen uit tassen en in de magnetron te gooien. (Houd het ontspannen. Begin niet over de dominee!)

'Ik heb je dominee gisteren ontmoet,' zei Vanessa.

'Ik ben bang dat hij helemaal uit zijn doen is,' zei Claire.

Ze namen elkaar aandachtig op.

'O, en trouwens,' zei Claire, toen ze aanstalten maakten om te gaan. 'Zouden jullie dit pakje willen meenemen? Volgens mij zijn het alleen maar boekjes met recepten. Eddie wilde ze aan mij geven. Van zijn vrouw. Ze gebruikte ze nooit. Ik wil ze niet hebben. Ze waren bedoeld voor iemand anders. Betty kon absoluut niet koken, dus ze zullen niet erg opwindend zijn, maar waarschijnlijk zijn ze van haar moeder. Erg historisch. Oude pudding van de Raj uit Sjanghai. Tapioca.'

'Ma, ik gooi ze in de vuilnisbak.'

'Nee,' zei Vanessa, 'ik wil ze graag hebben. Bedankt.'

En weer terug in Wandsworth, waar het donker was en de fluwelen gordijnen de ramen in esthetisch verantwoorde golven hulden – ik weet niet zeker of ik nog wel van victoriaanse spullen hou, dacht Oliver – was het begonnen te regenen. 'Ik heb het gevoel dat we in de jaren negentig blijven steken,' riep hij naar de keuken, waar Vanessa rondschuifelde. 'We zouden hier een herenhuis in Yorkshire voor kunnen krijgen. Naar het werk pendelen vanuit York. Wat doe je?'

'De receptenboekjes,' riep ze terug. 'Maar het zijn geen receptenboekjes, het is een doos. Hij heeft gouden sluitingen en er zit een la in en – O, lieve hemel.'

Uit de doos kwamen sieraden getuimeld. Gouden kettingen, broches, oorbellen. Ze glinsterden op de keukentafel.

'Kijk!' zei ze. 'Moet je die jade zien! Moet je die blauwe dingen zien. Kijk – Kijk hier!' Uit een pluchen zak viel een prachtig parelketting. 'Oliver! Dit zijn geen receptenboekjes. Hier is een briefje.'

> Beste Claire [stond er], Ik heb de receptenboekjes aan Babs gegeven.
> Betty wilde dat jij de kleinoden zou krijgen. Ze moeten worden schoongemaakt en opnieuw worden geregen, enzovoort. Sommige had ze al jaren niet meer gedragen. Maar ze zijn absoluut echt. De parelketting heb ik jaren geleden van iemand gekregen.
> Eddie.

'Maar ik kan deze sieraden niet aannemen. Ik kan ze niet houden. Dit is bij elkaar duizenden ponden waard. Duizenden! Kijk – Aspreys 1940! Kijk naar deze jaden ring – het is net een ei! Oliver!'

'Ik zal moeder bellen.'

'Ze vindt het fantastisch,' zei hij toen hij terugkwam, 'en zegt dat je ze moet houden.'

'Zei ze "je" of "jullie"?'

'Zal ik het haar vragen?'

'Nog niet. Laat me even nadenken. Nee – ik hoef niet na te denken. Ik neem ze niet aan. Dan denkt iedereen dat ik daarom met je getrouwd ben.'

'Ach, kom,' zei hij. 'Het komt niet in de krant te staan. Behalve ik zal niemand weten dat we ze hebben.'

'Ik draag nooit sieraden.' Bewonderend streelde ze het goud, de jaden ring.

'Je zou kunnen veranderen.'

'Ik verander nooit. Was die oude Eddie vaak in het Verre Oosten, Ollie? O – Ollie!' Ze had de naam onder het briefje en op het briefhoofd opgemerkt, aangezien de zuinige Filth nog steeds het oude briefpapier van zijn vroegere kantoor opgebruikte. 'Hier staat *Sir Edward Feathers.*'

'Ja. Dat is hem. Neef Ed. Belachelijke naam.'

'Maar Oliver, Edward Feathers is Old Filth.'

'Oud vuil? Ik mag hopen van niet.'

'Oliver, *Old Filth* is legendarisch. Onder juristen. Ik dacht dat hij al jaren dood was. Hij was een geweldige advocaat. Hij stotterde.'

'Stotterde? Ja, nou, Eddie maakt soms wel vreemde geluiden.'

'Oliver – het was *Old Filth.* Uit Hongkong. En hij werd een geweldige rechter,' en ze kreunde.

'Wat is er zo erg?'

'Ik heb hem van alles verteld over de advocatuur. En hoe makkelijk het is om het examen voor advocaten te halen. En ik heb hem gevraagd of hij altijd een praktijk in Dorset heeft gehad. O, Oliver!'

'Vannie, ik heb je nog nooit zo overstuur gezien.'

'Ik wil sterven.'

'Wil je met me trouwen?'

'Ja, natuurlijk. Maar, o, Oliver!'

Filth was uitgenodigd voor de bruiloft zes maanden later, maar hij kon zich Vanessa niet herinneren en kon niet bedenken wie hij kende in Bournemouth. De naam van de bruidegom kwam hem ook niet bekend voor. Een of ander familielid? Was hij een kind van Claire? Maar hij sloeg de uitnodiging af. Claire, haar eigen stijl getrouw (en omdat ze niet op de hoogte was gesteld van Betty's begrafenis), nam geen contact op. Ze woonde de bruiloft bij. De dominee reed haar erheen. Hij was niet degene die de huwelijksdienst leidde, maar hij genoot van de pret en praatte over zonde met Vanessa's moeder. Babs was er ook, met kort en bloedrood haar. Zij en de dominee konden het uitstekend met elkaar vinden en dansten de hele nacht door.

En Claire zwaaide het paar uit toen ze naar Thailand vertrokken, hopend dat de baby niet daar geboren zou worden, hoewel ze tegenwoordig wonderen konden verrichten met te vroeg geboren baby's.

Vanessa gaf Claire het parelsnoer dat ze op het altaar had gedragen, om erop te passen tot ze terugkwam.

Claire paste goed op haar hart om er zeker van te zijn dat ze het kleinkind zou zien.

Ze schreef Edward drie maanden later om hem te vertellen over de geboorte. Edward, noemden ze hem. Edward George.

Zo wordt de wereld bevolkt.

DEEL TWEE

Plaats van handeling: Inner Temple

De rookkamer van de Inner Temple, bijna verlaten. De ruimte is grondig gerenoveerd: overal staan leunstoelen. Portretten van eminente voormalige bestuursleden aan de muur, dat van meneer Attlee – mager en glazig – waarop hij zijn handen lijkt te wringen. Een oorfauteuil staat met zijn rug naar de rest gekeerd en meneer Attlee lijkt ernaar te kijken. Filth zit na de lunch half slapend in de stoel. Niemand kan hem zien. De Queen's Remembrancer en de Purveyor of Seals and Ordinances komen op.

De Queen's Remembrancer: Hij is blijkbaar al vertrokken.

De Purveyor of Seals and Ordinances: Voor een afspraak bij de kapper?

QR: Wellicht. Grote verrassing om hem weer te zien.

PS&O: Ziet er goed uit. Nog steeds een geweldig gestel. Nooit iets gemankeerd.

QR: Nooit veel misgegaan voor hem.

PS&O: Nooit veel overkomen. Behalve succes.

QR: Er gaan geruchten over een nogal mysterieuze oorlog. Heeft niet gevochten.

PS&O: Een dienstweigeraar?

QR: Lieve hemel, nee. Zenuwinzinking of zoiets. Hij stotterde.

PS&O: Behoorlijk dapper om advocaat te worden, dan.

QR: Uitzonderlijk. Hij diende in een goed regiment. Het staat in *Who's Who*. De Gloucesters. Hij had iets van doen met de koninklijke familie.

PS&O: Is dat zo!

QR: En er was nog iets anders. Iemand gaf hem ergens een duwtje omhoog. Of richting het Verre Oosten. Er is altijd iets riskants aan dat circuit. Een hoop mensen die je niet echt hoort te kennen terwijl je toch moet doen alsof.

PS&O: Maar Betty was erg oké. Vind je niet? Vind je niet? Er was natuurlijk dat gedoe met Veneering. Veneering en Betty. Aha!

QR: Wat weten wij die hier thuis bij de Woolsack en in de Inns of Court rondkropen daar nu helemaal van?

PS&O: 'Hoe goed kennen zij Engeland, die alleen Engeland kennen.'

QR: Kipling. Wist je dat Kipling dezelfde start had als Filth? Op zijn vijfde wreed gescheiden van zijn familie. Raj-wees.

PS&O: Kipling deed het ook niet slecht.

QR: Kipling kreeg een zenuwinzinking.

PS&O: Stotterde hij?

QR: Hij werd blind. Halfblind toen hij zeven was. Haatte het Britse Rijk. Psychologische blindheid.

PS&O: Blijf je koffiedrinken?

QR: Nee, ik kwam alleen even kijken of Filth hier was. Heb hem net gemist.

PS&O: Hebben we ons verbeeld dat we hem zagen?

QR: Ik neem aan dat hij voor de laatste keer rondkeek.

Zij gaan af. Kamer schijnbaar verlaten.

Filth staat op van de stoel en werpt een laatste lange blik op meneer Attlee.

Filth: Heb ik de moed om mijn memoires te schrijven?

Attlee: Churchill had de moed. Maar over het algemeen, beter van niet. Bewaar je geheimen.

Het horloge

In die trein van 1941, na het toelatingsgesprek in Oxford, had Eddie de man tegenover zich *The Times* weer in de handen geduwd, waarop hij de wagon had verlaten en de gang door was gelopen, waar hij was blijven staan en de koperen stang die langs het raam liep had vastgegrepen. De trein stopte heel vaak, stroomde vol. De gang raakte propvol met mensen, waarvan de meesten de drukte in stilte verdroegen, schouder aan schouder. Desondanks was het koud. Water dat ergens vandaan kwam, liep in een stroompje rond zijn voeten. Er klommen soldaten aan boord – misschien rond Birmingham. Deze soldaten waren somber en zwijgzaam. Onbeweeglijk en stil. Iedereen perste zich dichter op elkaar. Het werd donker. Alleen de blauwe noodverlichting scheen op alle gezichten, die op dodenmaskers leken.

En Eddie bleef staan.

Op een zeker moment verliet hij de trein en wachtte op een andere, die hem naar het station zou brengen dat het dichtst bij High House lag, en daar sprong hij op een leeg, nachtelijk perron. Na enige tijd realiseerde hij zich dat hij reisde in een krantenbusje dat blijkbaar was gestopt om hem een lift te geven. Het zette hem af bij de poorten van de laan, die gesloten waren en werden bewaakt door twee wachters met geweren. Hij liep langs de laan, keerde door een heg op zijn schreden terug en sloop toen in het donker naar het sierlijke ijzeren hek van wat voor zijn gevoel zijn thuis was.

Het huis stond daar met onverlichte ramen zonder jaloezieën, en het donkere glas flonkerde zwart. Het pand was leeg. Maar op de oprijlaan stonden overal legervoertuigen, en een complex van legerhutten op de plek waar het land ineens steil afliep boven de schoorstenen van de oude tapijtfabriek. Eddie liep rond het rustende, verlaten huis en kwam niemand tegen. Hij morrelde aan de bekende deurkrukken: de zijdeur van de gang die naar de tuin leidde met de pokdalige koperen knop, de deur van de stallen, de keukens. Ze zaten allemaal op slot. Hij werd minder voorzichtig en ging onder een slaapkamerraam staan en riep: 'Mevrouw Ingoldby? Is daar iemand? Ik ben het, Eddie.' Hij rammelde aan de deur van het huisje waar de tuinman had gewoond. Niets. Er blafte geen hond. In de garage stond geen oude auto, de auto waarin je op de achterbank een paraplu moest opsteken als het regende. De groenten van de kolonel stonden er schraal en sjofel bij, een spruitenbed als de Slag bij Passendale. De bijenkorven waren verdwenen.

Hij ging te voet terug naar het station, sliep de rest van de nacht op een bank, die tegen de muur van de wachtkamer met zijn lege kachel stond, kwam tegen lunchtijd de volgende dag aan bij het warme huis van zijn tantes.

Er stond geen auto buiten, wat betekende dat 'Les Girls', zoals ze graag genoemd wilden worden, niet thuis waren, maar Eddie had zijn eigen sleutel en plantte zijn tas en zijn ijskoude voeten op het tapijt in de hal. Zo bleef hij staan.

Hij hoorde Alice, de dwergachtige dienstbode, de keuken beneden uit komen sluipen. Ze tjirpte van verbazing en duwde haar vingers even tegen haar lippen, en Eddie werd zich bewust van het feit dat hij in zijn kleren had geslapen, doorweekt sinds Oxford, en dat hij ongeschoren was. Hij realiseerde zich – met de angst van vroeger – dat hij niet in staat was om te praten.

'Meneer Eddie. Kom, kom, kom,' zei ze, en ze bracht hem

naar haar keuken en gaf hem thee en pap die hij niet kon eten. ‘O hemel, o hemel, o hemel,’ zei ze. ‘Hebt u uw examens niet gehaald?’ Ze had onder haar kalender van de koning en de koningin en de foto van meneer Churchill in zijn schuilkelderhansop gezeten en meer papieren lonten voor de haard boven gemaakt. Er lagen schoongemaakte groenten op de afdruipplaat en de keuken was schoon, levendig en glanzend. ‘O, hemel, o, hemel. Ik neem aan dat u het nieuws hebt gehoord.’

‘Ja, ik heb het in de krant gelezen.’

Ze leek verbaasd, en hij besefte dat niemand in het huis van zijn tantes een zier om de familie Ingoldby gaf.

‘Ik bedoel hun nieuws, meneer Eddie. Het nieuws over juffrouw Hilda en juffrouw Muriel. Ik weet niet wat er nu met ons allemaal zal gebeuren. Of met dit huis. Of met u en mij, meneer Eddie. Maar ik zag het al aankomen. Ze praten er al jaren over. Ze denken dat ik doof ben. Ze hebben me nooit iets verteld, me nooit gewaarschuwd. Ik ben hier al bijna twintig jaar. Het was niet veel gevraagd.’

‘Ze hebben je toch niet ontslagen, Alice?’

‘In zekere zin wel, meneer Eddie.’

Het slaan van de voordeur boven. Het geratel van het glas in de vestibule. Hilda’s gil toen ze zijn tas in de hal zag. ‘Hij is terug. Zie je. Daar gaan we – Eddie? Waar ben je?’

‘Ja, ik ben terug.’ Zijn hoofd kwam tevoorschijn uit Alice’ konijnenhol in de kelder, en hij zag dat de ogen van Les Girls bijzonder wild stonden. Hij dacht: ze hebben vast een beker gewonnen. ‘Bent u op de golfbaan geweest?’ Toen zag hij dat ze het blauw met meerdere strepen van de luchtmacht droegen. Geen golf.

‘We hebben nieuws voor je,’ zei Muriel. ‘Beter om het je maar meteen te vertellen en ervan af te zijn. We gaan trouwen.’

Een duizelig moment lang dacht hij dat ze met elkaar gingen trouwen.

'Je zult wel kunnen raden met wie,' zei Hilda, en ze noemde twee namen uit de verzameling rode gezichten op de golfclub.

'Trouwen!'

Hij dacht: waarom in hemelsnaam? Oude vrouwen. Over de veertig. En dit grote huis vol met hun spullen. En Alice.

'Ga je opfrissen, lieve Eddie. Kom dan naar beneden en drink een glas champagne. Het zat er al jaren aan te komen, maar we konden natuurlijk niet uit elkaar gaan en jou alleen laten tot we onze handen van je af konden trekken.'

Hij keek naar hun onaanraakbare handen.

'Maar u bedoelt dat u en tante Muriel vanaf nu apart van elkaar zullen wonen?'

'O, behoorlijk dicht bij elkaar in de buurt. En in de buurt van Royal St Andrews. In Schotland. Wij vieren.'

'Weet mijn vader hiervan?'

'We hebben hem geschreven. Hij weet al een aantal jaar dat we... Nou ja, dat we onze plannen uitstelden. Voor jou. Daarom is hij zo vrijgevig voor ons geweest terwijl je hier al die jaren woonde.'

'Hier woonde?'

'Ja. Sinds je een kleine uk was.'

Toen hij weer beneden kwam, was Alice angstvallig de eettafel aan het dekken. Het zilver en de glazen glommen. Toen ze hem zag, vluchtte ze uit het zicht.

'Wat gaat er gebeuren met Alice?'

'O, ze is veel te oud om bij een van ons in te trekken. Iemand anders zal haar waarschijnlijk wel nemen. Ze heeft haar Girls' Friendly Society. En ze is over de zeventig en heeft,' (Hilda fluisterde als een fluitje) 'haar beste tijd gehad. Ze zou toch met pensioen moeten gaan. Dus het komt allemaal mooi uit.'

'Komt mooi uit?'

'Alice met pensioen. Jij naar Alistair als evacué. En het tragische nieuws van de Ingoldby's.'

'Ja,' zei hij. 'Ik weet het. Ik zag het in *The Times*. Het verbaast me dat u het ook heeft gelezen. Of dat u zich überhaupt – hun naam nog herinnert.' (Tranen, tranen, stop. En, verdomme, mijn stem begeeft het.)

'Natuurlijk herinneren we die ons. Je logeerde vaak bij hen. Erg aardig dat ze ons hielpen. Hoe dan ook, iemand heeft ons gebeld.'

'Iemand? Wie? Alstublieft, wie?'

'Ik ben bang dat ik dat niet gevraagd heb. Het was een meisje. Vrij jonge stem. Ja, Isobel. Isobel Ingoldby. Is dat een zus? Nogal arrogant, vonden wij. Zelfingenomen.'

'Heeft ze een nummer achtergelaten?'

'Nee, nee. Heel snel was ze. Nu, pieker er niet over, liefje. Laten we het over jou hebben. En over Singapore.'

'Singapore is waar je heen gaat,' zei Hilda. 'Alistair zal je daar ophalen. Veiligste plek op aarde.'

'Ben je geslaagd voor je examens?' vroeg Muriel.

'Ja.'

'Mooi zo. Iets om naar uit te kijken na de oorlog. Je tickets zijn allemaal geregeld en je vertrekt volgende week.'

'En proost,' zei Muriel, met de champagne. 'Op ons allemaal.'

'En we hebben een cadeau voor je,' zei Hilda. 'Hij zei dat we je het moesten geven als je klaar was met school. We hebben het voor je bewaard. Het is het horloge van je vader.'

Naar Colombo

Na een vurige en vreugdeloze kerst met de bruiden en bruidegoms in spe – jus en kalkoen die ze ergens vandaan hadden gehaald, en gin in overvloed – was Eddie klaar voor de reis naar zijn vader. Hij had Alice tien pond gegeven en haar een ansichtkaart beloofd. Hij had Les Girls huwelijksgeschenken willen geven, maar dan had hij hen om het geld moeten vragen. Hij had alleen het geld voor de reis naar Londonderry, om daar aan boord van zijn schip te gaan; dat en zijn bankboekje waar vijftien shilling op stond en een nieuw chequeboekje waarvan hij niet wist hoe hij het moest gebruiken.

De dag brak aan. De deur van de vestibule sloeg achter hem dicht en zijn bagage zat in de auto, het horloge om zijn pols.

Beide bruiden waren oprécht (zeiden ze) van plan geweest afscheid van hem te nemen in Liverpool – de reis van Bolton was kort – en hadden daarvoor voortreffelijke vooroorlogse burgerkleren bestaande uit tweed en diamanten sierspelden aangetrokken, uniformen weggelegd, maar op het laatste moment werd Hilda weggeroepen door haar aanbidder om een of ander detail van hun trouwdag te bespreken, en bracht Muriel Eddie in haar eentje naar de haven. Daar stapten ze uit de auto. Ze gaf hem een klapzoen, zei hoe jaloers ze was dat hij een geweldige reis naar de zon ging maken, weg van de oorlog –

'Tante Muriel –?'

– en hoe erg ze hem zouden missen, en hoe ze ernaar uitzag om hem te bezoeken in Oxford na de oorlog –

‘Tante Muriel, het spijt me, maar –’

‘Ja?’

‘Het probleem is dat ik geen geld heb.’

‘Lieve jongen, je hebt straks meer dan genoeg geld. Jij krijgt alles wat wij moeten opgeven nu je weggaat. Je toelage.’

‘Ja. Maar ik bedoel geld voor nu. Ik heb ongeveer één pond, dat is alles.’

‘Je hebt geen geld nodig aan boord van een schip.’

‘Er zou iets mis kunnen gaan. Misschien stranden we ergens halverwege.’

‘O, Eddie – wat ben je toch een zenuwpees. Alistair haalt je op.’

‘Ik weet niet precies hoe lang –’

‘Nou, ík weet het ook niet. Ik weet niet of ik wel zoveel bij me heb. Is vijf pond –’

‘Ik denk dat ik misschien iets meer nodig zal hebben.’

Ze harkte door haar handtas en verzamelde uiteindelijk zeven pond, twaalf shilling en een sixpence.

‘Zo,’ zei ze, ‘je hebt me helemaal kaalgeplukt.’

Toen was ze weg, onbetreurd en ongeliefd verdwenen uit zijn leven. Hij was overstuur en droevig, alsof een andere jongen, een vrolijke, golfende knaap, het er beter van af zou hebben gebracht.

Ze toeterde bij de golfbreker. Het gekletter en geloei, de drom mensen op de veerboot. Hij zag haar grote, gemoedelijke gezicht terwijl ze de hoek om reed.

De overtocht verliep zonder problemen. De zee, hatelijk grijs, was godzijdank kalm. Hij stond aan de reling en keek naar de onderzeeboten van de Engelse marine die in de Ierse Zee oefenden in het kelderen van U-boten. De westkust van Engeland slonk achter hem.

Er zaten gecodeerde kaartjes op zijn koffer, en iemand naast hem, die ook naar de oefeningen van de U-boten keek, zei: 'Die zul je genoeg tegenkomen als je over het water reist. Ziet zwart van de U-boten.'

In de trein naar Londonderry – nietszeggend landschap – bedacht hij dat hij zichzelf had moeten dwingen geïnteresseerd te zijn in wat er in het verschiet lag. Hij wist niet eens hoe lang de reis zou duren. Het kon hem ook niet meer schelen. Lusteloos vroeg hij zich af of hij er zelfs maar in zou slagen zijn schip te vinden.

Maar op een of andere manier belandde hij op de kade van een enorme baai en had een beambte zijn naam op een lijst staan.

'Je reist alleen? Geen groep? Denk dat we aan jou geen kaartje binden.' (Eddie torende boven hem uit.) 'Een voorspoedige reis tot nu toe?'

'Ja, dank u.'

'Maar daar is het voorlopig mee afgelopen. Het konvooi is nog niet klaar. Het ligt nog zeker drie weken in de haven.'

'Drie weken?'

'Ja. Hier is het adres van ons logies. Maak je geen zorgen, we zullen je niet vergeten. Kun je daar zelf komen of wil je met de schoolbus?'

'Ik vind het wel. Ik zit niet meer op school.'

De man keek naar hem met een nieuwsgierige blik terwijl hij zich omdraaide.

'Wat kost de bus?' riep hij, maar de man was verdwenen.

Hij vond de bus, en de rit was niet erg duur en hij kwam terecht in een groen, mild landschap ten westen van de stad en zag dat hij zou verblijven op een boerderij waar een dienstmeisje hem begroette en hem een glas karnemelk bracht. Hij was op dit moment de enige gast.

'Evacués komen en gaan,' zei ze met haar zware Ierse accent. 'Arme kleintjes, huilen en zo, en met kaartjes aan hun hele lijf. Je zult mij nooit mijn kind ergens heen zien sturen waar niemand hem kent. Wie heeft jou eigenlijk weggestuurd? Je bent oud voor een evacué. Of woon je soms in het buitenland? Of hou je niet van vechten?'

Hij haatte haar.

Hij liep door de velden, hielp op de boerderij. De lege dagen volgden elkaar op. De tijd stond stil. Als het dienstmeisje – ze rook naar aarde en koren en haar ogen waren gepijnigd en begrijpend – tijdens het avondeten met de aardappelstoofpot en de zware niervetpudding achter zijn stoel door liep, leunde ze erg dicht naar hem toe. Op een nacht kwam ze zijn kamer binnen en probeerde ze bij hem in bed te kruipen, maar hij was doodsbang en gooide haar eruit.

Toen, na een week en nog steeds geen schip, ging hij onwillekeurig naar haar op zoek, en toen ze met de karnemelk over de velden kwam gelopen, begon zijn hart zo hard te kloppen dat hij bloosde.

'Moet je geen brieven schrijven? Is er niemand die dit moet weten?'

Hij voelde haar vriendelijkheid en schreef die avond, op geparfumeerd papier dat ze hem uit de la in haar slaapkamer gaf, naar zijn school. Hij vertelde hun over Oxford en dat zijn tantes hem naar Singapore hadden gestuurd. Hij bedankte de oude Oils, die hem geschiedenisles had gegeven, en vroeg hem Oxford te laten weten dat hij niet had kunnen blijven en dat hij zo snel hij kon weer terug zou zijn. Hij kon zelf niet naar Oxford schrijven. Hij voelde zich te ellendig. Hij voelde zich zwak, schuldig, een schooljongen, opnieuw een zielig kind. En hij kon Oxford geen adres geven om een antwoord heen te sturen.

Toen schreef hij naar Sir, maar hij wist niets te bedenken wat ertoe deed. In geen van zijn beide brieven noemde hij Pat Ingoldby.

Zijn zwakheid en zelfhaat verdoofde hem. Hij begon weer

te stotteren, dus stopte hij met praten. Toen hij op een nacht wakker werd in zijn witte, schone bed – de kamer vol maanlicht, de oude kast, de kale vloer, de lampetkan en waskom en zeepdoos op de marmeren wastafel, de pure witheid van zijn handdoek voor de ochtend – draaide hij zich om naar het meisje en liet hij haar doen wat ze wilde. Wat hetzelfde bleek te zijn als wat hij wilde. En ze maakte het makkelijk.

De volgende nacht lag hij op haar te wachten en nam hij de leiding. 'Je bent geweldig,' zei ze en hij zei: 'Ach ja, ik ben goed in spelletjes,' en ze lachte in het kussen. Hij had het gevoel dat de boer en zijn vrouw het wisten. De nacht daarop kwam ze niet. Hij was diepbedroefd. Wanhopig. 'Waar was je?' zei hij de volgende dag, maar ze staarde en liep naar de melkschuur. Ze was die nacht weer in zijn kamer, maar hij genoot er niet van. Terwijl ze zich waste in het zachte, zepige water in zijn kom zei ze: 'Hoeveel geld ga je me geven?' en toen hij zei dat hij maar een paar pond had, geloofde ze hem niet. 'Goed – dan kun je me je horloge geven.'

Hij zei: 'Nooit. Het is van mijn vader geweest.'

Bij het ontbijt bracht een boerenknecht de boodschap dat zijn schip op het punt stond te vertrekken. Hij pakte zijn spullen in en stond even later zonder ontbijt bij de bushalte, nadat hij een shilling had achtergelaten op de schouw in zijn slaapkamer. Het achterlaten van de shilling schonk hem genoegen. Een man die de regels kende. Een Christ Church-man. Een man van de wereld. Het karnemelkmeisje was verdwenen.

En toen hij deze keer bij de haven aankwam, was hij monter en niet meer bang dat hij in een groep kleine kinderen en huilende ouders gedreven zou worden. Hij liet zijn papieren zien in een kantoor op de kade. Er lag nu een hele vloot voor anker. Een reusachtige vissenkom van troepenschepen, gevechtskruisers, torpedojagers, vrachtschepen, wachtend tot ze vrijgelaten werden.

Een doorgewinterde zeerob spoog over de reling van zijn eigen schip.

'Is dit de Breath o'Dunoon?'

'Ja, inderdaad. Stap aan boord.'

'Ben ik de enige? De enige evacué?'

'Nee hoor, er is er nog een. Hij is benedendeks.'

Eddie klom met zijn koffer langs drie metalen ladders een stinkende duisternis in en liep door een nauwe gang met een kuil in het midden. Het was een heel eind onder de waterlijn. Les Girls waren niet geïnteresseerd geweest in de verschillende klassen op de Breath o'Dunoon.

Er was niemand te zien. Het geluid van de zee klotste om hem heen. Er kwam een droog klikgeluid van achter de deur van een hut.

Hij deed de deur open en zag twee bedden die recht tegenover elkaar stonden, zo nauw dat het net planken leken, beide bedekt met een grijze deken. Op het betere bed, in kleermakerszit, zat een jongen die iets aan het doen was met een pak kaarten. Een van zijn heel kleine handen hield hij hoog boven zijn hoofd, de andere open op zijn schoot en daartussen, midden in de lucht, hing een boog van gekleurde speelkaarten, schitterend zwevend in de ruimte. Terwijl Eddie toekeek, stortte de boog met sierlijke precisie in, waarop hij weer in een stevig pak kaarten veranderde in de opengestrekte hand.

'Oké, wat vond je daarvan?' zei de jongen. 'Vind de vrouw.'

Hij was een Aziaat en zag eruit als een jaar of tien. Zijn lichaam leek echter te zijn geleend om in de hut te passen en was dat van een kind van zes. De over elkaar geslagen benen zagen er erg kort uit, de voeten delicaat. Als je aandachtig keek, waren de gelaatstrekken interessant omdat ze niet Chinees waren, hoewel de ogen smal waren en schuin stonden. Hij was niet Indiaas en zeker niet Maleis. Na dertien jaar kon Eddie nog steeds een Maleisiër herkennen. De huid van de jongen was niet ivoorkleurig of het zogenaamde 'geel' maar robuust en rossig rood.

'Oké,' zei de jongen, 'zoek de vrouw *niet*. Kies gewoon een kaart. Welke kaart dan ook. Oké?'

'Ik moet mijn spullen uitpakken.'

'Daar heb je maanden de tijd voor. We zitten twaalf weken vast in dit rattenhol.'

'Wat! Ik mag hopen van niet. Ik ga alleen maar naar Singapore.'

'Ik ook. Via Sierra Leone. Wist je dat niet? We stappen in Freetown over op een ander schip, als er een komt opdagen. Kies een kaart.'

Eddie ging op het andere eind van het bed zitten.

'Toe maar. Kies een kaart. Nee, je moet hem niet aan me laten zien. Heel goed. Ruiten negen. Toch?'

Het was ruiten negen.

'Ben je een professional?'

'Een professionele wat?'

'Broodkaarter.'

'Ja,' zei de jongen. 'Zo zou je het kunnen zien. Ik ben Albert Loss. Ik zou eigenlijk Albert Ross moeten zijn – ik heb Schots bloed – maar ik kan de r niet uitspreken, aangezien ik ook een Hakka-Chinees ben. Snap je?'

'Waarom kunnen andere mensen je niet Albert Ross noemen?'

'Jij mag dat wel, als je wilt. Dat deden ze op school ook. En ze noemden me Coleridge. "Albat Ross". Snap je? Ballade van de oude zeeman. Ze hebben me graag aan boord, zeelui. Albatrossen brengen hun geluk.'

'Ben je ook een professioneel zeeman?'

'Ik heb aardig wat gereisd,' zei Loss. 'Speel je cribbage?'

'Nee.'

'Ik zal je cribbage leren spelen.'

'Komen er nog meer van ons aan boord?'

'Meer wat?'

'Nou ja –' (beschaamd) '– evacués.'

'Geen idee. Volgens mij zijn wij de enige twee. Oké? Kies nog een kaart.'

'Ik ga weer aan dek,' zei Eddie.

'Oké. Ik ga met je mee. Kijken hoe ze laden. Het is cornedbeef. We lossen in Freetown en dan vaart het vol bananen verder.'

'Bananen? Naar het Verre Oosten?'

'Doe niet zo stom. Wij stappen over op een ander schip in Freetown, hangen daar rond. De bananen worden door de Breath o'Dunoon naar Engeland gebracht voor de zwarte markt en de commando's.'

'Ik heb al drie jaar geen banaan meer gezien.'

'Nou ja, jij weet dit allemaal niet. Je kunt meer dan genoeg bananen eten in Freetown. Terwijl je plat op je rug ligt. Er wordt niets verhandeld in Freetown. De luchtmacht zit daar, en ze zijn allemaal gek geworden. Praten tegen apen. Paren met apen.'

'Hoe weet je dat allemaal?'

'Dat is algemeen bekend. Ik heb deze reis al eerder gemaakt. Vaak.'

'Hoe oud ben je?'

De jongen keek hoogst verontwaardigd. Eddie zag de lange ogen kil worden. Toen zacht en droevig. 'Dat is een vraag die ik niet vaak beantwoord, maar ik zal het jou vertellen. Ik ben veertien,' en hij haalde een zwarte sigaret met een gouden filter uit zijn zak en stak die op.

Zesendertig uur later waren er tekenen dat de enorme kudde schepen wellicht overwoog te gaan varen. Eddie vroeg weer of zij de enige passagiers waren.

'Drie maanden. Alleen jij en ik.'

'Ik denk het wel.' Loss spoog zwarte shag naar de zeemeeuwen. 'Van een albatros naar de aalscholvers,' zei hij. 'Ik ben ook behoorlijk geestig. En ik ben een meester in talen. Ik kan je Maleis leren spreken.'

'Ik spreek Maleis,' zei Eddie. 'Ik ben daar geboren.'

'Mandarijn, dan? Hindi. Allemaal hetzelfde. Mooi horloge.'

'Het is van mijn vader geweest.'

Dagen later, zo leek het, zagen ze het laatste stukje Ierland in de zee zakken. De voorsteven van het schip leek zich te richten op de zonsondergang, of wat daarvoor doorging, regenachtig en bleek. Enorme grijze zeekleurige schepen stonden als zware potloden in de oceaan en kleinere, kwiekere schepen manoeuvreerden eromheen. De Breath o'Dunoon zag eruit als een landloper op een bal. De Atlantische Oceaan lag stil onder zijn huid.

'We maken deel uit van een konvooi.'

'Ja, natuurlijk maken we deel uit van een konvooi,' zei Loss. 'We kunnen niet in ons eentje naar Afrika varen. We zijn geen vissersboot. Het is een wijdverspreide oorlog.'

'Maar goed,' zei hij, 'we zouden er waarschijnlijk sneller zijn als we wel een vissersboot waren. Het konvooi gaat altijd zo snel als het langzaamste schip. En we varen dagen aan één stuk naar het westen om de U-boten te omzeilen. Bijna naar Amerika, doorlopend zigzaggend.'

'Heb ik gelijk?' vroeg hij neerbuigend aan de kapitein, aan wiens niet erg schone tafel ze zaten te eten. De kapitein negeerde hem en schepte gestoomde suikerstrooppudding op.

'Is dat het enige wat we al die tijd gaan doen? Ik heb geen boeken meegebracht. Ik dacht dat het maar een paar dagen zou zijn.'

'Je kunt het koken overnemen als je wilt,' zei de genieofficier. 'Erger dan deze troep kan het niet worden. Het is gemaakt van loodhagel. Kun je koken, meneer Feathers?'

'Nee, absoluut niet.'

'Ik kan koken,' zei Loss, 'maar alleen de Franse keuken.'

'Jullie kunnen allebei aardappels schillen,' zei de kapitein, 'maar denk erom dat je dat horloge afdoet, Feathers.'

'En houd het bij hem uit de buurt,' zei de genieofficier terwijl hij naar Loss wees. 'Als je het mij vraagt is hij ontsnapt uit een tuchtschool voor delinquenten.'

'Het was Eton,' zei Loss. 'Ik stond op het punt naar Eton te gaan. Spelen jullie cribbage?'

'Niet nu,' zei de marconist. 'Maar als ik wel speel, maak ik je in.'

In Freetown verruilden ze de gammele Breath o'Dunoon voor een stralend strand waar de lucht klopte als benzinedampen. De jungle hing duister neer. Zwarte mensen zaten onbeweeglijk onder palmbomen. Niemand leek te weten wat er nu moest gebeuren. Na een halfslachtige poging tot controle door de douane, waarbij interesse werd getoond voor het horloge, stonden ze met zijn tweeën te wachten op instructies. Die volgden niet. De bemanning van de Breath o'Dunoon deed het rustig aan voor het uitladen van de blikken vlees, en de kapitein was verdwenen. De suggestie dat ze hun paspoorten moesten inleveren werd gedaan, maar die negeerden ze.

Hitte zoals Eddie die nog nooit gekend had, beukte neer op het land en de zee. De geur van Afrika was als chloroform. Landinwaarts vanaf de haven stonden bloedhete tinnen keten, een met een rood kruis erop, asfalt, gebouwen die winkels moesten voorstellen, en luchtmachtpersoneel in onderhemden en korte broeken. Nog meer zwarte mensen hingen rond in de schaduwen onder de bomen.

Achter de witte strook strand begonnen de mangobossen en Albert Loss ging netjes onder een palmboom zitten en at een mango, waarbij hij eerst de schil er afsneed met een mesje uit zijn zak en toen zoog. Hij haalde een notitieboekje tevoorschijn en begon berekeningen te maken. Eddie at bananen en dacht aan het karnemelkmeisje, met een zekere voldaanheid.

Hij keek naar de brandingsgolven van de Atlantische Oceaan. 'Ik denk dat ik het water in ga,' zei hij. 'Het sap van de bananen afspoelen.' Hij likte zijn vingers af en rende de zee in en werd meteen teruggeworpen op het strand. Hij probeerde het opnieuw en werd weer uitgespuugd. Met een verdraaide rug en een flink geschaafde knie lag hij in de branding terwijl de golven met minachting over hem heen klotsten.

'De zon is gevaarlijk,' verkondigde Loss vanaf de rand van de jungle.

Maar Eddie, verrukt dat hij vrij en ontmaagd was en vol bananen zat, bleef in het zand liggen. Het gevaarlijke deel van de reis was voorbij. Ze hadden geen U-boten gezien, en met het volgende schip zouden ze er geen tegenkomen omdat ze nu buiten bereik waren. Ze namen de omweg langs Afrika naar de Kaap, en helemaal naar Colombo voor brandstof. Dan Singapore en veiligheid. En het volgende schip zou misschien beter zijn. Comfortabel, zelfs. Een Sunderland-vliegboot kwam ineens brullend achter de mango's vandaan en vloog over de zee in zijn richting, stuiterend als een los pakketje dat van hand tot hand wordt gegooid. Het kwam stommelend en onzeker verder op het water tot stilstand. Verdomde vliegtuigen, dacht Eddie. Ik wil slapen. Hij was verzadigd, anders – gelukkig.

'Hoeveel bananen heb je gegeten?' vroeg Loss.

'Zesendertig.'

'Je kunt geen maat houden. Dat had ik niet verwacht.'

'Het zijn minibananen. Ze stellen niets voor.'

'Ze zijn erg overrijp. Waar heb je ze vandaan?'

'Van een hoop. Onder een boom. Bezwaren?'

Loss keek hem aan.

'Nee. Ik ben blij dat je toch enigszins het vermogen om te genieten bezit. Wil je een potje patiencen?'

'Het is bijna veertig graden. Ik wil een biertje.'

Eddie stommelde het strand op, naar een kraampje onder de bomen waar een enorme, in het oranje geklede dame in een trance leek te verkeren, maar toch zijn Engelse geld in haar roze handpalm aannam.

'Je hebt je horloge in het zand laten liggen,' riep Loss.

'Houd er een oogje op,' schreeuwde Eddie. 'Wil je een biertje?'

'Absoluut niet. Niet dat spul. En blijf uit de buurt van dat water in flessen. Ik ben hier eerder geweest.'

Eddie ging weer op het zand liggen en viel in slaap.

Toen hij wakker werd, voelde hij om zich heen, ging overeind zitten en dronk uit een donkere fles. Zijn hoofd begon heerlijk te zwemmen. Hij tilde zijn benen op in de lucht. Loss observeerde hem.

'Je gedraagt je anders dan anders,' zei hij. 'Ik ken je pas zes weken, maar ik weet dat je je gedraagt als een heel ander persoon.'

'Ik mag deze persoon wel.'

'Ik sta versteld. Je hebt een rationele geest.'

'Ik ben met een vrouw naar bed geweest,' zei Eddie. 'Jippie!'

Loss koos ervoor niet te antwoorden.

Nadat hij een moment had nagedacht, zei Eddie: 'Ben je hier echt eerder geweest?'

'Een plek die hierop lijkt. Verderop aan de kust.'

'O, ik ben ook op een plek geweest die hierop lijkt. Heel veel van dit. Erger.'

'Wanneer?'

'Toen ik vijf was. Toen ik naar Engeland reisde met een missionaris. Tante May, heette ze. Om in mijn eentje in Engeland te gaan wonen.'

'In je eentje?'

'Nee. Bij een vrouw die Ma Didds heette. Professionele pleegmoeder. Ik en twee vage nichten van wie ik nooit gehoord had. Het was niet veilig voor Raj-blagen om in Maleisië te blijven. We stierven collectief na ons vijfde. En voor ons vijfde met honderden tegelijk. Ik had het best naar mijn zin in het Oosten, maar ik had er niets over te zeggen. "Vreselijk voor de ouders," zegt iedereen, maar ik had geen moeder en mijn vader leefde in zijn eigen wereld. En alle Raj-wezen vergaten hun ouders toch. Sommigen hechtten zich voor de rest van hun leven aan hun pleegouders.'

'Jij niet?'

'Nee.'

'Waar kwam je terecht?'

'Wales. Het was Wales of Norfolk. Wales was goedkoper.' Ineens wist hij dat zijn tantes die keus moesten hebben gemaakt. 'Hoe zit het met jou, Loss?'

'Nogal mysterieus, mijn ouders. Ze stuurden me pas naar Engeland toen ik tien was. En ze noemden het niet "thuis". Ze waren geen Raj.'

'Wat deed je in de vakanties?'

'O, ik ging altijd naar Singapore.'

'Dat kan niet. Daar was geen tijd voor.'

Loss bleef patience spelen met een doek over zijn hoofd.

'Nou ja,' zei hij vaag. 'Ik werd rondgezeuld. Ik ben een reiziger van nature. We stammen af van de Hakka.'

'Dat heb je me al vaker verteld. Zaten er veel Hakka-Chinezen op Eton?'

'Een dringend verzoek, Feathers. Je hebt dan misschien eindelijk je tong gevonden, en het is allemaal erg interessant, maar drink niet meer van dat bier. En houd op met bananen eten.'

'Waarom?'

'Ik zal voor je moeten zorgen. Ik zie het fruit bewegen. Het wordt een vernedering.'

'Voor jou of voor mij?' riep Eddie, dronken als een tor, uitgestrekt op zijn rug, met zijn voeten in de lucht, terwijl hij een zevenendertigste banaan pelde.

'Ons allebei,' zei Loss. 'Hier. Trek wat aan. Hier is je overhemd. Je trekt de aandacht.'

'Niet waar,' riep Eddie. 'Ze zijn hier allemaal dronken. Kijk naar die bierblikjes overal. Of ze zitten onder de drugs – kijk hoe ze daar maar staan te staren. Allemaal de-so-laat. De besten van hen allemaal dood. We gaan deze oorlog verliezen, dus we kunnen net zo goed drinken en doodgaan.'

Het lawaai van een andere vliegboot reet de hemel uiteen. 'Verzameling reserveonderdelen,' schreeuwde Eddie. 'Komt niet meer terug. Torpedoboten *bam, bam* – neergehaald. Engeland houdt geen zes maanden stand tegen Duitsland. Churchill is een idioot. Derderangs acteur. Het land is verloren. Europa is verloren. Godzijdank ga ik weg.'

Iemand van de Rode Kruis-hut kwam langs het strand gelopen en nam hem mee. Loss liep peinzend achter hen aan.

Eddie, die in bed was gestopt, ijlde drie dagen lang. Loss nam zijn intrek in de missie voor zeelieden en keek naar een schorpioen die aan een dakspant hing, at mango's en kaartte met iedereen die een potje wilde spelen.

De arts van de missie voor zeelieden was bezorgd om Eddie. 'Hoe oud is hij?' vroeg hij aan Loss. 'Je vriend. De andere evacué – een schoolvriend?'

'Ik ben geen evacué,' zei Loss. 'Ik reis naar huis om mijn leven te vervolgen. Feathers is een vriend van me, maar ik heb hem pas leren kennen op de Breath o'Dunoon. Hij is een evacué tegen wil en dank. Zijn vader heeft hem opgedragen terug te keren naar Maleisië. Hij wilde blijven en zijn steentje bijdragen.'

'Is dat zo? Nou, nu schreeuwt en tiert hij over dode piloten en de Slag om Engeland.'

'Dat is voorbij,' zei Loss. 'Ik vermoed dat hij beste vrienden heeft verloren. Er zijn mensen met beste vrienden. Ik ga dat soort mensen uit de weg. Het komt wel weer goed met hem. Hij moest ontploffen.'

De dokter keek twijfelachtig.

Maar tegen de tijd dat het Portugese vrachtschip twee weken later arriveerde om hen mee te nemen, kreeg een uitgemergelde, zwijgzame (maar niet stotterende) Feathers toestemming om zijn reis te vervolgen.

'Hij is sterk,' zei de purser. 'Sommige mensen krijgen malaria zodra ze in Freetown aankomen. Dat heeft hij niet gehad. Dan is er zwartwaterkoorts, die je kunt oplopen door alleen maar naar het moeras te kijken. Die heeft hij niet gehad. Alleen de darmen. De darmen en de hersens. Hij komt er wel weer bovenop.'

'Hij heeft palmbier uit een slechte fles gedronken.' zei Loss, stijf als een methodist.

'Misschien, jongen, heeft dat zijn leven gered.' De purser was de enige Engelsman op het nieuwe schip, en hij sprak Portugees. Hij had de dienstplicht ontlopen, zei hij, vanwege platvoeten. 'Ik denk dat de arme donder het wel overleeft,' zei hij. 'Hij loopt in ieder geval.'

Maar terwijl ze voeren – met hun wapperende, of eigenlijk slap aan de mast hangende, neutrale vlag – langs de uitstulping van Afrika en toen eindelijk de kookplaat van de Indische Oceaan op, dag na dag, dag na dag, lag Eddie op zijn buik in de ziekenboeg. Hij at nauwelijks, dronk alleen limoensap en praatte niet, maar mompelde en schreeuwde in zijn slaap. Loss, drie verdiepingen lager in het lawaaierige, zweterige onderruim, zat op zijn bed en schreef in zijn logboek. Hij zat ook meerdere uren per dag bij Eddie en dacht zijn Hakka-gedachten. 's Nachts ging hij aan dek en zat daar terwijl hij Portugees leerde van de bemanning. Hij keek elke ochtend toe terwijl de neutrale vlag werd gehesen, om er zeker van te zijn dat de zee en de hemel en de zeevogels (er waren er nu slechts enkele) en de vijandige onderzeeërs (er waren er geen) wisten dat dit een vaartuig met een vreedzame missie was.

Na verloop van tijd stond Eddie op en hij dwaalde over het dek, zat tegen de kraanbalken, leunde over de reling. Alles wat hem eerder was overkomen, kwam hem zo vreemd voor en leek zo ver van hem af te staan dat zijn ogen volliepen met tranen van zwakte, die het schitterende licht van de sterren weerkaatsten. Hij was leeg, een schelp op een strand – maar eindelijk veilig. Ik zou me goed kunnen voelen, dacht hij, als ik de rest van mijn leven hier op de cirkel van de zee kon blijven.

Loss hield hem in de gaten en overpeinsde de tirades die hij had aangehoord in de ziekenboeg en waagde het, één enkele keer, te zeggen: 'Vertel me over Ma Didds. Toe. Je zult het ooit aan iemand moeten vertellen.'

Maar Eddie versteende.

Luchtig, op een ander moment, terwijl de bemanning visstoofpot at en Eddie brood verkruimelde, zei Loss: 'Je weet neem ik aan, dat er mensen zijn die geloven dat het doorstaan van wreedheid als kind genialiteit kan bevorderen?'

'Ik bezit geen genialiteit,' zei Eddie, 'en die zou ik ook nooit hebben bezeten.'

'Helaas,' zei Loss. 'Misschien is het jammer dat ze mij niet naar Ma Didds hebben gestuurd.'

'Ze zou zelfs jou gebroken hebben.'

Maar dit gesprek was een keerpunt, en Eddie leek zich te ontspannen. Terwijl de hitte nog verder aanzwol, de zee overal waar je keek een glinsterende schijf was, en de twee jongens zich oprolden op elk plekje schaduw onder de reddingsboten dat ze konden vinden; en terwijl de motoren voortbromden, en het kielzog achter hen het water deed schiften, en de zee onder hen zijn geheimen bewaarde, en de tijd stopte, begon Eddie weer 's nachts te slapen en te bestaan, en vaak ook overdag weer vredig te slapen. Een enkele keer kwam zijn oude zelf boven. Hij dacht aan zijn vader en vroeg zich af wat zij twee zouden doen in Kotakinakulu – of in Singapore of Penang, of waar zijn vader nu ook was – maar al snel verdreef hij elke gedachte aan de toekomst en het verleden en keek hij loom naar Loss terwijl die kaarten uitdeelde.

'Ruik jij iets?' vroeg Loss. 'Ruik je land?'

Eddie snoof de lucht op.

'We zitten nog te ver op zee.'

'Lanka,' zei Loss, 'werd door de dichter het Geurige Eiland, de Aromatische Hof van Eden, de laatste buitenpost van de beschaving genoemd. We hebben een halve dag varen voor de boeg. We zouden het nu moeten ruiken.'

'Wat – bloemen? Hun geur die wordt meegevoerd over de zee?'

'Ja. Je kunt ze altijd ruiken. Het verheft het hart.'

Na een tijdje zei Eddie: 'Ik ruik wel iets. Geen bloemen. Iets smerigs. Ik vroeg me af of er problemen met de motor zijn geweest.'

'Dat heb ik ook opgemerkt,' zei Loss, en hij liep naar de reling en staarde aandachtig in de oosterse schittering van de zee.

'Ik zie vegen,' zei Eddie, die naast hem kwam staan. 'De lucht zit vol vegen.'

Een halfuur later waren de vegen veranderd in wolken zo zwart als olie en roet die over en hoog boven de glooiende horizon lagen. De motoren van het schip draaiden langzamer.

Toen stopten ze en werd het stil, het zog verstomde, en de bemanningsleden riepen naar elkaar, verzamelden zich bij de reling om te kijken.

Toen klaterde er een stortvloed aan opgewonden Portugees uit de luidspreker op de brug.

'Ik ga de purser zoeken,' zei Loss. 'Maar ik weet wat dit is.' Hij luisterde. 'Er is een signaal verzonden. Er is een signaal uit

Colombo gekomen. Singapore is in handen van de Japanners gevallen!'

'De Japanners? Wat hebben die met ons te maken?'

'We hebben geen enkele krant gezien. We hebben geen nieuws gehoord sinds Kerstmis. We zijn bijna vier maanden aan boord geweest.'

'Singapore is onneembaar.'

'Blijkbaar niet.'

*

Na het vallen van de avond begon het schip heel langzaam richting Colombo te varen, hoewel, zei de purser, het de vraag was of ze daar hun brandstofvoorraad konden aanvullen. Er hing zwarte rook over alle heuvels. De rubberplantages stonden allemaal in brand. De dageraad leek nooit te komen terwijl ze steeds dichter naar de donkere nevelen voeren.

En ineens waren ze onderdeel van een enorme vloot van gehavende vaartuigen, waarvan de meeste richting de haven strompelden, een macabere regatta, hun dekken afgeladen met gewonden en kreupelen.

'Ze hebben rode bloemen in hun hoed,' zei Eddie. 'De meesten van hen.'

'Dat is bloed,' zei Loss.

Sommigen van de verbonden gewonden zwaaiden slapjes en staken onzeker hun duim omhoog, en, toen de boten de haven bereikten, werd er een zwak gejoel en fragmenten van vaderlandslievende liederen aangeheven. 'Ze zingen,' zei Eddie. Maar 'There'll always be an England' stierf weg toen de vluchtelingen aan boord dicht genoeg waren genaderd om te zien dat het in de haven van Colombo wemelde van andere Engelsen die probeerden weg te komen.

'Ze zien eruit alsof ze verdoofd zijn,' zei Loss.

'Ze zien eruit alsof ze zijn weggekwijnd,' zei Eddie. 'Alsof ze dagen in het water hebben gelegen. Verschrompeld. Hé, je gelooft toch niet dat Singapore echt verloren kan zijn?'

Loss zei niets.

Toen: 'Kijk landwaarts,' zei hij, en hij wees naar de duizenden flapperende Japanse vlaggen die op elk dak en in elk raam in de buurt van de haven opvlamden.

'Ik denk niet dat ze daar veiliger zullen zijn,' zei Eddie.

'Net zomin als wij,' zei Loss.

Plotseling, hoog boven het Welriekende Eiland en verder naar het zuiden, verschenen er schrikwekkende lichtpuntjes aan de hemel. Meerdere groepen kleine dagsterren, driehoeken van zilver en scharlakenrood die even werden geraakt door de zon voor ze verdwenen in de rook. Vliegtuigen.

'Net kroontjespennen,' zei Eddie. 'Gedoopt in rode inkt.'

'Jappen,' zei Loss.

Het Britse leger was overal op de kades. Hoge officieren schreden rond, de gouverneur met zijn kleine wandelstok. De vluchtelingen werden verwelkomd, maar ze waren te versuft om het te begrijpen. Een processie van brancards. Eddie zag een oude vrouw die met een kruk liep en beleefd vroeg of iemand haar zus, Vera, had gezien en toen in elkaar zakte.

Hordes mensen hingen over de reling van de douane en accijns, die ongehaast de legitimatiebewijzen van zelfs de brancardgevallen bestudeerden.

'Wat zal er met ons gebeuren?' zei Eddie. 'We zullen verdwijnen in dat gewoel. De bombardementen zullen hier elk moment beginnen.'

'We moeten bunkeren en terugvaren,' zei Loss. Hij had de hoofdgenieofficier gevonden. 'Maar het zal een flinke tijd duren voor we hebben gebunkerd, en we zullen vluchtelingen aan boord nemen.'

'Terugvaren?' zei Eddie. 'Terug naar Sierra Leone?'

'Nee. Terug naar Engeland. Helemaal terug. Waarschijnlijk via Cádiz.'

'Ik moet mijn vader een bericht sturen.'

'Als je een bericht stuurt, zal het in het Japans moeten zijn.'

Het schip voer op een of andere manier schuchter het gekkenhuis van de haven binnen, de motoren trilden luid, stopten toen, en ze werden afgemeerd en de eerste loopplank werd naar beneden gelaten. Loss en Eddie stonden boven aan de plank, naast elkaar, als lantaarnpaal en bolder. Nu Eddie naar beneden keek, zag hij dat Loss zijn koffer en schoudertas bij zich had.

'Feathers, ik blijf hier.'

'Wat?'

'Ik blijf hier. Ga je met me mee?'

'Je kunt niet hier blijven. Je hebt geen geld. Je zult alleen zijn.'

'Ik heb wat geld en ik zal niet alleen zijn. Ik heb een paar ooms. Advocaten. Iedereen is advocaat in Colombo. Ik zal ooit advocaat zijn. Jij ook, dat kan ik zien. Ik zal geen gevaar lopen van de Japanners. Ik ben niet Brits. Niet blank. Kom met me mee. Ik heb een vindingrijke familie.'

'Maar de douane dan?'

'O, ik kan heel goed door dingen heen glippen.'

'Loss, je zult verdwijnen. De Jappen zijn over een week hier. Nadat ze Colombo de zee in gebombardeerd hebben. Als je niet gedood wordt door een bom ruimen ze je alsnog uit de weg, en niemand zal het weten.'

'Ik meen het, Feathers, ik heb veel geluk. Ik ben de Albat Ross. Ik geef je mijn pak kaarten. Een veer van de Albat Ross. Een veer voor Feathers. Alsjeblieft. O, kun je me je horloge geven? Voor noodgevallen?'

'Het is van mijn vader.'

'Ik heb het misschien nodig.'

Het gemaskerde gezicht. De humorloze, sluwe dwergogen...

'Ja, natuurlijk.' Eddie deed het af en legde het in Loss' uitgestrekte hand.

'Zie je,' zei Loss. 'Je zult veilig zijn. Moet je daar kijken –' en hij wees achter Eddie, naar de masttop '– een albatros. Die vliegen niet vaak zo zuidelijk.'

Eddie keek en zag niets. Hij draaide zich om en Loss was verdwenen.

De Donheads

Knallen als schoten en een brul gevolgd door zware, zwarte rook kwamen uit de richting van het vuur, in de coulissen naast Filths serre, en Garbutt, die er nu ouder uitzag, liep opstandig voorbij met nog een lading bladeren.

Ik weet niet wat die man mankeert. Hij weet hoe ik erover denk. Het is te vroeg om het te verbranden. Het is nog niet droog. Hij is niet normaal.

Garbutt liep terug, weer langs hem, met een vork op de kruiwagen voor de volgende lading. Elke keer dat hij langskwam, stak hij zijn kaak verder naar voren en waren zijn ogen resoluter naar voren gericht.

Hij is een pyro – pyro. Pyrotechnicus? Pyracantha? Pyro-wat dan ook (woorden ontgaan me doorlopend). Hij is net zo destructief als de oude koningin Mary. Pyro – pyro? Hoe moet ik het hier redden?

En tegen wie kon hij klagen nu die oude Veneering er niet meer was?

Hij stond verbaasd van zijn droefenis om Veneering. Het was oprecht verdriet. Veneering, de aartsvijand, was een vertrouwde en goede vriend geworden. Het schaken, twee keer in de week, was de troostende aantekening in een lege agenda geweest. Ze waren verschillende keren naar het White Hart in Salisbury gegaan, waar ze hadden geluncht en zelfs een keer hadden gedineerd. Op een dag waren ze met een taxi naar Wilton gegaan om de Van Dycks te bekijken. Veneering bleek van schilderkunst en muziek te houden en Old Filth, die probeerde zijn volledige onwetendheid op beide gebieden te verbergen, had hem vergezeld. Veneering las boeken. Filth was nooit een lezer geweest. Veneering had hem kennis laten maken met verschillende schrijvers. 'Alleen schrijvers van hoogwaardige journalistiek,' had hij gezegd. 'We zullen onze verwarde hersens niet te zwaar belasten. Patrick O'Brian. Jij was toch een zeeman, Filth, in de oorlog?'

'Ik haat de zee,' zei Filth, terwijl hij O'Brian neerlegde.

'Ik zou graag een cruise maken,' zei Veneering, maar hij zag Filths verschrikte blik. 'Ik heb nooit eerder zelfs maar aan een cruise gedacht,' zei Veneering. 'Ik was de tijd van cruises ver voorbij toen jij op die Kerstdag bij me langskwam.'

'Ja,' zei Filth met enige trots. 'Je lag in het droogdok.'

Goed ingepakt liepen de twee soms langs de lanen terwijl Filth Veneering onderwees in ornithologie.

'Je zit vol verrassingen,' zei Veneering.

'Het hoofd van mijn voorbereidingsschool,' zei Filth. 'Hij vertrok naar Amerika in de oorlog en ik neem aan dat hij daar is overleden. Hij hield met geen van ons contact. Hij had zijn plicht ten opzichte van ons vervuld.'

'Heel verstandig.'

'Ik probeerde hem te vinden toen ik terugkwam van mijn mislukte poging om een evacué te zijn. We moesten omkeren naar huis. Kostte drie maanden. Vier maanden op de heenweg. Singapore viel voor we daar aankwamen. Mijn vader was daar. Stierf in Changi.'

'Zoiets heb ik gehoord.'

'Vroeger maakte ik er altijd een grap van. Bij etentjes. Helemaal naar Singapore en dan rechtsomkeert, weer terug.'

'Het kan geen geweldige grap zijn geweest.'

'Nee. De terugreis was erger dan de heenweg. We waren overladen met gewonden. Ze bleven maar doodgaan. En er was geen gebedenboek en toevertrouwen aan de zee en *Heer, sta mij bij*, enzovoort. Ze werden gewoon overboord geschoven. Ik gaf het niet op. Ik bleef me voorstellen dat Sir – mijn schoolhoofd – me zou opwachten in Cádiz. Of mijn tante May.'

'Ik had nooit gedacht dat jij het type voor een tante May was.'

'Missionaris. Geweldige vrouw. Er was een andere missionaris op de boot. Een zekere juffrouw Robertson. Ze overleed aan koudvuur en ze schoven haar ook overboord.'

'Heb je ooit over dit alles geschreven?'

'Zeer zeker niet. De herinneringen van oude advocaten zijn dodelijk. Denk je ook niet?'

'Ja. Maar misschien had je ons verbaasd doen staan.'

'Ik heb mijn eigen imago opgebouwd. Kostte aardig wat moeite. Ik ga dat nu niet verstoren.'

'Je bedoelt jezelf verstoren?'

'Ja. Waarschijnlijk. Neem nog wat rijnwijn.'

Maar Veneering was er niet meer – idioot om op zijn leeftijd nog op een cruise te gaan – en Filths verlangen naar de oude vijand was opmerkelijk, zijn verdriet om hem volledig anders en scherper dan zijn verdriet om Betty. Hij had Veneering meer verteld dan hij ooit aan Betty had gedaan – hoewel hij nooit over Ma Didds had gesproken. Hij had Veneering zelfs verteld over het karnemelkmeisje. Veneering had gekakeld van het lachen. Hij had hem verteld over Loss. 'Heb je me dat al eerder verteld?' vroeg Veneering. 'Het komt me bekend voor. Heb ik hem gekend?'

'Je dwaalt af,' zei Filth. Ze waren aan het schaken.

'Niet ver,' zei Veneering, en hij sloeg zijn koningin.

Ik vermoed dat memoires wellicht in de lijn der verwachting liggen, dacht hij, nu Veneering dood was en zijn huis, naast dat van hem, uit elkaar werd gerukt, ramen werden opengegooid, een familie met kinderen die gilden, huilden, lachten, zich door zijn heg duwden en de ouders groenten verbouwden en hem kroppen sla aanboden. Op een dag was er een kind uit Veneerings huis als een voetbal aan zijn voeten beland terwijl hij in de tuin de vergaderingsnotulen van een nieuw Temple-bestuur zat te lezen. Hij wilde het kind terug over de heg gooien.

'Sorry,' zei het kind.

'Ik neem aan dat je je bal terug wilt?'

'Ik heb geen bal.'

'Nou, wat heb je daar dan in je hand?'

'Wat oude kralen.'

Gegiechel vanuit de struiken.

'Ik heb ze gevonden in dat bloembed.'

Hij verdween.

Verdomd zelfverzekerd, dacht Filth. Ik begrijp kinderen van tegenwoordig niet. Sir zou hem hebben afgeranseld. Toen: waar heb ik het over? Doe niet zo reactionair. Sir zou hem niet hebben afgeranseld. Hij zou hem over vogels geleerd hebben.

Maar daar is het nu te laat voor, dacht hij.

*

Hij ging aan zijn bureau zitten en probeerde zijn memoires te schrijven, maar het bleek onmogelijk. Overwegingen, veroordelingen, daar was hij beroemd door geworden, maar hoe moest hij schrijven zonder overwegingen of oordeel? Feiten weergeven – simpel. Maar hoe besloot je wat de feiten waren? Hij schrok terug voor de enorme, essentiële last om zichzelf te bekijken door de ogen van anderen. Alleen God kon dat. Het leek godslasterlijk om het zelfs maar te proberen. Zo'n enorme hoeveelheid indrukken, zo'n enormiteit aan emotie. Waar moest men de waarheid vinden?

'Waarom ben je advocaat geworden, Filth?' had Veneering hem meerdere keren gevraagd. 'Zeg niet dat het was omdat je de waarheid wilde bevorderen.'

'Gerechtigheid. Dat interesseerde me.'

'En we weten dat gerechtigheid niet hetzelfde is als de waarheid.'

'Beslist niet.'

'Maar het is een soort stap in die richting?'

'Zelfs dat niet eens. Ben je dat met me eens?'

'Ja,' had Veneering gezegd, in beslag genomen door zijn vreselijke puzzel. 'Desalniettemin is de wet een instinct. Een goed instinct. Een kader voor gedrag. En een waarborg (mooi – stukje van het kerkdak) in moeilijke tijden. *Parlement van Vogels* – Chaucer.'

'Uilen hebben een parlement,' leverde Filth zijn aandeel.

Maar hoewel zijn memoires eindeloos en nogal indrukwekkend doorgingen toen hij ze overdacht in de vroege uurtjes, soms vergezeld door zijn bonzende hart en te veel whiskey, als hij ze op papier probeerde te zetten, wilden ze niet komen. Hij voelde zich zo dwaas. Hij had het gevoel dat Betty over zijn schouder meekeek en vriendelijk zei: 'Heel goed.' Elke ochtend zat hij in de serre, verslagen, en Garbutt liep stampend voorbij. O, hoe kon een mens zich zo concentreren? En, o lieve hemel! Daar kwam die Chloe om het huis gelopen, gekleed in kantachtig mauve en met een permanent, zwaaiend met een cake. Te bedenken dat hij ooit...

Met zijn geruite deken om zich heen geslagen stond hij behoedzaam op en schuifelde naar de andere kant van de tafel, zodat hij met zijn rug naar haar toe zat, tegenover de deur van de woonkamer, die onmiddellijk openging. Daar was de schoonmaakster, mevrouw Eh, met een kop thee.

Filth nam altijd snel beslissingen, alle beslissingen behalve die over de inhoud van zijn memoires. Mevrouw Eh zette de kop-en-schotel neer, ondertussen druk pratend over die Chloe van de kerk, die hem nog meer zoets wilde geven.

'Mevrouw Eh,' zei hij, 'ik vergeet het telkens tegen u te zeggen. Ik ga weg.'

'Weg? O ja?'

'Ja. Ik ga naar Malmesbury.'

'Malmesbury. In Gloucester?'

'Ja, ik zat daar met het leger in de oorlog. Gewoon om een kijkje te nemen.'

'Als u in een hotel logeert, pas dan op. Daar hebben ze drempels en trappen die u niet kent. Denk aan wat er gebeurd is met die arme rechter Veneering.'

'Het is geen schip. Ik zal mijn adres achterlaten.'

'Ik zal uw spullen voor u inpakken.'

'Dank u, dat kan ik zelf wel. En ik huur een auto.'

Twee minuten later zag hij haar buiten staan, waar ze druk overlegde met Garbutt. De vrouw in het mauve was verdwenen. Hun opwinding maakte hem woedend.

De dag daarop kwam ze de kamer ingelopen om hem te vertellen dat hij een nieuwe pyjama nodig had als hij in een hotel zou logeren.

Hij zei: 'O, en mevrouw Eh, als ik terugkom, ben ik van plan het hier alleen te redden.'

'Alléén?'

'Ik vind dat ik te afhankelijk word van jullie allemaal. Ik zal gebruikmaken van de thuiszorg. Tafeltje-dek-je. Het spijt me, mevrouw Eh.'

'Na al die jaren weet u nog steeds niet hoe ik heet,' zei ze. 'Dat was het dan. Ik ga nu. Gaat u vooral naar Malmesbury.'

Hij zag haar klikken bij Garbutt op het grasveld en dan wegmarcheren, en hij voelde zich heerlijk wreed.

'Ik weet wat u gaat zeggen,' zei Garbutt. 'Ik controleer alleen of het vuur uit is, dan vertrek ik. U weet me te vinden als u van gedachten verandert. Ze heet Katey, trouwens. U hebt haar gebroken.'

*

In het hotel in Malmesbury, reis veilig volbracht, geweldige kamer met uitzicht op de abdij, de geur van een goed avondmaal die omhoog kwam gedreven, hield zijn berouwloze euforie stand. Hun uitdrukkingloze gezichten, ha! Hun ongeloof. Ze zouden zien dat hij nog steeds zijn eigen baas was. En hier in Malmesbury kende geen mens hem. Hij struikelde op de trap en strompelde de eetzaal in, wensend dat hij zijn wandelstok had meegenomen voor zijn verkenningsmissie van morgen.

De enkel was de volgende ochtend zo groot als een kleine ballon en hij belde de receptie om hulp. Ze stelden voor dat ze hem ontbijt op bed zouden brengen, wat hem hevig verontwaardigde. Hij hobbelde tussen twee obers in een steile trap af en slaagde er met moeite in de ontbijtzaal te bereiken. Buiten regende het pijpenstelen en voorbijgangers hielden hun paraplu in een hoek van vijfenveertig graden tegen de wind. Aangezien hij niet in staat was van de tafel weg te lopen, vroeg hij of er een dokter was die naar hem toe zou kunnen komen, waarop ze hem de weg naar een huisartsenpraktijk wezen. Het was niet ver, zeiden ze, maar Old Filth haalde de voordeur van het hotel niet eens en zonk neer op een eiken bank. Er liepen mensen voorbij. Een hele buslading toeristen stroomde langs, kwebbelend over het teleurstellende weer. Hij vroeg of de receptie wilde bellen om een dokter die hem kon komen onderzoeken.

'Daarvoor zou u naar het ziekenhuis moeten gaan. Voor een röntgenfoto.'

'Ik heb alleen het oordeel van een huisarts nodig.'

De receptie staarde hem aan. 'Dan moet u naar de praktijk gaan. Ze komen tegenwoordig niet meer op huisbezoek tenzij het ernstig is.'

Hij vroeg de receptie een taxi te bellen.

De stoeptegels tussen de taxi en de deur van de huisartsenpraktijk glommen glad en dreigend. Hij aarzelde. De paraplu's bleven voorbijkomen. Uiteindelijk werd hij naar binnen geholpen, en hij trof een ruimte aan die net zo vol en stil was als een kerk, met één meisje voor een scherm dat met haar rug naar het publiek zat.

'Ik heb een dokter nodig.'

'Ja,' Ze gaf hem een papiertje met '21' erop.

'Moet ik hier wachten?'

Ze keek verbaasd. 'Waar anders?'

'Dit betekent dat er twintig mensen voor me zijn?'

'Ja.'

'Hoe lang is dat ongeveer wachten?'

'Lang.'

'Een uur?'

'O, eerder twee uur.'

Hij belde de receptie en vroeg of ze zijn bagage naar de foyer van het hotel wilden brengen. En zouden ze zo vriendelijk willen zijn om het autoverhuurbedrijf te bellen en te zeggen dat ze hem moesten ophalen bij de huisartsenpraktijk, en hem vervolgens moesten terugbrengen naar het hotel en dan naar de Donheads?

'Ik wilde niet eens echt naar Malmesbury, maar naar Badminton. Een klein eindje verderop,' zei hij tegen zijn chauffeur.

'Daar ligt het inderdaad. Net als altijd. De straat uit en dan de heuvel af.'

'Ik heb daar in de oorlog gezeten. Wilde er nog eens rondkijken. Ik zat in het leger.' (Zijn enkel deed helse pijn.)

'Er is een goed hotel daar in de buurt waar u met uw voet omhoog zou kunnen zitten. Misschien dat ze een dokter voor u laten komen. Was u daar met de koninklijke familie? Dan zullen ze het vast leuk vinden om u te zien. Nog steeds hetzelfde soort hotel.'

(Alles beter dan terugkruipen naar huis, naar de schaamte en de leegte.)

'Misschien dat ik dat probeer. Bedankt.'

Ze zoefden van de heuvel naar de vlakte. Door de regen zag hij het indrukwekkende huis weer, de brede, vredige straten van het dorp, het uitgestrekte bos, de weidse velden.

'Vreselijk weer voor een excursie,' zei de taximan. 'Ik zal u rechtstreeks naar huis brengen wanneer het daar tijd voor is, als u wilt. Ik loop alleen even binnen om te zien of er een kamer vrij is. Het gaat u wel flink wat kosten.'

Uitgeput zat hij in de foyer van het nieuwe hotel, dat rustig en verfijnd was. Iemand bracht hem een krukje voor zijn voet. Iemand anders zei dat ze een dokter zouden laten komen. Het regende minder hard en men bracht Filth lunch op een dienblad terwijl hij alleen in de hal zat. Hij was moe, voelde zich vernederd en – nog iets anders – wat? Godallemachtig! Bang. Ik ben bang geweest! Hij zakte ineen, sluimerde, werd naar een grote slaapkamer op de benedenverdieping met uitzicht over het park geholpen, en heel voorzichtig, een stukje per keer, liet hij het verleden toe.

'Zou je zo vriendelijk willen zijn mijn naam en adres in je adresboek te schrijven, jongeman?' zei het haveloze skelet naast hem op het scheepsdek toen ze uit Cádiz vertrokken. 'Ik ben vastbesloten thuis aan te komen, maar als dat me niet lukt, wil ik graag de zekerheid hebben dat Vera weet wat er met me gebeurd is. Dat wil uiteraard zeggen, als zij zelf thuis aankomt, wat ik betwijfel. Ze was altijd al vrij zwak als ik er niet was om haar ergens heen te brengen. Ik ben juffrouw Robertson. Juffrouw Meg. Zij is juffrouw Vera. We zijn dochters van wijlen kolonel Robertson. Onderwijzeressen. Dit is nu ons enige adres in Engeland. Het is van een stel oude vriendinnen van school die ons altijd een klein beetje huur hebben betaald. Ik hoop dat we met elkaar kunnen opschieten nu ik bij hen zal moeten wonen. Nou ja, ik bedoel maar, onze schooltijd ligt ver achter ons.'

Haar huid was bleek en glazig door de koorts en haar ogen schitterden veel te fel. Haar houten krukken lagen naast haar en ze probeerde doorlopend de handvatten vast te grijpen. 'Heb je een pen, jongeman? Sla je adresboek open op de "R".' Eddie bleef bewegingloos liggen. Iemand kroop naar juffrouw Robertson en veegde met een doek over haar gezicht. Andere mensen mompelden tegen elkaar dat ze haar in Cádiz hadden moeten houden. Daar was ze faliekant op tegen geweest, zelfs in haar koortsachtige toestand. Ze moest thuis zien te komen.

'Als er maar iemand van ons thuiskomt,' had ze gezegd. 'Ik hoor dat er op dit moment elke dag een schip tot zinken wordt gebracht in het Kanaal.'

Toen het op een avond donker aan het worden was, hoorde hij juffrouw Robertson fluisteren: 'Kijk in mijn kleine tas. Er zitten wat snuisterijen in. Neem ze, jongeman, en geef ze aan je liefje.' De kleine tas was onder de blokken van de reddingsboten en de krukken die daar dichtbij lagen geduwd. Er stond een koele, zuivere bries. Toen het licht werd, was er alleen een vlek te zien op de plaats waar juffrouw Robertson had gelegen.

De stank onder de reddingsboot waar ze had gelegen, was ook verdwenen.

Ze had geklaagd over de rottingsgeur op het schip. Het had Eddie niet gestoord, hij had het nauwelijks opgemerkt. 'Koudvuur,' hoorde hij iemand zeggen. 'Die stank kwam van haarzelf. De jongen ziet er niet veel beter uit. Hij is door en door vuil.'

Een bemanningslid haalde een emmer water en een schrobber, en Eddie strekte met zijn ogen dicht zijn arm uit om juffrouw Robertsons wandelstokken aan te raken, waarbij zijn hand op de tas terechtkwam. Hij pakte hem vast en duwde hem onder zich, vond er later een hoekje voor in zijn eigen koffer, bij de foto van zijn vader en Pat Ingoldby's kledingborstel. Door zijn hoofdpijn en koorts heen, en door het nu eindeloze overgeven heen, betrapte hij zichzelf op de gedachte dat hij als Loss werd. Een aaseter. Overleven. Alles pakken. Oude dame. Zag haar noodlot niet aankomen. Haar eenzaamheid. Praatte over adresboeken.

Het schip voer verder als een soort feeërieke, onzichtbare aak. De zee blonk, stil en blauw. Geen vliegtuigen. Geen U-boten. Geen andere vaartuigen te bekennen. Veel verderop, richting het westen, vissersboten. Een heerlijke kalmte.

Eindelijk ging er een soort fluistering rond onder de gebogen en nu veel minder talrijke passagiers; een dringend sissend gefluister. 'Ja, ja, het is echt zo. Het is land. Ja. Ja. Het is echt land.'

En koud nu. Eddie werd eerst ontdaan van zijn reddingsvest en toen in een stuk zeildoek gerold. Iemand waste zijn gezicht terwijl hij overgaf. Verschoonde hem als hij zijn kleren onderscheet. 'Deze maakt het ook niet meer lang, als je het mij vraagt.'

Nu werd hij alleen gelaten.

Het rare, zei het spikkeltje rationaliteit in Eddie – hij bewaakte het met zijn leven –, het rare is dat ik ooit echt een adresboek heb gehad. Alice gaf het aan me. In de keuken. Van leer. Klein. Rood. Iemand had het aan haar gegeven, maar, zei ze: 'Ik heb het niet nodig. Ik heb nooit adressen gehad om naar te schrijven.' Op een dag, in het logies in Londonderry, had Eddie er, om zichzelf te troosten, alle adressen die hij kende in geschreven. School. Oxford, de Ingoldby's (hopeloos), Sir, Tante May, een of twee schoolvrienden, hoewel hij hun nooit zou schrijven. Niet Les Girls. Niet het karnemelkmeisje. Terwijl zijn lichaamstemperatuur nu omhoogschoot, begon hij zich af te vragen of hij ooit de adressen van zijn nichten weer zou vinden. Of via het oude adres in Kotakinakulu ooit zijn vader te vinden zou zijn. Hij had geen adres van Loss. Waarschijnlijk was er tegen deze tijd geen Loss meer om naar te schrijven.

Toen realiseerde hij zich dat hij zijn adresboek al een hele tijd niet meer gezien had. Hij voelde rond in zijn tas en het was er niet, en hij wist, zonder enige twijfel, dat Loss het gestolen had. God weet waarom, behalve dat hij een geboren dief was. Een delinquent. De hufter. Verdwenen, en met mijn horloge. En geen Loss. Geen verlies. Maar wat een monsterlijke daad! Om Eddie alle hoop op contact te ontnemen.

Loss' afvalligheid was de metafoor voor Eddies leven. Het was Eddies lot om altijd verlaten te worden. Om altijd verlaten en vergeten te worden. Iedereen was weg nu. Buiten zijn bereik. Voor de eerste keer was Eddie volledig alleen.

Hij had zijn paspoort – ja, hij voelde het in de tas zitten. Hij had Pats borstel. Hij had het zakje van juffrouw Robertson. Hij voelde dat er dikke kralen in zaten en trok ze eruit. Een fantastisch parelsnoer. Godzijdank was Loss er niet. Dan zouden ze in vijf minuten zijn verdwenen. Eddie werd vervuld van een licht gevoel, bijna vrolijkheid, terwijl het schip, magisch beschermd, gezegend, ongehinderd, langzaam, langzaam de Ierse Zee opvoer en degenen die daartoe in staat waren zich verzamelden aan de reling en ongelovig naar de vredige groene heuvels van Wales staarden. Over de Styx, dacht Eddie. Over de zandbank.

Er gingen eeuwen voorbij en Eddie, ingepakt in dekens, trillend van de koorts maar ijskoud, een constructie van botten, werd op een stretcher gegooid en ongehinderd door de douane en aan land gedragen. In de garage waar de ambulances stonden, in zijn koortsige toestand, keek hij rond of hij een auto zag die op een broodtrommel leek, maar in plaats daarvan ontwaarde hij een man die met een jojo speelde. Hij kende hem. Het was de oude Oils, het hoofd van zijn afdeling op school. Naast hem stond Isobel Ingoldby.

Diagonaal vallende druppels kwamen neer op de ramen van Gloucestershire, en Old Filth werd wakker in het nieuwe, altijd stille hotel, en zag een meisje naar hem lachen terwijl ze een dienblad met thee vasthield. Hij dacht: o god – het karnemelkmeisje! Het volgende moment, toen hij de lieve, open glimlach zag, dacht hij: nee.

En ik ben een oude man, dacht hij.

'Ik ben een oude man,' zei hij.

'Ik heb een kop thee voor u meegebracht. Is het waar dat u hier als soldaat was, meneer?'

Het duurde een tijdje voor hij weer wist waar hij was. In de buurt van Badminton.

'Ik was gestationeerd in Badminton,' zei hij. 'Tijdens de oorlog.'

'Mijn oma woonde in die tijd in Badminton. Tijdens de oorlog. Koningin Mary was hier, maar dat hielden we allemaal stil. Ze zeiden dat niemand haar zou willen ontvoeren, maar mijn oma – ze was dienstmeisje in het huis – zei dat ze drie ingepakte tassen had klaarstaan om naar Amerika te vertrekken. Op zolder.'

'Dat was waarschijnlijk waar. Hoewel ze misschien zelf niet was gegaan.'

'Een ervan zat vol sieraden.'

'O, dat is vast en zeker waar. Die zouden ze in veiligheid hebben gebracht.'

'Kende u haar, meneer?'

'Ja, ik kende haar.'

'Is het waar dat ze de hele tijd bomen kapte?'

'Ja, dat is waar.'

'Vooral klimop. Ze had een hekel aan klimop. Ze liet een half peloton klimop omhakken. Ze zeggen dat ze zich het eerste jaar niet realiseerde dat die weer zou aangroeien.

Waarschijnlijk kwam het door de manier waarop ze was opgevoed,' zei het meisje. 'Mijn oma zegt dat ze er als kind altijd onberispelijk en kreukloos uit moest zien. Deed nooit haar mond open – nou ja, haar moeder hield nooit op met praten –

en wat een achterwerk! Dat van haar moeder, bedoel ik. Geweldige vrouw. Echt ouderwets Engels, haar moeder. Koningin Mary werd opgevoed in Teck, dat Duits is, en ze hield niet van Duitsers. Mijn oma zegt dat ze werd opgevoed op gravelpaden en nog nooit een hooiveld had gezien. En mijn oma zegt dat het allemaal psychologisch was, die klimop.'

'Je oma klinkt als een erg scherpzinnige vrouw.'

'Dat is ze ook. Mijn moeder zong voor koningin Mary, moet u weten.'

'Zong?'

'In de dorpsschool. Koningin Mary kwam daar soms onverwacht langs en ging dan achterin zitten. Ze had een wipneus.'

'O. Dat is me nooit opgevallen.'

'Ja. Kijk maar naar de postzegels. Ze schaamde zich ervoor, denkt mijn oma. Men had haar nooit als een schoonheid beschouwd. Maar ze was wel een schoonheid, zegt mijn oma. En dat gedoe over dat ze een kleptomaan was, was een boosaardige leugen. En ze vergat nooit een verjaardag.'

'Dat is waar.'

'En ze viel op een paar van de onderofficieren. Ze hield van mannen die stotterden, wist u dat? Mijn oom stotterde. Hij was een van de vier lijfwachten in haar motorfietsescorte en ze koos hem vanwege zijn gestotter. Ze zei: "Ik heb een zoon die net als jij is." Ze bedoelde de koning.'

'Weet je dat ik dat nooit heb geweten?' zei Filth. 'Ik legde het verband niet.'

'Wilt u naar buiten gaan en in de zon zitten? Ik help u wel. Mijn oma heeft een vreselijk slecht been. Het zou me niet verbazen als het koudvuur is. Wat is er? Heb ik u overstuur gemaakt? Kom, u weet dat de dokter zei dat u uw enkel alleen maar flink verstuikt hebt. Over een week bent u weer helemaal fit. Zal ik mijn oma vragen of ze hierheen wil komen? Ze zou het erg fijn vinden om met u te praten.'

'Wilt u met mijn oma praten?' vroeg het meisje de volgende dag, toen ze hem een dienblad met zijn ontbijt en haar weigering om 'nee' te horen bracht. 'Ze zou er echt van opleven. Misschien dat ze zich u zou herinneren.'

'Ik herinner me mijzelf nauwelijks.'

'Ze zei dat er één was die altijd las. Juridische boeken. Zij kocht ze voor hem, koningin Mary. En chocola. Hij hield haar wol voor haar vast. Hij had een hoop meegemaakt, zei ze. Erg knap. O ja, en hij stotterde ook. Ze vond hem – wat was het ook alweer – erg innemend. Dat hoorden ze haar tegen haar hofdame zeggen. 'De kapitein is erg innemend, vind je niet?' Ze trok heel erg naar hem toe nadat haar zoon, de hertog van Kent, was gesneuveld. Hij stond het dichtst bij haar, die jongen, zeiden ze. Maar ze huilde nooit. Zij en die soldaat – hij was een jonge pelotonscommandant – ik heb het gisteravond aan oma gevraagd toen ik thuis was – die soldaat zat urenlang bij haar. Ze liep zelfs door de bibliotheek als hij daar zat te lezen, zonder op te kijken. Verdiept in zijn boeken. Ze nodigde hem uit om in het huis te logeren. Om met hen allemaal te dineren. De hertog en de hertogin – en o, het ging daar flink tekeer – die in hun eigen huis naar boven werden verbannen terwijl koningin Mary en haar vijftig bedienden hun beste kamers bezetten.'

'Dat klinkt allemaal erg geloofwaardig.'

'Maar hij weigerde, de jonge kapitein. Hij zei dat hij bij zijn mannen in hun kwartier in de stallen moest blijven en koningin Mary kon niet anders dan hem gelijk geven. Ik geloof dat ze af en toe ook rondscharrelde bij de stallen, op zoek naar klimop. En misschien –' ze had zijn das nu rechtgetrokken en hem zijn sokken aangetrokken en zijn gepoetste schoenen voor hem klaargezet. 'Hij was erg knap, zei mijn oma.' Ze nam Filth aandachtig op. 'En erg jong en aardig.'

'Ik was jong, maar verre van aardig,' zei Filth. 'Het lijkt me beter als ik je oma niet ontmoet.'

‘Ik zou wel graag een kijkje willen nemen in de stallen,’ zei hij de volgende dag. ‘Als ik weer kan lopen.’

‘Ik kan een rolstoel voor u halen.’

‘Nee. Nee, bedankt.’

‘Koningin Mary reed rond in paard-en-wagen om benzine te besparen. Daar voelde ze zich niet te goed voor. Ze zetten twee rieten stoelen in de kar en hesen haar en de kamenier erin en een van de jongens op de fiets riep omhoog: “Het lijkt wel of u in een mestkar zit, mevrouw,” en zij zei: “Nou, wie weet komt het nog eens zover.” Dus ze kan niet helemaal humorloos zijn geweest.’

‘Ik denk dat ze niet veel humor had. Ze had nooit veel leuks meegemaakt,’ zei Filth.

‘O, die verschrikkelijke koning,’ zei het meisje. ‘Al die fazanten. Het enige waar hij aan dacht, zei mijn oma. Waar de kinderen vandaan kwamen, zullen we nooit weten, zei mijn oma.’

‘Ja, dat is vaak een raadsel,’ zei Filth.

Hij lag in een eenpersoonskamer. Het zou een kajuit of iets dergelijks kunnen zijn. Buiten het raam stonden bomen, maar er groeien geen bomen op zee en de zee bewoog nog steeds onder hem, op en neer, op en neer, omhoog en omlaag. Zeven maanden op zee. Maar de wolken boven het raam zeilden voorbij zonder het feeërieke licht van de zee onder zich. En die boomtoppen? Er rende een vrouw langs hem en haar hoed was een pluim van wit stijfsel. Haar jurk was marineblauw, maar ook zij had niets te maken met schepen. Ze had een wrokkig gezicht en over haar brede voorkant hing een horloge aan een ketting. Ze zei niets. Hij zakte weg.

Later deed hij zijn ogen open en zag hij aan het voeteneind van zijn bed een lid van de Ku Klux Klan zitten dat kop-en-schotel speelde met een stuk bedtape.

‘Hallo?’ zei Eddie en de vreselijke figuur keek verbaasd op. Het was Oils weer.

'Hallo, meneer.'

'Hallo, Feathers. Goed gedaan. Wakker?'

'Waarom, meneer? Waarom goed gedaan?'

'Omdat je erin geslaagd bent thuis te komen.'

'Niet mijn verdienste, meneer.'

Weer zakte hij weg. Hij herinnerde zich het beeld aan het voeteneind van het bed, waarop het er ineens weer was.

'Hallo, meneer. Waarom draagt u die kleren?'

'Ze zijn antiseptisch, Feathers. Je bent besmettelijk.'

'Wat heb ik?'

'Verschillende dingen.'

'Word ik weer beter?'

'Ja. Natuurlijk. Uiteindelijk. Daarna kun je terug naar school komen tot het tijd is om naar Oxford te gaan.'

Daar dreef hij weer weg. Verpleegsters liepen af en aan en staken naalden in verschillende lichaamsdelen, en slangen. Deden onuitspreekbare dingen met hem. Ze droegen maskers. Een onvriendelijke zuster zei tegen hem dat hij hier niet hoorde te zijn. 'Je zou in het ziekenhuis voor tropische ziektes moeten liggen,' zei ze, 'maar dat is te ver weg. Daar voeren ze testen op je uit. Daar zijn we hier niet op ingericht. We hebben om vrijwilligers moeten vragen.'

'Waarvoor?'

'Om jou te verplegen.'

'Bedankt.'

Daar was de Ku Klux Klan weer, deze keer met een jojo.

'De directeur wenst je beterschap. Hij zegt dat je op school moet aansterken.'

'Dank u. Op de ziekenzaal, bedoelt u?'

'Dat neem ik aan, Feathers, maar we hebben nog niets geregeld.'

'Ik ga niet naar de ziekenzaal.'

'De directeur heeft je een kamer in zijn huis aangeboden.'

Eddie grimaste toen hij zich de theemuts herinnerde.

‘Mijn tantes zijn verhuisd naar ergens in Schotland,’ zei hij. ‘Ik weet niet waar. Als u erachter komt, vertel het hun dan niet. Maar ik zou wel graag willen weten wat er met mijn vader is gebeurd. Als u daar op een of andere manier achter kunt komen.’

‘Ik moet nu gaan,’ zei Oils. ‘Tien minuten per keer.’

Op een dag kwam er een verpleegster binnen met post, die dagenlang naast het bed bleef liggen.

‘Zal ik het voorlezen?’ vroeg een andere verpleegster. ‘Ach, dit is leuk, hij is van je tantes. Ze schrijven: “Botte pech, beste Eddie, wat een giller.”’

‘De politie heeft ze gevonden,’ zei Oils tijdens zijn volgende bezoek, gegeneerd. ‘Je tantes.’

‘Kunnen ze weer verdwijnen?’

‘Dat denk ik wel,’ zei Oils.

‘Dit visitekaartje zit al aan je kastje geplakt sinds de dag dat je hier binnen werd gebracht,’ zei de bibliothecaresse van het Rode Kruis, die haar karretje voortduwde. Ze stopte altijd bij zijn bed, hoewel hij niets las. Maskers waren nu niet meer nodig. ‘Je bent er nog niet aan toe om te lezen, of wel?’

‘Ik denk het niet.’

‘Ik kan het je niet kwalijk nemen. Dit zijn allemaal vreselijke, oude, waardeloze paperbacks. Ze moeten verbrand worden voor het geval ze in de algemene bibliotheek terechtkomen en infecties verspreiden. Ze kunnen geen bibliothecaresses krijgen voor deze afdeling. Ik maak alle boeken schoon met Dettol – geen fijn karwei. Zal ik dit visitekaartje voor je voorlezen, er staat Isobel Ingoldby op, dat moet dat meisje zijn dat je hierheen heeft gebracht, zij en de schooldirecteur – dat is een rare.’

‘Is ze daarna weer hier geweest?’

‘Ja. Verschillende keren. Toen je buiten kennis was.’

‘Waar woont ze?’

‘Haar adres staat op het kaartje. Het is in Londen.’

‘Hoe heeft ze me in hemelsnaam hier gevonden?’

‘Hoe hebt u me gevonden, meneer Oilseed? Ik ben blij dat u niet meer uw overall draagt, meneer.’

‘Je bent niet meer besmettelijk. Het is de bedoeling dat je morgen bij het raam gaat zitten.’

‘Maar hoe wist u dat ik juist op dat schip zat?’

‘Er zijn een soort boodschappen gestuurd. Vanuit Colombo. Naar mij en naar de zus van Ingoldby en misschien naar anderen, maar daar hebben we niets over gehoord. De admiraliteit heeft het schip opgespoord. Ingoldby’s zus heeft een of andere ondergrondse baan bij hen. Het heeft iets te maken met de admiraliteit.’

‘Ondergronds bij de admiraliteit? Was de boodschap ondertekend? Wat was het – een telegram?’

‘Het was een kabeltelegram. Niet ondertekend. Ik heb begrepen dat het kwam via Bletchley Park, zoals ze het noemen. Waar Isobel Ingoldby was.’

‘Kan mijn vader het hebben gestuurd?’

‘Nee,’ zei Oils. ‘Nee. Het spijt me. Dat denk ik niet. Er is geen contact met Singapore. Een aantal gevangenen is er op een of andere manier in geslaagd brieven naar het buitenland te sturen... Maar nee...’

‘Denkt u dat iemand in Colombo erin geslaagd is hem te bereiken?’

‘Ik denk van niet. Tenzij iemand al onze adressen kende.’

Ze brachten hem met een ambulance naar het zuiden van Engeland en Oils nam afscheid, met een zekere opluchting, dacht Eddie. ‘Trouwens, we hebben Christ Church op de hoogte gesteld. Ze zijn je niet vergeten. Zodra je ontslagen bent.’

‘Dank u. Bedankt u de directeur namens mij, meneer.’

'Ja. Natuurlijk. En nogmaals, goed gedaan. Je bent nu gezond.'

'Maar ik ga naar een volgende quarantaineafdeling. Het Plymouth Naval Hospital. Waarom in hemelsnaam?'

'De wegen van medici zijn ondoorgrondelijk.'

'Meneer – dank u dat u zo dapper bent geweest.'

'Niets dappers aan,' zei Oils. 'Sterker nog, je hebt me opgevrolijkt. Blij dat het beter met je gaat.'

In Plymouth, op de quarantaineafdeling, hield hij zich afzijdig van de anderen, die door en door mismoedig waren, de meesten van hen verweerde oude zeerotten die veel scholden en praatten over vroegere geneugten. Een van hen was aanwezig geweest bij de Slag om Gallipoli en hij praatte de hele nacht door over de gruwelen van de zee. 'Er was één zeeman,' zei hij, 'leek wel negentig. Dakloos. Levend wonder. Hij was zo verrot vanbinnen – luister, op een dag hoestte hij aan dek iets op dat poten en een ruggengraat had. Een ruggengraat,' zei hij. 'Dat ben ik nooit vergeten. Wat is er, jongen? Overgevoelig?'

Allengs lieten ze Eddie buiten over de oude, stenen terrassen lopen. Het was herfst. De lucht was zoet.

Toen kwam Isobel op een middag naast hem lopen.

'Ze wilden me eerder niet binnenlaten,' zei ze. 'Ze hebben me ook niet verteld wat je hebt opgelopen. Wat heb je in vredesnaam gedaan? Je bent toch nooit van het schip af geweest, of wel?'

'Ik heb bananen g-g-gegeten in Freetown.'

'Je stottert weer.'

'Alleen maar a-a-af en toe.'

'Je houdt iets voor me achter.'

'Waarschijnlijk, maar ik weet niet precies wat.'

Ze leunde naar hem toe en streelde zijn arm. 'Je ziet eruit als een larve,' zei ze. 'Een van die dingen waar je doorheen kunt kijken.'

Hij was in tranen. 'Het spijt me. Ik heb mezelf zo weer in de hand. Ga niet weg.'

'Ik moet de trein terug halen. Ik heb meer dan driehonderd kilometer gereisd.'

'Isobel.'

'Je hebt mijn kaartje en mijn telefoonnummer.'

'Kom de volgende keer dat je verlof hebt.'

'De volgende keer dat ik verlof heb, ga ik misschien naar Schotland om je tantes te villen.'

'Nee,' zei hij. 'Ik heb nu niets meer met ze te maken. Zorg dat ik dicht bij jou in de buurt terechtkom. Op een of andere manier. Voor altijd.'

'Kind,' zei ze, en ze was verdwenen.

Zes hele maanden later: 'Je bent onderzocht en gezond bevonden, Feathers,' zei de commandant-arts van de koninklijke marine, die een zenuwtic in zijn gezicht en een misthoorn van een stem had, en het ziekenhuis bestuurde als een kruiser; alle patiënten in de houding aan het voeteneind van hun bed. 'Ik neem aan dat je nu naar Oxford gaat?'

'Nee, meneer. Ik heb besloten dat niet te doen.'

'Ja?'

'Ik ga dienst nemen, meneer.'

'We hebben je net opgelapt. Het kon weleens blijken dat we onze tijd hebben verspild. Een bijzonder duur geval. Duur en onsmakelijk. Maar goed zo.'

'Het spijt me, meneer.'

'Ik neem aan dat je bij de marine wilt gaan? Terug naar de bron van de problemen?'

'Nee, meneer. Het leger. Mijn vader zat in het leger. Ik wil me graag aansluiten bij zijn oude regiment.'

'Over smaak valt niet te twisten,' zei de commandant-arts. 'Dom van je. De zee is nu zo'n beetje van ons. Het is nu makkelijker. Het leger staat op het punt zich midden in de laatste, lange strijd te storten. Het zal langzaam en bloederig zijn, en je ziet er niet uit als een soldaat.'

'Ik denk dat ik er wel één zou kunnen zijn, meneer. Als ik daar de kans voor krijg.'

Hij voelde zich naakt op het plein voor het ziekenhuis. Hij reisde in zijn eentje naar Gloucestershire. Het was net zo angstaanjagend als de reis naar een eerste school, zo verschrikkelijk als zijn eerste wandeling met Babs en Claire naar de kleuterschool in Wales toen hij vijf was. Toen had hij zich ziek gevoeld door de Welshe winter. Hij had pijn in zijn borst gehad – maar telkens als hij zich had omgedraaid naar de boerderij, had Ma Didds, zoals gewoonlijk met haar arm tegen haar maag gedrukt en met haar kleine stok in haar andere hand, driftig gebaard dat hij moest doorlopen.

Hij miste de veiligheid van het ziekenhuis.

Nu zat hij weer in een trein, onderweg naar een andere wereld, de West Country, ten oosten van Plymouth, over een prachtige rivier, grond zo rood als de zonsondergang, een overstap, en dan Gloucestershire in. Iemand had hem het adres van een bed and breakfast gegeven en een hartelijk, zachtaardig echtpaar zorgde ervoor dat hij een warme kruik had. Bij het ontbijt kreeg hij een gekookt ei. Een ei! 'Ga je in dienst?' vroegen ze. 'Geniet dan nu maar van het ei.' Hij leende een fiets en arriveerde bij het rekruteringsbureau in Gloucester, waar hij werd verwacht.

Er zaten drie mannen achter het bureau en ze bekeken hem met aanzienlijke interesse. Ze praatten over zijn gezondheid. Hij was honderd procent gezond verklaard, hij was gebruind door de lucht en de zee in Plymouth en hij zag eruit als de bijna negentienjarige die hij was. Zijn haar was weer krullerig en kastanjebruin.

Zijn gewicht was nu normaal. Zijn ogen waren levendig.

'Het regiment van je vader?' zeiden ze. 'De Gloucesters?'

'Ja, meneer.'

'Ik ken je vader.'

'Ik ben bang dat ik hem nauwelijks ken, meneer. Ik was onderweg naar –'

'Dat weten we. Er is, neem ik aan, geen nieuws uit Changi?'

'Nee, meneer.'

'Ik hoop van harte dat we iets zullen horen en dat hij van jou zal horen. We zullen doen wat we kunnen.'

De middelste man knikte naar de andere twee, die opstonden en naar buiten liepen.

'We hebben een voorstel voor je, Feathers. Je was lid van het Officers' Training Corps van je school, begrijp ik, en hebt wat basistraining gehad – kunt marcheren enzovoort?'

'Nou, dat kon ik toen, meneer.'

'Dat verleer je niet. We hebben besloten je naar het peloton te sturen dat koningin Mary beschermt.'

Eddie staarde hem aan. 'Maar die wordt goed bewaakt, meneer. En die is ergens op de Grote Oceaan, of zo.'

'Niet het schip. De koningin. De moeder van onze vorst. Ze is hier in de West Country. Ze wordt beschermd door honderdvijftig manschappen en heeft vier persoonlijke lijfwachten. Wat is er?'

'Dat is geen s-s-soldatenwerk, meneer.'

In plaats van rood aan te lopen van woede, deed de kolonel zijn blauwe ogen dicht en toen snel weer open.

'Alleen maar een opwarmertje, Feathers. Niet voor de rest van de oorlog. Zodat je helemaal kunt herstellen. Ik merk dat je stottert en ik heb gehoord dat dat chronisch kan worden. Het zou moeilijk voor je zijn om bevelen te geven. Je moet van dat gestotter af zien te komen.'

'Het is maar a-a-af en toe, meneer. Het ko-omt terug als ie-iemand er iets over zegt.'

'Je meldt je morgen om veertienhonderd uur bij de barakken in Badminton. Begrepen?'

'Ja, meneer.'

'Maar er is nog iets. Je gezondheid.'

'Ik ben honderd procent gezond, meneer.'

'Ik vraag me af of je weet wat je mankeerde, Feathers?'

'Koorts, meneer. Een bacterie uit Sierra Leone. Behoorlijk dodelijk, vermoed ik. Ze hebben het me nooit verteld.'

'Je was geïnfecteerd, Feathers, met drie verschillende soorten parasiterende wormen. En inderdaad uit Sierra Leone.'

'Meneer?'

'Maar dat is niet wat ons zorgen baarde. De wormen zijn weg. We weten hoe we dat soort dingen moeten genezen. Maar dat andere was ernstiger. Je had een venerische ziekte.'

'Wat is dat, meneer?'

De kolonel keek hem aan met een bedachtzame blik. 'Je bent in nauw contact geweest met een vrouw.'

'Ze stierf aan koudvuur, meneer, op het schip na Cádiz. Ik deed alleen maar wat ik kon. Juffrouw Robertson. Ze was over de zeventig –'

'Ik betwijfel of zij de bron van de infectie was. Wat ik bedoel, Feathers, is dat je seksuele kennis hebt opgedaan uit een bijzonder onverkwikkelijke bron. Nietwaar?'

Een lange en nadenkende stilte.

'Het was donker, meneer. Ik heb nooit echt naar haar gekeken. Ik heb nooit aan haar gedacht als verkwikkelijk of onverkwikkelijk. Ze klom gewoon in bed. Ik had geen idee hoe het moest, en zij wel. Ze gaf me karnemelk, meneer. Het was in Noord-Ierland, meneer.'

De kolonel liep haastig naar het raam en keek aandachtig naar buiten.

'Hebben ze je dan níets geleerd op school, Feathers?'

'Ik heb een beurs voor Oxford in de wacht gesleept, meneer.'

Een soort snik uit de richting van het raam. Een stilte om weer tot bedaren te komen.

'Feathers, ik heb besloten dat dit schandelijke incident niet moet worden doorgegeven aan Badminton. Hoofdzakelijk vanwege koningin Mary. Ik hoop dat ik daarmee geen onverstandige beslissing neem.'

'Dank u. Ja, meneer. Ik kan me niet voorstellen dat koningin Mary iets van mij te vrezen heeft.'

'Weg! Genoeg!' bulderde de kolonel. 'Je mag vertrekken, Feathers. Ga.'

Na afloop vroeg de kolonel zich af of hij in de maling was genomen. Verslagen was in de discussie. Hem de loef was afgestoken.

Feathers wist het ook niet zeker.

En zo werd Filth, deze oktobermaand, in een rolstoel door de weiden rond Badminton House geduwd door het aardige meisje en haar grootmoeder, wier voeten knisperden op het kristallijnen gras. Ze keken van een afstand naar het indrukwekkende huis.

'De ceder is er niet meer,' zei Filth. 'Wie had dat gedacht?'

'O, de ceder is er niet meer,' zei de grootmoeder. 'Niet zo heel lang na koningin Mary. De jaren zestig. Ze zou er blij om zijn geweest. Het was wat je een heet hangijzer zou kunnen noemen, die boom. "Hak hem om," zei ze tegen de hertogin (terwijl ze hier nog maar net was ingetrokken!). "Hij staat op de verkeerde plek. Hij houdt het licht tegen." "Lord Raglan heeft erin gespeeld," zegt *Her Grace*. "Ik wil niet dat die boom wordt aangeraakt. Over mijn lijk," zei de hertogin. Ik hoorde het haar letterlijk zeggen.'

'De boom was nog steeds een heikel punt toen ik hier aankwam,' zei Filth.

Hij had koningin Mary niet gezien tijdens zijn eerste maand in Badminton, na drie weken officierstraining in een ander kamp. Eén keer zag hij een zilverachtige gedaante boven zich op een terras. Een andere keer leek hij iets te zien wat langzaam bewoog in een lange glazen galerij. Toen op een dag, terwijl hij zat te lezen in de moestuin – hij bestelde nu juridische boeken uit Londen – stond ze ineens over de heg naar hem te kijken. Het was een hete dag, maar ze was in vol ornaat – een lange jas en rok, parels en broches, en een geplooide hoed die leek op een zwierige tulband. Hij stond onmiddellijk op en ze maakte een vreemde halve buiging en wendde zich van hem af. Dicht bij haar stond een bediende te breien met vier naalden. Gestadig breiend draaide ze zich om en liep achter de koningin aan. De week daarop werd hij uitgenodigd om in het huis op theevisite te komen.

De thee werd geserveerd in de grote salon, waar nieuwe kennissen werden uitgeprobeerd. Als ze de toets doorstonden, volgde er in de toekomst een uitnodiging voor de privéwoonkamer van Hare Majesteit op de bovenverdieping. Zware test. De koningin zat te borduren, haar hofdame sorteerde oude lapjes stof, en een dikke, luidruchtige vrouw was aan het schreeuwen.

'Over mijn lijk,' zei ze, 'hak je die boom om. Je mag mijn struiken, mijn klimop, mijn bossen, mijn bramenstruiken omhakken. Je mag mijn huis omhakken, maar niet die boom.'

Koningin Mary ging verder met haar festonneersteek. De hofdame zag er doodmoe uit en de dikke vrouw kwam langs Eddie Feathers gelopen terwijl de bijna vier meter hoge deuren naar de salon werden opengehouden door livreiknechten in het scharlakenrood.

'Ze is onmogelijk. Ik ben de hertogin van Beaufort. Ik weet dat ik eruitzie als iemands kok, maar dat is wat ik ben, en dit is mijn huis. Zij is maar een evacué,' zei ze giftig terwijl ze langs stoof, waarop de deuren zachtjes achter haar werden gesloten.

Koningin Mary keek door de salon naar Eddie en glimlachte.

Nadat het dienblad was neergezet (margarine op het brood, ananasjam maar eigenlijk gemaakt van rapen, een vreselijke kruidkoek en een paar haverkoekjes), reikte koningin Mary hem een bijna doorzichtig kopje aan dat half gevuld was met lichtgekleurd water.

'Room?' vroeg ze.

'Nee, dank u.'

Ze knikte. Er was toch geen room, en de melk zag er blauwachtig uit.

De hofdame haalde een doos met pillen tevoorschijn en liet er een in het kopje van de koningin en in dat van haarzelf vallen. 'Sacharine?' zei ze.

'O, nee, dank u.'

'Het is waar. Wat mijn nichtje zegt, is helemaal waar. Ik ben maar een evacué. Een bijzonder onwillige evacué.'

Eddie vroeg zich af wat hij moest zeggen. 'Ik was ooit een evacué,' zei hij. 'En bijzonder onwillig. En veel te oud.'

'Ik ben veel te oud,' zei de koningin. 'Hoe oud was jij?'

'Achttien.'

'Lieve hemel. Wat vernederend voor je.'

'Ja. Dat was het inderdaad. Mijn vader wilde dat ik naar Maleisië kwam, om aan de oorlog te ontsnappen.'

'Wat schandelijk van hem.'

'Hij heeft het heel zwaar gehad in 1914.'

'Ja. Ik begrijp het. Maar je ontsnapte? Eerlijk gezegd vind ik het niet zo vreselijk beschamend dat ik ontsnapt ben. De regering besloot dat ik hierheen moest gaan. Ze zeiden dat ik voor meer problemen zou zorgen in Londen. In het geval van ontvoering. Persoonlijk denk ik dat het makkelijker zou zijn voor een vliegtuig om hierheen te komen en me te grijpen. Dat is uiteraard de reden waarom jullie hier allemaal zijn. Met zijn honderdvijftigen. Volslagen belachelijk.'

'Ja, Uwe Maj –'

'Noem me *Ma'am.*'

'U mist vast de opwinding van daar zijn waar het allemaal gebeurt – Ma'am.'

'Niet meer, nu. Ik zal je een andere keer meer vertellen.'

Ze keek met een betekenisvolle blik naar de hofdame, die een modderkleurige kluwen wol oppakte en deze overhandigde aan Eddie, die de rapenjam moeilijk weg kreeg. 'Houdt u alstublieft de wol van Hare Majesteit vast.'

Eddie stak zijn handen uit en de wol werd er in de vorm van een acht omheen gedrapeerd. De hofdame begon de draad op te rollen tot een bal. Hij voelde zich een sukkel.

'Denk je dat het leger je zal bevallen?' vroeg de koningin, terwijl ze hem aandachtig aankeek.

Hij bloosde en begon te stotteren.

'Ah, ja. Ik begrijp het. Je komt er wel overheen. Ik ken een jongen zoals jij.'

Hij liep met haar in het park gedurende de daaropvolgende strenge winter.

De grond was zwart, de bomen waren staken van opaalachtig ijs.

'We lopen gewoon op en neer,' zei koningin Mary. 'Een uur, of zo. We moeten koste wat het kost bewegen. Zie je dat die ellendige klimop weer terugkomt?'

'Liep u altijd zoals nu, Ma'am, voor u hierheen kwam?'

'Ik heb altijd geprobeerd veel te lopen. Mijn familie heeft aanleg om dik te worden, zie je. Ze eten te veel. Mijn geliefde moeder at een halve kip en dan een groot stuk rundvlees bij het avondeten, en ze was dol op room. En de hertogin – Ik liep altijd in Teck, maar alleen telkens rond de bedstedes. Sandringham was de uitgelezen plek om te lopen, maar op een of andere manier deed je dat nooit. Daar werd je rondgereden in kleine karren, zodat je ze kon zien schieten. En je liep uiteraard niet in Londen. Gelukkig heb ik de geweldige gezondheid van de Guelphs.'

'Ik ben nog nooit in Londen geweest.'

Ze bleef stilstaan van verbijstering. 'Je bent nog nooit in Londen geweest? Iedereen is in Londen geweest.'

‘De meeste inwoners van Badminton zijn nooit in Londen geweest.’

‘O, ik bedoel niet het dorp. Ik bedoel dat een gentleman toch zeker in Londen is geweest?’

‘Nee, Ma’am. Ik ben in Wales geweest en in het noorden –’

‘Je hebt de galeries niet gezien? De musea? De schouwburg?’

‘Nee, Ma’am.’

‘Dat is een innemende jongeman,’ zei ze die avond, terwijl ze ijverig familiefoto’s in een album stopte voor ze zou kijken naar de rode aktedozen die de koning haar elke dag stuurde. Ze las zijn berichten als ze alleen was, en niemand wist zeker hoeveel, maar waarschijnlijk allemaal.

‘Erg knap inderdaad,’ zei Mary Beaufort. ‘Hij zal goed van pas komen bij diners.’

‘We geven geen diners,’ zei de koningin. ‘Dat zou niet stroken met de oorlogsinspanningen. Maar we zouden een aantal van de onderofficieren kunnen vragen.’

‘Dat zouden we inderdaad kunnen doen.’

‘Nu ik erover nadenk, vind ik het absurd dat zo’n jongen als hij is ingekwartierd in de stallen. Waarom zou hij niet in het huis kunnen wonen, Mary? Wist je dat hij nog nooit in Londen is geweest?’

Eddie weigerde in Badminton House te gaan wonen. Hij zei dat hij bij zijn peloton moest blijven. Hij begon de theepartijtjes vermoeiend te vinden. De modderkleurige wol was vervangen door een wolk van rafelig kobaltblauw dat in pluisjes aan zijn uniform bleef hangen. Hij verkondigde dat hij hard moest werken en concentreerde zich in de stallen op zijn rechtenboeken.

Maar dan viel de lange schaduw over zijn boek en moest hij een tuinstoel voor haar zoeken en dan zat ze samen met hem tussen de verwelkende dahlia's in wat er over was van de bloementuin – elke meter land, had ze verordend, moest gebruikt worden voor groenten. De hertogin was ziedend, en op een dag kwam ze stampvoetend naar de stallen om Eddie te zoeken en te klagen.

'Ze heeft vijfenvijftig bedienden meegenomen,' zei ze. 'Ze heeft hun opgedragen geen livrei meer te dragen vanwege de oorlog en Churchill in die vreselijke hansop. Zes van hen vertrekken nu. Ze dragen al scharlakenrood sinds ze onderknechten waren en ze zijn oud en zeggen dat ze niet kunnen veranderen. Kun jij niet met haar praten?'

'Wat – ik? Nee, *Your Grace*. Onmogelijk, o-o-onmogelijk.'

'Nou, je zult iets moeten bedenken. Leid haar af.'

'Ik heb de boom tegengehouden. Tenminste, dat h-h-hoop ik.'

'O, goed zo. Maar luister, ze is vastbesloten je mee te nemen naar Londen. Haar chauffeur, die oude Humphries, is halfblind en niet veilig. Hij is Hare Majesteit ooit een uur lang kwijt geweest in Ashdown Forest. Ze weigert hem te ontslaan. En ze laat hem stoppen en elke soldaat die op straat loopt oppikken. Ooit nam ze er twee mee die de andere kant op liepen, en één keer was het een uienverkoper. Ze wordt nog eens vermoord, en dan krijgen wij allemaal de schuld.'

'Eddie,' zei de koningin een tijdje later. 'Ik ben vastbesloten je mee te nemen naar Londen. Toen ik hier net was, ging ik elke week terug met de trein. Toen werd het pijnlijk vanwege de bombardementen. De Guildhall. De kerken in de City. Allemaal weg. En de antiekwinkels zijn natuurlijk allemaal gesloten of verhuisd naar Bath (misschien dat jij en ik nog eens samen naar Bath gaan). Maar ik verlang er erg naar Londen weer te zien. Het zou misschien niet vaderlandslievend zijn om erop te staan dat het koninklijke spoorrijtuig weer aan de trein wordt gekoppeld, maar ik heb een groot deel van mijn benzinerantsoen nooit aangeraakt, en jij zou kunnen rijden op de grotere wegen, Eddie, als het Humphries te veel is. We zullen uiteraard twee voorrijders nodig hebben.'

'Het spijt me, maar ik kan niet autorijden, Ma'am.'

De expeditie werd uitgesteld tot Eddie kon rijden, wat hij leerde in een tank op het landgoed.

'Ik kan alleen in een tank rijden, Ma'am,' zei hij toen ze weer een bezoek aan Londen voorstelde.

'Het principe is ongetwijfeld hetzelfde,' zei de koningin.

'We zullen aan de veiligheidsdienst moeten vragen of zij akkoord gaan.'

Ze zag er gebiedend uit. De gewezen keizerin van India. 'Nou, we gaan houthakken, Eddie. Haal mijn lijfwacht en mijn bijl. Nee, ik houd mijn hoed op. Ik ben vastbesloten je mee te nemen naar Londen.'

Er werd uiteindelijk besloten dat koningin Mary de reis naar Londen per trein zou maken, aangezien het koninklijke rijtuig nog steeds op een rangeerspoor in de buurt van Gloucester stond. Een aantal van de bedienden op Badminton House werd daarheen gestuurd om het te wassen, en de stationschef van het station van Badminton moest de witte handschoenen opzoeken die hij had gedragen om de koningin in 1939 om kwart over zes 's ochtends aan boord te hijsen, aan het begin van haar leven als evacué.

'Veel geluk, Ma'am.'

De hofdame stapte na haar in, en Eddie en twee soldaten met geweren namen hun positie in.

'Hoop dat u de moffen niet tegenkomt, Ma'am,' zei de stationschef. 'Weg van de gazons, iedereen.'

'O, de bombardementen zijn helemaal voorbij,' zei koningin Mary. 'Ik ben van plan naar het paleis te gaan en de ruïnes van Marlborough House te bekijken. En dan wil ik nog wat winkelen –'

Hij blies op de fluit en zwaaide met de vlag. De hofreis van de koningin had hem opgevrolijkt. Ze zou weer terugkomen met de trein van kwart over vijf vanaf Paddington. Ze was nog niet dood.

'Ze heeft een hoop pit,' zei hij tegen het lege perron. Zelfs in Badminton waren er geen kruiers. 'We zijn hier beter af dan Polen. Of Stalingrad.'

Net voor Paddington liet de koningin Eddie halen, die alleen in een aangrenzende coupé zat. Ze gaf hem een stukje papier.

'Dit zijn de dingen die je moet gaan zien. Ik heb je er niet te veel gegeven. Het is niet alleen een eerste bezoek, maar het zal ook verwarrend voor je zijn zonder wegwijzers en met alle schade van de bommen. Je zou genoeg tijd moeten hebben voor Westminster Abbey, en werp een blik op St. James's Park en No. 10. En Big Ben. Maak er een geweldige dag van. Nu, de lunch – ik weet echt niet wat ik je moet aanraden.'

'Ik zal de lunch overslaan, Ma'am. Het is een erg vol schema.'

Ze stapte uit de trein. Men had een oud stuk rood tapijt voor haar neergelegd en daar stond ze, in haar zilvergrijze tenue met duivenveren in haar toque, geitenleren handschoenen, ebbenhouten stok. Een gefluister verspreidde zich – 'Het is koningin Mary. Hé, kijk – koningin Mary' – en een menigte verzamelde zich als bij elkaar geblazen bladeren. Hier en daar werd flauwtjes 'hoera' geroepen en geklapt, toen met meer overtuiging, en de kleine mensenmassa sloot zich rond Hare Majesteit en de hofdame. De twee lijfwachten werden onzichtbaar.

Eddie, helemaal alleen, haastte zich meteen naar de taxistandplaats en Isobel Ingoldby's kamer in Kensington.

'Ik weet niet hoe ver het is,' zei hij tegen de Cockney taxichauffeur nadat hij, met zijn militaire stok tegen zijn been tikkend, in een lange rij had staan wachten. Zijn uniform leverde hem geen enkel voordeel op, aangezien iedereen in uniform leek te zijn. 'Het is Kensington. Een zijstraat van Church Street.'

'Twintig minuten,' zei hij, 'tenzij we pech hebben.'

'U bedoelt een luchtaanval?' Eddie keek teleurgesteld naar de straten van Paddington. Dit was Londen: zandzakken, voortschuifelende mensen, grauwheid, muren die in de ruimte hingen.

'Nah, luchtaanvallen zijn nu geen probleem meer. Daar hebben we korte metten mee gemaakt. We hebben hem op de vlucht gedreven, tenzij hij aankomt met dat geheime wapen waar hij het over heeft. Niet dat we geloven dat hij dat heeft.'

(Ze praten echt als in de films, dacht Eddie.)

'Je bent er. Wil je een helm lenen?'

Hij werd afgezet aan het eind van een nauwe, kronkelige straat waar armoedige huisjes met tuinen aan stonden. Hij zag nergens verf en overal roet. Bijna niemand op straat, en de meeste ramen dichtgetimmerd. Isobel Ingoldby's huisnummer kon bijna niet kloppen, want het had Walt Disney-achtige ramen met kleine ruitjes, en het was volledig overwoekerd door een verwilderde klimplant die koningin Mary tot actie zou hebben aangespoord voor ze zelfs maar op de voordeur had geklopt. Er stond een eekhoorn van gips op de stoep voor de deur en een tinnen kist vol lege melkflessen met een briefje waarop *Vandaag niets. Niet aanbellen* geschreven stond.

Het is van iemand die niet thuis is. Dit kon niet haar huis zijn, dacht hij bij de poort, toen ineens de deur openging en ze daar stond.

Zijn eerste gedachte was een leegte.

Ze was alledaags.

Ze was groot en alledaags en verveeld.

Ze had een sigaret in haar hand en leunde achterover tegen de deur terwijl ze zei: 'Kom binnen dan,' alsof hij de gasmeter kwam opnemen.

Haar haar was ongekamd en te lang. Ze had blote voeten en droeg een vormeloze ochtendjas.

'Ciao,' zei ze, terwijl ze de deur achter hem dichtdeed. Hij zag hoe moe ze was, en bedroefd.

En misschien gedesillusioneerd? Was ze ook gedesillusioneerd wat hem betreft? Ze had hem de laatste keer in het ziekenhuis gezien, bleek en bijna stervende, het middelpunt van de aandacht. Maar ze had geen enkele moeite gedaan, hoewel ze had geweten dat hij kwam. Hij had haar twee weken geleden geschreven. Ze zag eruit alsof ze net uit bed was gerold. Ze gaapte zelfs.

'Ben je moe?' vroeg hij.

'Nee. Nou, ja. Ik ben altijd moe. Vreselijke baan.'

'Ik dacht dat je een soort hoogst vertrouwelijke bolleboos was.'

'Dat ben ik ook. De cryptische soort.'

'Wat bedoel je?'

'Geheim. Wil je...'

Ze gebaarde vaag in de richting van de keuken.

'Thee of zoiets? Plassen?'

'Nee. Ik was van plan je mee uit lunchen te nemen. In het Savoy of iets dergelijks.' Hij had gehoord van het Savoy Hotel. Hij keek bezorgd naar haar ochtendkleren.

'Daar ben ik gisteren geweest.'

'Isobel – wat is er?'

'Wat bedoel je, "wat is er"?'

'Wat heb ik verkeerd gedaan? Ben ik veranderd of zo? Je zei dat ik moest komen.'

Ze drukte de sigaret uit in de asbak in de gang, zag zichzelf in de spiegel en zei: 'O mijn god! Ik ben vergeten mijn haar te kammen.' Ze draaide zich naar hem om en grijnsde en het was alsof de zon tevoorschijn was gekomen. De schuinstaande kattenogen leefden weer. Ze stak haar lange armen achter haar hoofd om haar haar samen te pakken en zette het daar vast. Een deel viel naar beneden, een leeuwkleurige lok. Langzaam maakte ze die weer vast. Haar vingers waren lang en mooi, en ze had haar nagels de meest onverschrokken tint vermiljoen geverfd. De ochtendjas viel open toen ze haar handen liet zakken en die naar hem uitstrekte.

'O, Eddie. Je bent goudbruin als een korenveld.'

Haar vingertoppen waren bij zijn boord. Toen hij zijn militaire overjas en vervolgens zijn officiersjas had uitgetrokken, zag hij dat ze zijn das had losgemaakt en afgedaan. Ze drapeerde hem over een lamp aan de muur en toen lag ze in zijn armen.

Op de keukenvloer, naakt, bedacht hij dat de taxi waarschijnlijk nog steeds buiten stond. Hij was er pas een minuut geleden uit gestapt. Toen vergat hij alles; waar hij vandaan was gekomen, waar in de wereld hij was beland, op een keukenvloer, met smerig linoleum dat gescheurd was en was vastgeplakt met een soort dikke papieren tape. Hij zag een oude koelkast op hoge poten. Het was er een op gas. Terwijl hij op de vloer lag, en toen boven op haar, kon hij de blauwe vlam van de koelkast zien. Het moest de oudste koelkast in de wereld zijn – O, mijn god, Isobel. Isobel.

Later, o veel, veel later, rolden ze bij elkaar vandaan.

'Ik vind dit linoleum vreselijk,' zei hij. 'Het is walgelijk.'

'Je bent verwend. Omdat je in paleizen leeft.'

'Ik leefde niet in een paleis toen je me de laatste keer zag.'

'Toen leefde je sowieso nauwelijks.'

Ze waren verhuisd naar een kleine woonkamer die in duisternis gehuld was. Het rook er naar drank en stof. Op de tast kwamen ze bij een divan die stonk naar nicotine.

'Waarom is er geen licht?'

'Hebben we het nodig?'

'O, Isobel.'

'De kamer is verduisterd. Permanent. Handig. We hebben de luiken niet opengedaan sinds de Blitz.'

'We?'

'Het andere meisje en ik.'

'Is er een kans dat ze thuiskomt?' Zijn hoofd lag op haar buik. Hij likte haar huid met zijn tong. Ze was warm en levend en rook naar zweet en kruiden en hij werd weer waanzinnig van verlangen naar haar.

Later: 'Wie is ze?'

'Je kent haar niet. Ze is een Bletchley Park-meisje. Net als ik.'

'Het is een man, of niet?'

'Nee. Nee, absoluut niet. Zullen we naar boven gaan?'

Er was meer licht in de slaapkamer. De ruimte had een schuin dak en de ramen zagen er landelijk uit, alsof er buiten ooit velden hadden gelegen. Het voelde als een landelijk huis; een hutje. Dit was dus Londen.

'Het is een hutje,' zei ze. 'Je hebt in Londen overal hutjes. En dorpjes. Dit bed is landelijk. Het stond hier al.'

Het bed was hoog en gemaakt van metalen lussen. De springveren kraakten en kreunden onder hen.

'Doe het alsjeblieft nooit weg. Houd het altijd.'

De uren verstreken. Met elkaar vervlochten, verstrengeld, samengesmolten sliepen ze. Ze ontwaakten. Eddie lachte, strekte zich weer naar haar uit.

'Je bent net een dier uit de jungle,' zei hij. 'In een onontdekt land.'

'Eddie,' zei ze ten slotte, en ze rolde zichzelf in de lakens, 'ik moet je iets heel belangrijks vertellen. Hoeveel tijd hebben we nog? Hoe laat gaat je trein?'

'Kwart over vijf.'

'Het is al bijna vijf uur.'

Hij vluchtte het bed uit, rende naar de trap, trok struikelend en hinkend verspreide kledingstukken aan, schreeuwde van angst.

Ze lachte onbedaarlijk.

Hij vond een schoen, maar de andere was verdwenen.

'Ik kan het hierna wel vergeten,' zei hij. 'Dit betekent het einde van het leger voor mij.'

Ze schaterlachte vanuit de slaapkamer, liep gehuld in het laken de trap af terwijl ze een nieuwe sigaret opstak.

'Lach me niet uit.'

'Ik ben verliefd op je, Eddie.'

'Ik heb al een slechte reputatie. Bij mijn kolonel. En ik ben verantwoordelijk voor koningin Mary. O god – daar is mijn schoen!'

Hij had zijn jas aan, zijn overjas aan, zijn pet gevonden toen ze hem innig omhelsde.

'Eddie, Eddie. Je ziet er nog steeds uit als de jongen tussen de bomen op High House.'

'Hoe laat is het? O god. Ik heb een kwartier. Er is natuurlijk geen taxi.'

Maar er was wel een taxi. God heeft me een taxi gestuurd, dacht hij. De auto stond voor de deur. 'Paddington,' zei hij. 'In tien minuten. Ik geef je tien pond.' Hij keek niet achterom om te zien of ze stond te kijken.

'Tien pond, meneer.'

'Bedankt. Heel erg bedankt.' (Ik zou tenslotte hetzelfde hebben uitgegeven in het Savoy. God, wat heb ik een honger.)

'Ja. Perron één. Waar is het stuk tapijt? Is het weg?'

Het was er nog. En het nieuws had zich verspreid. Op een of andere manier had er zich een menigte verzameld naast het koninklijke rijtuig en hij zag de bovenste rand van de toque met de duivenveren tussen de applaudisserende avenue van trouwe onderdanen door glijden. De hofdame, toch al een kleine vrouw, ongetwijfeld gebukt ging onder de last van nog meer wol, was onzichtbaar. De lijfwachten waren al ingestapt. Eddie knikte kort naar hen en sprong toen in zijn privécoupé, sloeg de deur dicht en viel op de muurbank.

Ik ga zo naar haar toe. Alleen even op adem komen.

De trein begon langzaam, krachtig, onverbiddelijk van Londen weg te rijden.

Ga zo naar haar toe, dacht hij en hij viel in slaap.

Hij werd wakker van een klap en het gegil van remmen. De hele trein schudde, trilde en stopte. Buiten was het nu donker en hij sprong van zijn lange blauwfluwelen bank en haastte zich naar de gang, waar hij een van de lijfwachten die naar hem op zoek was tegenkwam.

'Noodsituatie, sir. Waarschijnlijk onontplofte bom op het spoor. Koningin Mary wil dat u naar haar toe komt.'

De hofdame beefde. Er kwam geschreeuw van buiten. De trein begon gillend en klagend achteruit te rangeren.

'Het is de invasie,' zei de hofdame.

'Doe niet zo idioot, Margaret,' zei de koningin. 'Eddie, breng haar naar jouw coupé en geef haar een aspirine. Ze heeft rust nodig. Kom dan terug, zodat we kunnen praten. Ik wil alles horen wat je vandaag gedaan hebt.'

'Zo vermoeiend,' zei ze een uur later. 'Dit rijtuig is zo donker. Die blauwe lampjes zijn heel slim bedacht, maar ze zijn gewoon niet fel genoeg om bij te lezen.' Ze zweeg even. 'Maar het is fijn om naar het maanlicht te kijken.'

'Ja, Ma'am.' (En hij realiseerde zich dat ze bang was. Hij had gehoord dat, hoewel ze dat zelfs niet met de minste trilling liet merken, ze doodsbang was om ontvoerd te worden.)

'En is dat alles wat je hebt gedaan, kapitein Feathers?' (Kapitein Feathers? Wat krijgen we nou?) 'Rondrijden in taxi's? Je hebt niet eens geluncht in het Savoy, zoals je zo graag wilde?'

'Ik ben bang van niet. Ik vond Londen – overweldigend. Kensington leek net een onbekend do-do-do-dorp.'

'Een dorp? Wat ontzettend vreemd. Ik ben daar geboren. In Kensington Palace. Ik had nooit het gevoel dat het een dorp was.'

'Ik – kon Kensington Palace niet vinden.'

'O hemel,' zei ze.

De trein kwam eindelijk met een schok in beweging, stopte, schokte weer en begon toen zoetjes richting het westen te rijden.

'Dat is erg jammer,' zei Hare Majesteit. 'Wat' (terwijl ze naar het maanlicht keek) 'is er trouwens met je das gebeurd?'

Op de weg terug van hun wandeling door de weiden rond Badminton House vroeg Old Filth het meisje en haar grootmoeder of ze de rolstoel wilden stilzetten bij het postkantoor zodat hij ansichtkaarten kon kopen. 'Nee, nee,' zei hij. 'Laat me opstaan en lopen. Zal me goeddoen,' en hij hinkte de winkel in en toen weer uit met in zijn hand drie kaarten van het dorp, alle drie al voorzien van een postzegel. Hij slaagde erin rond de auto te hinken, en het portier open te houden voor de grootmoeder terwijl het meisje de opvouwbare stoel weer in de kofferbak legde.

'Ontzettend vriendelijk van u,' zei hij. 'Een fantastische middag.'

Toen hij bij de receptie zat, besloot hij de ansichtkaarten meteen te schrijven, ook al was het te laat voor de post, want er had zich een wolk ter grootte van een menselijke hand rond de herinnering aan zijn vertrek van huis verzameld. Hij zou naar mevrouw Eh – naar Kate – en naar Garbutt schrijven. Wellicht zou hij ook naar de kantachtige Chloe schrijven, en haar de dag van haar leven bezorgen.

Toen kwam hij erachter dat hij nooit het adres van mevrouw Eh (Kate) had gehad. Het was ergens in het verderop gelegen dorp. Het zou beledigend zijn om de kaart per adres naar Garbutt te sturen, aangezien zij al jaren langer in dienst was dan Garbutt. Hij adresseerde een kaart aan Garbutt in het huis dat beneden in het dorp stond en dat hij heel goed kende. *Peep o'Day*. Makkelijk om te onthouden. Dat van Chloe ook:

The Manor House, Privilege Lane. Op Garbutts kaart schreef hij: 'Zeg alsjeblieft tegen Kate dat het me spijt.'

Hij had nu nog één kaart over, die hij aan Claire richtte, en waarin hij schreef dat hij iets had verstuikt maar afgezien daarvan genoot van een fijne vakantie in zijn eentje in een schitterend hotel in Gloucestershire. Hij was opgetogen. Zijn optimistische zelf, zo voelde het, lag net om de hoek.

Maar in de vroege uren van de volgende ochtend werd hij wakker met de angstaanjagende zekerheid dat er iets mis was. Hij knipte de lamp op zijn nachtkastje aan, hinkte uit het bed, deed het raam open om de nacht binnen te laten. Hij rilde en toen had hij het ineens heet en zweette hij. Hij ging naar de wc om te plassen, dronk een glas water, hinkte terug, beurtelings warm en koud, klauterde weer tussen de lakens. Hij wist dat hij ziek was.

Hij wist dat hij erg ziek was. Hij had geen idee wat het was, maar hij wist dat hij het niet in de hand had. Hij lag in bed en wachtte.

Hij stak zijn hand uit naar het nachtkastje en zocht op de tast naar de altijd aanwezige *Gideon's Bible*, die hem tijdens zijn juridische leven menige slapeloze nacht door had geholpen. In wolkenkrabbers in Hongkong, in het Shangri-la Hotel in Singapore, het goede oude Intercon Hotel in Dacca. Eenzame plekken, tot hij getrouwd was en Betty had kunnen meenemen. Hij had het gevoel dat hij vanavond een evangelie nodig had en bladerde naar een van Christus' aanvaringen met de rechtsgeleerden.

Hij vroeg zich af, terwijl de bladzijden die hij omsloeg trilden, waarom Christus zo'n hekel aan rechtsgeleerden had, terwijl Hij zelf zo'n geweldige jurist zou zijn geweest. Christus bepleitte, als je er goed over nadacht, eenvoudigweg een zaak. Misschien dat hij zelfs wel had genoten van de vragen van de rechtsgeleerden. Pilatus was zijn meest respectabele ondervraging. Ook Pilatus was geen rechtsgeleerde maar wel een geweldige gemankeerde rechtsgeleerde geweest. Pilatus en Christus hadden elkaar begrepen.

'We gebruiken hier nog steeds een beetje Romeins recht,' zei hij deze nacht tegen Christus. 'Het kan nooit kwaad om de wet te herzien, zoals u toen duidelijk maakte. Executie zou er helemaal niet in moeten voorkomen. Executie leidt alleen maar tot een overwinning voor het lijk. Dat hebt u bewezen,' vertrouwde hij de Heilige Geest toe.

Hij droomde een tijdje, zakte weg, las de Bergrede, herinnerde zich dat hem was verteld dat geen enkel kind tegenwoordig van de Bergrede had gehoord, en dat de meesten dachten dat het een boek of een film was. Hij bedacht goedmoedig hoe hij op een andere rechterstoel zou zitten luisteren terwijl Christus de verdediging voerde in een zaak die met, zeg, terreinsanering te maken had.

Een vuist greep hem in zijn borst en er trok een pijnscheut door hem heen. Hij kon niet ademhalen. Hij reikte naar de bel en hield zijn rechterhand erop terwijl de pijn afnam en toen weer oplaaide. Het is de Hand van God, dacht hij. En niemand behalve God weet waar ik in hemelsnaam ben.

Garbutts huis was verlaten toen de telefoon de volgende ochtend begon te rinkelen. Hij was naar Privilege Road gegaan om saaie Chloe te helpen met haar aspergeperk, en ze waren allebei in de tuin toen haar telefoon ook begon te rinkelen.

'Ik laat hem gewoon overgaan,' zei ze. 'Het is vast niets bijzonders.'

Maar de telefoon bleef rinkelen.

Ze nam op toen de andere kant van de lijn bijna wilde ophangen.

'Het spijt me erg dat te horen,' zei ze. 'Ja. Hij is een buurtgenoot maar geen goede vriend. Nee – ik geloof niet dat hij familie heeft. Nou ja, hij is over de tachtig. Hij heeft in zijn hele leven nooit iets gemankeerd. We gaan allemaal een keer. Hij is niet erg populair in het dorp, ben ik bang. Behandelt zijn bedienden slecht. Erg lastig voor u. Ik geloof dat hij een paar nichten in Essex heeft. O, die hebt u al geprobeerd te bereiken. Nou, ik kan u niet helpen. Dag.'

'Sir Edward heeft een hartaanval gehad,' zei ze toen ze terugkwam bij het aspergeperk. 'Ik zei vorige week al dat het zijn bloeddruk was, de manier waarop hij zich gedroeg.'

'Wat? Waar?' zei Garbutt.

'Nou, rond zijn hart.'

'Waar belden ze vandaan?'

'Dat heb ik niet gevraagd.'

Garbutt duwde haar onhandig aan de kant, rende door haar terrasdeuren en over haar pastelkleurige Chinese tapijt, draaide 1471, en drukte toen op de 3.

'Hij ligt in het ziekenhuis,' zei het hotel. 'De ambulance was er heel snel. Het verbaasde ons. Het ging net zoveel beter met hem. Hij was 's middags buiten geweest en hij had een uitstekend diner gegeten.'

'Was hij al eerder ziek dan?'

'Ja, hij kwam hier aan met een verstuikte enkel. Wilt u de naam van het ziekenhuis hebben? Ik hoop dat u het niet erg vindt dat we het vragen, maar is er genoeg geld om zijn rekening te betalen?'

'Geld is nooit een probleem geweest voor hem.'

'Dank u. We begonnen erg gesteld op hem te raken.'

'Dat effect heeft hij op mensen,' zei Garbutt en hij belde Kate en toen zijn vrouw.

Garbutt vond Filth, die aan infusen en monitoren was gelegd, en probeerde niet te luisteren naar het gekwetter van de televisies en het rumoer van de zaal, waar mannen en vrouwen in verschillende stadia van ziek-zijn naast elkaar lagen. Net Pompeï.

Het was een oud ziekenhuis. De ramen waren te hoog om iets te zien behalve de draden en het beton van oninteressante gebouwen en de lucht. Het licht was niet het parelachtige licht van gisteren in de weiden van Badminton; Filth probeerde zich het licht te herinneren en te besluiten wanneer en waar dat was geweest en wie er bij hem was geweest. Herinnering, dacht hij. Herinnering. Mijn geheugen is altijd zo betrouwbaar geweest. Misschien te betrouwbaar. Het heeft me nooit gespaard. *Herinnering en begeerte,* dacht hij. Wie zei dat? *Zonder herinnering en begeerte is het leven zinloos?* Ik ben elke vorm van begeerte lang geleden verloren. Nu mijn herinneringen.

Ineens wist hij dat dit was wat hem jarenlang had gemankeerd. Hij was zijn begeerte verloren. Niet seksuele begeerte, wat altijd een schamel deel van zijn aard was geweest. Hij had de armoede van zijn seksuele verleden altijd verborgen gehouden. Die lieve Betty – ze was verre van veeleisend geweest. Hij had haar nooit verteld over het karnemelkgedoe en had Isobel Ingoldby verzwegen. Wat zouden de jonge mensen van nu van hem denken? Het leek of ze allemaal konijnen waren die lukraak begonnen zodra ze ouder dan tien waren. Hij vond hen weerzinwekkend.

En homoseksuelen weerzinwekkend, als hij eerlijk was. En echtscheiding weerzinwekkend. Zwarten – hier lag hij, verstoord door een groep verschillend gekleurde mensen die rond zijn bed stonden. Dit zijn niet de zwarte mensen van het Britse Rijk, dacht hij, en toen realiseerde hij zich dat de meesten van hen juist precies dat waren. 'Is iemand van jullie Maleis?' vroeg hij. '*Malaya* is mijn land. Maleisië tegenwoordig, natuurlijk. En Ceylon is Sri Lanka, Lanka noemde mijn vriend Loss het, en hij kan het weten. Het wemelde daar van zijn ooms. Dat zei hij voor hij de loopplank af liep. Gebombardeerd door die verdomde Japanners, vermoed ik. O, sorry.' De voornaamste figuur in het theater rond zijn bed was Japans.

'Had het me niet gerealiseerd. Komt door uw West Country-accent.'

'Oké, opa,' zei de Japanner. 'Rustig aan.'

Filths dagen verstreken. Verschillende instrumenten werden van hem losgekoppeld. Op een gegeven moment dacht hij dat Garbutt aan het voeteneind van zijn bed zat en hij zwaaide zwakjes. 'Het spijt me heel erg, deze situatie. Hoe is het met mevrouw Eh? Spijt me heel erg dat ik mevrouw Eh overstuur heb gemaakt. Voel me beter. Maar ik zou graag een priester spreken.' Toen sliep hij, en werd in de nacht wakker en belde om een priester.

'Het is geen zondag,' zei een verpleegster. 'Of bent u katholiek? U wordt weer beter. Praat u morgenochtend maar met iemand. Ga slapen, oude opa. Probeer positief te denken.'

Er zijn ergere tijden geweest dan deze, dacht hij, veel erger. Alleen is de kans op nog veel meer tijden nu verkeken, wat voor tijden dan ook. Dat is rationeel gezien absoluut waar, een serieuze, zelfs mooie vergelijking. Het leven is eindig. Je hebt er sowieso genoeg van. Geen herinneringen. Geen begeerte. Maar toch wil je niet dat het voorbij is. Nog niet.

Verdomde herinneringen.

'Ik was erg gelukkig hier, tijdens de oorlog,' zei hij tegen een langslopende Sikh. 'Ik was een vriend van koningin Mary. Ze onthield mijn verjaardag. Ze stuurde me chocolade.'

'Wie is koningin Mary? De koningin-moeder?'

'Toen ik hier in Gloucestershire woonde,' zei de dommelende Filth, 'leefde ik nogal met mijn kop in het zand.'

'Steek uw hoofd er nu ook maar in,' zei de Sikh, 'en ga slapen.'

'Voor ik ga,' zei Filth, 'wil ik echt een priester spreken.'

Maar toen ze de dag daarop een priester voor hem hadden gevonden, voelde hij zich stukken beter, werd hij verlost van zijn ketenen, naar een vreselijke plek gestuurd om zich te wassen, kreeg hij cornflakes en een stuk vlees dat naar uien rook en was overgoten met een vloeistof die 'bruine saus' heette, en kreeg hij te horen dat hij later naar huis zou gaan.

Daarbij droeg de priester, toen die arriveerde, een spijkerbroek en een T-shirt en Filth geloofde niet in hem. Hij had nog liever een vrouw gehad dan deze, en dat wilde wat zeggen. Hij zou zijn biecht moeten uitstellen. Hij las *The Daily Telegraph* in een klein, rustig hokje, met zijn plastic tas aan zijn voeten. Hij zat daar de hele ochtend, en sukkelde op een gegeven moment in slaap terwijl hij dacht aan andere momenten van totale achteruitgang, van falen, in zijn leven.

Na zes maanden werd hij overgeplaatst vanuit Badminton. De oorlog was veranderd. We waren nu aan de winnende hand en er heerste een nieuw soort monterheid. De bedienden van koningin Mary pakten haar drie koffers op zolder uit en hij werd naar het ministerie van Oorlog gestuurd op basis van de onterechte aanname dat hij een taalkundige was en vrienden in de hogere kringen had. Hij was aanwezig bij de festiviteiten in het centrum van Londen op de dag dat de Duitsers zich overgaven en werd veel sneller dan zijn oorlogsverdienste rechtvaardigde ontslagen zodat hij naar Oxford kon gaan. Hij studeerde na slechts twee jaar cum laude af en werd benoemd tot Queen's Counsel en begon toen aan de veel moeilijkere taak om een positie in iemands advocatenkantoor te vinden.

Het was de winter waar iedereen een halve eeuw later nog steeds over praatte: 1947.

Herinnering en begeerte, dacht hij.

Advocaat

De januariregen van 1947 plensde neer op het vervallen Lincoln's Inn Fields en deed het onbeweeglijke oppervlak van de watertanks die daar in het gras waren geplant rimpelen. Eddie Feathers keek ernaar vanuit de gang van een klein, onbeduidend advocatenkantoor in New Square. Hij liet de deur tussen de gang en de lege kamer van de senioradvocaat aan de voorkant van het gebouw openstaan, omdat hij anders alleen uitzicht had op de vuilnisbakken aan de achterkant. Op dit soort dagen en op dagen met smog, die steeds vaker voorkwamen hoewel steenkool gerantsoeneerd was tot een zak per week, kon hij door de deur de ruimte zien waar hij zich wellicht op kon verheugen als de oude man helemaal niet meer zou komen werken. Een mooie oude kamer met een schitterende gebeeldhouwde, elizabethaanse haard en een groot portret van de ongelukkig uitziende vrouw van de advocaat van de kroon: het gezicht van een oorlogsbruid die wilde dat ze had gewacht.

In een aangrenzende, even historische en even stoffige kamer, maar zonder vrouwenfoto, zat het enige andere lid van het kantoor meestal diep in slaap. Deze ruimtes waren honderden jaren geleden gebouwd als kantoren voor juristen en hadden onderdak geboden aan vele advocaten van voor het Gemenebest. Pruiken werden in deze kamer als vanzelfsprekend gedragen, als hoeden. Toen waren zelfs hoeden uit juristenkantoren verdwenen – ook bolhoeden waren nauwelijks meer te bekennen tegen 1947, hoewel Eddie Feathers er een had gekocht voor de exorbitante prijs van vijf pond, en deze hing nu, bespottelijk, aan een haak bij de straatdeur van het kantoor.

Het was bitter koud in de gang. Er was geen tapijt, geen gordijn, alleen een klein sputterend kacheltje. Hij zat aan een splinterige tafel waar de transcripties van een geschil meer dan een halve meter hoog lagen opgestapeld; praktisch onleesbare blauwdrukken aangaande de installatie van nieuwe wc's in een gebombardeerd overheidsgebouw, een stapel die door zijn annotatie slonk met een achtste van een centimeter per uur.

Sir, zijn school, zijn college, koningin Mary, wezen allemaal met een strenge vinger naar Eddie. Gewoonte dwong hem. Er waren eerder donkere uren geweest. IJver helpt je erdoorheen. Houd vol. O god – waarom?

Gloucestershire en Oxford drongen zich doorlopend aan hem op. Christ Church Meadow, de klokken die vielen en tuimelden en hun geluid verspreidden door de hoofdstraat. De muurbloemen – de geur van de fluwelen muurbloemen die buiten zijn kamers stonden. Hoe leeg zijn binnenplaats was als hij 's avonds thuiskwam. Bijna niemand te zien. Muziek die uit de open ramen kwam. En de lente daar, en de politiek en de vrienden. Te veel werk. Te veel werk om naar feestjes te gaan, zelfs maar naar de Union te gaan, meisjes te ontmoeten, te veel mannen die net van school kwamen en dronken tot ze erbij neervielen, schoolkinderen die de oorlog waren misgelopen. Het afscheid van Oxford had hem verrast door hoe definitief het was.

De regen viel. In de kamer aan de andere kant van het gebouw, met de dichte deur, hoorde hij het comateuze, te weinig omhanden hebbende hoofd van het kantoor een wind laten en gapen. De wind was een bejaarde wind – lang, onmuzikaal en gelaten.

Eddie realiseerde zich dat hij huilde en depte zijn gezicht droog. Hij bedacht dat hij net zo goed naar huis kon gaan.

Maar nee. Beter van niet. Nog een halve centimeter aantekeningen. Hij schoot er niets mee op om naar buiten te gaan in de regen. Het was een vrij lange wandeling naar het metrostation van Aldwych en hij had geen regenjas. Hij moest een paar keer overstappen tijdens zijn reis met de metro (waar iedereen piepend ademhaalde en niet naar zeep rook) voor hij bij zijn studio in het verlopen Notting Hill was. Dan weer naar buiten om te eten bij een ABC-café: worst en aardappelpuree, gestoofde appel en custard, binnen de shilling blijven. Er was nog steeds geen spoor te bekennen van zijn erfenis. Men had hem verteld dat het jaren kon duren voor de dood bevestigd was, laat staan het testament. Hij was nog steeds niet in staat om zich het einde van zijn vader voor te stellen. Geen vriend van zijn vader, geen officieel bericht van het ministerie van Buitenlandse Zaken. Eddie onderdrukte zijn schuldgevoel over het feit dat hij geen inlichtingen had ingewonnen. Hij had niets gehoord van zijn tantes. 'Op een dag zal ik het weten,' was het enige wat hij zichzelf toestond te denken.

Hij zou een fiets moeten kopen. Zich de reiskosten besparen. Hij verdiende honderd pond per jaar als klerk van de afwezige advocaat van de kroon met de lastige vrouw. Driehonderd per jaar alles bij elkaar, inclusief zijn zeer incidentele opdrachten. Hij had één goed pak, liet zijn schoenen verzolen en de hakken vervangen, waste zijn nieuwerwetse nylon overhemd elke avond en hing het over de geiser in de gemeenschappelijke badkamer van zijn logement zodat het 's ochtends droog zou zijn. Om de schijn op te houden voor procureurs en klanten. Niet dat er klanten waren. Niet voor hem. Pas over jaren. Misschien wel nooit. Niemand kende hem. Verderop in de gang liet de oude advocaat van de kroon weer een wind.

Het was bijna een jaar geleden dat Eddie, terwijl hij op een avond over de ooit mooie Londense pleinen liep – zonder geld was er niets anders te doen, hij verdreef de uren tot het tijd was om naar bed te gaan –, ineens aan de bouw- en constructiekant van de wet had gedacht. De oorlog was voorbij. Ooit – kijk naar Duitsland – zou het heropbouwen van de puinhopen ook hier beginnen. Bouwgeschillen, dacht hij. Daar zullen er honderden van zijn. Na enig rondvragen had hij een advocatenkantoor gevonden dat was gespecialiseerd in bouwrecht en dat naar deze uithoek van Lincoln's Inn was verhuisd nadat het geraakt was door een bom.

Er was niet eens ruimte voor een kantoor voor de klerk. Die hadden ze moeten huren aan de overkant van een binnenplaats. De hoofdklerk, die eruitzag als een onsuccesvolle butler en veel tijd in overpeinzing doorbracht, vertrok snel na de lunch naar South Wimbledon. De slimme onderklerk, Tom, met een gruwelijk gebrek aan werk, begaf zich tijdens de lunch in de pubs onder de klerken van andere kantoren, van wie hij probeerde tips te krijgen over zaken die eraan zaten te komen, ondertussen bedenkend wat zijn volgende stap zou zijn. Hij mocht Eddie en had medelijden met hem. 'Ik zou ermee stoppen als ik u was, meneer,' zei hij op een dag. 'U bent hier veel te goed voor – cum laude afgestudeerd van Oxford. Ik kan u hier niet verkopen. Ga naar Nieuw-Zeeland.'

Misschien doe ik dat wel, dacht Eddie vandaag, terwijl hij door de deur naar de indrukwekkendere kamer keek en daarna verder, door het raam van de oude, afwezige advocaat van de kroon naar de vallende regen. Tussen het gebouw en de tuin van het kantoor, waar een imposante boom stond die andere oorlogen overleefd had, stond een witte Rolls-Royce geparkeerd. Hij kon de chauffeur, gekleed in een groen uniform, in de auto zien zitten. Ongebruikelijk. Eddie zuchtte en pakte de volgende bladzijden met transcripties van de stapel.

De deur aan de straatkant van het kantoor bonsde nu tegen de muur en er kwamen voetstappen in de richting van Eddies steeg gerend. De onderklerk, met flapperende regenjas – hij had zitten wachten tot hij naar huis kon – gooide zijn deur open en riep: 'Kom, meneer. Snel. Snel, meneer! Sta op. Laat die papieren liggen. Ga naar de kamer aan de voorkant. Achter het bureau. U hebt een cliënt.'

'Cliënt?'

'Nieuwe procureur. Blaas het stof van die papieren. Fatsoeneer uw kleren. Waar is die chique kledingborstel van u? Hier. Ik zal de foto van zijn vrouw uit het zicht zetten. Verkeerd beeld. U bent jong en kunt ongehinderd reizen. Ik denk dat u op reis gaat.'

'Op reis?'

'Ik heb een opdracht voor u geregeld. Het is een grote. Vierhonderd voor de opdracht en veertig per dag. Neemt waarschijnlijk twee weken in beslag.'

'Wie heeft in hemelsnaam –?'

'Geen idee. Het is in Hongkong. Het is een Chinese dwerg.'

'Je bent gek geworden, Tom. Het is een grap.'

'Hij kwam hier aan in die Rolls. Ik heb hem twintig minuten laten wachten in het kantoor van de klerk. Ik zal hem hierheen brengen.'

'WACHT!'

'Wacht? Wacht? Luister, het gaat om een defecte pijpleiding in Hongkong. Dit is uw doorbraak.'

'Een Chinese dwerg?'

'Kom terug. Waar gaat u heen, meneer? Ik zal hem naar u toe brengen, u moet niet achter hem aan rennen.'

'Waar is hij nu?' schreeuwde Eddie vanaf de binnenplaats.

'Hij zit nog steeds in het kantoor van de klerk. Ik heb tegen hem gezegd dat ik ging kijken *of* u tijd had. Ik breng hem naar u toe. *Gravitas*, meneer.'

Maar Eddie was verdwenen, over de binnenplaats, onder de lindeboom, rennend door de regen. De chauffeur in de Rolls draaide zich om en keek met een opgetrokken wenkbrauw toe.

Eddie rende het kantoor van de klerk in, waar Albert Loss op de uitgezakte paarse bank patience zat te spelen.

'Coleridge!'

'Pik de vrouw eruit. Maak de schoppenaas dood.'

'Coleridge! Godallemachtig, Coleridge. Maar jij bent dood. De Japanners hebben je gedood.'

'Colombo is niet gevallen. Je hebt geheugenverlies. Er waren aanvankelijk luchtaanvallen. En daarna lieten ze ons met rust. Je had moeten blijven. Ik vond mijn oom. Verschillende ooms. Allemaal advocaat. En dus ben ik ook advocaat geworden.'

'Dit is het meest fantastische... Hoe heb je me in hemelsnaam gevonden?'

'De advocatenlijst, mijn beste oude makker. Boven aan de advocatenlijst. Dankzij mij. Ik heb je, zoals je je nog wel herinnert, naar de wet geleid. En nu geef ik je een opdracht. Mijn praktijk is grotendeels in Hongkong gevestigd. Ik hoop dat je geen serieuze familiebanden hebt?'

'Geen enkele band. Nog geen draadje. Geen spinnenweb – Coleridge!'

'Mooi. Dus je kunt volgende week naar Hongkong vliegen? Eerste klas, uiteraard. We mogen geen gezichtsverlies lijden tegenover de cliënten. We geven je een kamer in het Peninsular Hotel.'

'Ik zal de documenten moeten lezen.'

'Onzin Fevvers. Je zult het allemaal uit je hoofd doen. In het vliegtuig. Zaak openen en sluiten, en ik heb je leren pokeren. Je kunt denken. Ik vlieg zelf morgen terug.'

'Dit is een droom. Je bent precies hetzelfde. Je bent niet ouder geworden. Wat is er trouwens met mijn horloge gebeurd?'

'Ah, dat moest ik helaas opofferen tijdens de zoektocht naar mijn oom. Maar jij bent wél ouder geworden, Fevvers. Je ervaringen tijdens de oorlog hebben je ongetwijfeld ouder gemaakt?'

'Dat zou je kunnen zeggen. Coleridge, kom op! We gaan de stad in. Waar logeer je?'

'In het Dorchester, uiteraard. Maar er is geen tijd voor sociale bestraffing. Ik vlieg morgen terug en ik moet mijn bouwvakkers spreken. Ik ben een van de Nash-huizen bij Regent's Park aan het kopen. Allemaal in puin. Praktisch gratis op het moment. Als je het wilt huren na de pijpleiding zeg je het maar. Hebben ze je trouwens opgehaald?'

'Opgehaald?'

'In Liverpool. Toen je van die oude Portugese badkuip af kwam?'

'Ja. Ja, ik werd inderdaad –'

'Ik was gedwongen je adresboek te lenen. Ik ben bang dat ik het onderweg ergens ben kwijtgeraakt. Mijn ooms hadden nauwe banden met het Corps of Signals. En ik heb natuurlijk een fenomenaal geheugen.'

'Je zou een spion moeten zijn.'

'Dank je, maar ik heb al een betaalde baan. Het is erg goed om je weer te zien, Feathers. Erg fraaie kledingborstel. Wil je de opdracht?'

'Ja. Coleridge!'

'En nog iets,' zei Albert Loss bij de auto, terwijl de chauffeur boven hem uittorende met een paraplu in zijn hand, 'maak vooral gebruik van de Royce terwijl ik in Hongkong ben.'

Laatste sacramenten

'Indigestie,' zei het hotel tegen Claire over de telefoon. 'Bijzonder hevige indigestie.'

'Op de ansichtkaart zei hij een verstuikte enkel.'

'De indigestie kwam daarna. Het waren de garnalen. Leek precies op een hartaanval. Hij heeft in het ziekenhuis gelegen. Hij is nu weer hier om bij te komen van het ziekenhuis. Zullen we hem voor u halen? Hij zit buiten in de zon, goed ingepakt. Wie kunnen we zeggen dat er belt?'

'Wilt u hem zeggen dat het Claire is? En dat ik zijn ansichtkaart heb ontvangen.'

'We waren erg blij met die ansichtkaarten.'

'Hallo,' zei Filth, die binnen kwam gewankeld. 'Ik vroeg me af of er iemand een priester voor me kan vinden.'

De bar luisterde. Het aardige meisje kwam en liet hem plaatsnemen in een stoel. Terwijl ze het nummer voor hem draaide en hem de telefoon gaf, zei ze: 'Sir Edward, dat gedoe over een priester was vorige week.'

'Wat? Hallo? Claire? Er zijn dingen waar ik mijn hart over moet luchten. Deze episode was nogal angstaanjagend. Een onafgedane zaak. Je weet wel waar ik het over heb.'

'Ik heb geen idee.'

'Jij en ik en Babs.'

'Wat is er met ons?'

'En Cumberledge?'

Er viel een stilte.

'O, lang, lang geleden,' zei ze.

'Maar toch moet ik het aan iemand vertellen. Wat is er met jouw priester gebeurd? Die ene in de kerk met al die marmeren baby's?'

'Bedoel je dominee Tansy? Ik dacht dat je hem verafschuwde.'

'Nou, ja. Dat was ook zo. Maar ik blijf aan hem denken. Kun je hem voor me vinden?'

'Maar je zit in Gloucestershire. En ik heb gehoord dat je niet kunt lopen en dat je een vermoedelijke hartaanval hebt gehad.'

'Vals alarm. Werd iets te opgewonden terwijl ik de evangelien las.'

'Neem nu maar afscheid van haar, Sir Edward. We zullen uw lunch serveren in de lounge. U moet het nog steeds rustig aan doen.'

'Dag, Claire. Dank je dat je hebt gebeld. Ik bel je binnenkort weer.'

De dag vorderde. Hij zat verdiept in mijmeringen. Ze brachten hem thee.

Verdomd geschikt van ze dat ik hier weer mocht terugkomen, dacht hij. Allemaal te danken aan Loss, dat ik het kan betalen. Zette me op het juiste spoor. Maar ik heb er ook zelf voor gewerkt. Ik heb gewerkt voor mijn miljoenen. En ze ook nog overleefd. Loss niet.

Hij dutte in en werd gewekt door het aardige meisje, en haar grootmoeder met een bos asters. 'U zou geen garnalen moeten eten,' zei de grootmoeder. 'Boven de zeventig moet je geen garnalen meer eten. Koningin Mary keek niet eens naar garnalen.'

'Het kan ook de bananensplit zijn geweest,' zei haar kleindochter.

'Ik eet geen bananen,' zei Filth.

De volgende dag kwam er een brief van Claire in haar vloeiende felblauwe handschrift.

Lieve Teddy,

Het toeval wil dat dominee Tansy jouw kant opkomt om zijn jongensclub in Falmouth te bezoeken. Babs komt met hem mee. Het lijkt allemaal nogal profetisch. Ik heb hun laten weten waar je bent.

Wat betreft onze ellendige jeugd, oude neef, die moet je vergeten. Wat we hebben gedaan, heb ik me nooit dwars laten zitten, zelfs niet in dromen. Ik had er destijds geen moeite mee en ik heb sindsdien nooit de behoefte gehad om erover te praten. Oliver weet het niet, bijvoorbeeld, en dat gold ook voor wijlen mijn echtgenoot. Wat ze nu 'de autoriteiten' zouden noemen lieten ons na haar dood zo snel verdwijnen dat er niet veel over in de krant kwam. Nu zou het een maand lang doorlopend op televisie zijn.

Wist je dat ik Cumberledge ooit weer ben tegengekomen? Slechts een paar jaar geleden. Sterker nog, het was op de dag dat je bij ons logeerde, toen Oliver me meenam naar Cambridge om thee te drinken met een ander kopstuk van zijn oude college, een decaan die er nog steeds woont. Iemand die aardig tegen hem was toen hij daar studeerde. Nu, de hele tijd dat we in de kamer van die oude baas waren, was ik in de war, alsof ik hem kende. Hij leek zich totaal niet bewust van mij. Mijn achternaam was veranderd en het was driekwart eeuw geleden en Oliver had nooit gezegd dat ik een Raj-wees was geweest. Oliver vertelde me op de terugweg hoe hij heette en nadat jullie allemaal waren vertrokken, ging ik hier in High Light aan tafel zitten om hem een brief te schrijven, ondertussen hopend dat ik niets zou oprakelen wat beter vergeten kon worden. We begonnen een door en door saaie correspondentie.

Ik weet niet of ik wel of niet blij ben dat hij nooit over de moord begon. Nou ja, natuurlijk weet ik dat wel. Ik was niet blij.

Ik had willen weten wat hij dacht dat we allemaal hadden gedaan. Ik denk vaak, als ik in de krant over een moord lees, dat de moordenaar de laatste persoon is die zich bewust is van de misdaad. Soms is hij zich er jarenlang niet van bewust, denk ik. Nou ja, daar weet jij alles van. Moordenaars zijn degenen die bezeten zijn.

Ik bedoel niet dat zoiets als schuld niet bestaat. En kwaadaardigheid. Wat ik bedoel is dat er bij de volwassen moordenaar sprake is van verwarring en krankzinnigheid. Wat zo interessant is aan onze moord is dat die twee dingen er niet waren. Geen verwarring. Geen krankzinnigheid. Wij drieën – niet Cumberledge – gingen volledig op in het proces van verantwoordelijkheid overdragen aan de krachten van het duister, die we hadden leren kennen als kinderen en die ons kenden. We verloren onszelf er helemaal in, wij drieën. Nog niet getemd. We waren wezens uit de jungle.

Arme Babs – ze is waarschijnlijk de beste persoon van ons drieën – werd waanzinnig. Ze is het grootste gedeelte van de tijd half waanzinnig. Maar ze is nog steeds Babs. Ma Didds was het wreedst tegen haar. Verbood haar te zingen. Bond haar mond dicht. Babs werd gecastreerd. Lelijk van geest, lichaam en toestand. Wordt nu nog lelijker. En toch herinner ik me dat ze een tijdje oogverblindend was tijdens de oorlog.

Voor jou, lieve Teddy, was Ma Didds bang vanwege je lengte en je kracht en je buitengewone schoonheid. O, wat is ons uiterlijk toch oneerlijk! Didds wist dat ze jou nooit lelijk kon maken. Ze werkte aan je gestotter. Ze was bang voor je stiltes. Je leek destijds niet op een kind. Nu lijk je meer op een kind. Betty verscheen op het toneel en haalde de jaren van je af in wat het perfecte huwelijk leek. Ze vroeg nooit om meer dan jij kon geven. Anderen gaven haar passie. Je was een heilige wat betreft Veneering. Je was een muur van albaster. Jullie redden elkaar. Jij en Betty. Ik vermoed dat jullie er nooit over praatten.

Maar niemand heeft ooit van je gehouden zoals ik, Teddy.

Toch was ik de kilste van ons. Ik was het hardvochtigst. Ik was de actrice. Ik was het kleine mooie meisje dat nooit iets verkeerds deed. Ik was degene die het idee van de moord opperde.

Cumberledge heeft in heel zijn rustige leven nooit een beslissing genomen (ik weet niet hoe hij zo hoog is opgeklommen in het leger voor hij naar Cambridge werd gedreven). Hij was volkomen passief – al zijn gehuil en gegil terwijl ze op hem afkwam met de zweep (ik schrijf nu de dingen op waar ik nooit over na heb kunnen denken). Maar iets diep binnen in hem bleef onaangeraakt door haar. Ik wed dat hij gemoedelijk en sentimenteel werd. Een man die van de ene verliefdheid in de andere viel.

Jij, Teddy, werd op een gruwelijke manier door haar geraakt. Je werd slecht in liefhebben. Ik denk niet dat je ooit veel vrienden hebt gehad op school. Ik ben net zo, als ik eerlijk ben. Ik kan niet liefhebben. Ik ben een en al charme. Babs heeft liefde nodig. Heeft het nodig als haar dagelijks brood. Probeert het overal te krijgen. Maar ze roept afkeer op, het arme ding. Wast zich nu niet meer – dat is een slecht teken. Dat vergroot haar kansen bij dominee Tansy niet. Ze zegt dat ze ooit een affaire heeft gehad met Cumberledge. Allemaal fantasie.

Weet je, degene die het hardst liefde nodig had, was Ma Didds. Al die haat was liefde die was misgegaan. Wat heeft ze ooit gekregen van de oude Pa Didds en altijd weer die kerk?

Niet dat men van ons als kinderen had mogen verwachten dat we dat wisten, maar ik had een vermoeden toen ze me op haar stinkende oude schoot nam en zachtjes zong en me brood met boter gaf. Ik wist toen al hoe ik zoete broodjes moest bakken. Ik werd jonger dan jullie allemaal weggestuurd, en mijn ouders waren gezichtloos; maar ik was, en ben, de hardste. Ik ben erg blij dat ik de moord heb bedacht. Ik heb er volop van genoten. Dus maak je niet druk. Jij bent degene die de klap toediende, lieve Teddy, maar ze kunnen je nu niet meer ophangen.

Liefs van Claire.

Hij verscheurde de brief.

Ik ben eindelijk oud, dacht hij. Ik zou ook kil moeten zijn. Maar ik gooi de kilheid van de jeugd van me af en trek het overgevoelige harnas van de oude dag aan. Ik ben geen religieus man. Ik ben niet gechoqueerd door Claire, zoals de meeste mensen wel zouden zijn. Waarom wil ik een priester? Sacramenten? Ceremonies? Ik walg van mezelf. Het is allemaal bijgeloof. Maar ik weet dat ik iemand moet vertellen dat ik toen ik acht was in koelen bloede een vrouw heb vermoord.

De westenwind van de equinox beukte plotseling tegen het serreglas van de hotellounge waar Filth zat, nu alleen. Toen ging de wind liggen en sliep hij. In zijn slaap hoorde hij het regelmatige slaan van een trommel, en hij werd met een schok wakker, denkend dat het zijn hart was. Ze hielpen hem terug naar zijn kamer, waar de asters van de grootmoeder stonden te stralen op de vensterbank.

'Ik heb zo onverdiend veel geluk,' zei hij later tegen het kamermeisje, als begin van het herstel van zijn beschadigde imago. (Claires angstaanjagende brief.) Hij lachte zijn lieflijke glimlach.

'Geluk in materiële zin, althans,' zei hij toen hij weer alleen was, met de gordijnen dicht, en in het heerlijke donker lag. 'Zij doen alleen maar zo vriendelijk omdat ze erachter zijn gekomen dat ik rijk ben. Er zullen geen problemen zijn met de rekening.' Hij merkte dat Claires gruwelijke brief naar de achtergrond verdween terwijl hij nadacht over het pragmatisme van anderen.

Maar toen hij in slaap viel, werd zijn droomlandschap overstroomd door een groot gezicht. Het vulde het scherm van zijn slapende bewustzijn, doemde dreigend op – verdween toen. 'Ga weg, Veneering,' schreeuwde Filth het gezicht na. 'Ik ben er niet klaar voor om met je te praten. Nog niet.'

Een paar dagen later arriveerde dominee Tansy in het verrukkelijke hotel, samen met een vrouw die een golvende nylon rok en een grijze nonnenkap droeg en die Babs bleek te zijn.

Filth lag weer in bed. Hij had het advies gekregen daar een dag of twee te blijven en zich niet te vermoeien met bezoekers, en zijn gordijnen waren nog dicht toen de manager van het hotel aanklopte en uiteindelijk zijn hoofd om de deur stak, en het licht aandeed, en Babs en de priester de opgebaarde gestalte van Filth onder het laken zagen liggen, met zijn ivoren neus naar boven gericht, de neus van een heel oude man.

'Misschien niet zo lang?' zei de manager. 'Blijf niet te lang.'

Babs zei dat ze naar buiten zou gaan om haar hond uit te laten.

Toen deed dominee Tansy de deur achter zich dicht, maakte de gordijnen open en deed het licht uit. Hij pakte de telefoon naast het bed en bestelde een lunch op de kamer voor over een uur. Toen rende hij door de kamer en verwijderde hangende asters en deed alle ramen open. Hij vond Filths kamerjas en manoeuvreerde hem daarin, hees de oude botten van het bed, liet de ivoren waaiers die Filths voeten waren in zijn leren slaapkamerpantoffels van Harrods glijden, plantte Filth op een stoel met een rechte rug en zette een tafel voor hem neer.

'Heb ik me geschoren?' vroeg Filth. 'O jee, ik hoop van wel.'

'Maakt u zich daar nu maar geen zorgen over,' zei Tansy. 'Word wakker. U hebt me eindelijk laten komen. Ik heb geduldig gewacht.'

'Je bent nogal overtuigd van je eigen gewichtigheid,' zei Filth. 'Ik herinner me jou, omspoeld door die grote marmeren kerk.'

'Niet mijn gewichtigheid,' zei Tansy. 'Ik volg de gewichtigheid van een ander. Ik probeer de persoonlijkheid van Christus te volgen en word erdoor geleid.'

'Daar geloof ik allemaal niet in,' zei Filth. 'Maar er is iets, ergens, wat me aanspoort om te praten met een – nou ja, met een priester, neem ik aan. Jij bent de enige priester die ik ken. Hoe je hier bent gekomen, weet ik niet. Wat ik hier doe, weet ik niet. Ik heb de laatste tijd veel gedroomd. Over koningin Mary.'

'Koningin Mary?'

'Ja. En over mijn vader. En een – moord. En andere losse eindjes.'

Dominee Tansy wachtte met schitterende ogen, als een eekhoorn. 'Ga verder.'

'Ik neem aan dat het een biecht wordt,' zei Filth. 'Ik ben blij dat je niet verborgen zit in een van die dozen. Daar zou ik niet tegen kunnen.'

'Dat weet ik.'

'Ik kan pas beginnen als Babs terug is. Ze maakt er deel van uit. En ik ben ernstig ziek geweest.'

'Sir Edward, u kunt beginnen met me te vertellen wat u mankeert. En ik wil niets horen over garnalen en verrekte gewrichtsbanden.'

Na een tijdje zei Filth: 'Ik ben mijn hele leven, vanaf mijn vroege kindertijd, verlaten, of gedumpt, of gescheiden door de dood, van iedereen van wie ik hield of die om me gaf, Tansy. Ik wil weten waarom.'

'U bent een held binnen uw vakgebied, Sir Edward.'

'Dat is een totaal andere kwestie. En ik geloof je trouwens niet. Niemand kent me meer in de rechtbank. Mijn werk is volledig vergeten. Ik was ooit beroemd vanwege een of andere milieuwet. Allemaal achterhaald nu. Ik wil je iets vertellen. Toen mijn advocatenkantoor werd verhuisd naar een net gebouwd kantoor, als een overheidsdepartement – het kostte miljoenen, die we tegen die tijd allemaal konden betalen; we hadden zesendertig leden toen ik besloot me permanent in Hongkong te vestigen – nam de oude klerk die met pensioen ging me mee naar de kelder onder het elizabethaanse gebouw waar ik was begonnen. Er lag daar een zee van opdrachten, bijna een meter hoog, gebundeld met roze tape. "We weten niet wat we ermee aan moeten," zei hij. "We hebben besloten een bedrijf in te huren dat ze op de vuilnisbelt gooit." Dat waren jaren van mijn leven. Jaren en jaren.'

'Het wordt ons niet vaak,' zei de priester, 'zo pijnlijk duidelijk gemaakt. Ik zie het aan mijn lege kerkbanken.'

'Het is allemaal nutteloos geweest. Ik ben oud, vergeten en alleen aan het sterven. Mijn laatste vriend, Veneering, is overleden. Ik mis hem, maar ik heb hem nooit echt vertrouwd. Mijn meest waardevolle vriend was een valsspelende broodkaarter en mijn vrouw had een hekel aan hem, ook al dankten we ons succes in de juridische wereld van het Verre Oosten aan hem. Hij stierf op 11 september. Passagier in een van de vliegtuigen. Kaartspelend tot het eind, vermoed ik. Had in geen jaren meer van hem gehoord.'

Babs kwam weer de kamer in en droeg de hond op te gaan liggen. Hij klom meteen op Filths bed, ging tegenover hem liggen en keek naar hem alsof hij hem al eens eerder ergens gezien had.

'Waar het op neerkomt,' zei Filth die, aan zijn tafel gezeten, iets van zijn vroegere autoriteit bij het toespreken van de rechtszaal herwon, 'waar het op neerkomt is dat ik me ben gaan afvragen of mijn eenzame leven – ik heb me eigenlijk altijd alleen gevoeld – het gevolg is van wat ik gedaan heb toen ik acht was en met Babs en Claire in Wales woonde, toevertrouwd aan de pleegzorg van een vrouw die Ma Didds heette.'

Babs krabde aan haar been door een dikke grijze kous en keek uit het raam. 'Kom op, Teddy,' zei ze. 'Gooi het eruit.'

Dominee Tansy, die nu geen spoor van de huppelende komiek in zijn parochiekerk vertoonde en volledig werd gedomineerd door zijn ambt, zat stil en knikte één keer.

Toen Filth duidelijk niet in staat was om te beginnen, zei Babs: 'O, dan doe ik het wel.'

Er viel een stilte.

'Ze deed ons pijn,' zei Babs. 'Ze had het soort lachend gezicht, mollig en rond, dat als je beter kijkt wreed is. Het was niemand opgevallen. Waarschijnlijk was ze anders toen ze voor het eerst pleegkinderen verzorgde. Pa Didds was een aardige, oude man, maar hij voerde niets uit. Toen ging hij dood. Ze hadden zelf geen kinderen. Tegen de tijd dat wij arriveerden, haatte ze kinderen, maar ze bleef in de pleegzorg, want er was niets anders. Ze bleven kinderen naar haar sturen. Vanuit allerlei plekken in het Britse Rijk. Als de kinderen klaagden... De meesten deden dat niet, die dachten dat ze normaal was. En daarbij konden de kinderen toch pas klagen als ze daar weg waren, op een andere plek. En er was geen andere plek. We werden allemaal voor vier of vijf jaar naar haar gestuurd. Langer dan we tot dan toe in leven waren, begrijpt u? De klagers werden als lafaards beschouwd. We moesten in die tijd het voorbeeld van de Spartanen volgen. Je had de illustraties in de kinderboeken van de Raj in die tijd moeten zien. Plaatjes van kinderen die elkaar op school sloegen met stokken. Het systeem waarbij oudere leerlingen de jongere in toom houden. Nu zou het als porno worden gezien. Uiteraard was het Cumberledge die ze het meest haatte.'

'Hij was er al toen wij daar aankwamen,' zei Filth. 'In bed. Zei geen woord. Hij was bleek en dik en huilde en ging niet naar beneden om te eten. "Wat is er aan de hand met die andere jongen?" vroeg Babs. "Hij heeft weer in bed geplast," zei Ma Didds, en ze legde een van haar lange zwepen over de tafel. "En hij zal zijn eigen lakens moeten wassen."'

'Ik deelde een kamer met hem,' vervolgde Filth even later. 'Hij stonk en ik haatte hem. Hij sliep op de vloer om de lakens te sparen, maar dan plaste hij in zijn pyjama. Die trok hij dan uit en ging op de vloer liggen, maar dan sloeg ze hem een tweede keer omdat hij zijn pyjama had uitgedaan. Wij moesten toekijken.'

'Hoe lang ging dat zo door?'

'Jaren,' zei Babs. 'Ze versmolten met elkaar, de jaren. Het leek ons hele leven. We vergaten dat er ooit iets anders was geweest. Iets daarvoor.'

'Niet helemaal,' zei Filth. 'Claire – ze deed Claire overigens nooit kwaad – Claire was jonger en heel mooi en ze nam haar vaak op schoot en kamde haar haren. Voor Pa Didds het ziekenhuis in ging en overleed, was hij aardig tegen mij en Babs. Er waren verschillende goede momenten.'

'Hij mocht jou,' zei Babs. 'Ging met je wandelen. Hij nam mij nooit mee uit wandelen. Ik zong kerkliederen, heel, heel hard. Ze haatte mijn gezang. Ze bond mijn mond dicht.'

'En het eind van het verhaal?' vroeg de priester.

'Claire besloot op een dag wat het eind van het verhaal zou zijn terwijl we eieren raapten in het kippenhok. Dat was onze taak. We vonden het leuk om te doen – alle opschudding en tumult en de haan die kraaide. Het was een dag waarop Cumberledge zweepslagen had gekregen en terug in zijn bed was gegooid en weer huilde. Het was bijna alsof Ma Didds op een of andere gruwelijke, wrede manier van Cumberledge hield, vooral nadat Pa Didds overleden was. Alsof ze zichzelf haatte. Als we allemaal naar bed waren gegaan, zat ze op een stoel en wiegde ze zichzelf terwijl ze haar buik vasthield. We gluurden over de trap en zagen haar. Alsof ze een baby in zich had.'

'Ze sloot me op in kasten,' zei Filth. 'Ik begon nog erger te stotteren dan ik al deed. Dan schreeuwde ze tegen me dat ik beleefd moest antwoorden, en als ik geen woord kon uitbrengen, sloeg ze mijn hoofd tegen de muur of gaf ze me een draai om mijn oren, en schreeuwde weer dat ik haar antwoord moest geven.'

'Ze gaf ons goed te eten,' zei Babs. 'Enorme borden met eten. Grote stoofpotten en zelfgebakken brood. "Je zou eens moeten zien hoeveel ze eten," zei ze tegen de mensen in de kerk. "Zo dik als varkens." Ze mestte ons vet. Behalve Claire. Claire liet de helft staan en glimlachte als een engel naar Ma Didds. Ze strafte Claire nooit.'

'Claire is de slimste van ons drie,' zei Babs.

'En dus –?'

'En dus zei Claire – ongearticuleerd als altijd, ze was pas zes – die avond in het kippenhok, terwijl Cumberledge binnen was: "Ik vind dat we haar moeten doodmaken."'

'We wisten alle drie hoe het moest. We hadden allemaal *ayahs* gehad. En Eddie had zijn *amah*.'

'Ik keek altijd toe terwijl zij en het hele dorp bezig waren in de kampong,' zei Filth. 'Ze doodden een haan als offer en sloegen dan op een trommel. De bezweringen gingen urenlang door. Ze verbrandden dingen die toebehoorden aan degene die ze dood wilden hebben. Haar. Een knoop. En veren van de haan. Dan overleed die persoon.'

'Geloofde je dat?'

'O ja. Het was echt zo. Het gebeurde. Altijd.'

'Ik wist hoe ik een haan moest doodmaken,' zei Filth. 'Ada kon het. Ik had meegekeken. Maar toen ik de haan van Ma Didds probeerde te vangen, was hij te sterk voor me, dus in plaats daarvan ving ik een hen en doodde die. Het is heel makkelijk. Ada bond de poten samen en brak dan de nek door de kip snel rond te zwaaien, ondersteboven, steeds weer rond, in de droge modder. Ik deed het op de vloer van het kippenhok. Ma Didds was naar de kerk. We waren altijd alleen op zondagavond. Ik sneed de kop van de kip eraf met het broodmes en nam die mee naar binnen. Claire had wat haren van Ma Didds uit haar kam gehaald. We pakten de lucifers en verbrandden het haar en de kippenkop in de haard, en Babs zong.'

'Ik zong *There's a friend for little children,*' zei Babs, '*Above the bright blue sky*, en Eddie sloeg pannendeksels tegen elkaar. We hadden niet verwacht dat de kippenkop zo erg zou stinken of zo moeilijk te verbranden zou zijn. Toen hoorden we haar thuiskomen en renden we allemaal naar boven.'

'We waren vergeten het kippenhok dicht te doen,' zei Filth, 'en dat was het eerste wat ze zag, en een of twee kippen die op het dak waren neergestreken. Ze kwam binnengestormd en pakte een stok, en toen rook ze de veren. Ze schreeuwde "Cumberledge!" en liep de trap op. Als ze naar boven liep, moest ze altijd haar buik omhooghouden. Die hing naar beneden. Het was afstotelijk. Dus kwam ze de trap op met een hand om haar buik terwijl ze met de andere de stok omhooghield. "Deze keer breek ik je, Cumberledge!"'

'Maar boven aan de trap,' zei Babs, toen Filth niet verder kon gaan, 'kwam Eddie tevoorschijn uit de kamer die hij deelde met Cumberledge. Claire en ik waren uit onze kamer gekomen en stonden dicht bij hem in de buurt. Cumberledge kwam niet onder zijn bed vandaan. Hij zag het niet. Maar wij zagen het wel. We zagen hoe Eddie haar pols vastpakte, de pols waarmee ze de stok omhooghield. Hij stond boven haar op de trap en was toen al groter dan zij. En hij stond daar alleen maar en hield haar pols vast boven haar hoofd. En ze zei: "Laat mijn pols los. Ik ga naar Cumberledge."'

'En dus,' zei Filth, 'liet ik haar heel plotseling los, zodat ze achterover van de trap viel. En stil bleef liggen onder aan de trap. Voor ze stil bleef liggen, hoorden we iets – kraken. Als een afgeknapte boom.'

'Ik rende naar de haard om de verbrande kop op te ruimen,' zei Babs, 'en Eddie ging naar Cumberledge om voor hem te zorgen. Claire trok haar jas aan en ging naar het dorp om hulp te halen. Maar ze bleef heel lang weg omdat het een donkere nacht was en ze verdwaalde. Ze heeft altijd een hekel gehad aan het donker. Dus gingen Teddy en ik samen in bed liggen om dicht bij elkaar te zijn. We konden Cumberledge niet overhalen erbij te komen liggen. Uiteindelijk vielen Teddy en ik in slaap en we werden pas wakker toen ze Ma Didds aan het weghalen waren. Ze was niet dood, zo bleek, maar ze stierf de dag daarop. Ze moesten een spoedoperatie op haar uitvoeren vanwege maagkanker. Daar was ze aan overleden, zeiden ze. Ze zou sowieso binnen een paar dagen zijn gestorven.'

'Wát?' zei Filth. 'Dat heeft niemand me ooit verteld.'

'En de andere jongen? Cumberledge?'

'Cumberledges zogenaamde voogden haalden hem daar meteen weg. Er was een schandaal over de toestand waarin hij verkeerde en hij verdween. Wij logeerden in het dorp tot tante May kon komen, en Eddies Sir.'

'Werden er vragen gesteld?'

'Voorzover ik weet geen één. Er gingen al lange tijd geruchten. Maar dorpen in Wales vormen één front tegenover vreemdelingen en wij waren daar allemaal bijzonder vreemde kinderen. Wales was geslotener in die tijd en we werden verslagen door de taal. Maar niemand suggereerde dat er iets crimineels aan ons was.'

'Niemand,' zei Babs. 'Claire kreeg zelfs een paar cadeautjes. Iedereen is altijd dol op Claire.'

In dit dure en goedaardige hotel in het Engelse late herfstlicht zaten ze, alle drie, in stilte.

'Je wilt me om vergiffenis vragen?' vroeg dominee Tansy. 'Je hebt berouw?'

Eddie Feathers, Old Filth, de rechter, Fevvers, een Meester van de Inner Temple, Teddy – steunbeer van de gerechtigheid, arbiter van de waarheid – zei niets.

'Nee,' zei hij uiteindelijk. 'Dat heb ik niet. Dat kan ik niet hebben.'

'Nee, ik ook niet,' zei Babs. 'En ik weet dat Claire ook geen berouw heeft.'

'Heeft Cumberledge het overleefd? Is hij geestelijk gezond?'

'Zeer zeker,' zei Filth. 'De keer daarop dat ik hem tegenkwam was in het donker in Oxford. Tijdens de oorlog, toen ik verdwaald was in de sneeuw. Ik besefte niet wie hij was. Tussen de acht en de achttien veranderen we allemaal volkomen. Maar jaren later realiseerde ik het me op een of andere manier. Hij kwam uit een verduisterde kerk. Hij zat in het leger. Hij was kalm en vriendelijk. Hij schreef me toen Betty overleed. Zijn wezenlijke ik was onaangetast.'

'Hij werd een belangrijk man,' zei Babs. 'Hij is na zijn pensionering in Cambridge gaan wonen. Een belangrijk man.'

'Sommigen wordt genade geschonken,' zei Tansy. 'Maar u wilde zelf een soort bekentenis doen, Sir Edward?'

'Ik wilde mijn medelijden uiten,' zei Filth. 'Mijn medelijden met haar. Met Ma Didds. Ik heb geoordeeld in honderden zaken, vele daarvan veel kwaadaardiger dan wat hier gebeurde. Toch vind ik het onverdraaglijk om erover na te denken. Ik bedoel niet dat ik het onverdraaglijk vind om na te denken over mijn veroordelingen – dat moet je van je af kunnen zetten – ik vind het onverdraaglijk om na te denken over de wreedheid die ten grondslag ligt aan deze walgelijke wereld. Of de wraak die zelfs in kinderen sluimert. Het is er allemaal, klaar, wachtend om gebruikt te worden. Zonder liefde. Cumberledge ontving genade. Dat is het enige wat ik kan zeggen. Wij niet.'

Ze bleven nog steeds zitten.

De hond rekte zich uit op het bed en gaapte en sprong eraf, stak zijn nek uit en liet zijn hoofd op Babbs knobbelige knie rusten.

'We zullen de algemene biecht opzeggen,' zei Tansy. 'Samen.'

Dat deden ze. Filth herinnerde zich hoe die er bij hem in was gehamerd door Sir.

Toen zei Tansy: 'Laat ons bidden. Vergeet deze kinderen van U niet, o genadevolle Heer. Heel hen en houd ze voor eeuwig in Uw armen.'

De Openbaring

Zijn huis was schoon en geboend, zijn tuin netjes. Op een briefje op de keukentafel stond geschreven: *Boter, kaas, melk in de koelkast. Eieren. Brood in trommel. Bacon, etc. Welkom thuis. Kate.* Door de ramen, toen hij in de richting van de Downs keek, zag hij een beweging in zijn appelboom en toen viel er een buurkind uit. De jongen at fruit en kuierde nonchalant over het gazon alsof het van hem was. Blijkbaar zit er een gat in de heg, dacht hij. Kon net zo goed zo blijven. Zijn post was keurig opgestapeld op zijn bureau, de haard klaar om aan te steken. Ze had wat supermarktbloemen in een vaas gestopt.

De rit terug was prettig geweest. Zeer aangenaam. Kerstmis in aantocht.

Heel fijn om die arme Babs weer te zien. En die pastoor. Veelbewogen vakantie. En morgen moest hij naar de dokter.

Het ging een stuk beter met zijn enkel, en hij vertoonde geen spoortje van hartproblemen – of problemen met zijn spijsvertering. Het enige wat hem nu mankeerde, waren opkomende winterkwalen. Zijn artritis was opvallend mild voor zijn leeftijd, zeiden ze altijd, vooral als je bedacht hoe oud zijn vochtige huis was.

‘Ik sta op het punt nog een reis te ondernemen,’ zei hij de volgende dag na zijn bezoek aan de dokterspraktijk in Shaftesbury. ‘Goedemorgen, mevrouw – Kate. Wat fijn om je te zien. Bedankt voor het bevoorraden. Het huis ziet er goed uit. Ik heb een souvenir voor je meegenomen uit Gloucester. Waar is Garbutt?’

*

'Garbutt,' zei hij. 'Goedemorgen. Heb ik het me verbeeld? Ja, natuurlijk heb ik het me verbeeld. Je hebt me niet toevallig bezocht in wat het ook was waar ik ben geweest? Ik had een soort droom. Er was een aantal erg vreemde dokters. Ze dachten dat ik een hartaanval had gehad. Volslagen onzin.'

'Bedankt voor de ansichtkaart,' zei Garbutt.

'Nu, jullie twee zijn nog niet van me af. Ik heb een besluit genomen. Ik vlieg naar het Verre Oosten voor oud en nieuw.'

'Ze geven u nooit een verzekering,' zei Kate.

'U hebt in geen jaren gevlogen. Het is met je neus op je knieën tegenwoordig,' zei Garbutt.

'Ik vlieg eerste klas. Dat heb ik altijd gedaan. Dat zal ik altijd blijven doen. Ik kan het betalen. Rechter Veneering heeft me zijn juridische verslagen nagelaten en ik zal ze verkopen voor zesduizend pond.'

'Ze geven u nooit een verzekering.'

'U kunt niet alleen gaan.'

Ze sloten hem in als sluipmoordenaars.

'Ik heb me nog nooit zo gezond gevoeld. Mijn korte vakantie heeft me goed gedaan. De dokter zegt dat de verschrikkelijke inentingen tegenwoordig niet meer nodig zijn. En ik heb de juiste kleren al in mijn garderobe. Geen gewinkel.'

Ze liepen mompelend weg, om te overleggen.

'Vliegen is niet meer veilig,' zei Kate. 'Niet sinds de Twin Towers. Oud en nieuw is het beste moment voor een volgende aanslag. En u vliegt waarschijnlijk naar een moslimland.'

Hij besteedde geen aandacht aan haar maar vroeg Garbutt of hij op zolder wilde gaan zoeken naar de koffer die hij en Lady Feathers hadden meegenomen uit Bangladesh na hun laatste vakantie.

Kate zei: 'Madeira is mooi. Waarom kiest u niet iets wat dichterbij ligt?'

'Nee. Bangladesh. Ik moet Bangladesh zien – of misschien weer Lanka. En misschien ga ik wel verder. Verder door Maleisië, dan naar Borneo. Kotakinakulu. Waar ik ben geboren.'

'Het is niet te geloven,' zei Garbutt.

'Bangladesh is waar de koperen spullen vandaan komen.'

Hij had Kate nadat Betty was overleden de gesmede koperen kommen uit zijn glorietijd gegeven om te voorkomen dat ze die twee keer per week op zijn kosten zou schoonmaken.

Ze zei: 'Als ik het negenuurjournaal goed heb begrepen, staat Bangladesh de helft van de tijd onder water en is het geen goede plek voor artritis. Het spijt me, maar die dokter is berucht. Hij is nooit verder geweest dan de golfbaan. Hij is zelfs nooit op Gran Canaria geweest, waar wij heengaan – lekker dichtbij en geen kans op budgetklassetrombose.'

'Hij zegt net dat hij niet budgetklasse gaat vliegen,' zei Garbutt. 'Hij zegt dat die vol zit met kinderen die naar hun families in het Oosten gaan voor de feestdagen. Daar kan hij niet tegen. Dat het in zijn tijd zes weken kostte en dat je eens in de vijf jaar ging. Zegt dat ze nu allemaal verwend zijn en muziek zitten te luisteren met koptelefoons op.'

'Wat mij het meest dwarszit, is de bagage,' zei Garbutt.

De koffer was enorm. Die van zolder halen was al een hele klus. Het label noemde de koffer een Revelation.

'Revelations waren ooit de allerbeste koffers,' zei Filth. 'Het waren "openbaringen" omdat ze uitzetten naarmate je er meer in stopte.'

'Dat waren die zware dingen die met kruiers meegingen,' zei Kate. 'Kunnen we er niet een voor u lenen? Van die Chloe?'

'Absoluut niet,' zei Filth.

'Komt niets van in,' zei Garbutt.

'Koop dan iets op wieltjes met een handvat,' zei ze, en: 'Wat is dit, er staat iets op geschreven met koperen sierspijkertjes?'

'ISLAM,' zei Filth.

'Nou, dan is het duidelijk. Die kunt u niet meenemen. Dan denken ze dat u een terrorist bent.'

'Islam was de naam van een gerenommeerde advocaat in Brunei. Een vriend. Hij gaf me de koffer zodat we al onze cadeaus mee terug konden nemen. We kochten er heel veel – ze hebben daar zo weinig. Het was het minste wat we konden doen. Kopen en kopen.'

'Laten we hem eens openmaken,' zei Garbutt.

In de koffer zaten bonte juten onderzetters, geborduurde zaklinnen tafelkleden, flodderige sari's en een aantal onverwoestbare strooien matten. Ze vonden ook een zwaar, klein pakje met amethisten. Hij had Betty soms verdacht van lichtzinnige smokkelarij. Hij stuurde alle andere spullen naar de kerkbazaar en vroeg Garbutt de koffer te schrobben en te poetsen. Het ding zag er na afloop geweldig uit.

'Klasse verloochent zich niet, dat moet ik wel toegeven,' zei Kate. 'Maar ik zou willen dat u zich bedacht, Sir Edward. We zijn nog nauwelijks bijgekomen van uw vorige uitstapje.'

Hij staarde haar aan tot ze wegkeek.

En zo ging Filths onberispelijke ondergoed de Revelation in; zijn onderhemden en wat hij nog steeds zijn linnengoed noemde; zijn gele katoenen sokken van Harrods, twintig jaar oud; een paar zijden pyjama's; twee lichtgewicht pakken en een smokingjasje (want men weet maar nooit waar men voor uitgenodigd wordt). Hij voegde er twee tassen met toiletgerei (antiek woord) aan toe, een met scheerspullen en stukken teerzeep, de andere voor zijn pillen. Aparte pillen voor tijdens de reis zou hij in zijn portefeuille stoppen. Er was ruimte te over voor nog meer bagage in de Revelation.

'Jij zou ook al je spullen hierbij kunnen stoppen,' riep hij over zijn schouder naar Betty – voelde toen een pijnsteek boven in de borst. Hij deed het weer. Tegen haar praten. En alsof ze ooit maar overwogen zou hebben om zijn koffer te gebruiken! Zo vreemd dat Betty sinds zijn buitengewone zwerftocht naar de West Country weer in zijn leven was. Korte momenten van verdriet, echt verdriet uit verlangen naar haar nu. Schuldig verdriet. Hij had haar nagedachtenis verwaarloosd. *Herinnering en begeeerte* – ik moet ze in het oog houden. Mag mijn greep niet verliezen.

Op eerste kerstdag ging hij om tien uur naar de kerk. Hij ging liever naar de mis van acht uur in een stille kerk, gevuld met de bedwelmende geur van groene takken en winterbloemen, maar acht uur was tegenwoordig vroeg voor hem. De mis van tien uur was onrustig met kinderen en iedereen die elkaar de hand schudde, en de dominee heette Lucy. Hij bad voor dominee Tansy, en voor Babs en Claire. Hij bad voor de zielen van Ma Didds en Sir en Oils en juffrouw Robertson en tante May. Dit riep andere kandidaten op. Hij bad uiteraard voor Loss, zoals hij vaak deed, en voor Jack en voor Pat Ingoldby zoals hij elke dag deed, en voor die arme Isobel, die al die tijd een lesbienne was geweest. Zo stom van hem. En bijzonder onaangenaam. Hij had kunnen weten dat hij nooit alles voor haar zou kunnen zijn.

Hij bad voor het aardige meisje en haar grootmoeder, en voor de kleine dienstbode van de tantes, Alice, en voor Garbutt en Kate. Hij bad voor de zielen van zijn vader en moeder. En toen bad hij voor Ada, de schaduw die zich aan het water over hem heen boog, waarvan hij nu niet zeker wist of het een herinnering was of de herinnering aan een herinnering. Hij bad voor de mollige Cumberledge, die uiteindelijk zo sterk als een leeuw was geworden. Wat is het allemaal onvoorspelbaar. Hoe gevarieerd en fantastisch. Hij bleef aan één stuk bidden tijdens de rest van de dienst. Voor Veneering, voor die onaantrekkelijke advocate die een baby had gekregen die ze naar hem had vernoemd, voor... Hij voelde een grote weerzin tegen bidden voor Chloe en de zielen van zijn tantes – maar uiteindelijk slaagde hij er toch in. Hij bad niet voor Betty. Hij wist dat ze het niet nodig had.

Hij at zijn gebruikelijke kerstdiner in het White Hart in Salisbury en bracht in de daaropvolgende dagen zijn bureau op orde en voegde een codicil toe aan zijn testament waarin hij mevrouw Eh – Kate (haar naam was Toms, Katherine Toms) de amethisten naliet. Hij liet een cheque achter voor Garbutt, maar verscheurde die toen en liet een cheque voor een veel hoger bedrag voor hem achter. Hij verhoogde zijn legaten aan de National Trust en het Liefdadigheidsfonds van Advocaten. En zo verstreken de laatste dode dagen van december.

Op de eenendertigste wachtte hij in de hal op de auto. Hij zat op Betty's roze met gouden troon, alleen, aangezien Kate voor haar gezin moest zorgen tijdens oud en nieuw, en de auto bracht hem zonder incidenten door de stortregen naar Heathrow, honderdzestig kilometer verderop.

Het vliegveld was bijna verlaten. Er was een 'waarschuwing' afgegeven. Belachelijk, dacht hij. We laten die mensen winnen. De beveiliging deed bijzonder nauwgezet haar werk. Hij moest drie keer onder het detectiepoortje doorlopen voor iemand zich realiseerde dat het alarm dat afging werd veroorzaakt door zijn ouderwetse monocle. De koffer met zijn decoratieve spijkers en moslimvoorkomen werd zonder problemen doorgelaten. ISLAM. Er was enige aarzeling met betrekking tot het röntgenbeeld van Pat Ingoldby's kledingborstel, die op een pistool leek.

En dan het vliegtuig.

Wat glimlachen stewardessen vandaag de dag toch veel, dacht Filth. Wat zijn hun ogen kil.

Hij vroeg zich af hoe het zou zijn om gekaapt te worden. Ongeveer een uur later vroeg hij het zich opnieuw af, toen het vliegtuig boven de Alpen als een steen driehonderd meter naar beneden viel.

'Enige turbulentie, dat is alles.' De piloot kwam langs gekuierd, vermoedelijk om vertrouwen te wekken, en Filth was trots op zichzelf omdat hij zijn soep was blijven lepelen.

'Is alles naar wens, meneer?'

Het deed hem deugd dat de kerel Engels was. Dat waren piloten tegenwoordig niet vaak meer.

'Welke route nemen we, kapitein? Buitenom?'

'O, zeker. Ver genoeg naar het zuiden. Geen raket in zicht. Het zal donker zijn boven Afghanistan. Singapore voor een kop thee en dan naar Dacca.'

Filth zei: 'Toen ik hier voor het eerste heen vloog, was Vietnam het land dat we moesten vermijden. Moesten toen twee keer bijtanken. De Golf. Dan Bombay. Bombay heeft nu een andere naam, begrijp ik. Er stond vroeger een halve marmeren trap op de luchthaven van Bombay. Goud en crèmekleurig. Schitterend ding. Hij stopte midden in de lucht. Symbolisch.'

'De tijd vergaat.'

'Weet alleen niet zo zeker in welke richting.'

Hij sliep. Eén keer, toen hij met een schok uit een droom ontwaakte, schreeuwde hij omdat hij dacht dat hij in een lijkzak werd gestopt. Een stewardess met ranke armen was hem aan het instoppen met een deken.

De donkere nacht was overal rond het vliegtuig. Toen hij opnieuw wakker werd, zag hij dat er een dun streepje goud rond alle raampjes was verschenen.

Het was al ochtend.

'Het is al morgen,' zei het meisje. 'De zon komt op. Een gelukkig nieuwjaar.'

(Je zou denken dat ik nooit eerder heb gevlogen.)

Hij keek naar de zonsopgang.

Later keek hij neer op een dik tapijt van wolken en zag hij iets wat hij nog nooit eerder in zijn leven had gezien. Twee zonnen stonden zij aan zij aan de hemel. Een parhelium. Een formidabel en eeuwenoud voorteken van het een of ander, hij wist niet meer wat. Hij keek rond in de cabine, maar de andere twee of drie eersteklaspassagiers sliepen onder hun dekens en de stewards waren nergens te bekennen.

De witheid buiten het vliegtuig werd ondraaglijk. Het vliegtuig was een glassplinter, een speld. Het werd de eeuwigheid, de desintegratie in gegooid. Ze waren nu voorbij snelheid, en in de oneindigheid – reizend naar wat astronomen voorzover hij wist 'de singulariteit' noemen.

Maar ze brachten de jus d'orange en hete handdoeken rond.

En al snel was het weer avond.

In Singapore was er een rolstoel voor hem geregeld. (Heel oude heer die mank loopt.) Het ding stond klaar bij de mond van de geplooide buis die het vliegtuig verbond met de grond (en die was er zeker niet geweest in de jaren zeventig; toen hadden ze steile trappen af moeten klimmen). Hij negeerde de stoel en liep stijfjes door de deinende tunnel langs de airconditioned verlichte winkels, en uiteindelijk de schemerige eersteklaslounge in. Twee uur later, na diepe slaap, liep hij moeiteloos het hele stuk terug.

Op de stoel naast hem zat nu een jongeman in een wit, kraagloos overhemd met een open nek en een spijkerbroek die al op een laptop aan het werken was. Filth zag op een witte, gelamineerde map de woorden 'Instructies aan de advocaat' staan.

Filth voelde zich praatziek.

'Ben je advocaat? Dat was ik ook. Ik werkte ook altijd tijdens de vlucht. Naar afgelegen plekken, helemaal naar de rimboe. Begrijp nu niet meer hoe ik het deed. Meteen vanuit het vliegveld naar kantoor. We raakten allemaal gewend aan hele nachten doorwerken, zelfs in Londen. Maar ik ging nooit direct uit het vliegtuig de rechtszaal in. Dat heb ik nooit gedaan. Te gevaarlijk.'

'Dat doen we nu wel,' zei de jongen. 'Geen tijd voor getreuzel.'

'Gevaarlijk voor de cliënt. Gevaarlijk voor de advocaat. De

rechtszaal ingaan terwijl je je niet op je best voelt.'

'Ik voel me altijd topfit. Zeg eens – u bent niet toevallig...?'

'Ja. Old Filth. Al lang geleden vergeten.'

'Nou, hier herinneren ze zich u nog.'

'Ja. Nou, misschien wel. Ik hoop het. Ha. Ben je ooit een kerel tegengekomen die Loss heette?'

'Nee, ik geloof het niet.'

'Of Islam?'

'Ze heten hier allemaal Islam.'

'Waarschijnlijk is hij dood. In ieder geval zeker met pensioen. Ik heb een van zijn koffers. Ze noemen het een Revelation.'

Een nieuwe stewardess, een Maleise, bruiner, zijdeachtiger, zachter, met rondere armen en gekleed in een sari, kwam langs met ingemaakte garnalen. 'Zullen we de luiken voor u dichtdoen, meneer?'

'Nee, bedankt,' zei de jonge advocaat van de kroon. 'Minder dan twee uur te gaan. Laten we naar de sterren kijken.'

'Ben je getrouwd?' vroeg Filth na een lange overpeinzing, waarbij hij naar de garnalen had gekeken zonder ze op te eten.

'Zeker.'

'Ik nam die van mij altijd mee,' zei Filth. 'Altijd.'

'Die van mij werkt voor een bank. En ik denk niet dat ze zich zou omschrijven als "die van mij". We zijn aan het landen. Mooi. En we zijn niet gekaapt.'

Toen hij het toestel wilde verlaten, werd Filth ineens overvallen door een zwarte somberte, als de blinddoek die rond je gezicht wordt geslagen voor je wordt gepresenteerd aan een vuurpeloton. Toen vroeg hij zich af of hij tijdens deze reis eigenlijk alleen op de dood had gehoopt... Of hij had verlangd naar iemand die een mes uit zijn schoen trok, een pistool uit zijn mouw. Het 'Geen beweging!' Het gespat van kogels en bloed. Eén gelukzalige, bevrijdende explosie. Lang genoeg geleefd. Maak er een eind aan.

Hij had zitten wachten.

Want wat was er nog voor hem in de Donheads?

Opgesloten in dat vochtige huis in de bossen met Garbutt en mevrouw Eh, en de kantachtige Chloe?

Nou ja, er was nog hoop op vernietiging op de terugreis. Krijg het misschien wel voor elkaar.

En zo niet – wat dan?

Dan verhuis ik. Ik neem een flat in de Temple. Ken nu niemand meer. Vreselijke meute nieuwe rechters. Maar toch, het is je eigen volk. Bleek, onzeker, knikkend naar het mooie meisje om haar te bedanken, liep Filth behoedzaam naar de deur.

Boven aan het gangpad sloeg het Oosten hem recht in het gezicht. De dikke, heerlijke hitte stroomde over hem heen, tegen zijn opgezwollen oude handen en zijn vermoeide voeten, baadde zijn oude schedel en pezige nek, drong door in elke porie en vezel van zijn lichaam. Het leven roerde zich. Het stilstaande vliegtuig vibreerde van de hitte, de lucht eromheen vibreerde, het vliegveld vibreerde en danste in het zachte duister. Felle schijnwerpers en elektronica beschenen samen de lage balustrade waar mensen wachtten om het vliegtuig tegemoet te gaan, opeengehoopt als zwarte vliegen, als opgewonden vlinders.

Het overweldigende geklater van gesprekken, de opwinding. Het getoeter en geschreeuw en gegil en het getrommel. De gebeden en de bidders op hun knieën en de gebedskleden. De oude, oude geliefde geur.

Betty leek naast hem te staan, breed grijnzend, terugzwaaiend naar alle mensen. Pal naast hem.

'Kijk uit, meneer. Laat me u helpen. Is er iets mis?'

'Er is niets mis,' zei Filth. Deze vriendelijk uitgestrekte armen.

'Er is helemaal niets mis.'

Want hij was thuis.

Plaats van handeling: De tuin van de Inner Temple

Twee rechters staan naast het monument met de inscriptie: *Advocaten, zo veronderstel ik, zijn ook kinderen geweest.* De klok van de kerk in de Temple luidt en luidt, zoals die altijd doet, één keer voor elk jaar van het leven van een overleden bestuurslid.

Queen's Remembrancer: Dat zal voor Filth zijn.

Lord of Appeal: Dan zal hij negentig keer luiden.

QR: Niet helemaal. Bijna. Heb je de overlijdensberichten gelezen?

L OF A: Ja. Kort. Moeilijk om te zeggen wat hij nu precies had gedaan. Als het erop aankwam. Geen geweldige advocaat. Nooit iets veranderd. Erg ouderwetse spreektrant. Lachwekkend, nu, vermoed ik. Goede rechter, uiteraard.

QR: Hij was net uit een vliegtuig gestapt. Wist je dat? Ging terug naar waar hij vandaan kwam.

L OF A: Spelletje van hem. Zo'n beetje het meest verbeeldingsvolle wat hij ooit gedaan heeft, vermoed ik. In zijn lange en onbewogen leven. Weet je of hij alleen reisde?

QR: O, ja. Reisde alleen. Helemaal alleen.

Nawoord

Veertig jaar geleden, in 1973, stond ik op de eerste lijst van Abacus-auteurs, en net als de andere vijf ben ik er nooit weggegaan. Helaas zijn de anderen inmiddels overleden en ik had kunnen ophouden met schrijven. Dat gebeurde echter niet, want in 2002 werd ik gebeld door Richard Ingrams, de hoofdredacteur van *The Oldie*, die vroeg of ik een kort verhaal voor het kerstnummer wilde schrijven.

Ik zei dat ik geen ideeën had. Hij zei: 'Ach kom, er zit vast nog wel een verhaal in je hoofd.' Daardoor voelde ik me zo gevleid dat ik ben gaan zitten om een verhaal te schrijven over twee oude heren, juristen, die altijd aartsvijanden waren geweest, maar zich op een kerstavond in een sneeuwstorm in Dorset met elkaar verzoenden. Die verzoening was des te onwaarschijnlijker en gevoeliger omdat de overleden vrouw van een van de oude heren (Sir Edward Feathers) jarenlang verliefd was geweest op de andere (Sir Terence Veneering) – dat werd althans beweerd.

De roman die uit het verhaal voortkwam was *Old Filth*. De uitgever van mijn hardback-edities was niet gelukkig met de titel, maar ik hield voet bij stuk en mijn redacteur bij Abacus, Richard Beswick, vond hem goed – Filth is een bekend acroniem in het Verre Oosten, waar de beide juristen roem vergaarden als advocaat en later als rechter, en het staat voor *Failed In London Try Hong Kong* (in Londen mislukt, probeer het eens in Hongkong). De grap is al zo'n tweehonderd jaar oud en bovendien klopt hij niet, want voor een mislukkeling valt het bepaald niet mee om zich in Hongkong staande te houden. Een aantal leden van The Inns of Court in Londen nam aanstoot aan het idee, maar anderen vonden het prachtig en sloten *Een onberispelijke man* in hun hart, dus twee jaar later schreef ik een vervolg, *Een trouwe vrouw*, waarin hetzelfde verhaal wordt verteld, maar dan vanuit het perspectief van de vrouw. Nu ben ik het derde deel van de trilogie aan het voltooien, *Last Friends*, over dezelfde personages, die nu gepensioneerd zijn en in Dorset wonen, waar ze ogenschijnlijk in vrede en harmonie oud worden. Maar de ouderdom brengt niet vaak vrede en harmonie, zelfs niet voor de rijken, bewonderden en zelfverzekerden. Tot het allerlaatst hebben zij – wij – een verborgen leven. Er zijn vooral vaak verborgen kinderjaren. 'Houd het kind in het oog,' noteerde Dickens bij het manuscript van *The Old Curiosity Shop* toen hij Little Nell uit het oog meende te verliezen.

Er is vaak naar de identiteit van Old Filth gevraagd. Ik kan alleen zeggen dat ik hem een keer op straat ben tegengekomen. Het deed een beetje denken aan het merkwaardige visioen dat barones Orczy meer dan een eeuw geleden had toen ze de Rode Pimpernel tegenkwam. Ze stond in een Londens metrostation op het perron en keek de tunnel in waardoor een minuut later de volgende trein moest binnenkomen. Terwijl ze stond te wachten, verscheen er een zwierige figuur die elegant over het spoor wandelde. Hij was niet van haar tijd, knap en onberispelijk gekleed, en hij bewoog zich fier en met bravoure. 'Die vervloekte, ongrijpbare pimpernel'. Er volgden een toneelstuk, een roman en een stortvloed aan verhalen.

Dat wist ik allemaal nog niet toen ik Old Filth tegenkwam. Ik liep over Piccadilly aan de zuidelijke kant en dacht nergens aan, toen een lange oude man vlak voor me door de glazen deuren het Ritz Hotel uit kwam. Hij liep onder de zuilengalerij door, keek behoedzaam naar links en naar rechts, stapte dapper de rijbaan op en verdween Dover Street in, achter het bronzen paard van Elisabeth Frink. Hij was in rokkostuum, met lichtgele zijden sokken, zwarte gepoetste schoenen en glacé handschoenen. Hij had een opgerolde zwarte paraplu bij zich en zijn oude, fijnbesneden gezicht stond peinzend; hij was zelfs knap. Hij leek de veelkleurige, veelsoortige menigte om zich heen niet op te merken. Hij had wat men wel een 'martiale knevel' noemt, maar hij was geen militair, want hij had een kostbare maar verweerde aktetas bij zich, zwaar van de papieren: de bagage van een jurist. Dat wist ik, want ik was met een jurist getrouwd, al was dat een heel ander soort: stormachtig slordig met een passie voor de kunsten. Deze man was waarschijnlijk rechter, al leken de oudere rechters die ik kende ook niet echt op hem. Die waren bleker en vermoeider. Deze man leek op een illustratie in een roman uit de edwardiaanse tijd. Of op iemand uit een fotoalbum van je grootmoeder. Ik keek om me heen in de verwachting ergens een filmcrew te zien.

'Ik heb een geest gezien,' zei ik die avond tegen mijn man, die aardappels stond te schillen. Ik beschreef de man.

'Had hij zwarte schoenen aan?'

'Ja.'

'Had hij een hoed op?'

'Nee.'

'Dan was het geen geest. Hij leeft nog. Een of andere excentriekeling. Je zult hem nog wel vaker zien. Drinkt waarschijnlijk elke dag thee in het Ritz. Waarschijnlijk een Amerikaan.' Ik heb hem nooit meer gezien, maar ik schrijf nog steeds over hem: zijn jeugd als Raj-weeskind, een liefdeloze, wreed afstandelijke opvoeding die hem bijna noodlottig werd, zijn redding door een bijzondere leraar en eerste vriend: zijn avonturen in de oorlog, zijn strijd – nog bemoeilijkt doordat hij stotterde – om advocaat te worden, en vooral zijn liefde voor zijn vrouw. En misschien ook voor een andere vrouw.

Meer dan twintig jaar geleden heb ik op een feest in Londen

de dichteres Stevie Smith ontmoet. Ze vroeg wie ik was.

'Een huisvrouw uit Wimbledon die romans schrijft,' zei ik.

'Maar wie ben je écht?' vroeg Stevie Smith. Ze keek naar me op, kromgebogen onder een sjaal, tussen slierten grijs haar door. Wie was – is – Sir Edward Feathers 'echt'? *Laatste vrienden* begint met een herdenkingsdienst in de Temple Church, waar iedereen lovende woorden spreekt over een blijkbaar fantastische man. Maar op de een of andere manier niet bij iedereen dezelfde man. Zelfs in de dood is Old Filth nog een meester der vermomming.

Jane Gardam
Kent, april 2013

Dankwoord

Zoals duidelijk moge zijn heb ik veel te danken aan Rudyard Kiplings autobiografie en zijn verhaal *Baa Baa Black Sheep*, en ook aan de prachtige roman *Colombo Heat* van Christopher Hudson over de laatste dagen van de Raj in Ceylon (Sri Lanka). Ik ben zelfs zo vrij geweest een van zijn personages te lenen en haar een rolletje te geven; bij mij loopt ze met een kruk. Sir heb ik ontleend aan de autobiografie van Geoffrey Grigson, *The Crest on the Silver*.

Ook zeer erkentelijk ben ik mijn vrienden, dood en levend, die in hun jeugd Raj-weeskind zijn geweest – kinderen van drukbezette ouders in India, die in Engeland naar kostschool werden gestuurd en hun ouders nooit zagen – en Peter Leyland, K.S. Chung en mijn man David Gardam, die allemaal in de oorlog op konvooi naar het oosten zijn geweest en van wie er een niet is teruggekeerd.

Wijlen Michael Underhill, QC, die een paar maanden junior-pelotonscommandant is geweest in het regiment Royal Gloucestershire als lijfwacht van koningin Mary in Badminton House, ben ik eveneens erkentelijk. Hij en zijn vrouw Rosalie Beaumont hebben me over die tijd verteld en zijn vrouw heeft me een mooie, onschuldige briefwisseling tussen haar man en koningin Mary laten zien. Dank ook aan mevrouw Nettles, destijds huishoudster in Badminton House, en haar zus. Ik heb me laten inspireren door *Queen Mary* van James Pope-Hennessy (1959) en *HRH Princess Adelaide, Duchess of Teck* (1900), een indrukwekkend werk van de jurist C. Kinloch

Cooke. John Saumarez Smith van boekhandel Heywood Hill in Curzon Street was zo vriendelijk me te wijzen op het hilarische *Queen Mary and Others* (1974) van Osbert Sitwell.

De Benchers of the Inner Temple, de griffiers en de leden van Atkin Chambers ben ik bijzonder dankbaar voor alles wat ze meer dan vijftig jaar lang voor me hebben gedaan; vooral Stewart Goldsmith, die me vaak naar verre oorden en weer naar huis heeft gebracht.

Degenen die een van mijn personages menen te herkennen vergissen zich, want die zijn allemaal aan mijn fantasie ontsproten, met uitzondering van koningin Mary, haar hofdame de hertogin van Beaufort, de stationschef van Badminton (die naar het schijnt werkelijk witte handschoenen droeg en de perrons 'gazons' noemde), en mijn man, die één ding gemeen had met Filth: hij heeft op het strand van Freetown zevenendertig bananen gegeten (overigens zonder nadelige gevolgen). Zijn oude schoolvriend van Oundle School, 'de beste die ik ooit heb gehad', heette Pat Ingoldby. Hij is in 1942 op zee omgekomen en ik heb zijn naam gebruikt om zijn nagedachtenis te eren.

Mogelijke historische fouten komen geheel voor mijn rekening.

Jane Gardam